CHRISTIAN SCHLINDWEIN

Nacht über dem Bodensee

CHRISTIAN SCHLINDWEIN

Nacht über dem Bodensee

KRIMINALROMAN

GMEINER

Personen und Handlung sind frei erfunden.
Ähnlichkeiten mit lebenden oder toten Personen
sind rein zufällig und nicht beabsichtigt.

FSC www.fsc.org MIX Papier aus verantwortungsvollen Quellen FSC® C083411

Besuchen Sie uns im Internet:
www.gmeiner-verlag.de

Im Ehnried 5, 88605 Meßkirch
Telefon 07575/2095-0
info@gmeiner-verlag.de

1. Auflage 2022

Herstellung: Mirjam Hecht
Umschlaggestaltung: U.O.R.G. Lutz Eberle, Stuttgart
unter Verwendung eines Fotos von: © Markus Speth / AdobeStock
Druck: CPI books GmbH, Leck
Printed in Germany
ISBN 978-3-8392-0289-0

Non est ergo malum
nisi privatio boni

Augustinus

Über dem dunklen See lag leichter Nebel, als im Osten ein heller Schein sichtbar wurde. Es war ein milder Morgen, windstill, der Tag würde warm werden. Erste Möwen zogen ihre Kreise und schrien heiser. Gleichmäßig durchpflügten die Ruder des Kahns die spiegelglatte Oberfläche des Sees. In der Ferne konnten die beiden Männer an den Rudern die Silhouetten anderer Boote ausmachen. Fischer, die nach ihrer nächtlichen Fahrt die Netze einholten. Von der nahen Stadt drang das dünne Geläut einer Glocke zu ihnen. Die Männer legten die Ruder an, falteten die Hände und beteten still.

Jetzt brachen die ersten Sonnenstrahlen über die Hügel und warfen einen goldenen Schimmer auf die Wasseroberfläche. Schemenhaft war nun hinter dem Kahn das Ufer zu erkennen. Wälder und sanfte Höhen, an der Wasserlinie stachen ein paar Türme und Ruinen aus dem Nebel. Die Schweden waren abgezogen, doch der Krieg war noch nicht vorüber. Überlingen hatte seine Treue zum alten Glauben, zu Kaiser und Reich teuer bezahlt. Bernhard von Weimar hatte die Mauern berannt, General Horn hatte die Stadt beschossen. Nach zwei Belagerungen war der Hunger eingekehrt. Wenn der Bodensee mit seinem Reichtum nicht gewesen wäre, hätten die Belagerten sich schon lange ergeben müssen. Der See versorgte die Einwohner Überlingens mit dem Notwendigsten.

Doch der See brachte auch das Grauen.

Nachdem die Männer das Gebet beendet hatten, griffen sie wieder in die Riemen und der Kahn bewegte sich weiter hinaus auf den offenen See. Als sie etwa eine halbe Meile weit gefahren waren, zogen sie die Ruder ein und saßen einige Augenblicke unbeweglich im leicht schaukelnden Boot. In der Stille war das Klatschen der Wellen an den Bootsrand beinah unangenehm laut. Es war ein monotones Geräusch.

Die Männer atmeten hörbar durch. Es war nicht die Anstrengung des Ruderns, die ihren Puls in die Höhe getrieben hatte. Sie waren kräftig, und die Mühen der letzten Wochen hatten sie zwar ausgezehrt, aber auch gestählt. Keiner von beiden hätte es sich eingestanden, doch es war nichts anderes als Angst, die ihnen das Herz so fühlbar in der Brust schlagen ließ. Ohne sich gegenseitig anzusehen, griffen sie vor sich und nahmen vom Boden des Bootes Kettenhandschuhe auf. Wortlos zogen sie sie an. Der ältere von ihnen seufzte.

»In Gottes Namen«, sagte er leise.

Langsam wandten sie sich um.

Unwillkürlich bekreuzigte sich der zweite Mann. Seine Hand zitterte. Im Heck des Kahns lag eine junge Frau. Ihre schlanke Gestalt war in eiserne Ketten geschlagen wie ein wildes Tier. Die Frau trug ein langes hellgraues Kleid. Es war schmutzig und an einigen Stellen zerrissen. Um ihr Dekolleté war es dunkel verschmiert. Die Männer wussten, dass die rotbraunen Flecken Blutreste waren. Auch am Kinn, am Hals und auf dem Ansatz ihrer weißen Brüste waren Flecken getrockneten Blutes. Der Blick der Frau war über die Reling auf den See hinaus gerichtet. Als die Männer auf sie zutraten, sah sie sie an und die beiden erstarrten in ihrer Bewegung.

»Schau die Hexe nicht direkt an«, sagte der ältere, griff der Gefesselten unter die Arme und hob sie an. Der jüngere schlug die Augen nieder und nahm ihre Füße. Gemeinsam wuchteten sie die Frau auf die Bordwand. Die Ketten wogen viel schwerer als der zierliche Leib selbst. Die Frau wehrte sich nicht. Kein Winden, kein Schreien. Sie lag ganz still. Mit einem Ruck hoben die Männer das klirrende Bündel über die Reling, bemüht, im Schaukeln des Bootes einen festen Stand zu behalten. Einen Moment lang verharrten sie so.

Dann ließen sie los.

Der Körper der Frau schlug auf das Wasser und wurde von den Ketten nach unten gezogen. Ihr Haar umwehte sie, als würde es von einem sanften Wind bewegt. Sie hatte die Augen geöffnet und ihren Blick durch das Wasser nach oben auf die Männer gerichtet.

Die Männer sahen der Frau nach, wie sie versank. Auf einmal wurde ihnen eiskalt. Sie würden niemals darüber sprechen, keinem würden sie davon erzählen, aber bevor die schöne junge Frau in der grünen Tiefe verschwand, sahen die beiden Männer deutlich, dass sie ihnen zulächelte.

380 JAHRE SPÄTER

1

Lisa lächelte. Ihr Blick schweifte über die weite grüne Landschaft mit den markanten Vulkanbergen. Dahinter, das wusste sie, lag der Bodensee. Jetzt war es also so weit. Nach Studium, Promotion und anschließender Ausbildung wartete ihre erste Arbeitsstelle auf sie. Endlich eigenes Geld. Doch es war nicht des eher bescheidenen Gehaltes wegen, dass sie sich auf die Stelle in der alten und doch so lebendigen Stadt am großen See beworben hatte. Die Gegend gefiel ihr. Hunderttausende von Menschen verbrachten hier jedes Jahr ihre Ferien, und sie würde dort wohnen. Die Mietpreise waren zwar furchteinflößend, aber nachdem ihr Vorgänger ihr in seinem Haus eine kleine Wohnung günstig zur Verfügung gestellt hatte, brauchte sie sich darüber keine Sorgen zu machen. Ein sympathischer älterer Herr, der sich darüber hinaus dafür eingesetzt hatte, dass sie den Job bekam. Ohne diese Form von Vertrauensvorschuss hätte sie wohl niemals diese Anstellung erhalten, so jung und unerfahren, wie sie war. Aber tatsächlich sollte sie nach einer einjährigen Übergangszeit, in der ihr Vorgänger sie einarbeitete, die Leitung des Städtischen Archivs übernehmen.

Aus den Augenwinkeln sah sie, dass ihr Begleiter ihr winkte.

Es ging also weiter.

Lisa stellte die Kaffeetasse und den Teller mit den Kuchenresten auf das Plastiktablett. Sie stand auf, nahm ihre Jacke von der Stuhllehne und zog sie an. Sie trug das Tablett von der Aussichtsterrasse zurück in die gläserne Halle der Autobahnraststätte hin zu einem Geschirr-Rückgabewagen und ging auf den Parkplatz hinaus. Die Sonne schien ihr warm ins Gesicht. Sie trat neben ihren Begleiter, einen Mann mit Kurzhaarfrisur und Nickelbrille. Kurz blieben sie vor einem Schaukasten stehen, in dem eine Reliefkarte der Bodenseeregion zu sehen war. Sie schätzte, dass sie noch eine halbe Stunde Fahrtzeit vor sich hatten. Den größten Teil des Weges von Westfalen in den Süden Baden-Württembergs hatte sie geschafft. Sie folgte dem Mann zu einem rostigen alten Peugeot mit »Atomkraft, nein danke!«-Aufkleber und setzte sich auf den Beifahrersitz. Als der Fahrer den Wagen anließ, legte sie den Sicherheitsgurt an. Langsam rollte das Fahrzeug vom Parkplatz und fädelte sich in den Verkehr auf der A81 Richtung Süden ein.

Die Mitfahrzentrale war eine gute Sache, doch manchmal lernte man ganz schön schräge Vögel kennen. Immerhin musste sie sich während dieser Fahrt keine ausführlichen Familiengeschichten anhören. Seit Lisa in Münster eingestiegen war, hatte der Mann am Lenkrad kaum fünf Worte mit ihr gewechselt, sondern einfach still und freundlich vor sich hin gelächelt. Von Köln bis Stuttgart war noch eine Studentin mitgefahren, die die meiste Zeit geschlafen hatte.

Die Strecke vor ihnen war jetzt ziemlich frei. Der Fahrer gab Gas. Nach einer Viertelstunde mündete die A81 in einen breiten Autobahnzubringer, eingefasst von dichten Wäldern und üppigen Wiesen. Als ein Hinweisschild die richtige Abfahrt anzeigte, setzte der Fahrer den Blinker, ging vom Gas und schwenkte rechts weg. Die Straße führte einen Hügel hinauf, der von einer mittelalterlichen Kirche bekrönt wurde. Oben angekommen, lenkte der Fahrer den Wagen an den Fahrbahnrand und stellte den Motor ab.

»Weil Sie hier neu sind«, sagte er.

Lisa sah aus dem Fenster und wusste, was er meinte. Der Ausblick war atemberaubend. Sie stieg aus dem Fahrzeug und atmete tief durch. Unten vor ihr lag Überlingen, dahinter breitete sich der Bodensee aus, auf dieser Seite umrahmt von sanften grünen Hügeln. Nur schemenhaft erkannte sie gegenüber im Hintergrund die majestätische Kette der Alpen. Auf der riesigen blauen Fläche leuchteten zahllose weiße Segel, und weiter hinten, im Osten, erkannte Lisa die Autofähren, die das ganze Jahr hindurch Tausende von Fahrzeugen von einer Seite des Sees zur anderen transportierten, eine schwimmende Hauptverkehrsader. Noch einmal ließ sie ihren Blick über das Panorama schweifen, dann stieg sie wieder ein.

»Danke«, sagte sie.

Der Fahrer nickte, startete den Wagen und bewegte ihn zurück auf die Straße. Er fuhr den Hügel hinab, hinein in die Stadt, die für Lisa ihre neue Heimat werden sollte. Sie passierten das Ortsschild. Überlingen. Am Ortseingang wurden sie von einem Transparent begrüßt, das in der Höhe quer über die Straße gespannt war:

WILLKOMMEN IM SÜDEN!

Alles war grün. Selbst die Kreisverkehrsinseln waren kleine Wälder oder blumenbestandene kleine Gärten. Der Fahrer checkte das Navigationssystem, bog ab und fuhr nun eine Straße hinunter, die Lisa aufgrund ihres Neigungswinkels an San Francisco erinnerte. Überlingen war auf Hügeln erbaut, die sich vom Seeufer hinauf ins Land erstreckten. Der Höhenunterschied zwischen dem Ufer und dem oberen

Stadtrand betrug knapp 100 Meter. Hier musste es irgendwo sein. Das Haus mit der Nummer 71. Es lag unten, wo die Straße eine Kurve machte und wieder in die Horizontale mündete. An dem Haus vorbei führte die Straße in Kurven weiter hinunter bis zum Seeufer.

Gegenüber den Hecken, hinter denen das Haus lag, parkte der Fahrer das Auto.

»Tja, ich schätze, Sie sind da«, sagte er.

»Danke«, sagte Lisa wieder und stieg aus dem Wagen. Sie nahm ihren Rucksack aus dem Kofferraum und verabschiedete sich. Mit einem freundlichen Winken fuhr der Mann davon. Nach einem Blick auf ihre Armbanduhr beschloss Lisa, sich erst einmal die Umgebung anzusehen. Neben dem Grundstück ging es in einen Park, wie es schien. Ein Stück davor führte eine schmale steile Treppe hinunter zu einer anderen Straße. »Teufelstreppe«, las sie auf einem Schild.

»Wie einladend«, dachte sie und stieg die Stufen hinab. Unten angekommen sah sie auf der gegenüberliegenden Straßenseite einen weiteren Park und dahinter den Bodensee. Sie wartete drei Autos ab, überquerte die Straße und sog die Luft ein. Sie roch nach Wasser. Glücklich ging sie am Ufer des Sees entlang bis zu einem kleinen Hafen, in dem mehrere Boote lagen. Eine Brücke führte über die Hafeneinfahrt. Mit zahlreichen anderen Spaziergängern schlenderte sie die Promenade entlang. Das sind Touristen, dachte sie vergnügt. Am liebsten hätte sie allen erklärt: »Ich wohne hier!«

Gegenüber, auf der anderen Seeseite, war Wald, der direkt in den See abzufallen schien. Das dichte Grün erinnerte Lisa an einen Urwald in den Tropen. Und dann sah sie vor sich die erste Eisdiele.

»Strandcafe«.

Sie beschloss, dass sich das gut anhörte, und kaufte einen großen Becher mit Waldbeere, Schoko und Vanille.

*

Zwei Stunden später war Lisa zurück am Haus Nummer 71. Sie suchte eine Klingel am Gartentor, fand aber keine. Sie probierte, das verwitterte Holztor zu öffnen, und fand es unverschlossen vor.

»Hallo?«, rief sie und trat in den Garten.

Hinter den hohen Hecken befand sich eine Wiese. Das Gras stand hoch, überall wucherte Unkraut, dazwischen blühten wilde Blumen. Lisa gefiel es auf Anhieb. Das Haus war ein Bungalow, einstöckig und schon lange nicht mehr gestrichen worden.

»Sebastian Grünwald«, stand auf dem Türschild, und hier entdeckte sie auch eine Klingel. Lisa betätigte sie. Wenig später hörte sie Schritte, und Grünwald öffnete ihr die Tür. Seit dem Vorstellungsgespräch zwei Monate zuvor hatte sie ihn nicht mehr gesehen. Seine Augen blitzten genauso klug und freundlich, wie sie sie in Erinnerung hatte.

»Frau Dr. Engels, herzlich willkommen! Ich freue mich, dass Sie da sind.«

»Lisa, bitte. Hallo, Dr. Grünwald, ich freue mich auch.«

»Ich habe gerade Kaffee gekocht«, sagte er. »Möchten Sie einen?«

»Sehr gern, danke.«

Sie schlängelte sich hinter Grünwald durch einen Hausflur, der durch Reihen übervoller Bücherregale beinahe unpassierbar war, zur Küche. Auch dort standen Bücher auf Regalen. Auf einem Bord fielen ihr erstaunlich viele Gewürze auf.

»Wie nehmen Sie den Kaffee, Lisa?«, fragte Grünwald und goss ihr eine Tasse ein.

»So, wie er ist, einfach schwarz«, antwortete sie. »Danke.«

»Haben Sie nicht noch mehr Gepäck?«, wollte Grünwald wissen. »Für einen Umzug kommt mir das etwas wenig vor.«

»Mein ganzes restliches Zeug kommt übermorgen. Ein Freund, der zum Tauchen an den See fahren wollte, bringt mir alles mit seinem Auto und einem Anhänger.«

»Ein Freund?«, fragte Grünwald augenzwinkernd.

Lisa lachte. »Ein Freund, nicht mehr und nicht weniger.«

Auf einmal schien es dem Archivar unangebracht zu sein, seine Nachfolgerin so über ihr Privatleben zu befragen, denn er wechselte abrupt das Thema. »Essen Sie eigentlich gern Fisch?«, fragte er unvermittelt.

»Fisch …? Das kommt darauf an. Wieso fragen Sie?«

»Fisch ist meine Spezialität. Wenn Sie Fisch mögen, lade ich Sie gerne am Wochenende, wenn Sie sich etwas eingerichtet haben, zu einem Willkommensessen ein.«

»Dann mag ich ihn bestimmt. Außerdem probiere ich gern neue Gerichte aus.«

»Wenn Sie jetzt am See wohnen, lohnt es sich auf jeden Fall, Fisch zu mögen. Kommen Sie, ich zeige Ihnen Ihre Wohnung. Hier sind schon mal Ihre Schlüssel.«

Lisas Wohnung lag auf der Rückseite des Hauses im Untergeschoss. Da das Gelände leicht abfiel, war die Wohnung ebenerdig und die Wohnung von Grünwald darüber gewissermaßen im ersten Stock. Die Räumlichkeiten waren gemütlich und für ihre Zwecke mehr als ausreichend. Grünwald gab ihr eine kurze Führung. Ein helles Wohnzimmer mit großen Fenstern und einer Glastür zum Garten hin, ein Schlafzimmer mit geräumigen Einbauschränken, ein modernes Bad und eine kleine Küche.

»Noch mal willkommen, Lisa«, sagte Grünwald, bevor er sie wieder verließ. »Hoffentlich fühlen Sie sich wohl hier. Bis morgen früh.«

»Danke, Herr Dr. Grünwald«, sagte Lisa gerührt. »Vielen Dank für den herzlichen Empfang. Bis morgen.«

Als sie sich auf das Sofa im Wohnzimmer setzte und aus den Fenstern auf die hohen wilden Blumen im Garten schaute, fühlte sie sich fast schon zu Hause.

*

Zwei Tage später stieg Silvio Baumann aus seinem Mercedes CLS. Nachdem er Lisa gestern in aller Frühe ihre Sachen vorbeigebracht hatte, war er um die westliche Seite des Sees herumgefahren und in einem Hotel in Konstanz abgestiegen. Er hätte auch bei Lisa übernachtet und hatte es ihr auch tatsächlich vorgeschlagen. Aber er hatte bei der hübschen Frau Archivarin wieder auf Granit gebissen. Seit der Zeit, in der sie im Gymnasium gemeinsam die Schulbank gedrückt hatten, war er regelmäßig bei ihr abgeblitzt. Nicht, dass er sich gestern ernsthaft Hoffnungen gemacht hätte. Er wusste schon lange, dass er keine Chance bei ihr hatte. Wusste der Teufel, warum. Schließlich war sie auch schon 30. Hatte sie denn keine Torschlusspanik? Außerdem war er durchtrainiert und muskulös. Ein Großteil seiner Freizeit ging für das Fitnessstudio drauf. So gut definierte Muskeln bekam man nur durch viel Arbeit. Und Zeit. Frau Doktor wusste ja nicht, was ihr entging.

Silvio zuckte mit den Schultern. »Andere Mütter haben auch schöne Töchter«, sagte er vor sich hin. Er hatte Lisa trotzdem gerne ihre Sachen gebracht, damit sie zwei Tage früher per Mitfahrzentrale hatte fahren können. Und er selbst nutzte die Fahrt nach Überlingen, um einen Eintrag auf seiner To-do-Liste abzuhaken. Es gab eine Stelle im Bodensee – die Marienschlucht –, die als extrem gefährlich für Taucher galt.

Sie lag an der südlichen Seite des Überlinger Sees, einer urtümlich romantischen Wildnis. Silvio hatte sein Auto gut im Grün des Waldweges versteckt. Vor ihm glitzerten die Wellen des Sees durch die Büsche. Mit Wanderern brauchte er um diese frühe Morgenstunde noch nicht zu rechnen. Für Fahrzeuge war der Weg ohnehin gesperrt. Aber man konnte nie wissen. Aufmerksam schaute Silvio sich um. Niemand zu sehen. Er ging um den Wagen herum und hob die Taucherausrüstung aus dem Kofferraum. Er zog den Halbtrocken-Anzug an und checkte die Tauchermaske sowie den Computer. Alles in Ordnung. Als er die Maske aufsetzte, fiel sein Blick noch einmal auf das Schild, das direkt vor ihm am Ufer stand:

TAUCHEN NUR
MIT AUSDRÜCKLICHER ERLAUBNIS
DER WASSERSCHUTZPOLIZEI GESTATTET

Er lächelte. Natürlich wusste er, dass man an diesem Uferabschnitt nicht tauchen durfte. Nur lizenzierte Tauchlehrer und professionelle Taucher der Polizei und der Marine erhielten die Erlaubnis, hier ins Wasser zu gehen. Zu viele Taucher, auch durchtrainierte und erfahrene, waren in den vergangenen Jahren an dieser Stelle verschwunden. Sie waren runtergegangen und nie wieder hochgekommen. Aber das machte ja gerade den Reiz aus: zu tauchen, wo es gefährlich war. Und dann, vor allem: davon zu erzählen!

Angst hatte Silvio keine. Er war schon in so gut wie allen Meeren dieser Welt getaucht. Er war kein Extremsportler, aber er tat, was ihm Spaß machte, und am meisten Spaß machten ihm die Sachen, die nicht jeder tat. Silvio watschelte in den See, bis ihm das Wasser an die Brust reichte. Etwa 30 Meter vor sich im See sah er im Wasser einen hellen Schimmer. Aus seiner Mitte ragte eine Tafel, ein sogenanntes Seezeichen. Es diente zur Orientierung für Schiffe, um ihnen die Untiefe anzuzeigen. Denn die helle Färbung des Wassers rührte von einer elliptischen Felsplatte her, ungefähr 10 mal 20 Meter groß und in dieser Jahreszeit etwa zwei Meter unter dem Wasserspiegel gelegen. Der Teufelstisch. Wie eine gewaltige Felsnadel stand er im See. Silvio wusste, dass die außergewöhnliche Felsformation unter Wasser senkrecht bis in etwa 90 Meter Tiefe abfiel. Unerfahrene Taucher konnten an einer solchen Steilwand leicht in Panik verfallen. Und Panik war das Schlimmste, was einem unter Wasser passieren konnte. Doch Silvio brachte so schnell nichts aus der Ruhe. Der Banker aus Münster war es gewohnt, einen kühlen Kopf zu behalten. Natürlich hatte er von den unterseeischen Strömungen gehört und auch von Höhlen, die es in der Felsformation geben sollte. Aber es hieß, die lägen weiter unten, als er vorhatte zu tauchen. Erst unter 30 Metern wurde es wirklich gefährlich. Er wollte ja nur mal einen Blick auf den Sockel des berühmten Tisches werfen. Nachdem er sich noch einmal umgesehen hatte, schwamm er zu der hellen Platte, die vor ihm im Wasser lag, und zu dem Seezeichen, das dort montiert war. Er fasste die Metallstange und las, was auf dem Schild stand: eine große 22.

Dann ließ er die Stange los und tauchte unter.

Er schwebte über der riesigen Tischplatte dahin. Plötzlich endete sie, und er schwamm über den Rand hinaus. Schwindel überkam Silvio. Unter ihm fiel der Felsen jäh ab in tiefe, unergründliche Dunkelheit. Eine innere Stimme drängte ihn, zurückzuschwimmen und es damit bewenden zu lassen. Lächerlich! Was sollte er seinen Freunden erzählen? Bis hierher konnte selbst ein Kleinkind mit Schwimmflügeln planschen. Er überwand seine Beklommenheit und stieß sich von der Platte ab. Langsam und vorsichtig glitt er an der Steilwand nach unten. Es war beinahe wie Fallschirmspringen. Silvio war fasziniert. Ein Hochgefühl bemächtigte sich seiner. Durch die Brille sah er Staubpartikel und Algen im Wasser schweben. Er sank jetzt schneller. Wie tief war er eigentlich schon? Jetzt erst wurde ihm bewusst, dass die Sicht rapide abgenommen hatte. Das Wasser war trüb und beinahe schwarz. Mit Mühe konnte er seinen Tauchcomputer ablesen. Silvio erschrak. Der Tiefenmesser zeigte 28 Meter an. Er hätte höchstens 15 geschätzt. Er musste wieder einige Meter aufsteigen, am besten ganz auftauchen, für heute war es genug. Doch auf einmal war er sich nicht mehr sicher, wo es nach oben ging. Einen Tauchkompass hatte er nicht dabei. Die Sicht war gleich null. Silvio kämpfte einen Anflug von Panik nieder. Ruhig atmen. Ganz ruhig und regelmäßig atmen. Mit gemessenen Bewegungen schwamm er aufwärts. Es wurde nicht heller. Der Computer – verdammt, er war kaum zu erkennen. 35 Meter. Ihm wurde heiß. Die Wassertemperatur betrug drei Grad, aber in Silvio stieg heiß und unaufhaltsam wie Lava die unterdrückte Angst auf. Wo ging es verdammt noch mal nach oben?! Auf einmal fasste seine Hand, mit der er sich am Felsen entlangtastete, ins Leere. Die Wand hörte auf. Eine der Höhlen, dachte Silvio, und es war nicht so sehr die Vorstellung von dunklen Gängen in der Unterwasserwand, die ihn wieder die Panik schmecken ließ, sondern das Wissen um den Sog im Wasser, den Höhlen auslösen können. Zurück, er musste zurück! Krampfhaft schwamm er in die Richtung, die er für oben hielt.

Mitten in der Bewegung erstarrte er. Vor sich sah er eine Frau im Wasser. Zuerst erkannte er nur ihre Umrisse, ihr Kleid, das im Wasser schwebte. Ihre wehenden langen Haare. Unmöglich! Kein Mensch konnte in einer solchen Tiefe ohne Atemgeräte tauchen. Schon gar nicht in einem Kleid.

Er wurde verrückt, das war es! Er halluzinierte! Wie tief war er überhaupt? Wenn es ihm nicht gelänge, sich zusammenzureißen, würde das sein letztes Abenteuer sein. Dann konnten sie sich in Münster einen neuen Erfolgsbroker suchen. Silvio musste ein irres Lachen unterdrücken. Er schloss die Augen und versuchte, sich zu konzentrieren. Er schaffte es, ruhig zu atmen. Er öffnete die Augen. Etwa einen Meter über sich sah er die Frau. Sie sah ihn an. Ihr Anblick traf ihn wie ein Vorschlaghammer. Sie war jung und schön. Und sie war sehr weiß. Jetzt war es mit seiner Beherrschung vorbei. Mit krampfhaft zuckenden Bewegungen strampelte er von der Frau weg, weiter in die Tiefe des Sees hinein. In seinen Ohren spürte er einen stechenden Schmerz. Er musste weg, nur weg! Unsinnigerweise wurde es unter ihm immer heller, jetzt konnte er wieder seine Hände sehen, aber wieso…? In diesem Augenblick tauchte Silvio auf. Er fühlte ein unwiderstehliches Bedürfnis, sich zu übergeben. Seine Beine spürte er nicht mehr. Kräftige Hände packten ihn unter den Achseln. Silvio schwindelte.

Als die Rettungssanitäter ihn in den Hubschrauber schoben, war er bereits bewusstlos.

2

An diesem Tag trat Lisa ihre neue Stelle an, und für Grünwald begannen die letzten Monate seines Arbeitslebens.

Der alte Archivar und seine Nachfolgerin gingen zu Fuß durch den Park, ein Stück am See entlang und anschließend durch belebte Straßen. Nach einer halben Stunde erreichten sie das Stadtarchiv. Es lag mitten in der Stadt neben der überwältigend großen Kirche, dem Münster. Das Archiv war in einem Renaissance-Bau aus dem 16. Jahrhundert untergebracht. Über der Tür prangte das Wappen der Stadt. Grünwald reichte Lisa den Schlüssel und sie schloss auf.

Das Archiv war innen größer, als man von außen vermuten konnte. Die Renaissance-Fassade war zwar imposant, doch ließ sie nicht so viele Räume erahnen, wie sie das Gebäude tatsächlich barg. Es schien ursprünglich aus mehreren Häusern bestanden zu haben, denn man bewegte sich auch in denselben Stockwerken auf verschiedenen Ebenen. Vom Kellergeschoss bis unter das Dach waren mit Schriftstücken gefüllte Regale und Schränke aufgestellt oder an den Wänden angebracht. Die meisten Räume wirkten sehr nüchtern. Reihen von modernen Metallregalwänden unter kaltem Neonlicht, die Durchgänge gesichert durch schwere Brandschutztüren. In den alten Haupträumen jedoch waren die Decken und die Fensternischen mit Fresken im Stil der italienischen Renaissance verziert.

Grünwald führte seine Nachfolgerin durch alle Bereiche des Archivs. Er freute sich, wie konzentriert Lisa ihm zuhörte, wie interessiert sie Fragen stellte. Seine Wahl war richtig gewesen. Die junge Frau passte sehr gut in dieses Haus, zu dieser Aufgabe. Sie passte gut zu ihm. Nicht, dass er sie begehrt hätte. Er fühlte sich eher wie ein väterlicher Freund.

Grünwald und Lisa vergaßen die Zeit. Erst am späten Nachmittag, als Lisas Bauch vernehmlich knurrte, machten sie eine Pause.

»Ich vermute, Sie wollen damit andeuten, dass es Zeit für etwas zu essen ist?«, fragte Grünwald lächelnd.

Lisa lachte. »Wahrscheinlich komme ich tatsächlich nicht drum herum. Haben Sie einen Tipp, wo man hier schnell was bekommen kann?«

»Das nicht«, sagte der Archivar, »aber ich kann Ihnen einige Orte zeigen, wo man gut und dabei auch noch preisgünstig isst.«

Grünwald führte Lisa in ein kleines Restaurant in der Hafenstraße, nur ein paar Gehminuten entfernt. Offensichtlich kannte ihn der Wirt, Grünwald schien hier regelmäßig zu essen. Nachdem Lisa eine Weile ratlos in die Karte gesehen hatte, bat sie Grünwald um Rat. Er empfahl ihr gebratenes Felchenfilet mit grünem Spargelragout und Salzkartoffeln. Dazu einen Grauburgunder.

»Das nehme ich auch«, sagte er.

Sie aßen in aller Ruhe und bestellten sich noch einen Kaffee.

»Das war toll«, sagte Lisa, als sie aufstanden, »vielen Dank für den Tipp. An die Küche hier am Bodensee werde ich mich wohl ziemlich schnell gewöhnen.«

»Das tun alle«, antwortete Grünwald schmunzelnd.

»Gehen wir zurück ins Archiv?«, fragte Lisa.

»Für heute ist es genug, glaube ich. Bedenken Sie bitte, dass ich ein alter Mann bin …«

Eine Stunde später waren sie zu Hause. Sie verabschiedeten sich herzlich. Schon nach diesem ersten Tag war beiden bewusst, dass sie sich gut verstehen würden. Lisa schloss ihre Wohnung auf, zog die Jacke und ihre Schuhe aus und schaltete den Fernseher ein. Sie holte sich einen Orangensaft aus dem Kühlschrank in der kleinen Küche, nahm einen Schluck aus der Flasche und sah ihre Post durch, die sie aus dem Briefkasten mit hereingebracht hatte. Das meiste war ihr per Nachsendeantrag hinterhergeschickt worden. Zwischen Werbung und Rechnungen fand sie eine Karte. Sie trug das Wappen der Landespolizei, die drei Löwen Baden-Württembergs in einer Art Sheriffstern. Die Karte war ein Vordruck, aber jemand hatte sie per Hand beschriftet:

Sehr geehrte Frau Engels,
leider konnten wir Sie nicht persönlich antreffen. Bitte seien Sie so freundlich, sich bei nächster Gelegenheit bei der örtlichen Polizeidienststelle zu melden.
Mit freundlichen Grüßen
POM Weinberg

Darunter standen die Adresse des Reviers und die Telefonnummer. Lisa ließ die Karte sinken. Polizei? Was um Himmels willen wollte die Polizei von ihr? Und was war ein POM? So wie viele Menschen, die in Kontakt mit den Ordnungshütern gerieten, spürte Lisa sofort ein schlechtes Gewissen. Sie überlegte, was sie falsch gemacht haben könnte. Doch schon nach wenigen Minuten sah sie ein, dass dieses Nachdenken sinnlos war. Sie musste Gewissheit haben.

Lisa sah auf die Uhr. Kurz vor acht. Na ja, bei der Polizei sollte ja noch jemand im Dienst sein. Nervös nahm sie den Telefonhörer in die Hand, überlegte es sich dann aber anders und legte das Mobilteil wieder hin. Sie schlüpfte in ihre Schuhe, schnappte sich die Schlüssel und ihre Jacke und verließ das Haus.

*

Das Polizeirevier war ein imposanter kaiserzeitlicher Bau aus Backstein, nahe am See gelegen, aber auf der anderen Seite der Stadt. Sie hatte eine halbe Stunde zu Fuß hierhergebraucht. Lisa ging über den Hof zum Eingang. Sie lächelte in die Kamera über sich und drückte auf die Klingel. Ein Summen ertönte. Breite Stufen führten nach oben zu einer schweren Tür und zu einem Begrüßungsschalter. Eine Beamtin mit blondem Pferdeschwanz saß hinter einer schusssicheren Scheibe. Sie sprach durch eine Sprechanlage. »Wie können wir Ihnen helfen?«

Lisa zog die Karte aus der Innentasche ihrer Jacke und hielt sie gegen das Panzerglas. »Das lag heute bei mir im Briefkasten.«

»Einen Augenblick bitte.« Die Polizistin drehte sich nach hinten und wählte an einem der zahlreichen Telefone eine zweistellige Nummer. Das Gespräch dauerte nur wenige Sekunden. Dann wandte sie sich wieder an Lisa und sagte: »Bitte kommen Sie herein.«

Die schwere Tür neben Lisa summte. Sie drückte sie auf und stand in einem hohen Flur, von dem verschiedene Türen abgingen. Der gekachelte Fußboden stammte sicherlich noch aus der Kaiserzeit. Ein Polizist, den Lisa auf Mitte 30 schätzte, kam auf sie zu. Mit dem schweren Gürtel, an dem die Pistole, Magazine, eine Taschenlampe und Handschellen befestigt waren, sah er irgendwie martialisch, aber auch irgendwie cool aus.

»Lisa Barbara Engels?«

»Ja …?«

»Guten Abend, ich bin Polizeiobermeister Weinberg. Danke, dass Sie heute noch vorbeigekommen sind.«

Polizeiobermeister … POM, dachte Lisa. Aha. »Um was geht es denn?«

»Bitte folgen Sie mir.«

Der Beamte führte Lisa in ein Besprechungszimmer. Draußen war es noch hell. Ihr Blick fiel durch das Fenster über einen Hof mit verschiedenen Polizeifahrzeugen und einen Sportplatz auf den See.

»Bitte nehmen Sie Platz.« Polizeiobermeister Weinberg legte die Akte, die er in den Händen gehalten hatte, vor sich auf den Tisch. Lisa war nun wirklich nervös. Sie musste sich beherrschen, nicht mit den Füßen zu wippen oder mit ihren Fingern auf die Tischplatte zu trommeln.

»Es geht um einen gewissen Silvio Baumann«, sagte der Beamte endlich. »Kennen Sie ihn?«

*

Lisa konnte Silvio erst am nächsten Tag nach der Arbeit in der Klinik besuchen. Nach ihrem Abstecher bei der Polizei war es zu spät gewesen. Das Krankenhaus war etwa einen viertelstündigen Fußmarsch von ihrer Wohnung entfernt. Es lag auf einer Anhöhe und bot den Patienten einen großartigen Ausblick über den See. Bestimmt würden aber alle, die in den hellen, freundlichen Zimmern lagen, den Panoramablick gerne gegen eine weniger schöne Aussicht eintauschen, wenn sie nur gesund wären, vermutete Lisa. Sie hatte immer ein beklemmendes Gefühl, wenn sie ein Krankenhaus betrat. Sie fragte am Empfang nach Silvio Baumann und versicherte auf die Nachfrage der Rezeptionistin, ja, sie sei seine Freundin und er sei bei ihr zu Besuch.

Als sie vor der angegebenen Tür stand, zögerte sie kurz, klopfte dann und trat ein. Silvio lag allein in dem sonnendurchfluteten Zimmer. Bestimmt privat versichert. Vor der Fensterfront breitete sich die Landschaft aus. Diesmal aber hatte Lisa keinen Blick für sie. Sie nahm einen der Stühle an der Lehne, stellte ihn ans Bett und setzte sich.

»Hallo«, sagte sie leise.

Silvio sah gar nicht schlecht aus. Er schien den Tauchunfall gut überstanden zu haben.

»Hallo«, antwortete er. »Schön, dass du da bist.«

»Die Nummer mit der Polizei hat mir beinah einen Herzinfarkt verursacht. Ich könnte jetzt im Zimmer nebenan liegen …«, sagte Lisa.

Silvio lächelte. »Tut mir leid. Sie haben in meinem Auto den Zettel mit deiner Adresse gefunden. Ich war fast zwei Stunden in der Dekompressionskammer. Ist übrigens die einzige am See. Wo ich getaucht bin, ist es eigentlich verboten. Das wird natürlich ein Nachspiel haben. Wird mich ’ne kleine Stange Geld kosten. Aber immerhin durfte ich mal Hubschrauber fliegen. Kann mich allerdings nicht dran erinnern, so ein Mist! Dann habe ich erzählt, du seist meine Freundin. Dachte, es wäre schön, mal ein bekanntes Gesicht zu sehen.« Er sah sie unsicher an. »Bist du sauer?«

Lisa schüttelte den Kopf. »Nein. Das kann ich verstehen. Wie haben sie dich denn so schnell gefunden? Das ist doch wie ein Wunder, oder?«

»Wie man es nimmt. Wie gesagt, man darf streng genommen am Teufelstisch nicht tauchen.«

»Teufelstisch?«

»Ja, hier genau gegenüber. Wie auch immer. Ein gesetzestreuer Bürger hat seinen Hund ausgeführt und mein Auto gesehen. Stand im Waldgebiet, wo es nicht stehen durfte. Da hat er die Bullen geholt. Als die kamen, haben sie eins und eins zusammengezählt und gleich die Rettung gerufen. Ich habe mein Leben also einem übereifrigen Spießer zu verdanken.«

»Du solltest dem Mann wirklich dankbar sein, Silvio.«

»Ich werde ihm von zu Hause aus was zukommen lassen. Blumen oder so. Versprochen.«

Silvio schaute aus dem Fenster. Lisa spürte, dass er noch etwas sagen wollte. Offensichtlich war es ihm unangenehm. Lisa sah auf ihre Fingerspitzen.

Nach einer Weile rang er sich durch. Leise sagte er: »Es gibt da noch was …« Es war auf einmal sehr still in dem Zimmer. »Es ist total verrückt. Ich habe es hier keinem erzählt, die hätten mich nach der Druckkammer gleich in die Gummizelle gesperrt.«

Lisa warf ihm einen aufmunternden Blick zu.

»Verdammt, ich muss es aber jemandem erzählen! Und am besten eben meiner Freundin.« Er lächelte sie unsicher an. Lisa lächelte zurück. »Also, unter Wasser, da habe ich jemanden gesehen. Eine Frau. Sie war echt, ich habe mir das nicht eingebildet. Sie hat mich angesehen und mir so Angst gemacht, dass ich zu schnell aufgetaucht bin.«

»Eine Frau hat dir Angst gemacht?«, fragte Lisa zweifelnd. Sie wusste nicht genau, wie sie sich verhalten sollte, was Silvio von ihr erwartete.

»Die Frau schwamm ohne Ausrüstung, tief unten. Und sie war … tot. Eine tote Frau hat mich angeschaut! Ich hatte so eine Angst …«

Lisa sagte nichts. Silvio schien zu merken, dass ihr die Situation unangenehm war, denn er wechselte das Thema. »Okay, du hältst mich jetzt für bescheuert, aber ich bin es los. Wie gefällt dir denn die neue Wohnung?«

Lisa war dankbar für das neue Thema. »Die Wohnung ist toll«, sagte sie. »Irgendwann musst du sie dir mal ansehen. Liegt gar nicht weit von hier. Wann wirst du entlassen?«

»Schon bald. Bin eigentlich nur noch zur Beobachtung im Krankenhaus.«

»Na, dann komm gut zurück nach Münster.«

Lisa verabschiedete sich mit einem Kuss auf Silvios Wange. Sie ging durch den Gang, vermied den Aufzug und benutzte das Treppenhaus. Sie fühlte sich bedrückt und nach den Enthüllungen von Silvio auch ein wenig verwirrt. Erst als sie wieder draußen im warmen Sonnenlicht stand, fühlte sie sich besser.

Silvio lag ihr doch mehr am Herzen, als sie gedacht hatte. Nicht genug, um wirklich seine Freundin zu sein, aber doch genug, um sich um ihn zu sorgen.

Der Idiot! War das so ein Machoding, dass man an einer so gefährlichen und auch noch verbotenen Stelle tauchen musste? Silvio hatte unverschämtes Glück gehabt, auf jeden Fall mehr Glück als gesunden Menschenverstand.

Apropos gesunder Menschenverstand, was hatte er erzählt? Er wollte da unten im See eine Frau gesehen haben? Eine *tote* Frau? Die ihn angesehen hatte?

Mann, den hatte es wirklich erwischt …

*

Ein Schokoladenriegel, den sie im Krankenhaus am Kiosk neben dem Ausgang gekauft hatte, verbesserte ihre Stimmung. Im warmen Sonnenschein des Spätsommers spazierte sie zu ihrer Wohnung. Genüsslich Schokolade kauend dachte Lisa an ihre neue Arbeitsstelle. Die ersten beiden Tage waren sehr interessant gewesen. Lisa wusste natürlich, dass die Arbeit im Archiv auch fordernd sein würde. Langeweile käme wohl keine auf, aber das war ihr nur recht. Schon in Bonn während des Studiums und später in Marburg auf der Archivschule hatte sie immer sehr sorgfältig gearbeitet. Andere hatten sich mehr oder weniger durchgemogelt, sie hatte gewissenhaft gelernt, zum Teil bis spät in die Nacht. Nicht, dass sie eine Spaßbremse gewesen wäre, Lisa hatte sich gern mit Freunden und Kommilitonen auf ein Bier oder zwei getroffen. Aber bei ihr kam eben erst die Arbeit und dann das Vergnügen.

Hier schien nun beides zusammenzufallen. Es gab genug Arbeit, und diese machte ihr Vergnügen. Und bis sie sich richtig auskannte, konnte sie sich auf ihren Vorgänger verlassen. Dr. Grünwald erklärte ihr alles mit einer wahren Engelsgeduld und ließ keine ihrer Fragen unbeantwortet. Ein gebildeter Mann, nicht nur in seinem Fachbereich. Lisa empfand ihn sogar als weise, und das war nicht oft der Fall. Weisheit war etwas anderes als Intelligenz oder Bildung. Die Archivarin hatte in den Jahren an der Universität nicht wenige intelligente und noch mehr gebildete Menschen kennengelernt. Von kaum einem hätte sie jedoch gesagt, er sei weise. Lisa überlegte, wie sie dieses Attribut definierte. Ein Mensch, der sich als über andere erhaben betrachtete, war ignorant, ganz gleich, wie intelligent oder gebildet er auch sein mochte. Weisheit, so definierte Lisa für sich, war immer auch Herzensbildung. Ein Mensch, der weise war, hatte auch ein Herz für andere Menschen. Grünwald war weise. Lisa freute sich, ihn kennengelernt zu haben.

Aller Anfang ist schwer, dachte Lisa, doch tatsächlich traf in ihrem Fall eher der berühmte Ausspruch Hermann Hesses aus seinem Gedicht »Stufen« zu, dass jedem Aufbruch auch ein Zauber innewohnte. Lisa fühlte sich verzaubert: von ihrer neuen Stelle, von ihrer neuen Wohnung, von der Stadt und vom See. Selbst das Wetter war hier so schön und sonnig wie kaum sonst irgendwo in der Republik. Die Menschen im Südwesten redeten zwar in Lisas Ohren etwas eigenartig. Selbst wenn sie versuchten, Schriftdeutsch zu sprechen, erkannte man ihre Herkunft sofort an ihrem Singsang. Aber alles in allem war das nicht unsympathisch. Selbst der Slogan von Baden-Württemberg bekannte offenherzig: »Wir können alles. Außer Hochdeutsch.«

Sie würde sich daran gewöhnen.

Bis jetzt lief alles großartig, dachte Lisa fröhlich und aß das letzte Stückchen ihrer Schokolade.

3

»Bring ruhig die nächste Flasche von dem Champagner mit rauf, Jenny!« Niko sah der schlanken Frau im Bikini nach, als sie in das Innere der Jacht hinabstieg.

Die zwei leistungsstarken Dieselmotoren waren abgestellt. Die 13 Meter lange Motorjacht lag ruhig im Wasser. Leichter Wellengang ließ sie sanft schaukeln.

Jenny kam zurück auf das Sonnendeck und gab Niko die Flasche. Der reichte sie an einen Mann weiter, der neben ihm und einer nordischen Schönheit an einem Teakholztisch saß. »Mach du sie auf, Frank.«

Als alle vier ein volles Glas vor sich stehen hatten, stießen sie an.

»Auf uns!«

»Können wir die Musik ein wenig lauter stellen, Niko?«, fragte Jenny.

Niko zwinkerte. »Nur wenn du und Chris tanzt«, sagte er.

Er drehte die Musikanlage auf und die Frauen begannen, sich zum Rhythmus zu bewegen. Die Männer tranken ihre Gläser aus, während sie den beiden zusahen, und schenkten sich nach.

»Niko, Hand aufs Herz: Wie viel hast du für die Nussschale hingelegt? 300.000?«, fragte Frank.

Niko lächelte vielsagend. »Der Gentleman genießt und schweigt«, sagte er.

»Hey, ich hab ja nicht danach gefragt, was Jenny gekostet hat.«

Niko grinste. »Zeig du mir mal lieber, was du für dein Geld zu bieten hast.«

Frank griff in die Tasche, die neben ihm lag. Er zog ein kleines, in Frischhaltefolie gewickeltes Päckchen heraus. Als er sich daran machte, es zu öffnen, setzten sich die Frauen ebenfalls wieder an den Tisch.

»Ihr habt wohl ein Näschen für feine Sachen«, witzelte Frank.

Niko sagte: »Jenny, sei ein braves Mädchen und hol den Handspiegel aus der Kabine.«

Als Jenny zurückkehrte, hatte Frank ein Papierbriefchen geöffnet. Das darin enthaltene weiße Pulver schüttete er auf den Spiegel. Er strich darüber und formte schmale Linien. Dann zog er einen 100-Euro-Schein aus seiner Hosentasche, rollte ihn zu einem Röhrchen und gab ihn Niko. »Auf den edlen Spender!«, sagte er.

Niko nahm den Schein, neigte sich über den Spiegel und zog sich das Kokain in die Nase. »Verdammt gutes Zeug«, sagte er und reichte den Schein an Jenny weiter. »Genieß es. Und dann Chris und dann Frank. Und hol noch 'ne Flasche von dem Schampus!«

Die Sonne sank hinter die bewaldeten Höhen im Westen. Es wurde dunkel über dem See. Die Lichter der Ortschaften an den Ufern leuchteten zu der Jacht herüber.

Das Boot lag knapp einen Meter tief im Wasser. Die LED-Unterwasserscheinwerfer waren angeschaltet, sodass der Umriss der Jacht sich in einem leuchtenden grün-blauen Schein abhob. Unter ihr gähnende Finsternis. Einige Fische schwammen unter dem Boot hindurch.

Keiner der Menschen auf der Jacht bemerkte die Frau,

die sich mit gleichmäßigen Schwimmbewegungen näherte. Langsam tauchte sie an der Seite des Bootes entlang. Ihr Kopf ragte bis zur Nase aus dem Wasser. Ihre langen Haare trieben um sie herum wie die feinen Fäden einer Seewespe. Vor ihr prangte der Namenszug der Jacht: Selene.

Sie hörte Musik, Reden und Lachen vom Deck des Boots und das leise Saugen des Wassers an dessen Wänden. Die Frau schloss ihre Augen und trieb für einige Minuten lauschend im Wasser. Dann schwamm sie zum Heck, wo sich die Badeplattform und die Leiter befanden. Fast lautlos stieg sie hinauf.

*

Die Sonne schien von einem makellosen blauen Himmel. Eine leichte Brise wehte vom See her durch die Straßen. Lisa schlenderte durch die Stadt und musterte die Schaufenster. Aus den zahlreichen Cafés und Bars roch es verführerisch. Überall saßen Menschen und ließen sich Fischspezialitäten, Eisbecher oder einfach einen Snack schmecken. Vielen sah man den Touristen auf den ersten Blick an.

In der belebten Fußgängerzone entdeckte sie einen großen Buchladen. Vor dem Eingang befanden sich Stände, die die unvermeidlichen Postkarten und Wandkalender mit Urlaubsmotiven vom Bodensee darboten.

Schrieb denn heutzutage überhaupt noch jemand Postkarten, fragte sich Lisa mit einem Gefühl des Bedauerns. Ihr gefielen Briefe immer noch besser als E-Mails, und sie zog Postkarten den Posts auf Facebook vor.

Kurz entschlossen betrat sie den Laden, neugierig, was er außer Ansichtskarten und Regionalia noch zu bieten hatte. Es gab eine Krimi-, eine Fantasy-, eine Frauen- und eine Fremdsprachenabteilung sowie Regale mit Bestsellern und

Zeitschriften. Schließlich nahm Lisa einen bebilderten Band über den Bodensee zur Hand. Sie setzte sich in eine Leseecke und begann zu blättern. Bilder vom See aus der Luft, Bilder von malerischen Ufern bei Sonnenaufgang und im Abendrot, Bilder von imposanten Kirchen und schmucken Schlössern, Bilder von Fischen und anderen Wassertieren.

Ein Kapitel lautete: »Wasser aus der Tiefe«. Lisa erfuhr, dass vor dem benachbarten Dorf Sipplingen in 60 Metern Tiefe aus drei großen Rohren Wasser abgesaugt wurde. Mit dem Wasser aus der Tiefe des Bodensees wurden rund vier Millionen Menschen in Baden-Württemberg mit Trinkwasser versorgt. 130 Millionen Kubikmeter Wasser wurden jedes Jahr abgepumpt. Lisa las staunend, dass die Wassermenge, die dem See pro Tag entnommen wurde, deutlich geringer war, als über dessen Oberfläche ohnehin verdunstete.

In Gedanken versunken trug sie das Buch zur Kasse. Sie bezahlte und verließ das Geschäft. Als sie an der Seepromenade entlang nach Hause ging, sah sie auf die gewaltige Wasserfläche hinaus. Ein irrationales Unbehagen erfüllte sie bei dem Gedanken, dass dort unten in der Tiefe, in völliger Dunkelheit und bei einer konstanten Kälte von vier Grad, das Summen von Pumpen zu hören war. Pumpen, die unvorstellbare Wassermengen einsaugten. Was, wenn ein Taucher den Pumpen zu nahe käme? Würde er angesaugt, sodass er nicht mehr loskam und elend ertrank?

Lisa schüttelte den Kopf bei dem Versuch, die wirren Gedanken abzuschütteln. So ein Unsinn! Sie wollte sich nicht mit trübsinnigen Dingen beschäftigen.

Heute Abend war das Begrüßungsessen mit Grünwald. Lisa hatte bereits beschlossen, Fisch zu mögen.

An einem Stand kaufte sie einen farbenfrohen Blumenstrauß, den sie mitbringen wollte. Ihr Vermieter schien ein Gourmet zu sein. Da wäre es eine sehr heikle Sache, einen

Wein für ihn zu besorgen, besonders wenn man wie sie keinen blassen Schimmer von Weinen hatte. Mit einem Blumenstrauß war sie daher auf der sicheren Seite. Lisa roch an den Blumen und trat den Heimweg an.

*

Grünwald klingelte am großen Tor des Nachbarhauses. Es war ein langer Spaziergang gewesen. Er fühlte sich ein wenig erschöpft, aber der Hund schien es genossen zu haben. Hector zeigte keine Spur von Müdigkeit. Der kalbgroße Alangu Mastiff musste fast immer an der Leine geführt werden, nur draußen im Grünen ließ Grünwald den 90 Kilo schweren Hund manchmal los. Das war zwar nicht erlaubt, aber da Hector verlässlich gehorchte, wagte der Archivar es dann und wann doch. Er hatte den Hund gern, auch wenn er selbst niemals einen angeschafft hätte. Ein solches Tier zu besitzen bedeutete eine große Verantwortung. Und so gern er bisweilen für seine Nachbarn den Hund ausführte, so wenig wollte er regelmäßig dazu verpflichtet sein.

Martha Vogel kam aus der Villa und öffnete das Tor. Der Hund wedelte mit dem Schwanz und verschwand im großen Garten.

»Danke, Herr Dr. Grünwald«, sagte seine Nachbarin. »Sie wissen ja gar nicht, was Sie mir heute mit Hector für eine Last abgenommen haben. Benedikt musste zum Zahnarzt und mein Mann ist noch nicht von der Arbeit zu Hause. Und Sie wissen ja, meine Mutter kann man keinen Moment aus den Augen lassen.«

»Wie geht es Ihrer Mutter heute?«, fragte Grünwald höflich.

»Immer dasselbe«, seufzte Frau Vogel. »Sie ist in der Lage, alles Mögliche anzustellen. Gestern wollte sie Weihnachtsplätzchen backen. Im Badezimmer.«

Als sie Grünwalds betretenen Gesichtsausdruck sah, fügte sie hinzu: »Wenn es nicht so traurig wäre, könnte ich manchmal fast darüber lachen.«

»Auf jeden Fall sollte man den Humor nicht verlieren«, sagte Grünwald.

»Da haben Sie recht, Herr Doktor. Wie hat sich Ihre neue Untermieterin eingewöhnt?«

»Gut, hoffe ich. Sie scheint wirklich ein sehr lieber Mensch zu sein.«

»So schien es mir auch. Jedenfalls hat sie mich sehr herzlich gegrüßt. Das denkt man von den Norddeutschen gar nicht.«

Grünwald lächelte. Für viele hier im äußersten Süden Deutschlands war alles, was nördlich von Frankfurt lag, bereits Norddeutschland. Dass es von Münster aus noch um die 200 Kilometer bis zur Küste waren, spielte da keine Rolle.

»Tja«, sagte er, »manchmal wird man eben angenehm überrascht.«

»Da haben Sie so recht!«

Aus dem Inneren des Hauses ertönte Kindergeschrei. Martha Vogel sah ihn entschuldigend an und wandte sich zum Gehen.

»Nochmals herzlichen Dank«, sagte sie und verschwand durch die Tür.

»Jederzeit.« Der Archivar ging die wenigen Schritte zu seinem Haus und schloss auf. Heute Abend käme Lisa zu Besuch. Seine Nachfolgerin. Wie so oft zuvor mischte sich in die Freude, die richtige Person für diesen Posten gefunden zu haben, die Angst vor der Pensionierung. Er hatte sowieso schon zwei Jahre länger gearbeitet, als es üblich war, doch jetzt war die Zeit gekommen. Er würde nicht mehr Morgen für Morgen zum Archiv gehen, das ihm in Jahrzehnten zu einer Heimat geworden war. Natürlich könnte er Lisa hin und wieder im Archiv besuchen. Aber er wollte ganz bestimmt nicht einer von denen sein, die nicht loslassen konnten und ihre Nachfolger zu Tode nervten. Nein, er brauchte eine neue Beschäftigung. Vielleicht könnte er endlich ein Projekt angehen, das er schon seit Jahren im Kopf hatte: die Geschichte Überlingens zu verfassen, von der ersten bezeugten Erwähnung im 8. Jahrhundert bis heute. Zwölf Jahrhunderte Stadtgeschichte, Bautätigkeit, Wirtschaft und Handel, Bündnisse und Kriege, Reichtum und Elend. Und immer der See.

Grünwald goss sich ein Glas Weißburgunder ein, roch den herben Duft des trockenen Weines und nahm einen Schluck. Er nickte zufrieden. Ein guter Wein. Und ein guter Plan für einen alternden, aber innerlich jung gebliebenen Stadtarchivar.

*

Seit sie in Überlingen war, hatte sie sich noch nicht bei ihrer Mutter in Münster gemeldet. Mit schlechtem Gewissen suchte Lisa die gespeicherte Nummer und drückte die grüne Taste. Lisa klemmte den Hörer zwischen Wange und Schulter und versuchte, sich die Hose auszuziehen. Bei dem Essen bei Grünwald wollte sie ein leichtes Sommerkleid tragen. Als sie gerade die Hose über die Knöchel ziehen wollte, meldete sich ihre Mutter.

»Engels?«

Lisa bekam ihren Fuß nicht aus der Hose, stolperte und fiel der Länge nach auf den Teppichboden. Das Telefon schlug neben ihr auf. »Autsch!«, rief sie.

Aus dem Hörer tönte eine besorgte Stimme: »Hallo? Sie sind verbunden mit Engels.«

Lisa griff nach dem Gerät. Ohne aufzustehen, sagte sie: »Hier ist auch Engels. Hallo, Mama.«

»Hallo, mein Schätzchen! Geht es dir gut?«

Lisa rieb sich einen Ellenbogen. Sie drehte sich auf den Rücken und sagte im Liegen: »Ja, wirklich, mir geht es sehr gut. Dr. Grünwald ist echt nett. Ich bin heute Abend bei ihm eingeladen. Zum Willkommensessen.«

»Das ist ja freundlich. Ich bin froh, dass du dort untergekommen bist. So kennst du immerhin jemanden und bist nicht völlig fremd in der Stadt.«

»Mama, ich bin ja nicht zum ersten Mal allein in einer neuen Stadt! Aber klar, es ist schon schön. Die Wohnung ist auch toll.«

»Dann hat es mit Silvio geklappt? Ich meine, mit deinen Sachen?«

Lisa überlegte, ob sie ihrer Mutter von Silvios Tauchunfall erzählen sollte. Eigentlich hatte sie keine Lust dazu, doch wenn ihre Mutter in Münster Silvios Mutter oder eine ihrer Bekannten treffen sollte, wäre sie bestimmt sauer, dass ihre Tochter sie nicht informiert hatte und sie völlig ahnungslos war.

»Silvio hat mir alles gebracht«, erzählte sie also. »Danach war er noch tauchen.« Möglichst beiläufig fügte sie hinzu: »Dabei hatte er einen Unfall.«

Bevor ihre Mutter eine Zwischenfrage stellen konnte, erklärte sie schnell: »Es ist nichts Schlimmes, er ist schon wieder ganz der Alte.«

»Aber ein Tauchunfall ist schrecklich gefährlich«, sagte ihre Mutter. »Ist er im Krankenhaus?«

»Ja«, sagte Lisa, »ich konnte ihn schon besuchen. Es geht ihm gut.«

»Gott sei Dank. Und du bist sicher, dass es auch dir gut geht? Sei ehrlich, isst du genug?« Die Stimme ihrer Mutter klang ein wenig weinerlich. Sie würde sich wohl nie daran gewöhnen, dass ihre Tochter nicht mehr zu Hause wohnte und inzwischen eine erwachsene Frau über 30 war. Seit dem Tod von Lisas Vater war das nicht gerade besser geworden.

»Mir geht es wirklich sehr gut«, sagte Lisa möglichst überzeugend. »Ich muss mich jetzt nur fertig machen. Ich möchte nicht zu spät zu Dr. Grünwald kommen.«

»Nein, nein, das solltest du nicht«, kam es aus dem Gerät. »Aber du meldest dich wieder, ja?«

»Natürlich«, sagte Lisa, »das weißt du doch.«

»Na ja«, erwiderte ihre Mutter mit einem leicht vorwurfsvollen Unterton, »die letzten Tage habe ich nichts von dir gehört.«

Lisa seufzte. »Ich war ja gerade erst angekommen«, sagte sie. »Ich verspreche, mich zu bessern. Grüß bitte alle, die mich kennen, ja? Bis bald, ich hab dich lieb, Mama.«

»Ich habe dich auch lieb, Schätzchen.«

Nachdem Lisa das Gespräch beendet hatte, stand sie auf und ging in ihr Schlafzimmer. Sie suchte ein Sommerkleid aus dem Schrank und zog es an. Wenn sie sich ein wenig eingelebt hatte, musste ihre Mutter sie unbedingt besuchen kommen. Es würde ihr sicher gefallen am Bodensee. Hotels und Pensionen gab es hier in Hülle und Fülle, Lisa lebte schließlich in einer der beliebtesten Ferienregionen Deutschlands. Je nachdem, wer sie besuchen käme, würde sie ihrem Gast natürlich kulturelle und historisch interessante Highlights zeigen. Schon die Stadt selbst bot einiges, und in unmittelbarer Umgebung lagen die Pfahlbauten, eine steinzeitliche Siedlung, die Meersburg, eine der ältesten Burgen Deutschlands und einstiger Wohnsitz der großen Dichterin Annette von Droste-Hülshoff. Am anderen Bodenseeufer befand sich Konstanz mit dem Konzilgebäude. Von 1414 bis 1418 hatte dort die Kirchenversammlung getagt und die Stadt für ein paar Jahre zum Nabel des Abendlandes gemacht. Nur einen Steinwurf davon entfernt, im Untersee – dem kleineren der beiden Seen, die den Bodensee bildeten –, lag die Klosterinsel Reichenau mit ihren über 1.000 Jahre alten Kirchen. Und das waren nur ein paar wenige der Orte, die eine ausgiebige Besichtigung wert waren.

Lisa schmunzelte innerlich. Sie könnte auf Jahre hinaus jeden Sommer Besuch bekommen, und ihr würden die Sehenswürdigkeiten nicht ausgehen.

»Kommen Sie herein!«, sagte Grünwald, als er die Tür auf ihr Klopfen hin öffnete.

»Danke«, sagte Lisa und betrat die Wohnung. »Es riecht ja schon ganz verführerisch.«

Der Archivar führte sie in einen Raum, der offensichtlich sein Ess-, Wohn- und Arbeitszimmer darstellte.

»Es gibt ein Saiblingsfilet, auf der Haut gebraten. Frisch aus dem See. Ich habe ein Linsen-Gemüse-Ragout dazu gemacht. Trinken Sie einen Wein? Riesling passt gut dazu.« Grünwald hielt ihr ein Glas hin.

»Gern«, sagte sie.

Grünwald goss ein und prostete ihr zu. »Zum Wohl. Schön, dass Sie da sind. Noch einmal herzlich willkommen!«

»Danke«, sagte Lisa. Der Wein schmeckte ausgezeichnet.

Grünwald sagte: »Nehmen Sie noch kurz Platz. Ich bin gleich fertig.«

Lisa setzte sich auf einen Sessel und griff nach einer Zeitung, die auf dem Schreibtisch lag. Der Ufer-Bote, vermutlich das lokale Blatt. Die Schlagzeile fesselte sie sofort und brachte sie dazu, den Artikel zu lesen.

MYSTERIÖSER VORFALL
AUF DEM ÜBERLINGER SEE

Gestern am frühen Morgen wurde von der Wasserschutzpolizei eine Jacht aufgebracht, die rund

350 Meter vor Sipplingen im Überlinger See trieb. Ihren Liegeplatz hat die »Selene« in Konstanz. Nachdem niemand auf der Jacht auf die Versuche der Polizei, Kontakt aufzunehmen, reagiert hatte, enterten Beamte das Schiff und fanden keine Besatzung vor. War man zunächst davon ausgegangen, dass die Jacht nach einem Badegang der Besitzer abgetrieben sein musste und Letztere sich wohl schwimmend in der Nähe befinden mussten, machten die Beamten an Bord schließlich eine beunruhigende Entdeckung, durch die man sich gezwungen sah, von einem Verbrechen auszugehen. In den Innenräumen der Jacht fanden sich große Mengen an Blut. Die »Selene« wurde von der Polizei in den Hafen geschleppt. Die Suche nach der Besatzung blieb trotz stundenlanger gemeinsamer Bemühungen der Wasserschutzpolizei Baden-Württemberg und der Schweizer Kantonspolizei Thurgau, die man um Beihilfe ersucht hatte, vergeblich. Wer Angaben zu der Jacht oder dem Verbleib ihrer Besatzung machen kann, wird gebeten, sich bei den Behörden zu melden.

»Das ist ja gruselig«, sagte Lisa und legte die Zeitung weg.

»Was denn?«, fragte Grünwald.

Lisa zuckte zusammen. Sie hatte nicht bemerkt, dass der Archivar hinter sie getreten war. »Dieser Artikel«, sagte sie. »Kommen Sie, ich helfe Ihnen.«

»Danke«, sagte Grünwald und stellte die Platte mit dem Fisch auf den Esstisch. »Sie könnten bitte noch die Schale mit dem Reis reinbringen.«

Lisa holte die Schale aus der Küche und trug sie an den Tisch. Das Essen duftete verführerisch.

»Guten Appetit!« wünschte Grünwald Lisa.

»Danke! Guten Appetit.«

Lisa probierte. »Wow, das schmeckt richtig gut!«

Der alte Archivar lächelte zufrieden. Eine Weile aßen sie schweigend.

Dann fragte Lisa: »Was denken Sie, was auf dem Schiff passiert ist? Auf dem, das man ohne Besatzung gefunden hat.«

Grünwald kaute und trank einen Schluck Wein, bevor er antwortete. »Ich weiß es nicht. Es gibt immer wieder Bootsunfälle, vor allem bei Stürmen.«

»Stürme auf dem Bodensee? Können denn die so schlimm sein?«, fragte Lisa.

»Ja«, sagte Grünwald und nickte, »es gibt zum Teil heftige Stürme. Gefährlich sind die Fallwinde von den Gebirgen. Die Wellen gehen bei einem Sturm leicht bis zu drei Meter hoch. Und höher.«

»Das hätte ich nicht gedacht«, sagte Lisa kauend.

»Das geht den meisten so, die dann Probleme kriegen«, antwortete Grünwald. »Sie unterschätzen den See. Deshalb behält er jedes Jahr einige Schwimmer, Taucher und Bootfahrer bei sich.«

»Wie sich das anhört: Er behält sie bei sich …«

Der Archivar merkte, dass die junge Frau etwas auf dem Herzen hatte und unschlüssig war, ob sie sich ihm anvertrauen sollte. Er drängte sie nicht. Er goss ihr Wein nach und wartete einfach.

Schließlich begann sie: »Gerade musste ich einen Freund im Krankenhaus besuchen. Es war der, der meine Sachen gebracht hat. Er ist getaucht. Er ist, soviel ich weiß, ein erfahrener Taucher. Trotzdem hat er was Verbotenes gemacht. Gegenüber von hier, auf der anderen Seeseite, vor diesem Wald, da darf man wohl eigentlich nicht tauchen.«

»Nein«, sagte Grünwald, »da ist der Teufelstisch.«

Lisa blickte erstaunt auf. »Ja genau! Das hat er auch gesagt. Er weiß nicht genau, was passiert ist. Aber er hat Glück gehabt. Man hat ihn rausgezogen. Und anschließend hat er ein paar Stunden in so einer Druckkammer verbracht.«

Grünwald nickte. »Dekompressionskammer. Ja, dann hat er Glück gehabt. Am Teufelstisch sind schon viele Taucher verunglückt. Ich freue mich für Sie, dass Ihr Freund so gut davongekommen ist.«

»Danke«, sagte Lisa. Sie nahm einen Schluck aus dem Weinglas, dann überwand sie sich. »Er hatte echt viel Glück. Das wirklich Verrückte ist aber, was er mir noch erzählt hat.« Sie sah Grünwald an. »Er sagte, dass er da unten eine Frau gesehen hat.«

Lisa prüfte, ob ein Zug von Spott in seinen Blick trat. Sein Blick war fragend, aber nicht spöttisch. Sie fuhr fort: »Er sagte, die Frau sei real gewesen. Sie hätte ihm so große Angst gemacht, dass er zu schnell aufgetaucht sei.« Sie schwieg einen Augenblick lang. »Er meinte, die Frau sei tot gewesen. Und hätte ihn trotzdem angesehen.« Lisa schob den leeren Teller von sich. »Wahrscheinlich war das der Schock.«

Es dauerte eine Weile, bis Grünwald antwortete. »Wer weiß«, sagte er nachdenklich.

Dann erhob er sich und ging in den Hausflur. Dort stand er einen Moment suchend vor einem Regal. Schließlich zog er ein Buch heraus und brachte es an den Tisch. Es war ein illustrierter Band über Märchen, Sagen und Geschichten am Bodensee. Lisa schätzte das Alter des Buches anhand der Aufmachung auf etwa 60 Jahre.

Grünwald setzte eine Lesebrille auf und studierte das Inhaltsverzeichnis. »Hier ist es«, sagte er. Er sah Lisa über den Rand der Brille an und las dann vor:

»Die Völker am See kennen viele Sagen. Eine ist die von einer unheimlichen Frauengestalt. Den Kindern droht man:

Sei artig, sonst holt dich die Weiße Frau! Und manche holte sie auch. Niemand weiß zu sagen, wer die unheimliche Frau war und woher sie kam, aber wenn sie kam, brachte sie Tod und Verderben. Und nicht nur Kinder holte sie. In den Jahren, in denen sie kam, starben Kinder und Alte, Männer und Frauen, Arme und Reiche einen grauenvollen Tod.«

Lisa machte große Augen. »Wow«, sagte sie dann und nahm einen großen Schluck aus ihrem Weinglas. »Sind das die Geschichten, die sie hier den Kindern zum Schlafengehen erzählen?«

*

In ihrer Wohnung ließ Lisa den Abend noch einmal Revue passieren. Es waren wirklich nette Stunden gewesen. Als Grünwald aus dem Sagenschatz vorgelesen hatte, war ihr etwas mulmig geworden, aber danach waren sie schnell zu anderen Themen übergegangen. Der alte Archivar konnte wunderbar erzählen. Und er konnte auch gut zuhören. Nie gab er ihr das Gefühl, sie nicht ernst zu nehmen, obwohl er sicherlich so viel mehr wusste als sie.

Lisa begab sich ins Badezimmer und zog sich aus. Es wunderte sie nicht, dass der Archivar unverheiratet geblieben war. Grünwald ging völlig in seinem Beruf auf. Es lag wohl kaum daran, dass er keine Frau abbekommen hätte. Grünwald war freundlich, intelligent und aufmerksam. Er war auch trotz seines Alters nicht unattraktiv. Vielmehr schien der Beruf für ihn eine Art Berufung zu sein, der er alles andere geopfert hatte. Einsam war er sicher nicht. Jedenfalls hatte er nicht die hoffnungslose Ausstrahlung, die oft von einsamen Menschen ausging. Er hatte zwar an diesem ersten Abend nicht viel von sich gesprochen, aber er machte insgesamt auf Lisa einen zufriedenen und in sich ruhenden Eindruck.

Sie war erleichtert, dass sie von Grünwald nicht ausgelacht worden war, als sie ihm von der toten Unterwasserfrau erzählt hatte. Sie spürte, wie verletzlich man sich machte, wenn man etwas preisgab, das einen innerlich beschäftigte. Besonders wenn es sich dabei um etwas so Verrücktes handelte.

Angenehm schläfrig zog sie sich ihre Schlafsachen an und putzte sich die Zähne. Während sie in den Badspiegel sah, dachte sie, dass sie jetzt erst recht froh war, dass sie Silvio nicht ausgelacht hatte. Es hatte ihm gutgetan, ihr von dem zu erzählen, was er erlebt oder sich wahrscheinlich eher eingebildet hatte. Auf jeden Fall trieb es ihn um, und er hatte das Bedürfnis gehabt, sich jemandem anzuvertrauen.

Lisa ging in das Schlafzimmer. Sie spürte die Wirkung des Weins ein wenig. Draußen war Wind aufgekommen. Regentropfen klopften leise an ihr Fenster. Sie schlüpfte ins Bett und löschte das Licht. Nach wenigen Minuten war die junge Frau eingeschlafen.

4

Über dem See zogen sich dunkle Wolken an dem nächtlichen Himmel zusammen. Böiger Wind kam auf. Auf der Wasseroberfläche bildeten sich Wellen. Erste Regentropfen fielen schwer und kalt auf das schwarze Wasser herab.

Am Ufer leuchteten die orangefarbenen Lichtsignale der Sturmwarnung auf. 90 Blitze in der Minute zeigten an, dass Boote, die sich gegebenenfalls noch auf dem See befanden, unverzüglich den nächsten Hafen ansteuern sollten.

Wie eine dunkle Wand schob sich das Gewitter von Westen nach Osten voran. Ein greller Blitz zuckte auf und gleich darauf krachte ein Donnerschlag ohrenbetäubend über das Wasser. Der Seegang wurde höher. Der Wind peitschte über die Oberfläche und wirbelte die Wellen mit weißen Schaumkronen auf. Der Regen wurde stärker und immer dichter. Wie aus Kübeln stürzte er jetzt schwer herab. Der Sturmwind schob den Regen wie eine nasse Mauer über den See. Die Sicht nahm rapide ab, während Blitze die Dunkelheit in immer kürzeren Abschnitten zerrissen. In den Jachthäfen schaukelten die Masten der Segelboote aufgebracht im schwarzen Wasser hin und her. Das Heulen des Windes und der Donner übertönten alle anderen Geräusche. Bei genauem Hinhören war das Martinshorn eines Krankenwagens oder Feuerwehrfahrzeugs auszumachen, das irgendwo an der Uferstraße gegen die Naturgewalten ankämpfte. Dann wurde es vom Sturm verschluckt.

Doch wenige Meter unter der Oberfläche des aufgepeitschten Sees spürte man nichts mehr von dem Sturm. Es war so ruhig wie am schönsten Sonnentag, wenn keine Brise das Wasser trübte. Dieses Reich der Stille und der Dunkelheit gehörte vielfältigen Wesen: Muscheln, Krebsen, Garnelen, Krabben, Schnecken, Egeln, Süßwasserquallen.

Die Tiefen wurden bevölkert von Felchen, Kretzern, Saiblingen, Äschen, Forellen, über einen Meter langen aggressiven Hechten, Zandern, nachtaktiven Aalen, und dort lebte auch der größte Raubfisch des Sees, der bis zu zwei Meter große und jahrzehntealte Wels, in dessen riesigem breitem Maul Fische und alle Arten von Wasservögeln, kleine Schwäne, unvorsichtige Nagetiere und sogar kleine Hunde verschwanden.

Und in Lisas unruhigen Träumen bewegte sich dort unten eine noch unheimlichere und weitaus schwerer zu fassende Kreatur. Sie schwebte mit der majestätischen Geschmeidigkeit eines großen Rochens durch das Wasser. Lisa fühlte ihre Gegenwart an ihrer Seite, dann wieder über sich, und dann fasste die gestaltlose Kreatur sie an der Hand und zog sie mit sich fort, noch tiefer hinab in die stille Dunkelheit.

*

Am nächsten Morgen stand Lisa pünktlich vor Grünwalds Tür. Der Sturm hatte sich verzogen. Im Laub der Bäume und auf dem Gras glitzerten noch die Regentropfen, aber die Luft war mild und duftete würzig. Es würde wieder ein warmer Tag werden.

Sie gingen gemeinsam den etwa zwei Kilometer langen Fußweg zum Archiv. Der alte Archivar war noch ganz gut zu Fuß. Lisa musste sich beinahe anstrengen, um mit ihm Schritt zu halten.

»Als ich die Stelle im Archiv angetreten habe, da war ich noch jünger, als Sie es jetzt sind«, sagte er. »Das war 1968, und so ziemlich alle in meinem Alter hatten andere Interessen, als in einem Archiv zu arbeiten. Höchstens in einem Archiv für politische Aktion oder so etwas.«

»Na ja«, sagte Lisa, »Archivwissenschaft ist auch heute nicht gerade überlaufen. Wie war die Stadt damals?«

Grünwald dachte nach. Er schien in seinem Gedächtnis nach den passenden Bildern zu suchen. »Wir waren weit weg vom großen politischen Geschehen«, sagte er. »Hier war es eher ... gediegen. Hier unten ist man tief in der Provinz. Nicht in der Art, wie man auf der Schwäbischen Alb in der Provinz ist. Oder im Münsterland«, setzte er neckisch hinzu.

Lisa lächelte.

»Eher so, wie man im Französischen ›la Provence‹ sagt«, fuhr er fort. »Überlingen war damals noch viel kleiner. Und es gab noch keine Uferpromenade. Die kam erst Jahre später.«

»Ich kann mir Überlingen gar nicht ohne die Promenade vorstellen. Sie gehört einfach dazu, nicht?«

»Der Bodensee gehört zu Überlingen«, sagte Grünwald nachdenklich. »Oder besser gesagt, Überlingen gehört zum Bodensee. Die Promenade verbindet das Leben der Stadt auf eine ganz neue Weise mit dem Wasser. Die Leute hier haben drei Grundsätze, die spiegeln gewissermaßen ihre Mentalität wider. Erstens: Das war schon immer so. Zweitens: Das gab es noch nie. Und drittens: Wir haben ja den See.«

Lisa lachte. »Auf diese Weise ändert sich allerdings nie etwas.«

»Die gesamte Geschichte dieser Stadt ist die Geschichte der Beziehung zum Wasser«, fuhr Grünwald fort. »Zuerst war es eine Fischersiedlung, dann profitierte sie vom Handel, später vom Tourismus. Aber immer war es der See, der alles bestimmte. Und es ist der See, der die Mentalität der Menschen prägt. Sie werden das irgendwann nachempfinden können, wenn Sie lange genug hier sind und zu den verschiedenen Tages- und Nachtzeiten auf das Wasser hinausgeschaut haben. Oft scheint die Sonne darauf, es ist einer der sonnigsten und wärmsten Landstriche Deutschlands. Im Frühling und im Herbst liegt der See aber auch oft im Nebel, und der hüllt die Stadt mit ein. Der Nebel ist der Schleier des Sees, gebildet aus seiner Nässe. Damit zeigt der See, dass die Stadt zu ihm gehört. Dass sie ihm gehört. Aber der Nebel macht die Luft auch feucht und lässt sie nach Wasser riechen.«

Lisa sog die Luft ein. Sie war würzig und duftete tatsächlich nach Wasser. Auch ohne Nebel.

Sie gingen die Uferpromenade entlang. Ein kleiner Umweg, aber er lohnte sich, da sie beim Gehen auf den See hinaussehen konnten.

»Es ist ein interessanter Gedanke«, sagte sie, »die Geschichte einer Stadt von ihrer Beziehung zu einem See her zu definieren. Ich glaube, dass ich das in Bezug auf Überlingen noch nie so bei einem Stadtchronisten gelesen habe.«

»Es geht bei den Stadtschreibern immer um Politik, um Handel und um Gebäude. Und es geht darum, festzuhalten, wer die Politik bestimmt, den Handel dominiert und die Gebäude errichtet hat. Die Chroniken enthalten Listen von Namen, Ereignissen und jede Menge Jahreszahlen.«

Grünwald und Lisa waren am Archiv angekommen. Er schloss die schwere Eingangstür auf. Vor dem Eintreten hielt er kurz inne.

»Lassen Sie sich nicht täuschen«, sagte er leise und sah Lisa in die Augen. »Das Ganze ist nur ein Puppentheater.

Das ist so in Überlingen, und das ist so in der großen Welt. Auf der Bühne tanzen die Puppen, doch dahinter ist es das Wasser, das sie an den Fäden hält und tanzen lässt.«

*

Hauptkommissar Werner Cornelius zündete sich eine Brissago an und warf das Streichholz auf den Boden des Kais. Er nahm einen tiefen Zug und schritt unsicher über die angelegte Brücke auf die Jacht, die in den kleinen Hafen geschleppt worden war. Sie lag ruhig hinter dem schweren Schnellboot der Polizei. Wie so viele, die am See wohnten, genoss Cornelius das Wasser am liebsten vom Land aus. Boote waren ihm suspekt. Er hatte lieber festen Boden unter seinen Füßen.

Ein Kollege der Wasserschutzpolizei erwartete ihn. Cornelius kannte ihn schon lange. Der Name des Beamten war ausgerechnet Landmann. Doch alle nannten ihn Seemann, was für einen Polizisten, der die meiste Zeit auf dem Wasser verbrachte, angemessener war.

»Grüß Gott, Seemann«, begrüßte der Kommissar den stämmigen Kollegen.

»Grüß Gott, Cornelius. Kommen Sie, hier gibt's wirklich was zu sehen.«

Cornelius folgte Landmann in das Innere der Jacht. Er verstand nicht viel von Booten, aber es war ihm sofort klar, dass dieses den Besitzer ein kleines Vermögen gekostet hatte.

Und das Leben, dachte er bitter.

Er sah sich um. Auf dem Holzboden im Salon war Blut. Auch auf den edlen Sitzgelegenheiten aus hellem Leder.

Die Jacht hatte zwei Kabinen und vier Kojen. Eine der Kabinen sah schrecklich aus. Der Boden, die Wände, sogar die Decke waren über und über mit Blutspuren bedeckt.

Es gab zwei Toiletten und eine Dusche. In einer der Toiletten entdeckte er ebenfalls rotbraune Flecken.

Blut fand sich auch auf der Granit-Arbeitsfläche in der Küche. Ein solches Szenario hatte Cornelius schon sehr lange nicht mehr gesehen. Das Blut stammte sicherlich von mehreren Personen, von wie vielen, das musste die DNS-Analyse erst noch ergeben. Die Leute von der Spurensicherung des LKA würden gegen Abend eintreffen.

Cornelius zog an seiner Zigarre. Sie war ausgegangen. Missmutig steckte der Hauptkommissar sie in seine Hemdtasche. Er ließ den Eindruck des Schreckensbildes auf sich wirken. Der Täter musste mit einem Messer oder … einer Axt zu Werke gegangen sein. Oder wohl eher die Täter.

»Oben auf dem Sonnendeck ist auch alles voller Blut«, klärte ihn der Wasserschutzpolizist auf.

»Und von den Leuten keine Spur?«, fragte Cornelius.

»Wie vom Erdboden verschluckt. Oder eher vom Seeboden«, antwortete Landmann lakonisch.

»Die hat ja nicht der Klabautermann geholt!«, fuhr Cornelius auf.

Landmann, der Seemann, überhörte den gereizten Unterton des älteren Kollegen. Er schätzte Cornelius. Der Kommissar war ein erfahrener und kompetenter Polizist und dazu ein gebildeter Mann. Er bildete sich jedoch nichts darauf ein. Und Landmann kannte wenige Männer, die was auf dem Kasten hatten und es nicht raushängen ließen. Cornelius, davon war er überzeugt, war überhaupt nur aus dem einen Grund noch nicht auf einem hohen Posten in Stuttgart, weil er Überlingen und den Bodensee viel zu sehr liebte, als dass er sie hätte verlassen können.

Ruhig sagte er: »Ich weiß, wem die Jacht gehört. Habe die Schüssel vor etwa drei Monaten überprüft. Der Besitzer ist so ein junger Yuppie aus dem Schwabenländle. Nikolai Strobel. Ich glaube, der ist in irgendeinem Internetgeschäft drin. Ich hab mich vorhin bei der Zulassung erkundigt. Die Jacht hat er vor vier Monaten für rund 290.000 Euro gekauft.«

Cornelius dachte nach. Junge Leute mit viel Geld, eine teure Jacht, ein mutmaßlicher Mehrfachmord, ohne auch nur den Versuch, ihn zu vertuschen. Das könnte der Auftakt zu einem Drogenkrieg sein. Vielleicht die Mafia? Der Südwesten diente den »Ehrenmännern« und ihren »Familien« seit Langem als sicheres Hinterland. Deutschland und auch Baden-Württemberg, das wusste man genauso in Neapel und auf Sizilien, hatten nicht die strengen Gesetze Italiens, die das Ergebnis eines langen Kampfes gegen das organisierte Verbrechen waren.

Wenn es sich um einen Mafiamord handelte, waren die Leichen sicher ins Wasser geworfen und zuvor beschwert worden, damit sie nicht mehr hochkamen. Auf dass sie, im wahrsten Sinne des Wortes, nicht mehr auftauchten.

Cornelius sah durch das Heckfenster der Jacht auf den See hinaus. Seine Oberfläche glitzerte im Sonnenlicht. Doch höchstens 60 Meter darunter, das wusste er, war alles schwarz wie die Nacht.

*

So viel Blut wie auf der Jacht bekam man am Bodensee sonst nur bei einem schweren Autounfall zu sehen. Die Polizei hatte es neben dem Alltagsgeschäft – zu dem Unfälle, Diebstähle, Einbrüche, Ruhestörungen, Schlägereien und häusliche Gewalt gehörten – in der Grenzregion zwar mit diversen Formen der Drogenkriminalität, aber wenig mit Tötungsdelikten zu tun. Natürlich gab es auch hier Mord und Totschlag, aber die Zahl stand in keinem Verhältnis zu größeren Städten und Ballungsräumen. Überhaupt wiesen die »Südstaaten« Deutschlands, Baden-Württemberg und Bayern, eine weitaus niedrigere Verbrechensrate auf als die übrigen Bundesländer.

Hauptkommissar Cornelius setzte sich auf eine Bank an der Seepromenade. 500 Schritte weiter lag das Revier, aber Cornelius wollte noch ein wenig an der frischen Luft bleiben. Zumal man in den Büroräumen nicht mehr rauchen durfte. Er fingerte in seiner Innentasche nach seinen Zigarren, aber die Schachtel war leer. Ohne eine Brissago konnte er nicht nachdenken. Er stand auf und ging zu einem Kiosk in der Nähe.

Genüsslich paffend kam er zurück und setzte sich wieder.

Nein, ein solches Blutbad sah er nicht oft. Und doch … Vor nicht allzu langer Zeit war er mit etwas Ähnlichem konfrontiert worden. Der Leiche von Magdalena. Aber konnte da ein Zusammenhang bestehen? Bei den mutmaßlichen Opfern auf der Jacht handelte es sich um reiche junge Leute aus Schwaben, vielleicht mit Beziehungen zur Cyberkriminalität oder zur Drogenmafia. Magdalena war alles andere als reich gewesen und sie hatte sicher nichts mit irgendwelchen Verbrechen zu tun gehabt. Eine gutbürgerliche kleine Angestellte in einem städtischen Büro. Bei der gründlichen Untersuchung ihres Umfelds hatten sich keinerlei Anhaltspunkte für ein Motiv ergeben. Beim jetzigen Stand der Ermittlungen musste die Polizei davon ausgehen, dass die Frau ganz einfach zur falschen Zeit am falschen Ort gewesen und einem offensichtlich wahnsinnigen Mörder zum Opfer gefallen war.

Bei der Erinnerung an den Anblick, den Magdalenas Leichnam geboten hatte, zog sich der Magen des Kommissars schmerzlich zusammen. Er inhalierte den Rauch seiner Zigarre und blickte auf die sonnenwarme Oberfläche des Sees hinaus. Ein verschwommenes Bild von verunstalteten

Körpern tauchte aus den Tiefen seiner Erinnerung auf, doch Cornelius schüttelte den Gedanken sogleich wieder ab. Das war viel zu lange her, als dass es sich um denselben Täter handeln könnte. Er selbst war damals noch ein blutjunger Polizist gewesen. Er musste sich auf das Heute konzentrieren. Mal sehen, was die kriminaltechnische Untersuchung bei der Todesjacht ergeben würde. Doch eins wusste er: Bevor er nächstes Jahr in den Ruhestand trat, musste er den Mord an Magdalena aufklären. Das war er seinem Freund Grünwald schuldig.

5

Archive hatten Lisa schon immer fasziniert. Bereits als Jugendliche hatte sie gespürt, dass die Schriften, Bücher und Akten so etwas wie einen lebendigen Organismus bildeten. Sie waren zusammen mit den Erinnerungen der Einwohner das Gedächtnis einer Stadt. Und wie ein menschliches Gedächtnis hatte auch dieses seine Lücken. Andere Erinnerungen waren dafür übermäßig tief eingebrannt. Jedes Buch, jeder Text erzählte eine Geschichte. Es war, als diskutierten sie stumm und doch angeregt miteinander über vergangene Zeiten. Manche Aufzeichnungen ergänzten andere, manche lagen in einem ewigen Streit. Es war eine der reizvollsten Aufgaben einer Historikerin, fand Lisa, allen diesen Quellen gut zuzuhören, sie zu bewerten und zwischen ihnen zu vermitteln. Das war eine immer neue Herausforderung. Denn keine Quelle spielte mit offenen Karten, kein Buch war einfach objektiv, und jeder Text lud den Leser ein, ihn nicht nur zu lesen, sondern auch Eigenes und Persönliches hineinzulegen. Natürlich wusste sie, dass es eine völlig objektive Herangehensweise nicht gab. Aber sie versuchte, sich immer wieder möglichst offen und unvoreingenommen auf historische Texte einzulassen.

Während ihres Studiums der Geschichte hatte sie erkannt, dass ein Archiv nicht nur das Gedächtnis, sondern auch das schlechte Gewissen einer Stadt war. Ungeachtet dessen wurde das Gedächtnis selektiv genutzt, um aktuelle Positionen zu untermauern. Sollte zum Beispiel eine Straße neu gebaut werden, dann suchten findige Aktivisten, was an der Stelle einmal gewesen war, das man gegen den Neubau neben anderem ins Feld führen konnte. Oder es wurden bei einer Entscheidung, die den Landkreis betraf, Urkunden ans Licht gezerrt, die alte Besitzansprüche belegen sollten. Ganz zu schweigen davon, wenn in dunklen Zeiten Aufzeichnungen, die Juden des Ritualmordes beschuldigten, angelegt wurden, die in noch dunkleren Zeiten dann als »Beweise« gelten mussten für das Recht von Dummheit und Hass.

In der Mittagspause führte Grünwald Lisa auf den Wochenmarkt, der mittwochs und samstags in der Mitte der Altstadt auf einem historischen Platz zu Füßen des Rathauses stattfand. Vielerlei Düfte mischten sich mit den Stimmen zahlreicher Menschen, die sich in den engen Gängen zwischen den Ständen drängten.

»Na, nach was steht Ihnen heute der kulinarische Sinn?«, fragte Grünwald. Er führte sie zu einer der Buden. »Wenn Sie Schupfnudeln mögen, dann finden Sie keine besseren als hier.«

Die junge Frau blickte neugierig in Richtung der Pfannen. »Was ist das?«, fragte sie.

»Schupfnudeln werden aus Weizenmehl und Ei gemacht. Bei uns isst man sie mit Sauerkraut.«

»Sie riechen verführerisch.«

»Im Alemannischen nennt man sie auch Bubespitzle.«

»Was bedeutet das?«

»Na ja, das Wort ›Buben‹ kennen Sie ja. ›Spitzle‹ bezieht sich auf ein bestimmtes Organ, das nur die Buben haben …«

»Danke«, winkte Lisa ab. »Was gibt es sonst noch?«

»Da drüben haben sie ausgezeichneten Fisch aus frischem Fang. Was meinen Sie?«

Nachdem sie sich mit Backfisch-Brötchen, frischem Salat und zwei Flaschen Wasser versorgt hatten, schlenderten sie zum See und setzten sich auf den Rand eines steinernen Blumenkübels. Der Fisch schmeckte so gut, dass sie ihn schweigend verzehrten.

Auf dem Weg zurück zum Archiv sagte Grünwald: »Es ist schön, wieder mit jemandem zusammen zu essen. Ich habe das nicht mehr gehabt, seit Magdalena nicht mehr da ist.«

Auf Lisas fragenden Blick hin erklärte er: »Magdalena war meine Sekretärin.«

Lisa spürte den Schmerz einer frischen Wunde in Grünwalds Worten. Sie wusste nicht, was sie sagen sollte.

»Es tut mir leid«, fuhr Grünwald fort, wie um von seinen eigenen Erinnerungen abzulenken, »dass die Stadtverwaltung diese Stelle nun gestrichen hat. Sie werden ohne Sekretärin auskommen müssen.«

Eine Weile gingen sie wortlos weiter.

Dann fragte Lisa: »Was ist mit Ihrer Sekretärin passiert? Ist sie in den Ruhestand getreten?«

*

In den Ruhestand getreten … Sie hätte bis dahin noch um die 30 Jahre vor sich gehabt. 30 Jahre Arbeit, eine lange Zeit voller Erfahrungen und Erlebnisse, Liebe und Schmerz, Lernen und Leben. Nichts von all dem würde jemals geschehen.

Grünwald ging nach der Arbeit allein spazieren. Es war ein herrlicher Spätsommertag. Manche Blätter leuchteten schon bunt. Die stille Kühle der Bäume umgab ihn. Grünwald liebte das an dieser Stadt. Fast überall konnte man von den lauten übervollen Straßen mit ein paar Schritten ins Grüne fliehen.

Die alten Stadtgräben der mittelalterlichen Befestigungsanlagen zogen sich wie tiefe grüne Schluchten durch die heutige Stadt. Überall führten Treppen in die Schluchten hinab, wie Wege in eine andere Welt. Und der Stadtgarten mit seinen Landschaftsgärten, Parkanlagen, den Brunnen, Palmen und Bananenstauden, den exotischen Bäumen und dem Rehgehege, das beinahe an sein Haus grenzte, lag wie eine geheimnisvolle Insel zwischen den Uferpromenaden und der Innenstadt.

Der Arbeitstag mit Lisa war sehr schön gewesen. Sie war ein richtiger Jungbrunnen. Die junge Frau war intelligent, fröhlich und, wie er fand, für eine Vertreterin der heutigen Jugend wohltuend höflich.

Grünwald schritt über einen Pfad, der sich zwischen Büschen und Bäumen hindurchschlängelte. Hinter ihm zog sich der hohe Zaun des Rehgeheges hin, weiter vorne tauchte eine kleine, viktorianisch anmutende Hütte auf, die von allen nur das Hexenhäuschen genannt wurde.

Gedankenverloren brach der Archivar eine späte Blüte von einem Strauch. Er ging an dem Hexenhäuschen vorbei und folgte dem von Wurzeln überwucherten Trampelpfad zu einem Pavillon hinauf, der auf einer steilen Anhöhe lag. Die Aussichtsplattform aus der Kaiserzeit war ein Ort, der einen verzaubern konnte. Von hier aus konnte man weit über die Stadt, den Park und den See blicken. Es tat der Seele wohl, den Blick über dieses unangestrengte Zusammenfließen von Natur und Kultur, von Erde und Mensch schweifen zu lassen. Über die alten Mauern und Türme der Stadt und die schimmernde Weite des Sees, der je nach Wetterlage tiefblau, türkisgrün oder grau erschien, manchmal spiegelglatt und manchmal von wütenden Schaumkronen bedeckt. Weiße Segel blähten sich im Wind, die Fähren zwischen Konstanz und Meersburg kreuzten sich, wo sich die Bucht des Überlinger Sees in den Obersee öffnete. Und bei

Föhnstimmung trat das gewaltige Bergmassiv der Alpen an den Horizont. Meist jedoch war kein gegenüberliegendes Ufer zu sehen. Wie am Meer.

Einem gefräßigen Meer. Lisas Bekannter wäre ihm beinahe zum Opfer gefallen. Am Teufelstisch. Dort unten wollte er eine Frau gesehen haben. Und es hatte ihn so beschäftigt, dass er es Lisa anvertraut hatte, selbst auf die Gefahr hin, von ihr ausgelacht zu werden. Auch Lisa hatte es nicht losgelassen, sodass sie davon hatte erzählen müssen. An den Stufen zum Pavillon hielt er inne. Eine Frau. Unter Wasser. Tot.

Jetzt erst wurde ihm bewusst, wohin ihn seine Schritte geführt hatten. Die Polizeiabsperrung war inzwischen längst entfernt worden. Der Zugang war wieder frei. Grünwald trat in den Pavillon. Neben dieser Bank, auf diesen steinernen Platten hatten sie sie gefunden. Die Polizei war an jenem Morgen zu ihm gekommen, zwei Beamte in Zivil. Den älteren der beiden hatte er gekannt. Es war sein Freund, Hauptkommissar Werner Cornelius, gewesen. Nie zuvor hatte er diesen Gesichtsausdruck bei ihm gesehen.

Was dann gefolgt war, lief nun erneut vor Grünwalds innerem Auge ab, als würde es jetzt erst geschehen:

»Herr Dr. Grünwald …«, begann der jüngere, ihm unbekannte Polizist.

»Sebastian«, unterbrach ihn Cornelius, »Magdalena ist tot.«

Sebastian Grünwald erstarrte, unfähig, ein Wort zu sagen.

»Wann haben Sie Ihre Sekretärin zum letzten Mal gesehen?«, schaltete sich der jüngere wieder ein.

Grünwald konnte keines der Worte greifen, die in seinem Kopf herumschwirrten.

»Herr Dr. Grünwald, verstehen Sie uns?«, hakte der jüngere Beamte nach.

»Wie …?«, brachte Grünwald endlich hervor.

»Das wissen wir noch nicht, Sebastian«, sagte Cornelius. »Sie … sie sieht schlimm aus.«

»Wo …?«

»Nicht weit von hier. Am Aussichtspunkt, aber …«

»Ich will sie sehen.«

»Sebastian, das ist keine gute Idee.«

»Bitte!«

Der jüngere Polizist schob sich nach vorne. »Es ist Unbefugten nicht gestattet, den Tatort zu besichtigen. Außerdem müssen wir Sie zuerst als Verdächtigen ausschließen.«

»Red kein dummes Zeug, Meier!«, fuhr ihn Cornelius an. An Grünwald gewandt sagte er: »Dann komm halt mit.«

Niemals würde er den Anblick vergessen. Magdalena. Auf dem Boden. Die Glieder eigentümlich verrenkt, das hellblaue Kleid verrutscht. Im ersten Augenblick hatte er entsetzt vermutet, sie sei geschändet worden. Doch dann hatte er ihren Hals gesehen. Grünwald hob sein Gesicht und blickte über das Geländer hinaus auf den See. Und auf das grüne Dach des Parks unter ihm.

Wer … oder was war zu so etwas fähig? Er schloss die Augen.

Ihr Hals war *zerrissen*.

Der Mund geöffnet wie zu einem Schrei. Der gebrochene Blick starr vor Entsetzen.

Was hatte sie gesehen?

Langsam senkte sich die Dämmerung herab. Der größte Teil des Parks lag bereits im Schatten. Was um Himmels willen war geschehen?

Der Hals.

Ein wildes Tier musste sie angefallen haben. Doch es gab keine Kratzwunden. Und es gab keine wilden Tiere im Stadtgarten!

Grünwald bemerkte, dass er noch den Blütenzweig in seiner Hand hielt. Mit wundem Herzen legte er ihn behutsam auf den Boden, an die Stelle, wo der Leichnam gefunden worden war. Da zuckte er angewidert zurück. Aus der Blüte kam schwerfällig ein schillernder Käfer gekrochen. Grünwald versuchte den Gedanken zu verdrängen, dass der blühende Leib der schönen Frau nun von solchen seelenlosen Kreaturen gefressen wurde. Angeekelt zertrat er den Käfer und schauderte bei dem Knirschen, das es verursachte.

Ihr schneeweißer Leichnam.

Er würde mit der Neuen reden.

Mit Lisa.

Denn mit irgendjemandem musste er über seine Gedanken sprechen.

Über seinen furchtbaren Verdacht.

Der Leib der jungen Frau.

Er war fast vollständig blutleer gewesen.

*

Im Stationszimmer der Intensiv- und Notfallmedizin roch es nach Kaffee. Schwester Leonie setzte sich zu den vier anderen Schwestern und dem neuen Pfleger an den Tisch. Sie holte die Glaskanne aus der Maschine und goss sich Kaffee in eine Tasse, dann nahm sie die Tasse in beide Hände und blies hinein. Es war ihre erste Pause heute und bei dem, was da draußen auf der Station los war, wohl auch ihre letzte. Schon leuchtete wieder eines der kleinen roten Lichter auf und ein leiser Klingelton erklang. Eine Lernschwester, die Leonie gegenübersaß, seufzte, stand auf und ging hinaus. Durch die noch geöffnete Tür betrat ein grauhaariger Arzt den Raum.

»Guten Morgen, Herr Dr. Tapandoori«, sagte Schwester Leonie.

»Guten Morgen, Schwester Leonie.«

»Da fällt mir ein, Silvio Baumann soll heute entlassen werden. Möchten Sie ihn noch einmal sehen?«

Tapandoori dachte nach. »Baumann … Baumann … Bitte helfen Sie einem alten Arzt auf die Sprünge.«

»Herr Baumann wurde wegen eines Tauchunfalls eingeliefert. Er wurde noch etwas länger dabehalten, weil er verwirrt und zum Teil desorientiert wirkte«, erinnerte Leonie ihn hilfsbereit.

Tapandoori nickte. »Natürlich, Baumann, Zimmer 36. Kann sehr wahrscheinlich entlassen werden. Wären Sie so freundlich, ihm nach der Kaffeepause zu sagen, dass ich nachher bei ihm vorbeikomme, Schwester Leonie?«

»Natürlich, Herr Doktor.«

»Vielen Dank. Und bitte richten Sie seine Akte her.«

Schwester Leonie ging durch die Station zu Zimmer 36. Sie klopfte an und trat ein. Das Bett war leer. Es war ungemacht, vermutlich hatte vor Kurzem noch jemand darin gelegen. Die Tür zum Bad war angelehnt. Leonie klopfte erneut und sah hinein. Das Bad war ebenfalls leer. Die Schränke waren ausgeräumt. Keine Frage, Silvio Baumann war nicht mehr da.

Hinter Leonie klopfte es an die Tür, die Schwester zuckte zusammen.

»Habe ich Sie erschreckt, Schwester Leonie?« Tapandoori trat in das Zimmer. »Wo ist Baumann?«, fragte er.

Schwester Leonie zuckte ratlos die Achseln. »Ich weiß es nicht«, sagte sie. »Er ist offensichtlich gegangen. Es tut mir leid, Herr Doktor.«

Der Arzt winkte ab. »Das macht nichts, Schwester Leonie«, sagte er lachend. »Sie wissen ja, wer uns so nonchalant verlässt, dem geht es in der Regel gut.«

Die Schwester warf noch einen letzten Blick auf das zerwühlte Bett und verließ dann kopfschüttelnd nach dem Doktor das Zimmer.

*

Lisa sah Grünwald zweifelnd und doch auch neugierig an. »Wollen Sie sagen, dass hier … in dieser Stadt … heute ein … *Vampir* sein Unwesen treibt? Dass ein Vampir Ihre Sekretärin getötet hat? Das ist nicht Ihr Ernst!«

Der Archivar antwortete nicht sofort. Schmerzlich wurde ihm bewusst, wie sehr es ihn innerlich auffraß, niemanden zu haben, mit dem er sich über diese schreckliche Sache austauschen konnte. Trotz des Verlangens, sich endlich auszusprechen, besaß Grünwald dennoch genügend Selbstbeherrschung, um ein letztes Mal zu prüfen, ob er sich öffnen durfte. Er versuchte, in Lisas Gesicht einen Hinweis zu finden, ob er sich ihr anvertrauen konnte. Er entdeckte keinen Spott in ihrem Blick. Das musste vorerst genügen.

Er sagte: »Nein, kein Vampir. Es ist etwas anderes. Schlimmeres.«

Lisa wusste immer noch nicht, wie sie reagieren sollte.

Grünwald fuhr fort: »Es klingt abenteuerlich, Lisa. Nein, eher verrückt, ich weiß. Aber Sie kennen mich inzwischen ein wenig. Ich bin nicht verrückt, zumindest nicht *so* verrückt. Ich habe gründlich recherchiert. Lassen Sie mich Ihnen etwas zeigen.«

Er nahm sie am Arm und führte sie durch eine schwere Holztür in einen kleinen, mit alten Folianten vollgestopften Raum, den sie bislang noch nicht kannte. Vor ihnen lag ein in Leder gebundenes Buch auf einem antiken Tisch. Lisa liebte den Geruch, der von den Büchern ausging. Es war wie der Geruch der Jahrhunderte.

»Ich habe hier etwas gefunden, das vielleicht ein Licht auf meine Theorie wirft«, sagte Grünwald.

»Ganz ehrlich, Herr Doktor«, meinte Lisa, »Sie machen mir ein wenig Angst.«

»Leider muss ich Ihnen sagen, dass Sie wahrscheinlich noch viel mehr Angst bekommen werden.«

Mit einer Geste wies Grünwald Lisa einen der beiden Stühle zu, die am Tisch standen, und setzte sich auf den anderen. Er legte seine Hände auf das Buch vor ihm. Lisa schien es, als ob er dabei zitterte.

Was war das für ein Buch? Ein Märchenbuch oder ein Sagenschatz? Es beschlich sie das beunruhigende Gefühl, dass Grünwald im Begriff war, ihr nicht nur eine alte, sagenhafte Geschichte zu erzählen, sondern dass es um etwas sehr Aktuelles ging, etwas, das sie unmittelbar betraf. Sie war sich jedoch ganz und gar nicht sicher, ob sie es hören wollte.

Der Archivar schlug den Folianten auf und begann zu lesen:

Es war im Frühling des Kriegsjahres 1634. Der Winter war furchtbar kalt gewesen. Obwohl der gefürchtete König der Schweden zwei Jahre zuvor von den Kaiserlichen in einer erbitterten Schlacht, die keinen Sieger kannte, getötet worden war, marschierten seine Armeen weiter nach Süden, wie ein enthaupteter Leib. Nachdem auch Wallenstein, der mächtige Feldherr des Kaisers, ermordet worden war, auf höchsten Befehl seiner Majestät, wie man munkelt, war niemand da, die Schweden aufzuhalten. Am Weißen Sonntag erschienen ihre Feldzeichen auf den Hügeln vor der letzten freien Reichsstadt am See. Die Bürger drängten sich auf den Mau-

ern, um die Feinde kommen zu sehen. Es war das zweite Mal, dass Belagerer vor die Stadt zogen, um sie für den neuen Glauben einzunehmen. Doch ging es, wie jeder weiß, nicht um den Glauben, sondern um Macht und Geld, dann um das nackte Überleben und schließlich um nichts mehr als um das Sterben.

Ich, Konrad von Reichenau, ein unwürdiger Dominikanerbruder, stand dabei und sah mit meinen Augen, wie der schwedische Feldmarschall Horn in seiner schwarzen Rüstung auf seinem schwarzen Ross vor die Stadtmauer ritt und einen Unterhändler ausrufen ließ, um die Übergabe der Stadt zu fordern. Auf den Mauern herrschte tiefes Schweigen bei den Bürgern, als sie sahen, dass der Krieg zu ihnen kam.

Endlich wies der Bürgermeister den Feldmarschall stolz ab. Oder vielleicht war es auch nur der Mut der Verzweiflung. Laut lachend wendete Horn sein Pferd und ordnete seine Armee zum Schanzen. Die Schwedischen begannen mit der Belagerung. Und so folgten auf den Krieg, den die Schweden gebracht hatten, der Hunger, die Verzweiflung und die Pest.

Die Kämpfe um die Reichsstadt und rund um den Bodensee sind von anderen ausführlich und gelehrt beschrieben worden, und ich muss es also hier nicht noch einmal tun. Mehrere Wochen bestürmten die Schweden die Stadt, schossen die Wehrmauern in Trümmer, untergruben die Türme und verwüsteten die Weinberge und Felder. Seit Jahren wurde die Kelter in den Weinbergen schon nicht mehr getreten und die Torkel auf den Gütern stehen seit Langem still. Die Äcker liegen brach, die Höfe sind verbrannt und die Klöster verwaist.

Dann zogen die Schweden ab und wandten sich nach Nördlingen. Gerechterweise wurden sie dort geschlagen. Tausende von ihnen fanden den Tod, und Feldmarschall Horn geriet in Gefangenschaft. Acht Jahre schmachtete er im Ker-

ker von Burghausen, was nicht wenige von uns mit heimlicher stiller Freude erfüllt hat. Gott mag es uns verzeihen.

Während der Belagerung ereignete sich noch etwas anderes, Unheimliches, dessen Chronist ich sein will.

Denn hier will niemand davon hören, und in keiner Chronik wurde es verzeichnet, zumindest soweit ich es in Erfahrung bringen konnte. In keinem Brief des Rates der Stadt an den Kaiser in Wien fand es Erwähnung. Etwas Böses hatte sich in diesen Wochen der Belagerung ereignet, das sich in die Seelen fraß wie ein Parasit in frisches Fleisch. Ein dunkles Geheimnis, das alle Einwohner der Stadt sogleich vergessen wollten. Niemand sprach darüber. Und doch wussten es alle.

Die Weiße Frau war zurückgekehrt.

6

Lisa schlenderte nachdenklich an der Seepromenade entlang. Sie versuchte, ihre Gedanken zu ordnen. Wenn sie jemandem von dem Gespräch mit Dr. Grünwald erzählte, würde sie vermutlich für unzurechnungsfähig erklärt werden. Doch dieser Bericht aus dem 17. Jahrhundert hatte nicht wie ein Märchen geklungen.

Und auch die Toten waren Realität.

Die Weiße Frau.

Was hatte es mit ihr auf sich? War sie tatsächlich mehr als eine alte Legende, mehr als eine Schauergeschichte, um die Kinder zu erschrecken? Oder – was wahrscheinlicher war – mordete tatsächlich ein Mensch aus Fleisch und Blut nach ihrem Vorbild?

Lisa setzte sich am Ufer auf eine Bank und sog die würzige Luft ein. Sie liebte den Geruch von Wasser. Der See lag ruhig da. Silvio hatte unter Wasser eine Frau gesehen. Lisa hatte ihm nicht geglaubt. Zumindest hatte sie gedacht, dass er unter Schock stünde. Aber jetzt ...

Eine Frau im Wasser. Der See kam ihr mit einem Mal nicht mehr so friedlich vor. Ihr wurde bewusst, dass seine Oberfläche die Schwelle zu einer unbekannten Welt darstellte. Darunter ging es in schwindelerregende Tiefen hinab. Alles, was sich auch nur wenige Meter unter der Oberfläche bewegte, war dem menschlichen Blick und unmittelbaren Zugriff entzogen.

Eine Hand tippte ihr auf die Schulter. Lisa zuckte zusammen und fuhr herum. Doch hinter ihr stand keine leichenblasse Frau, sondern ein groß gewachsener Mann in Uniform.

»Darf ich mal Ihren Ausweis sehen?«, fragte er lächelnd.

»Polizeiobermeister Weinberg!«, rief Lisa. »Sie haben mich zu Tode erschreckt.«

»Haben Sie ein schlechtes Gewissen?«, fragte er.

»Nein. Es war … Macht nichts. Wie haben Sie mich gefunden?« Lisa kniff grinsend ihre Augen zusammen. »Stalken Sie mich?«

Weinberg wurde rot. »Ich sah Sie hier sitzen. Das Revier ist ja gerade dort oben.«

Jetzt erst bemerkte Lisa, wohin ihre Schritte sie geführt hatten. »Sie haben scharfe Augen«, sagte sie.

»Das gehört zu meinem Beruf«, scherzte er. »Darf ich mich zu Ihnen setzen?«

»Klar. Bitte.« Lisa rutschte ein wenig zur Seite.

Weinberg nahm neben ihr Platz, hielt jedoch einen respektvollen Abstand ein. »Engels, das ist ein schöner Name.«

»Ja«, stimmte Lisa zu, »wenn mein Mann nicht mal Marx heißt.«

Weinberg lachte. »Gehen Sie gerne spazieren?«, fragte er. »Oder träumen Sie nur von den Jachten, die hier im Jachthafen liegen?«

»Ich war noch nie auf einem Schiff oder auf einem Boot«, sagte Lisa. »Die Jachten hatte ich gar nicht beachtet.«

»Wie geht es Ihrem Freund?«

»Ach, wissen Sie, er ist nicht *so* mein Freund. Er ist … Das ist eine lange Geschichte.«

Weinberg wirkte erleichtert. Oder kam es Lisa nur so vor?

»Ich habe Feierabend«, sagte er. »Wenn Sie wollen, können wir uns gern bei einem Abendessen weiterunterhalten. Was meinen Sie?«

Lisa zögerte. Weinberg setzte sofort nach: »Ich will Sie nicht bedrängen. Wirklich nicht.«

»Nein, ich weiß … Ich meine … Ja, in Ordnung.«

Lisa verfluchte ihre Schüchternheit, die sie nie ablegen konnte, wenn sie mit einem attraktiven Mann sprach. Sie spürte förmlich, wie sie einen roten Kopf bekam. »Na, dann los!« ergriff sie die Initiative.

Der Beamte schien aufrichtig erfreut.

»Okay! Ich hab oben am Revier mein Auto stehen. Ich gehe noch kurz rein, um mich umzuziehen, das dauert nur fünf Minuten, und danach gehen wir essen. Gut?«

»Gut«, sagte Lisa. »Wohin führen Sie mich?«

20 Minuten später saßen sie auf der Terrasse eines rustikalen Restaurants im Western-Stil mit Blick über Überlingen und den Bodensee. Es wurde dunkel, aber die Temperatur war immer noch angenehm warm. Überall rund um den See leuchteten Lichter. Lisa spürte wieder, wie glücklich sie war, dass sie nun hier lebte.

»Guten Abend, was darf ich euch Hübschen bringen?« Eine Bedienung mit blond gefärbten Haaren und gewagtem Ausschnitt trat an ihren Tisch.

»Was trinkt man denn hier so?«, fragte Lisa Weinberg.

Weinberg wandte sich an die Bedienung. »Zwei Hefeweizen, bitte.«

»Kommt sofort.«

Nachdem sie weg war, sah er Lisa an. »Sie trinken doch Bier?«

Lisa nickte. »Ja, aber Hefeweizen hatte ich noch nie.«

»Das wird Ihnen schmecken. Wir trinken das vor allem im Sommer. Wenn man draußen sitzen kann.«

Als die Getränke kamen, bestellte Lisa Sparerips mit Pommes frites. Weinberg orderte das Gleiche. Dann fragte er: »Also, wie war nun die Geschichte mit Ihrem Freund?«

*

Günther Freitag drückte seine Zigarette auf dem schmiedeeisernen Geländer des Balkons am Rathaus aus und zündete sich gleich eine neue an. Nervös nahm er einen tiefen Zug. »So eine verdammte …« Er sprach das Wort nicht aus und zog an seinem Glimmstängel. »Dieser Mistkerl von Mörder hätte auch noch bis zum Winter warten können.«

Ihm gegenüber nickte Simon Länglein, sein Fraktionskollege im Stadtrat. »Dann wäre die Saison vorbei gewesen, und die Polizei hätte genug Zeit gehabt, um diesen Psycho zu verhaften. Und im Frühjahr wäre die Geschichte wieder vergessen gewesen, wenn die nächsten Touristen gekommen wären. Die Besatzung einer Jacht abzuschlachten!«

»Das kostet uns ein Vermögen«, knurrte Freitag vor sich hin. »Hunderte Feriengäste, vielleicht Tausende werden abspringen, wenn wir nicht schnell eine Lösung finden.«

»Wenn irgend so ein Beduine in Tunesien oder Ägypten glaubt, er müsse einen Dschihad führen und ein paar Touristen abschlachten, dann ist das zwar übel für die da unten …«

»Aber gut für uns hier oben«, vervollständigte Freitag den Satz. »Klar, wenn in Nordafrika oder von mir aus auch in Paris der Heilige Krieg herrscht, machen mehr Leute Ferien in der Heimat, wo es sicher ist.«

Länglein sah nachdenklich auf seine Schuhspitzen. Schließlich sagte er: »Eigentlich ist es ein Wunder, dass sich die Medien noch nicht mit voller Wucht auf die Sache mit der Jacht gestürzt haben. Vor allem, nachdem vor ein paar

Wochen schon diese Frau aus dem Stadtarchiv regelrecht zerfleischt wurde.«

»Das stimmt«, pflichtete Freitag seinem Kollegen bei. »Jemand hat gute Kontakte zur Presse und hält das Ganze einigermaßen unter dem Deckel.«

»Die Frage ist nur, wie lange das noch funktionieren wird. Es muss auf jeden Fall so schnell wie möglich eine Lösung her. Man muss den Täter fassen.«

Freitag blickte auf seine Rolex und seufzte. »Es ist Zeit«, sagte er, »es geht gleich los.«

Länglein warf einen letzten Blick hinunter auf den Marktplatz mit seinem bunten Treiben und folgte seinem Kollegen dann durch die mittelalterliche Türöffnung in das Gebäude.

»Ihre Majestät wartet ja nicht gerne«, brummte er.

Freitag lachte. Gemeinsam verschwanden sie im Rathaus.

Im historischen Rathaussaal herrschte eine gedrückte Stimmung. Ihre Stadt in den Negativ-Schlagzeilen käme einer Katastrophe gleich. Natürlich hatte Überlingen auch Gewerbe, Handwerk und Industrie, aber ein Großteil der Einnahmen lief über den Tourismus. Die zahlreichen Hotels, Restaurants, Bars und Cafés waren auf Gäste angewiesen. Ebenso die vielen Geschäfte und Boutiquen in der Stadt. Und auch die großen Supermärkte waren nicht allein auf die 25.000 Einwohner ausgelegt, sondern auf zusätzliche Hunderttausende Touristen jedes Jahr.

Über 20 Mitglieder des Stadtrats und vier der sieben Vorsteher der eingemeindeten Ortschaften saßen am langen, aus schwerem dunklem Holz gefertigten Sitzungstisch. Am oberen Kopfende nahm gerade die Oberbürgermeisterin Heide Lombardo Platz. Mit strengem Blick überflog sie die Anwesenden und klingelte dann mit einer Tischglocke, die an ihrem Platz stand. Sofort verebbte das Gemurmel und es trat Stille ein. Innerlich lächelte die Oberbürgermeisterin zufrieden. Sie hatte ihren Stadtrat in den letzten Jahren gut erzogen.

Heide Lombardo war eine Wirtschaftswissenschaftlerin »in den Fünfzigern«, ihr genaues Alter ließ sie mit voller Absicht im Vagen. Sie hatte eine sportliche Figur und sah sehr attraktiv aus. Seit ihrer zweiten Ehe mit einem italienischstämmigen Unternehmer hatte sie eine Vorliebe für italienisches Essen und kostspielige Weine entwickelt. Das glaubte sie ihrem neuen Namen schuldig zu sein. Auch wenn die Beziehung lediglich dreieinhalb Jahre gehalten hatte.

»Verehrte Damen und Herren, liebe Mitglieder des Stadtrats«, hob sie an. »Zu dieser außerplanmäßigen Sitzung habe ich Sie aus aktuellem Anlass gebeten. In unserer Stadt treibt offensichtlich ein mörderischer Psychopath sein Unwesen.«

Mit Genugtuung sah sie die ungeteilte Aufmerksamkeit in den Augen der Anwesenden. Sie erwarteten von ihr die Lösung des Problems. Wie immer. Normalerweise verstand Heide Lombardo es, den Ratsmitgliedern das Gefühl zu geben, dass auch sie etwas zu den Beschlüssen beigetragen hätten, und trotzdem alles nach ihrem eigenen Willen laufen zu lassen. Sie gab sich gern als Moderatorin. Dabei konnte sie die einzelnen Fraktionen gut gegeneinander ausspielen. Außerdem schätzten die Wähler Teamplayer in der Politik.

Dieses Mal aber würde sie nicht nur allein entscheiden, sondern es die Öffentlichkeit auch wissen lassen. Denn in Krisensituationen rief das Volk nach einem starken Mann. Oder nach einer starken Frau. Hatte nach den Anschlägen von 9/11 etwa jemand nach dem Stadtrat von New York gerufen? Es war allein Bürgermeister Rudy Giuliani gewesen, der das Heft in der Hand gehabt hatte. Und die Lorbeeren eingeheimst hatte.

Stadtrat Heinzle nutzte die Kunstpause der Oberbürgermeisterin: »Aber wie wir es machen, machen wir es falsch! Wir können es nicht runterspielen und die Stadt auch nicht zum Fahndungsgebiet erklären.«

Heide Lombardo warf ihm einen strafenden Blick zu. Heinzle verstummte sofort.

»Aber ich wollte Sie nicht unterbrechen ...«, murmelte er noch.

Die Oberbürgermeisterin stützte sich mit beiden Händen auf der Tischplatte ab und sah jedem Anwesenden der Reihe nach in die Augen. »Ich habe mir, Ihre Erlaubnis vorausgesetzt, schon ein paar Gedanken gemacht. Als Touristenort können wir uns keine Mordserie leisten. Die Leute lieben den ›Tatort‹, aber sie machen an einem Tatort keinen Urlaub. Ich habe daher ein paar Telefonate mit einigen alten Freunden im Stuttgarter Justizministerium getätigt. Man wird uns eine Sonderkommission schicken.«

»Aber ...«, warf Freitag unvorsichtigerweise ein, »dann haben wir ja genau die Aufmerksamkeit, die wir vermeiden wollen!«

Heide Lombardo schenkte ihm ein kaltes Lächeln. »Danke für diesen hilfreichen Hinweis, Herr Freitag. Ich freue mich, dass die Oppositionsspitze ausnahmsweise mit mir einer Meinung ist.«

Freitag fluchte in sich hinein.

Die Oberbürgermeisterin fuhr fort: »Deshalb wird diese Soko natürlich verdeckt operieren. Niemand wird erfahren, dass sie da ist, bis sie uns den Täter auf einem Silbertablett präsentiert hat.« Ihr Blick glitt über die stumme Versammlung. Sie zählte innerlich langsam bis drei. »Herr Länglein, ich sehe Ihnen an, dass Sie eine Frage stellen wollen.«

Länglein fühlte sich immer wie ein beim Abschreiben ertappter Schüler, wenn die Lombardo ihn aufrief. Er lief rot an. »Ja … Aber nützt denn diese Soko nicht nur dann etwas, wenn sie schnell einen Erfolg hat?«

Heide Lombardo nickte zufrieden. Jetzt fühlte sich Länglein wie ein Streber, der von der Lehrerin gelobt wird. »Die Sonderkommission wird sehr bald Erfolg haben, das verspreche ich Ihnen«, sagte die Oberbürgermeisterin mit fester Stimme.

*

Grünwald musste nicht suchen, wo er in der Chronik stehen geblieben war. Bevor er anfing zu lesen, blickte er noch einmal auf und sah Lisa an. Die junge Frau saß mit einem schwer zu deutenden Gesichtsausdruck am Tisch und sah vor sich auf ihre Hände. Der Archivar versenkte sich in das aufgeschlagene Buch. Lisa wusste, dass er seine ganze Konzentration benötigte, denn es war selbst für geübte Historiker nicht einfach, einen Text aus dem 17. Jahrhundert fließend zu lesen. Schon gar nicht, wenn er von Hand geschrieben war.

Hier lege ich nun also meine Gedanken zu der Weißen Frau nieder und beschreibe meine Erfahrungen, die ich gemacht habe. Denn ich, Konrad von Reichenau, ein unbedeutender Dominikanerbruder, habe nicht nur von der Weißen Frau gehört. Ich habe die Bestie gesehen. Ich bin ihr in ihre Verstecke gefolgt.

Das schreibe ich nicht, um mich oder mein Tun zu rühmen. Dazu besteht kein Grund. Meine Angst war immer größer als mein Mut. Meine Erlebnisse waren nur möglich, weil meine Neugier stärker war als meine Besonnenheit.

Doch ich will mit der Theorie beginnen. Bei meinen zweifellos wenigen Lesern bitte ich um Verzeihung für meine mangelhafte Sprache, mein Stottern im Angesicht der Auf-

gabe, die ich mir gesetzt habe, und für mein Unvermögen, Licht in diese Sache zu bringen. Ich bin kein Silesius und habe nicht einmal Opitz' Buch von der Deutschen Poeterey gelesen.

Ich bin kein Aristoteles, kein Hobbes und kein Descartes. Dennoch werde ich versuchen, mich empirisch und rational der Materie zu nähern, über die ich zu schreiben gesonnen bin.

»Konrad ist ein echtes Kind seiner Zeit, wie es scheint«, sagte Grünwald. »Typisch, diese ewigen Vorreden, die länger sein können als der Bericht selbst. Sind Sie noch wach?«

Lisa lächelte. »Ja«, antwortete sie, »ich kenne das. Es muss den Menschen damals ein großes Bedürfnis gewesen sein, sich ins rechte Licht zu rücken.«

»Oder sich den Rücken freizuhalten«, ergänzte Grünwald. »Wie man es nimmt.«

Dann fuhr er fort:

Die Schweden beschossen unsere Mauern von früh bis spät. Es war, als wenn sich ein undurchsichtiger Vorhang aus krankmachendem Nebel und Lärm um die Stadt gebreitet hätte, der sie vor der Welt verbarg, so erfüllt war die Luft vom Krachen der Kanonen und vom Dampf des Pulvers. In der Nacht führten sie ihre Belagerungsmaschinen an unsere Mauern, um sie zu untergraben und zum Einsturz zu bringen. Die Verteidiger der Stadt waren nicht weniger umtriebig hinter ihrem Schanzwerk.

Auf beiden Seiten forderte der Krieg Schweiß und Blut, schmerzliche Anstrengungen und Leben. Nicht nur die Männer kämpften heldenhaft, auch die Frauen halfen aufopferungsvoll. Jede lebende Seele, die nicht auf den Mauern die Schweden zurückschlug, war damit beschäftigt, die Verwun-

deten zu versorgen und die Leichen zu begraben. Auf den Zinnen roch es nach Pulver, in den Straßen nach Brand, über den Totenfeldern nach Weihrauch.

Nur wenige Nächte waren ruhig – wenn man es ruhig nennen will, wenn die Kanonen schwiegen und die Feinde nicht zum Graben ausrückten. Aber keine Nacht war still. In den Trümmern klagten unsere Versehrten und in den Gräben an den Mauern wimmerten die verwundeten Schweden. Ihren Kameraden wurde nicht gestattet, sie zu bergen, denn die Verteidiger wollten niemand an die Mauern herankommen lassen. Weder wurde das siebte Werk der leiblichen Barmherzigkeit, die Toten zu begraben, an den Schweden geübt, noch wurde erlaubt, dass andere es ausführten.

In den Nächten mischten sich in das Wehklagen noch andere Geräusche, die schlimmer waren als das Stöhnen der Verletzten. Die Laute, die die Sterbenden verursachten, waren wir gewohnt. Für die Tonleiter des Todes waren wir unempfindlich geworden.

Doch die Geräusche, die aus den dunklen Gräben zu uns herauf auf die Wälle drangen, waren anders. Es war ein Reißen und Schmatzen. Nicht die Laute, die die wilden Hunde und die Ratten verursachten, wenn sie sich um die Toten und Sterbenden balgten.

Es klang, als säße jemand an einer festlichen Tafel und hielte ein gotteslästerliches Festmahl.

Lisa schwieg. Sie hatte eiskalte Hände. Das ist ein Märchen, dachte sie. Ein Schauermärchen. Ein Konglomerat von Fantasie und Aberglauben. Es konnte nichts anderes sein!

Wenn da nicht die Toten wären.

Und wenn Silvio nicht von einer gespenstischen Frau erzählt hätte.

Wie auch Konrad von Reichenau.

Und wenn Grünwald nicht so ernst aussähe, dachte Lisa.

Sie richtete sich auf ihrem Stuhl auf. Der alte Archivar nahm die Brille ab und rieb sich die Augen. Er schien ihre Gedanken zu erraten und sagte: »Ich weiß auch noch nicht, was wir mit dieser … Geschichte anfangen sollen. Vielleicht bringt die Chronik etwas Licht in die Sache, wenn wir weiterlesen.«

Wenn es hell wurde, konnte man an den Leibern der Erschlagenen und Verwundeten Bissspuren erkennen, und manchen fehlten ganze Gliedmaße. Der Anblick war grauenhaft und verursachte nicht gelinden Schrecken, sodass viele, besonders vom Weibsvolk, nicht mehr ihre Pflicht tun wollten auf der Mauer über den Gräben.

Nicht die Schweden waren es, die uns dieses Grauen gebracht hatten. Die Weiße Frau suchte uns heim, Verteidiger wie Angreifer gleichermaßen, so wie die Pest keinen Unterschied zu machen pflegt zwischen Guten und Bösen, zwischen Unschuldigen und Sündern und wie der Tod die Sichel schwingt auf seinen Feldern über Weizen und Unkraut.

Doch niemand ahnte, dass es die Löwenzunft war, die dem Tod diese Sichel in die Hand gegeben hatte.

Grünwald schloss das Buch. Die Schrift war nur schwer zu entziffern und machte das Lesen äußerst anstrengend. Es war einfach nicht möglich, alles am Stück zu lesen.

Lisa fragte: »Was ist die Löwenzunft?«

Grünwald erklärte: »In der stolzen Geschichte dieser Stadt war es über Jahrhunderte nicht der Stadtrat, der die Geschicke bestimmte. Die Sitzungen des Rates sind protokolliert und fast alle erhalten. Ich habe sie gelesen.«

»Alle? Aus all den Jahrhunderten?«, fragte Lisa. »Das müssen zig Bände sein.«

Grünwald nickte bestätigend. »Viele Bände, in schönes Leder gebunden. Ich habe so manche Nacht im Archiv verbracht, müssen Sie wissen.«

Lisa lächelte. Das überraschte sie nicht.

Der alte Archivar fuhr fort: »In verschiedenen Aufzeichnungen gibt es Hinweise auf die Löwenzunft. Das war keine normale Zunft wie die der Bäcker, der Weber oder der Steinmetze. Es war eine Art Club, würde man heute wohl sagen.«

»Ein Club?«

»Das Wappen der Stadt zeigt einen Löwen mit einem Schwert. Die Löwenzunft benannte sich danach. Nach dem Wappentier der Stadt. Sie wollte damit ausdrücken, dass sie in dieser Stadt das Sagen hatte. Es gab sie nicht offiziell, aber trotzdem wusste jeder über die Zunft Bescheid.«

»Und wer gehörte diesem Club an?«, wollte Lisa wissen.

»Ich kann die Mitglieder nur aus den Zusammenhängen schließen, die sich aus verschiedenen historischen Quellen ergeben. Mit Sicherheit konnte man der Löwenzunft nicht einfach beitreten, zur Löwenzunft wurde man berufen. Ihre Mitglieder waren die mächtigsten Männer der Stadt. Sehr wahrscheinlich gehörten ihr der Bürgermeister an, die Vorsteher der wichtigsten Zünfte, die einflussreichsten und überhaupt reichsten Kaufleute sowie die Komturen des Malteserordens und des Deutschritterordens.«

Lisa stutzte. »Die gab es hier?«, fragte sie.

»Der Orden der Johanniter, der nach seinem Stammsitz auf Malta auch Malteserorden genannt wird, war seit der Zeit der Kreuzzüge hier ansässig. Genauer: Er kam im Jahr 1257 in die Stadt. Die Ritter des Deutschen Ordens waren ebenfalls seit dem 13. Jahrhundert am See. Sie besaßen mit der Insel Mainau einen wichtigen Stützpunkt hier im Süden. Während des 30-jährigen Krieges hatten sie übrigens ihr Ordensvermögen und ihr Ordensarchiv auf die Insel ausgelagert. Die Deutschritter auf der Mainau waren in der Bodenseegegend sehr einflussreich. Über drei Jahrhunderte übten sie zum Beispiel in Überlingen das Patronatsrecht aus.«

»Das bedeutet, sie konnten bestimmen, wer in der Stadt Priester wird, nicht wahr?«

»Genau. Und da mit diesem Posten ein nicht zu unterschätzender geistiger Einfluss, aber oftmals auch große Pfründe verbunden waren, war dieses Recht bedeutend. Erst ab dem 16. Jahrhundert gewährten die Ritter dem Stadtrat ein Mitspracherecht. Dafür erhielten sie gewichtige Anteile am florierenden Weinhandel der Stadt.«

»Do ut des«, sagte Lisa.

»Eine Hand wäscht die andere. Genauso war es«, bestätigte Grünwald. »Und die Tatsache, dass hinter den Oberen der Ritterorden nicht nur Mönche, sondern Mönche in Waffen standen, machte sie zusätzlich zu einer Kraft, mit der man rechnen musste. Besonders in Krisen- und Kriegszeiten.«

»Gut. Diese Löwenzunft war also das Gremium, wo sich die wirklich wichtigen Leute trafen«, fasste Lisa zusammen. »Waren sie es, die hinter den Kulissen entschieden, welchen Kurs die Wirtschaft einschlug und wie man sich politisch orientierte?«

»Das ist genau, was ich denke«, sagte Grünwald. »Der Stadtrat nickte lediglich ab, was schon längst entschieden war. Wahrscheinlich, ohne es zu wissen.«

»Wo und wie trafen sich die Mitglieder?«

»Wie regelmäßig sie sich trafen, weiß ich nicht. Nicht einmal, ob die Zusammenkünfte überhaupt regelmäßig stattfanden. Vielleicht kamen sie auch nur bei Bedarf zusammen. Aber ich weiß, *wo* die Treffen der Löwenzunft stattfanden. In dem Haus an der Hofstatt, dem städtischen Marktplatz, das noch heute ›Haus zur Löwenzunft‹ genannt wird.«

Lisa blickte ihn erstaunt an. »Es gibt ein Haus zur Löwenzunft? Dann ist der Club ja gar nicht so geheim.«

Grünwald bestätigte: »Wie gesagt, die Leute wussten meiner Meinung nach immer, dass da etwas war. Wahrscheinlich war bekannt, dass sich dort die Wichtigen und Mächtigen trafen, aber es war eben nichts Genaues bekannt, und so entstanden Legenden. Als die Stadt dann zu Beginn des 19. Jahrhunderts die Reichsunmittelbarkeit verlor, weil das Heilige Römische Reich Deutscher Nation aufhörte zu existieren, wurde aus dem Club der Mächtigen eine Runde alter Männer. Jetzt konnte man offen über die Löwenzunft sprechen.«

»Und Sie meinen«, fragte Lisa mit schiefgelegtem Kopf, »dass sich im Haus noch der Eingang zur Unterwelt befindet, stimmt's?«

»Das Haus wurde bei einem Brand 1945 schwer beschädigt. Es ist neu aufgebaut worden«, sagte Grünwald, »aber das Erdgeschoss ist historisch. Und das Kellergewölbe gewiss auch.«

»Was befindet sich heute in dem Gebäude?«, fragte Lisa.

»Es beherbergt die Redaktion des Ufer-Boten«, sagte Grünwald. »Ich wüsste eventuell eine Möglichkeit, da reinzukommen.«

»Ich bin dabei«, sagte Lisa.

Grünwald lächelte. »So gefallen Sie mir!«

7

Das schwere metallene Tor fuhr zur Seite, eine Warnleuchte blinkte. Weinberg lenkte den blaugrauen Mercedes in den Innenhof des Polizeireviers. Hinter dem Streifenwagen schloss sich das Tor wieder. Weinbergs Beifahrer schnallte sich ab und griff nach seiner Lederjacke und seiner Mütze auf dem Rücksitz.

»Das hat sich ja mal wieder gelohnt«, sagte Weinberg und stellte den Wagen ab.

»Ich bewundere die jungen Leute, dass sie dem Spießer nicht mal eins über den Grind geben«, sagte sein Kollege Franz Hirschberger, der beinahe der Großvater dieser ›jungen Leute‹ hätte sein können.

Weinberg nickte zustimmend.

»Das wievielte Mal hat uns dieser Rentner in diesem Monat schon wegen Ruhestörung angerufen?«, fragte er.

»Sicherlich schon sieben Mal«, sagte Hirschberger lachend, »ich habe aufgehört zu zählen.«

»Und noch nie ist ihm eingefallen, einfach mal an der Nachbarwohnung anzuklopfen und die Kerle zu bitten, ihre Musik ein wenig runterzudrehen. Das sind ja keine Krawallmacher, sondern ganz anständige Jungs, die halt manchmal ein wenig laut Musik hören.«

»Du weißt doch«, sagte Hirschberger, »für so was gibt's die Polizei.«

»Scheint so.«

Die beiden Beamten gingen über den Hof und betraten das Revier durch den Hofeingang. Wenn in den nächsten zehn Minuten nichts allzu Wichtiges mehr reinkäme, könnten sie Feierabend machen. Sie hatten Frühschicht gehabt, bald würde sie die Spätschicht ablösen, bevor dann am Abend für die Nächsten der Nachtdienst beginnen würde.

Aus einem Vernehmungszimmer waren laute Stimmen zu hören, eine davon gehörte einem Betrunkenen. Stühle und Tische wurden gerückt, es schien ein Handgemenge zu geben. Weinberg öffnete die Tür und sah sofort, dass seine Hilfe nicht benötigt wurde. Sein Kollege Franke war noch einen halben Kopf größer und viel massiger als er und hatte den Randalierer fest im Griff. Franke nickte Weinberg grüßend zu, Weinberg nickte zurück und schloss die Tür hinter sich.

Er warf einen Blick in die Wache. Die ersten Leute der Spätschicht waren schon da.

»Gibt's eigentlich irgendwas Neues in Bezug auf die Jacht?«, fragte er in die Runde.

Allgemeines Gemurmel und Kopfschütteln.

Weinberg verabschiedete sich und ging in die Umkleide, um seine Uniform abzulegen. Fünf Minuten später befand er sich auf dem Heimweg. Er ging lieber zu Fuß, als das Auto zu nehmen, zumindest wenn es nicht gerade in Strömen regnete. Und jetzt schien die Sonne, ein herrlicher Spätsommertag. Die Melodie eines alten Liedes von Udo Jürgens kam ihm in den Sinn, im Text irgendwas mit Sommer, Sonne und du. Weinberg summte es eine Weile vor sich hin, dann dachte er, wer dieses *Du* neben dem Sommer und der Sonne sein könnte. Sofort erschien das Bild einer lächelnden Frau vor seinem geistigen Auge. Diese Frau und ihr Lächeln beschäftigten ihn schon die ganzen letzten Tage. Er hatte sich bereits gefragt, wieso das so war, aber gab es für so etwas überhaupt Gründe? Er wusste, dass er sich gut fühlte in ihrer Gegenwart. Und dass er gern mehr von dieser Gegenwart hätte. Wenn sie seine Gegenwart auch wollte.

Am Haus stand die Tür mal wieder offen. Weinberg schüttelte missbilligend den Kopf und zog sie hinter sich ins Schloss. Den lieben Mitbewohnern konnte man hundertmal erklären, dass es wegen der Sicherheit wichtig war, die Haustür stets geschlossen zu halten, es nutzte nichts. Alle teilten die Sorge wegen der zahlreichen Einbrüche in der Region, aber keiner machte auch nur die Tür zu.

In seiner Wohnung stellte er den Fernseher an und legte eine Tiefkühlpizza in den Backofen. Dann zog er sich aus, um zu duschen, während die Pizza heiß wurde. Dabei summte er wieder das Lied von Sommer, Sonne und … Lisa.

»Ich ruf sie an«, sagte er zu sich selbst, um sich Mut zu machen. »Was soll schon passieren? Mehr als Nein sagen kann sie nicht.«

Weinberg drehte das Wasser auf und stieg in die Dusche. Sommer, Sonne und du.

»Ich rufe Lisa an«, sagte er und lächelte.

*

Grünwald brachte zwei Tassen dampfenden Kaffee in die Stube. Vorsichtig stellte er sie auf dem Tisch ab. Die Aufregung, heute in der Chronik weiterzulesen, hatte ihn die halbe Nacht nicht schlafen lassen, und dennoch hatte er sich kein bisschen müde gefühlt, als seine Nachfolgerin am Morgen vor seiner Tür gestanden war, um ihn abzuholen.

Nachdem Magdalena tot aufgefunden worden war, hatte er sich wieder an diese geheimnisvolle Schrift des Dominikanermönches erinnert, der von einem ebenso mysteriösen wie tödlichen Wesen berichtete. Grünwald war der Foliant vor Jahrzehnten bei der Neuordnung des Archivs durch Zufall in die Hände gefallen. Er hatte sich zunächst aber nicht überwinden können, die Schrift noch einmal zu lesen. Er hatte sich eingeredet, das sei alles irrationaler Unsinn. Warum sollte jemand einer Gestalt wie der Weißen Frau nacheifern und Menschen auf grauenvolle Weise umbringen? In Wirklichkeit, das musste er sich jetzt eingestehen, hatte er nur Angst gehabt, sich mit dem Thema auseinanderzusetzen. Angst hatte ihn von dem Bücherregal ferngehalten, in dem die Schrift des Konrad von Reichenau stand, Angst, nichts anderes. Und ihm hatte jemand gefehlt, mit dem er über das Gelesene sprechen konnte. Jetzt hatte er diesen Jemand gefunden.

Nachdem sie mehrere Stunden ihre Arbeit getan und zwischendurch in einem kleinen Bistro einen Imbiss zu sich genommen hatten, wandten sie sich endlich der Chronik zu. Lisa hatte den Folianten bereits aufgeschlagen. Sie war sich nicht sicher, ob sie wissen wollte, was die vergilbten Seiten der Chronik weiter zu erzählen hatten, und gleichzeitig war sie von einer brennenden Neugier erfüllt.

»Sie können die Schrift lesen, nicht wahr?«, fragte Grünwald.

»Leidlich. Ich habe es gelernt«, antwortete Lisa. »Paläografie. Nicht gerade einer meiner Lieblingskurse.«

»Na, wenn Sie schon so vor dem Buch sitzen …«

Lisa rückte mit dem Stuhl näher. Als sie sich über das offene Buch beugte, kam es ihr vor, als blickte sie in einen tiefen dunklen Abgrund. Sie begann zu lesen.

Erste Frage:
Welchen Wesens das Phänomen ist, das man die Weiße Frau nennt?

Es besteht die Möglichkeit, dass die Weiße Frau ein Waldmensch ist, ein Wesen, das die Griechen Pan, die Römer aber Incubus nennen.

Ich glaube nicht daran. Sind die Incubi doch Dämonen, die Unzucht treiben, wie es in malleo beschrieben ist, libro I, capitulo 3, und es ist nicht bekannt geworden, dass dieses Wesen Unzucht getrieben hätte. Darum schließe ich auch aus, dass sie als Succubus umgeht.

Überhaupt schenke ich dem Werk meines Ordensbruders kein übermäßig großes Vertrauen. Diese Zweifel hege ich indes nicht aus mir selbst heraus, denn wer wäre ich, dass ich solches zu beurteilen vermöchte? Seine Schrift wird auch von bedeutenden und frommen Männern, vor allem Bischöfen und Theologen, abgelehnt. Die Spanische Inquisition hat ihn gar verurteilt, was freilich der Verbreitung seines Werkes keinen Eintrag getan hat.

»Incubi, Succubi, Spanische Inquisition …« Lisa blies hörbar die Luft aus. »Und was heißt eigentlich ›in malleo‹?«

»Warten Sie mal, ich hab da eine Idee …«, sagte Grünwald. »Wissen Sie, was das lateinische Wort ›malleus‹ auf Deutsch heißt?«

»Ja«, antwortete Lisa, »ich glaube, ›malleus‹ bedeutet ›Hammer‹.«

»Das glaube ich auch«, sagte Grünwald und nickte anerkennend. »›In malleo‹ heißt also ›im Hammer‹.«

Lisa sah ihn verständnislos an. »Das hilft mir nicht wirklich weiter«, sagte sie.

»Nicht alle Hämmer sind aus Metall«, sagte Grünwald. »Auch Bücher können unheilvoll zuschlagen.«

»Ah!« Lisas Miene hellte sich auf. »Sie meinen den ›Malleus maleficarum‹?«

Grünwald nickte. »Wir haben im Archiv ein Exemplar

vom Ende des 15. Jahrhunderts, wenn ich mich nicht täusche. Schauen wir doch mal nach.«

Der Archivar ging in einen anderen Raum und schritt suchend an einem Regal entlang. Lisa folgte ihm. Schließlich zog Grünwald ein altes Buch hervor. »Da ist er, der ›Malleus maleficarum‹! Nürnberg 1496.«

»Der Hexenhammer«, murmelte Lisa.

Schon der Name dieses verhängnisvollen Buches ließ sie frösteln. Geschrieben worden war das Machwerk von einem fanatischen Inquisitor und Frauenhasser aus dem Dominikanerorden, Heinrich Kramer, latinisiert Henricus Institoris. Es war in einer riesigen Auflage und zahlreichen Neuauflagen gedruckt worden. Mit seinen sadistischen Folteranleitungen und praktischen Fallbeispielen hatte der Hexenhammer eine große Wirkung entfaltet, obwohl er niemals von der Kirche autorisiert worden war. Im Gegenteil, die magischen Vorstellungen Kramers hatten vor allem in der germanischen Mythologie gewurzelt. Die Hexenverfolgungen waren weithin ein Phänomen deutschsprachiger und angelsächsischer Länder gewesen. In den genuin katholisch gebliebenen Ländern des Mittelmeerraumes hatte keine nennenswerte Verfolgung von angeblichen Hexen stattgefunden. Wie viele Opfer, meist Frauen, mochten aber nördlich der Alpen auf das Konto des Hexenhammers gehen? Gewiss waren auf den Einfluss dieses Buches Hunderte, wenn nicht Tausende von Folterungen und Todesurteilen zurückzuführen. Grünwald hatte recht: Auch Bücher konnten unheilvoll zuschlagen. Der Hexenhammer war nur eins von vielen schrecklichen Beispielen dafür.

Der Archivar riss sie aus ihren düsteren Gedanken. »Wie war das, 1. Buch, 3. Kapitel?« Er begann leise zu lesen. Abrupt schlug er das Buch zu und stellte es zurück ins Regal. »Ja, es sind Zitate aus dem Hexenhammer«, stellte er fest.

Dann nahm er das Buch noch einmal heraus und betrachtete es eine Weile nachdenklich. »Vielleicht ist das hier die Ausgabe, die Konrad in seinen Händen hielt?«

»Hm«, machte Lisa, »möglich ist es.«

Grünwald stellte das Buch zurück. »Ja«, sagte er, »aber auf der anderen Seite nicht wahrscheinlich. Kommen Sie, lassen Sie uns noch ein wenig weiterlesen.«

Gemeinsam gingen sie in die Stube zurück, in der die Chronik noch aufgeschlagen auf dem Tisch lag. Sie setzten sich und Grünwald las weiter.

Ist die Weiße Frau eine Hexe?

Dafür spricht, dass sie besondere Kräfte zu besitzen scheint. Wenn sie jedoch eine Hexe ist, so unterscheidet sie sich von dem, was gemeinhin als solche bezeichnet wird. Sie zaubert nicht. Sie reitet nicht mit Diana und Herodias, wie es sonst von allen Autoritäten über die Buhlen des Bösen gelehrt wird. Die Weiße Frau fliegt nicht durch die Lüfte. Die höheren Sphären der Luft scheinen ihr verwehrt zu sein. Sie bewegt sich vielmehr unter der Erde. Für diese letzte Behauptung muss ich keine Autorität der Kirche oder der Welt bemühen, denn dafür kann ich selbst Zeugnis ablegen. Ich weiß, dass sie sich im Untergrund bewegt, unter unseren Füßen in von Menschen geschaffenen Gängen und Stollen. Wie ein Parasit sich einnistet im Leibe und ihn krank macht und sterben lässt, so wühlt sie sich durch die Gedärme dieser Stadt.

Insofern gleicht sie mehr den Lamien.

Der dämonischen Lamia gleich schleicht sie sich des Nachts an die Menschen heran und saugt ihnen das Blut und das Leben aus.

Wie eine Lamia ist auch die Weiße Frau schön, wenngleich in einer teuflischen Weise. Denn die wahre Schönheit liegt, wie jeder weiß, im Guten und im Wahren. Die Weiße Frau aber ist böse und daher in ihrem Inneren hässlich. Dennoch kann sie betörend sein, wie das Böse betörend sein kann und es in der Tat ist. Seine Schönheit gleicht einem falschen Schein, der auf Seelen, die nicht in den Tugenden fest verankert sind, eine Anziehungskraft ausübt, so wie man ja sagt, dass Abgründe einen Menschen, der ihrem Rand zu nahe kommt, mit unsichtbarer Kraft hinabziehen.

Ich schäme mich, es zu bekennen, doch um der Wahrheit willen sage ich, dass auch ich in meinem sündigen Fleische die Schlingen verspürt habe, die die weiße Haut, der betörende Blick und die sanften Bewegungen der Weißen Frau um das menschliche Herz legen können.

Es heißt, die Lamien suchten ihre Opfer vor allem unter jungen Männern. Das trifft im Fall der Weißen Frau nicht zu. Sie tötet Männer und Frauen, Alte und Kinder, Geistliche und Laien, Katholiken und Häretiker. Sie tötet aber nicht jeden Menschen, dem sie begegnet. Worin indes der Grund liegt, diesen zu zerreißen und den anderen zu verschonen, vermag ich nicht zu durchschauen. Wie das blinde Schicksal scheint sie ihre Opfer wahllos auszusuchen – oder doch nach einer Ordnung, die nur ihresgleichen offenbar wird. Ich vermute, diese Ordnung folgt nicht dem Wesen und der Art der Opfer, sondern allein ihrem Hunger und der Gelegenheit.

Grünwald schloss das Buch und nahm die Lesebrille ab. »Wir machen hier Schluss, denke ich. Die nächste Frage Konrads können wir uns morgen antun.«

Lisa sagte: »Die Überlegungen, die Konrad anstellt, könnte man einfach als die Fantastereien eines überspannten Mönchs abtun, zumal er auch gar keine Antwort findet auf die Frage, was die Weiße Frau nun eigentlich ist. Man könnte das alles abtun, wenn er nicht geschrieben hätte, dass er eigene Erfahrungen mit ihr gemacht hat. Heißt das, dass er sie gesehen hat?«

»Sie haben recht«, stimmte Grünwald zu. »Bei all seinen Versuchen, das Phänomen zu erklären, macht er eine recht klägliche Figur. Allerdings ... wissen wir nicht, was er damit gemeint hat, wenn er schreibt, er habe sie gesehen. Ein Mann wie Konrad sah bestimmt nicht nur mit seinen Augen. Und was er berichtet, muss nicht unbedingt das sein, was wir heute als akkurate Beschreibung betrachten.«

»Meinen Sie, dass die Weiße Frau eine Allegorie ist?«, fragte Lisa.

»Nein«, antwortete Grünwald. »Allegorien töten niemand. Es gibt irgendeinen Zusammenhang zwischen der Weißen Frau aus Konrads Bericht und den Geschehnissen unserer Tage. Da bin ich mir sicher. Diesen Zusammenhang müssen wir herausfinden.«

Er stand auf und reichte Lisa die Hand. »Aber nicht heute«, sagte er. »Ich kann Ihnen nicht sagen, wie dankbar ich bin, dass Sie die Chronik mit mir lesen und ich mit Ihnen über diese Dinge sprechen kann. Machen Sie jetzt Feierabend. Ich bleibe noch ein wenig.«

Lisa ergriff Grünwalds Hand. »Sie sind nicht allein. Nicht mehr. Bis morgen, Herr Dr. Grünwald.«

»Bis morgen, Lisa«, sagte er und blickte ihr lächelnd nach. Dann löschte er das Licht und setzte sich im Dunkeln an seinen Schreibtisch. Ein schwacher Schein der Straßenbeleuchtung fiel durch die Butzenscheiben in das Arbeitszimmer. Die stille dunkle Stube hatte etwas Unwirkliches, so wie es alle Orte haben, wenn man sie außerhalb ihrer eigentlichen »Lebenszeit« besucht. Ein Kino am Morgen, eine Schule bei Nacht, ein Spielplatz im Regen.

Der Archivar sog die trockene Luft ein, den vertrauten Geruch von alten Büchern, altem Holz und altem Stein, versetzt mit zartem Kaffeearoma. Und seit ein paar Tagen mischte sich noch ein anderer Duft darunter. Etwas wie Lavendel vielleicht, er kannte sich da nicht so aus. Es war Lisas Geruch, er roch ihre Präsenz in seinem Archiv.

Grünwald stieg die ausgetretenen steinernen Stufen hinunter und schloss die schwere Tür sorgfältig ab.

*

Am nächsten Morgen setzten sich Grünwald und Lisa sofort an die Chronik. Sie hatten gestern alles Dringliche abgearbeitet und konnten sich jetzt mit gutem Gewissen den Aufzeichnungen Konrads widmen. Inzwischen hatten sie eine gewisse Übung im Lesen der alten Schrift bekommen, so wie man die Handschrift eines nahestehenden Menschen erkennt und sie einem vertraut wird.

Der Foliant übte eine eigenartige Faszination auf sie aus, die weder der Archivar noch seine Nachfolgerin rational erklären konnten. Es war nicht einfach Neugier, nicht nur das Nachprüfen von rational nicht erklärbaren Bezügen zu aktuellen Fragen und nicht bloßes wissenschaftliches Interesse, und doch spielte das alles auch eine Rolle. Worte zu lesen, die vor dreieinhalb Jahrhunderten geschrieben worden waren und die doch wie an sie heute gerichtet schienen, berührte beide Archivare auf eine bisher nicht gekannte Weise. Wie aus einem tiefen dunklen Brunnen, aus der Tiefe von Jahrhunderten, sprach Konrad zu ihnen. Mit jeder Seite der Chronik wurde der Dominikanermönch mehr zu einem wertvollen Verbündeten, einem Menschen, mit dem sie ein geheimes Wissen teilten. Zu einem Mann, dem sie vertrauten.

Dabei wussten sie von Konrad so gut wie nichts. Er oder sein Geschlecht stammte, wie der Namenszusatz verriet, von der Insel Reichenau. Er war in Konstanz in das Dominikanerkloster eingetreten. Vermutlich hatte er zu den Mönchen gehört, die sich vor den anrückenden protestantischen Truppen auf die andere Seeseite geflüchtet hatten, bevor die Bischofsstadt eingenommen und gebrandschatzt worden war. Nach dem Krieg war er in seiner neuen Heimat geblieben und hatte sein Grab dort gefunden.

Grünwald schlug den Folianten auf und sagte: »Dann hören wir mal, was uns Konrad noch zu sagen hat. Viel ist es nicht mehr. Wie es aussieht, sind noch zweieinhalb Seiten dieser Sache gewidmet.«

Lisa sagte: »Lesen Sie vor, bitte.«

Und Grünwald begann:

Zweite Frage:

Ob das Verschlingen von Menschen substanziell zu ihr gehört oder ist es ein Akzidenz?

Die Weiße Frau ist ein Anthropophag. Das ist eindeutig.

Ob sie Menschen aus Hunger frisst oder aus Lust, vermag ich nicht zu sagen. Ich vermute aber das Zweite.

Die Lust am Verschlingen scheint mir zu ihrem Wesen zu gehören wie der Trieb, die Opfer zu zerreißen. Sie schwelgt in den Schmerzensschreien der Opfer, weidet sich am Anblick der Wunden, berauscht sich am Geruch des Blutes. Unbändiger Hass erfüllt sie wie ein gewaltiger Sturm, der unter ihrer schönen Oberfläche wütet.

Es ist möglich, dass die Erscheinungsgestalt als Weiße Frau nur ein äußeres Phänomen ist, dessen sich das Wesen bedient. Wahrscheinlich, so vermute ich es wenigstens, ist die äußere Form bloß akzidentiell. Das würde auch erklären, weshalb man sie die Weiße Frau nennt, nicht nur weil Weiß die Farbe der Toten ist. Weiß ist eigentlich gar keine Farbe, Weiß ist alles und nichts Bestimmtes und daher besonders furchteinflößend.

Ich nenne die Weiße Frau einen Dämon, wenn ich mir auch bewusst bin, dass dieser Name ebenfalls nur etwas Äußerliches ist. Dennoch trägt sie den Namen Dämon meiner Meinung nach zurecht. Ist es doch allgemein bekannt und nicht nur in malleo beschrieben, dass man den Dämon so nennt, weil er nach Blut riecht.

»Das habe ich noch nie gehört«, unterbrach Lisa. »Dämon, das ist griechisch, nicht? Klingt im Griechischen das Wort Blut vielleicht ähnlich wie Dämon?«

Grünwald überlegte. »Das ursprüngliche griechische Wort für Dämon ist ›daimon‹. Blut heißt ›haima‹. Vielleicht ist da was dran. Die Weiße Frau bleibt für Konrad jedenfalls ein Rätsel.« Grünwald senkte sich wieder über die Chronik.

Ich gestehe, ich weiß nicht viel, aber eines weiß ich:

Was wir uns scheuen, an uns zu sehen, das erkennen wir an ihr in aller Bosheit und Hässlichkeit, trotz der verführerischen äußeren Erscheinung. Wir hassen an ihr, was wir sind. Sie ist wie ein Spiegel aller menschlichen Abgründe. Wir Kinder Kains leben unter dem Fluch der aus dem Paradies Vertriebenen. Und fluchwürdig ist unser Wandel in dieser Welt. Wir fliehen das Licht und suchen das Dunkel, damit unsere bösen Regungen und Gedanken nicht an die Oberfläche kommen.

So wie unsere angeborene Grausamkeit unterdrückt werden muss, muss auch die Weiße Frau mit allen Kräften niedergehalten werden. Und wehe, wenn sie entkommt, wenn sie an die Oberfläche dringt!

Die Weiße Frau ist der Fluch Kains.

Sie ist fleischgewordene Dunkelheit.

*

Nachdem sie sich kurz zu Hause frisch gemacht hatte, machte sich Lisa auf den Weg in die Innenstadt. Sie ging nicht durch den Park, sondern durch die mit alten Fachwerkhäusern gesäumten Gassen des Stadtteils »Dorf«, der der mittelalterlichen Stadt vorgelagert war.

Lisa sah auf ihre Uhr und beschleunigte ihre Schritte. Zu dem Eiscafé auf dem Münsterplatz würde sie noch knapp zehn Minuten brauchen. Sie wollte Weinberg nicht warten lassen. Früher hätte sie sich gefragt, was sie von dieser neuen Bekanntschaft erwarten konnte. Sie hätte sich gefragt, ob dieser Mann sich für sie interessierte, ob er ernsthafte Absichten hegte oder ob er sie vielleicht nur ins Bett kriegen wollte. Vor allem hätte sie sich gefragt, ob *sie* sich etwas mit ihm vorstellen konnte. Doch Lisa hatte gelernt, sich diese Fragen nicht mehr zu stellen. Eine neue Bekanntschaft, gleich ob mit einem Mann oder einer Frau, egal, ob alt oder jung, war immer eine Erweiterung des eigenen Horizonts, eine Bereicherung der eigenen Welt. Einem Menschen, den man neu kennenlernte, offen und mit einer Spur Neugier zu begegnen, konnte spannend sein. Und manchmal faszinierend. Lisa war überzeugt, dass man dem Leben und auch den Menschen die Chance geben musste, einen positiv zu überraschen. Sie ließ sich darauf ein und freute sich auf das, was es zu entdecken gab.

Weinberg war schon da. Als er sie bemerkte, stand er auf und winkte ihr. Sie setzte sich zu ihm an den Tisch.

»Herrliches Wetter«, sagte sie.

»Wieder ein herrlicher Tag im Paradies«, sagte Weinberg. »Gewöhnen Sie sich dran, das ist hier meistens so.«

Lisa lachte. Sie nahm die Karte. Als die Bedienung kam, bestellte sie ein gemischtes Eis mit Sahne. Weinberg entschied sich für einen Nussbecher.

Genussvoll aßen sie ihr Eis und orderten noch einen Kaffee.

Weinberg nahm einen Schluck. »Was meinen Sie, nachdem wir uns inzwischen etwas kennengelernt haben, könnten wir doch auch Du sagen, oder?«

Lisa gefiel seine offensichtliche Schüchternheit. So wurde ihre eigene relativiert. »Gern. Ich bin Lisa. Aber das wissen Sie ja schon. Ich meine, das weißt *du* ja schon.«

»Ich heiße Markus.«

Lisa schien nachzudenken. Dann sagte sie: »Wer weiß, was du schon alles über mich in Erfahrung gebracht hast. Ich meine, was alles von mir gespeichert ist.«

Weinberg lächelte. »Du verwechselst uns da, glaube ich, mit dem BND oder der NSA. Ja, wer weiß, was alles über deine obskure Vergangenheit bei ihnen in den Akten steht … Für uns bist du nicht aktenkundig. Ein völlig unbeschriebenes Blatt.«

»Völlig unbeschrieben? Das klingt irgendwie langweilig«, sagte sie beinahe enttäuscht.

»Ach, vielleicht finde ich ja noch das ein oder andere im Laufe der Zeit über dich heraus«, sagte Weinberg.

Lisa nickte befriedigt. »Das lässt sich hören«, sagte sie.

Sie nahmen beide einen Schluck aus ihren Kaffeetassen und sahen dem Treiben im Café und auf dem belebten Münsterplatz zu.

8

Am Wochenende war das Archiv geschlossen. Am liebsten hätte Lisa sich in ihren vier Wänden einen ruhigen Tag gemacht. Ihr ging gerade viel durch den Kopf, und sie liebte es, auszuschlafen, den Tag in lässigen Klamotten auf ihrem Sofa zu verbringen, vielleicht ein Bad zu nehmen und Zeit zu haben für ein gutes Buch. Aber Lisa hatte noch etwas zu erledigen, wofür sie bislang keine Zeit gehabt hatte, seit sie in der Stadt angekommen war. Es gab eine alte Bekannte, die sie treffen wollte. Sie wohnte in einem Viertel der Stadt, in dem Lisa bisher nicht gewesen war. Lisa machte sich zu Fuß auf den Weg und schätzte, dass sie eine halbe Stunde benötigen würde. Mit jedem Schritt hellte sich ihre Stimmung auf. Sie freute sich darauf, in die einst so vertrauten Augen zu sehen.

Noch einmal prüfte Lisa die Adresse. Hier war es. Einen Moment blieb sie vor dem Eingang stehen und versuchte sich an das Mädchen zu erinnern, mit dem sie während ihrer Schulzeit so viel Zeit verbracht hatte.

Gwendoline hatte ihren Namen gehasst. Lisa lächelte. Gwendoline hatte eigentlich fast alles gehasst – die Schule, die Lehrer, Westfalen, die Kirche, die CDU, die SPD und alle anderen, die zum »Establishment« gehörten. Mit 15 hatte sie sich selbst ein Piercing gestochen, das war damals noch völlig neu gewesen. Als es dann später Mode wurde und viele mit Piercings herumliefen, entfernte sie es natürlich wieder. Gwendoline war immer ein Wildfang gewesen, nie im Mainstream schwimmen, war ihr Motto. Sie war im Grunde das krasse Gegenteil von Lisa, und doch waren sie damals fast unzertrennlich gewesen. Die Aufsässige und die Brave. Alle hatten über das ungleiche Duo nur den Kopf geschüttelt. Lisa vermochte selbst nicht zu sagen, was sie und die wilde Gwendoline so zusammengeschweißt hatte.

Nach der Schule hatten sich ihre Wege getrennt. Sie selbst war zum Studium der Geschichte und Archäologie nach Bonn und nach Abschluss und Promotion auf die Archivschule in Marburg gegangen. Gwendoline hatte es, welch Überraschung, nach Berlin gezogen. Lisa hatte sie aus den Augen verloren, bis Silvio, der ihr beim Umzug geholfen hatte, erwähnt hatte, dass ihre alte Freundin inzwischen ebenfalls in Überlingen lebte.

Lisa betrachtete neugierig das schwarz-silberne Schild über dem Eingang des aus der Zeit der Jahrhundertwende stammenden Hauses: »Gwen's Tattoostudio«, stand darauf.

Dann trat sie ein.

Trotz der vielen Tätowierungen auf den Armen und den schwarz gefärbten Haaren erkannte sie die Schulfreundin sofort, die an einem überfüllten Schreibtisch saß und sich Fotografien ansah.

»Hallo, Gwen«, sagte sie. Niemand durfte sie Gwendoline nennen, ohne dass es eine gefährliche Wutexplosion gab, das wusste Lisa.

Die Tätowiererin stutzte. »Lisa!« rief sie und kam ihr entgegen. »Was machst du denn in Überlingen?«

Die beiden Frauen umarmten sich lange.

»Ich habe hier eine Stelle angenommen«, sagte Lisa schließlich.

»Weit weg von zu Hause«, entgegnete Gwen. »Das hätte ich dir gar nicht zugetraut.«

Sie lachten.

»Aber wieso bist *du* hier?«, fragte Lisa. »Ich dachte, du wärst in Berlin. Haben es dir jetzt doch die idyllischeren Landschaften angetan?«

»Ach Quatsch«, entgegnete Gwen. »Es war in Wirklichkeit was viel Schlimmeres.«

Sie sah Lisa mit einem gequälten Gesichtsausdruck an, dann sagte sie nur das eine Wort: »Liebe.«

Lisa musste lachen. »Das ist doch nichts Schlimmes«, sagte sie.

Gwendoline nickte schicksalsergeben. »Schon klar, dass du das so siehst, du hast schon immer auf so romantisches Zeug gestanden. Na komm, ich mach den Laden zu. Das ist ja der Hammer, dich wiederzutreffen! Wir trinken erst mal was.«

Natürlich ging es mit Gwendoline nicht einfach in ein gemütliches Café oder eine nette Bar. Die Tätowiererin kaufte an einem Kiosk zwei Bierflaschen und spazierte mit Lisa ans Ufer. Dort setzten sich die Frauen ins Gras. Aus Höflichkeit griff Lisa nach der Bierflasche, die ihr angeboten wurde, und nippte daran.

»Na dann, erzähl mal«, ermunterte Lisa die Freundin.

Gwendoline nahm einen langen Schluck aus ihrer Flasche. Eine Weile sah sie auf die glitzernde Wasserfläche hinaus, ehe sie sagte: »Wehe, du lachst mich aus. Es war die große Liebe.« Sie trank weiter und fügte hinzu: »Mal wieder.«

Lisa schwieg. Bei Gwen war das mit der »großen Liebe« immer schon um einiges schneller gegangen als bei ihr.

»Mir fiel in Berlin nach der zweiten Scheidung die Decke auf den Kopf. Dann kam dieser süße Typ. Darüber, dass er nicht richtig Hochdeutsch sprechen konnte, habe ich hinweggesehen. Ich habe es am Anfang einfach für einen Sprachfehler gehalten.« Gwen lachte. »Dann ist er nach einem Jahr, in dem wir zusammen waren, wieder hierhergezogen. In seine Heimat.« Die Tätowiererin trank ihr Bier aus. »Also, um es kurz zu machen, kaum waren wir in Überlingen angekommen, hatte er das Gefühl, er müsse sich noch mal neu entdecken, und ist mit einem Freund auf und davon nach Indien. Zwei Monate habe ich ihn begleitet, dann erst wurde mir klar, dass ich bei den beiden das fünfte Rad am Wagen war. Ich flog also zurück. Da es mir hier eigentlich nicht schlecht gefallen hatte, habe ich am See mein Studio eröffnet und bin jetzt schon das dritte Jahr da.«

Lisa dachte, wenn sie auch nur die Hälfte dieser Geschichte erlebt hätte, hätte sie genug Material für einen Roman zusammen. Und für dessen Fortsetzung. »Wow«, sagte sie. »Zweimal geschieden, einem dritten Mann an den Bodensee und dann nach Indien gefolgt … Du lebst immer noch auf der Überholspur, wie es scheint.«

»Scheint so«, sagte Gwen nachdenklich. »Erzähl mal von dir.«

»Tja …«, fing Lisa an. Ihr Leben kam ihr auf einmal fast peinlich ereignislos vor.

»Sag mal«, unterbrach sie Gwendoline, »trinkst du das Bier noch?«

*

Am Morgen konnte man jetzt spüren, dass der Sommer langsam zu Ende ging. Lisa dachte mit Wehmut daran, dass sie in einigen Monaten den Weg zum Archiv allein würde zurücklegen müssen. Sie würde Grünwalds Begleitung sehr vermissen, das war sicher.

An ihrem Schreibtisch vertiefte sie sich in die Dokumentierung von Pachtverträgen der Stadt an eine Winzergesellschaft im 18. Jahrhundert. Grünwald beobachtete sie von seinem Platz aus. Er wusste, dass diese Arbeit für seine Nachfolgerin genauso langweilig war wie für ihn. Doch die Münsteranerin hatte Disziplin. Sie arbeitete gewissenhaft und ausdauernd. Solche Dinge gehörten eben zu ihren Pflichten, und man durfte von der Stadtarchivarin erwarten, dass sie ordentlich erledigt wurden. Mit Lisa, da war Grünwald sicher, hatte die Stadt die richtige Frau an der richtigen Stelle.

Um halb eins erinnerte Grünwald Lisa an die Mittagspause.

Sie gingen einige Minuten durch verschiedene Straßen und Gässchen und betraten dann ein altes Fachwerkhaus, das sich mit einem schmiedeeisernen Schild als bürgerliches Restaurant auswies.

Grünwald und Lisa nahmen an einem Fenster Platz. Der Wirt brachte die Speisekarten. Der Archivar bestellte einen leichten Weißwein für sie beide.

»Normalerweise trinke ich ja um die Zeit keinen Wein ...«, sagte Lisa.

»Natürlich müssen Sie nicht mittrinken«, entgegnete Grünwald. »Ich dachte nur, wir könnten heute ein Gläsle gebrauchen.«

»Ein *Gläsle?*«

»Oder zwei.«

Lisa fragte: »Wir werden nachher die Chronik Konrads zu Ende lesen, das meinen Sie doch, oder?«

Der Wirt stellte den Wein auf den Tisch und erkundigte sich: »Haben Sie schon was gefunden?«

Grünwald sagte: »Ich nehme das Zanderfilet in Sauce Béarnaise mit jungen Kartoffeln.«

»Und für mich bitte die Scampi und Jakobsmuscheln vom Grill mit Feldsalat.«

»Gern«, sagte der Wirt und nahm die Speisekarten wieder mit. »Sehr zum Wohl! Pröstle!«

Grünwald wandte sich Lisa zu. »Ja, ich hatte tatsächlich gedacht, wir könnten uns, wenn Sie mit Ihrer Arbeit fertig sind, wieder mit der Chronik beschäftigen.«

Lisa hob ihr Glas. »Dann hatten Sie recht, den Wein zu bestellen. Zum Wohl!«

Am Nachmittag setzten sie sich wieder in die Stube, in der die Chronik des Konrad lag. Grünwald räusperte sich und begann zu lesen:

Wer hätte zu denken gewagt, dass sich innerhalb der Mauern unserer Stadt das Böse befindet? Wer hätte es für möglich gehalten, dass nicht außen um unsere Befestigungen der Wolf seine Kreise um die Schafherde zog, sondern dass das Untier sich mitten unter den Schafen befand? Wer hätte es nicht für eine infame Lüge gehalten, dass die Löwenzunft den brüllenden Löwen, der umgeht, um zu suchen, wen er verschlingen kann, an ihrem Busen nährte?

Einem Mönchlein wird niemand anvertrauen, wie die Spiele der Macht gespielt werden, die unser aller Los bestimmen. Aber jetzt weiß ich, Konrad von Reichenau, ein kleiner Mönch, wo diese Entscheidungen gefällt werden. Wo die Saat gesät wird, damit Sicherheit, Frieden und Wohlergehen wachsen. Doch es war die falsche Saat. Männer, die sich für größer hielten als alle anderen, haben größeres Unheil angerichtet als alle anderen. Weil sie glaubten, niemandem gegenüber verantwortlich zu sein, handelten sie verantwortungslos. Windhauch ist alles Streben nach Macht, lehrt der Prediger, Windhauch, nichts als Windhauch. So säten sie

Wind und ernteten Sturm. Und der Sturm des Bösen riss viele mit sich fort.

Vielleicht ist es nicht recht, dass ich über diese Dinge schreibe, da mir das meiste davon unter dem Siegel der Verschwiegenheit anvertraut wurde von einem, der den Trost der Religion suchte.

Neben dem Trost suchte er aber wohl vor allem auch Schutz. Er suchte Schutz, den er, wie ich jetzt weiß, in der Tat gut gebrauchen konnte, den ihm aber niemand bieten konnte.

Um mein Gewissen zu erleichtern, führe ich an, dass der Mann, der sich mir anvertraute, nicht mehr unter den Lebenden weilt. Auch werde ich seinen Namen nicht nennen und nur sagen, dass er ein Mitglied der Löwenzunft war.

Schließlich aber muss ich davon Zeugnis ablegen, was unter der Stadt in den dunklen Gängen geschah. So hege ich die Hoffnung, dass meine bescheidenen Worte auf die Nachwelt kommen werden. Denn mit dieser Hoffnung regt sich in mir die Befürchtung, dass für Menschen späterer Zeiten meine Aufzeichnungen von Nutzen sein könnten. Mögen nämlich viele, die eingeweiht waren in die unseligen Geheimnisse, behaupten, die Weiße Frau sei tot – ich, Konrad von Reichenau, habe meine Zweifel. Wenn auch nicht wenige davon überzeugt sind, die Weiße Frau sei unschädlich gemacht, ich kann es nicht glauben. Ist es der Pest möglich, nicht mehr zu schaden? Kann denn ein Dämon den Tod erleiden? Besteht seine Existenz nicht schon im Schatten des Todes, getrennt vom Licht der Lebenden wie durch die ewigen Mauern des Tartaros?

Ich will mein Zeugnis jedoch nicht diesem Pergament anvertrauen. Ich lasse meine Aufzeichnungen über die Erlebnisse mit der Weißen Frau durch einen zuverlässigen Boten im Kloster des heiligen Gallus hinterlegen, wo sie sicher sind vor unreifen Ohren, unbefugten Augen und ungefestigten Herzen. Bisher ist das Land der Eidgenossen vom Krieg in den deutschen Landen verschont geblieben, und wir beten, dass es unseren Nachbarn vergönnt sei, weiterhin in Ruhe und Frieden ihrem Tagewerk nachzugehen. Haben sie doch unter sich selbst so lange blutige Kämpfe ausgefochten und sich zerfleischt, ohne einen äußeren Feind in ihrem Land zu benötigen.

Grünwald schwieg. Auch Lisa war in Gedanken versunken. Tatsächlich schien Konrad mit seinen Befürchtungen recht behalten zu haben. Doch konnten seine Aufzeichnungen wirklich für sie heute von Nutzen sein? Lohnte es sich überhaupt, sich über die Weiße Frau zu informieren? War sie denn irgendwie fassbar? Der Mönch schien es selbst bezweifelt zu haben.

»Mehr steht hier nicht über diese Angelegenheit«, sagte Grünwald schließlich und blätterte in dem Buch. »In diesem Folianten sind ansonsten nur Aufzeichnungen über den Stadtrat nach dem Ende der Belagerung enthalten.«

Sie sahen sich einige Augenblicke stumm an.

Dann fragte Lisa: »Wo liegt das Kloster des heiligen Gallus?«

*

Es war heiß, aber die dicht stehenden Laubbäume spendeten angenehme Kühle, ihre Schatten warfen lebendige Muster auf den Waldweg, über den sie lief. Sie hörte die Geräusche des Waldes nicht, nicht den Gesang der Vögel, nicht das Rauschen im Laub der Bäume. Sie hörte auch nicht ihr eigenes Atmen, dazu war die Musik in ihren Ohren zu laut. Auf den letzten 100 Metern ihres Dauerlaufs gab sie noch einmal alles, sie schoss aus dem Wald heraus, vor ihr lag der Biergarten eines Landgasthofs. Vor einem hölzernen Torbogen, der die Besucher mit einem großen »Willkommen« begrüßte, kam sie zum Stehen. Sie stemmte die Hände auf ihre Knie und kontrollierte ihren Atem. Ihr T-Shirt klebte an ihrem Körper. Sie hatte sich verausgabt, war wieder an ihre Grenzen gegangen, sie brauchte das. Nach einer Minute richtete sie sich auf und schaltete die Musik aus. Dann betrat Gwendoline den Biergarten.

Die Wirtin kannte die Joggerin. Sie wusste auch, was sie gleich bestellen würde: einen halben Liter Mineralwasser und, nachdem sie es ausgetrunken hatte, ein helles Bier. Immer wieder wurde die junge Frau von Männern angesprochen. Die Wirtin konnte nicht hören, was gesprochen wurde, aber die Männer standen nach wenigen Sekunden mit einem Gesichtsausdruck auf, als hätte ihnen jemand kaltes Wasser über den Kopf geschüttet. Oder über die Hose.

Gwendoline hatte ihr Wasser inzwischen geleert und trank nun einen Schluck Bier. Sie dachte an Lisa. Verrückt, sie nach all den Jahren wiederzutreffen. Wie sich das anhörte: nach all den Jahren …! Als wären sie schon uralt. Nur weil sie sich manchmal so fühlte, war sie es noch lange nicht. Oder war man mit Anfang 30 als Frau schon alt? Altes Eisen? Na ja, auf Männer hatte sie immer noch eine Wirkung, es kamen ja hin und wieder welche an ihren Tisch, um sie anzumachen, wenn sie hier saß. Nur dass die nicht in ihrer Liga spielten.

Gwendoline nahm wieder einen Schluck von ihrem Bier. Typen, die glaubten, sie hier im Biergarten anquatschen zu können, nur weil sie allein war und ein verschwitztes Shirt anhatte, machten sie aggressiv. Doch sie musste ihnen keine reinhauen, um sie loszuwerden. Was sie ihnen sagte und vor allem, *wie* sie es sagte, brachte die Möchtegern-Romeos schnell dazu, Land zu gewinnen. Dabei war sie nicht gerne allein. Sie fand es furchtbar, dass sie nachher allein mit dem Bus nach Hause fahren musste. Als sie jünger gewesen war, hatte sie jeden Ort, an dem sie sich geborgen fühlte, mit einem Zuhause verwechselt und jeden Mann, der sich für sie interessierte, mit einem Lebenspartner. Nach zwei gescheiterten Ehen und noch viel mehr zerbrochenen Beziehungen hatte sie begonnen, sich zu hassen für die Hilflosigkeit, die sie in sich spürte, und für die ihre zur Schau getragene Härte eine nur ungenügende Tarnung war. Das Vertrauen in Männer und Beziehungen hatte sie verloren. Zumindest sagte sie sich das selbst. In ihrem Innern wusste sie, dass sie das Vertrauen zu sich selbst verloren hatte.

Niemand, der sie nicht näher kannte, würde es bemerken, aber hinter ihrer coolen Fassade war es tatsächlich kalt, so kalt, dass Gwendoline oft fror. So hatte sie ein paar Jahre lang fast jedes Wochenende einen Typen abgeschleppt. Sie war in den Diskotheken auf die Jagd gegangen, hatte sich jemanden ausgesucht und ihn auch meistens ins Bett bekommen. Erfolgreich hatte sie den Ekel ignoriert, mit dem sie am nächsten Morgen aufgewacht war, aber irgendwann hatte sie erschrocken erkannt, dass die Berührungen ihres Körpers sie innerlich völlig unberührt ließen.

Gwendoline trank aus und winkte der Bedienung. Nachdem sie bezahlt hatte, ging sie zur Bushaltestelle. Gut, dass Lisa jetzt in der Stadt war. Mit Lisa hatte sie sich immer wohlgefühlt, obwohl sie so verschieden waren. Lisa war gut und hell. Und sie? Nichts war gut, nichts war hell, es war einfach nur nichts.

Gwendoline wischte sich Tränen aus den Augen. »Verdammt noch mal, jetzt fange ich auch noch an zu flennen, oder was!«

Sie wollte sich nicht an Lisa klammern, aber die Freundin erschien ihr wie ein Rettungsanker.

Wie auch immer es weiterging, es war gut, dass Lisa da war.

*

Weinberg und Lisa traten in die Pedale. Das Tretboot nahm schnell Fahrt auf und entfernte sich von der hölzernen Plattform, die auf Pfählen im See stand. Sie hatten es für eine Stunde gemietet. Immer weiter entfernten sie sich vom Ufer. Es war später Nachmittag, und die Sonne schien warm auf sie nieder. Eine leichte Brise wehte ihnen um die Nase. Weiter draußen sahen sie mehrere Segelboote auf dem See.

»Na, gefällt es dir?«, fragte Weinberg.

»Es ist echt schön«, antwortete Lisa. »In Münster gibt es den Aasee. Aber der ist nicht wirklich mit dem Bodensee vergleichbar.«

»Ich wusste nicht, dass es in Münster einen See gibt«, sagte Weinberg.

»Der Aasee wurde erst im 20. Jahrhundert angelegt«, erklärte Lisa. »Er ist nur etwa zwei Kilometer lang und nur etwa zwei Meter tief.«

»Na ja«, meinte Weinberg, »dann ist er tatsächlich ein wenig kleiner. Hier vor der Stadt ist der See bis zu 140 Meter tief.«

»Ein wenig kleiner ist gut«, sagte Lisa. »Allerdings reichen zwei Meter auch, um zu ertrinken.«

»Da hast du recht«, meinte Weinberg. »Aber wir haben nicht vor zu ertrinken, weder hier noch in Münster. Ich wollte gern mit dir auf dem See an der Stadt vorbeifahren, damit du sie einmal vom Wasser aus siehst.«

Er lenkte das Boot in südöstliche Richtung. Vom Boot aus bot die Stadt einen malerischen Anblick. Sie lag eingebettet in bewaldete Hügel vor ihnen. Lisa sah die alte Stadtbefestigung, die steinernen Türme und an der Uferlinie die breite Promenade mit ihren Cafés und Restaurants. Unter den Sonnenschirmen saßen unzählige Menschen, die als Touristen die Stadt besuchten oder ihren Feierabend genossen. Inmitten der Altstadt, eingerahmt von Häusern aus verschiedenen Epochen, erhob sich das imposante Münster. Erst aus dieser Perspektive konnte man erkennen, wie groß es war. Kaum zu glauben, dass die Bürger diese Kirche vor Jahrhunderten errichtet hatten, als die Stadt noch keine 5.000 Einwohner zählte.

Sie ließen das Boot jetzt treiben. Es schaukelte leicht in den Wellen.

»Hast du dich gut eingelebt?«, unterbrach Weinberg ihre Gedanken. »Wie gefällt dir die Arbeit?«

»Ich glaube, man kann es schlimmer treffen«, antwortete Lisa. Sie sog die würzige Luft ein und fügte hinzu: »Es gefällt mir sogar richtig gut.«

»Also bleibst du wohl hier?«, fragte Weinberg so beiläufig wie möglich.

»Ich denke schon«, sagte Lisa lächelnd.

Beide schwiegen eine Weile und genossen den Augenblick.

»Wir, also Dr. Grünwald und ich, machen übrigens übermorgen einen Ausflug nach St. Gallen«, sagte Lisa nach einer Weile.

»St. Gallen ist eine schöne Stadt.« Weinberg deutete mit dem Arm nach Südosten. »Man kann sie von hier aus nicht sehen, aber da hinten liegt sie. Da ist das Schweizer Ufer. Was macht ihr in St. Gallen?«

Lisa überlegte. Sie konnte ihm nicht sagen, dass sie dort die Aufzeichnungen eines Mönches aus dem 30-jährigen Krieg suchten, die ihnen Aufschluss über ein mörderisches Gespenst geben sollten. Wenn sie es sich so überlegte, musste sie an ihrem eigenen Verstand zweifeln. Und so war es natürlich auch gar nicht. Sie vermuteten nur, dass jemand sich dieses Gespenst zum Vorbild genommen hatte. Dafür gab es jedoch noch keine richtigen Beweise.

»Wir besuchen die Stiftsbibliothek«, sagte sie.

»Die ist sehr berühmt. Ich war mal als Schüler dort.«

Die Stunde neigte sich schnell ihrem Ende zu. Gemeinsam brachten sie das Boot zurück an den Anlegesteg. Weinberg stieg aus und reichte Lisa helfend die Hand.

»Was möchtest du jetzt machen?«, fragte er sie.

»Ich würde gerne das Stadtmuseum besuchen.«

»Zu meiner Schande muss ich gestehen, dass ich noch nie im Stadtmuseum war. Es wird sich jetzt aber auch kaum noch lohnen. Ich kenne die Öffnungszeiten nicht, aber ich denke, dass sie bald schließen werden.«

»Dann planen wir das fürs nächste Mal«, sagte Lisa. »Oder was schlägst du vor?«

»Ich dachte, wir könnten ein Eis essen gehen.«

»Das hört sich auch gut an«, entschied sie.

9

Zwei Tage später war Lisa schon wieder auf dem See. Diesmal stand sie mit einer dampfenden Tasse Kaffee neben Grünwald an der Reling der Fähre, die zwischen Friedrichshafen und dem schweizerischen Romanshorn verkehrte, und sah auf den See hinaus.

»Es ist wirklich wunderschön«, sagte sie.

Grünwald nickte. »Ja, wir hätten auch um den See herumfahren können, das hätte wahrscheinlich nicht länger gedauert, aber ich dachte, Sie würden vermutlich lieber mit der Fähre übersetzen.«

»Danke«, sagte Lisa aufrichtig. »Es ist toll!«

»Wir sind etwa eine Dreiviertelstunde auf dem See unterwegs«, sprach der Archivar weiter. »Es ist die breiteste Stelle, rund 13 Kilometer. Und hier unter uns geht es auch am tiefsten hinab, über 250 Meter.«

Lisa betrachtete versonnen die glitzernde Oberfläche und die schäumenden Wellen, die die Fähre verursachte. Dann wandte sie sich in Fahrtrichtung und sofort wirbelte der Wind ihre Haare durcheinander. Das schweizerische Ufer lag vor ihnen, dahinter war die Alpenkette mit dem Säntismassiv zu erkennen.

»Ich war als Kind einmal in der Schweiz in den Ferien«, sagte sie zu Grünwald. »Ich kann mich aber nur noch daran erinnern, dass ich niemanden verstanden habe und dass die Schokolade superlecker war.«

Grünwald lächelte. »Ich denke, dass beides bis heute so geblieben ist. Haben Sie an den Personalausweis gedacht?«

»Ja, danke, dass Sie mich vor der Abfahrt daran erinnert haben. Man ist es gar nicht mehr gewohnt, irgendwo einen Pass zu brauchen.«

»Die Schweiz gehört nicht zur EU, darum müssen wir an der Anlegestelle durch den Zoll. Hoffentlich müssen wir nicht lange warten. Danach fahren wir gleich weiter nach St. Gallen.«

Sie setzten sich nebeneinander auf eine Bank.

»Diese ehemalige Stiftsbibliothek ist sehr berühmt. Können wir denn da einfach reingehen und unsere Handschrift suchen? Und wenn, werden wir sie finden?«, wollte Lisa wissen.

»Keine Sorge«, beruhigte sie Grünwald. »Ich kenne den Stiftsbibliothekar, habe mit ihm einige Male zusammengearbeitet und auch schon einige Gläsle Wein getrunken. Ich habe ihn vorab telefonisch informiert. Er hat mir versprochen, dass er einen Mitarbeiter auf die Suche schickt. Der gute Beat.«

»Be-at?«, fragte Lisa.

»Ja, schreibt sich wie das englische ›beat‹. Ein typisch schweizerischer Name. Wie zum Beispiel auch Donat.«

»Ist nicht Ihr Ernst!«

»Seit auch bei uns ein gewisses amerikanisches Gebäck heimisch geworden ist, ist es natürlich witzig. Aber zurück zu Beat. Beat Fäh ist ein hochgebildeter Mann und Mediävist von Weltrang. Er freut sich, uns zu treffen.«

»Sie meinen wohl, er freut sich, *Sie* zu treffen.«

»Nein, ich habe ihm am Telefon viel Gutes von Ihnen erzählt. Er freut sich darauf, Sie kennenzulernen.«

Die Abwicklung am Zoll ging problemlos vonstatten, und auch die Fahrt mit dem Bus dauerte nicht lange. Am Bahnhof stiegen sie aus und liefen zum Marktplatz. Hier fanden sich schmucke Häuser mit bunt bemalten Fassaden. Grünwald machte Lisa auf die verzierten Erker an vielen Häusern aufmerksam. Von dort waren es nur ein paar Minuten zum ehemaligen Kloster mit seiner prächtigen Kirche.

»Wir haben noch eine Viertelstunde. Gehen wir kurz rein«, schlug Grünwald vor.

»Gern«, sagte Lisa.

»Hoffentlich ist die Krypta geöffnet. Sie ist der älteste Teil der Anlage und stammt aus dem 9. Jahrhundert. Dort soll sich das Grab des heiligen Gallus befinden.«

»Wer war dieser Gallus eigentlich?«, fragte Lisa. »Vom heiligen Gallus hat die Stadt doch wohl ihren Namen: St. Gallen, oder?«

»So ist es«, bestätigte Grünwald. »Gallus war ein Wanderprediger Anfang des 7. Jahrhunderts. Zusammen mit anderen missionierte er am Bodensee die Alamannen. Hierher zog er sich schließlich als Einsiedler zurück. 100 Jahre später, 719, gründete ein anderer Mönch, der heilige Otmar, an seinem Grab das Kloster.«

»Das dann zu einem der bedeutendsten Bildungszentren im Karolingerreich wurde«, ergänzte Lisa. »Hier wurden zum Beispiel die ›Gesta Karoli Magni‹ verfasst. Von Notker von St. Gallen.«

»Sie beeindrucken mich immer wieder«, sagte Grünwald.

Am Eingang der berühmten Bibliothek wartete Beat Fäh. Fäh war ein Mann Mitte 60 in einem hellblauen Anzug mit grauer Krawatte, der Lisa durch eine randlose Brille ansah. »Sie müssen Frau Dr. Engels sein. Ich bin Beat Fäh«, sagte er auf Hochdeutsch mit einem unverkennbaren schweizerischen Akzent.

»Angenehm«, erwiderte Lisa und reichte ihm die Hand.

Dann wandte sich Fäh Grünwald zu. »Sebastian, welche Freude! Willkommen!«

Grünwald schloss den Eidgenossen in die Arme. »Beat, es ist lang her. Viel zu lang.«

»Lass uns deiner Nachfolgerin zuerst den barocken Büchersaal der Bibliothek zeigen.«

An Lisa gewandt sagte er: »Er stammt aus den Jahren 1758 bis 1767. Im Gegensatz zum Rest des Klosters ist die Stiftsbibliothek nicht der Zerstörungswut der Reformation zum Opfer gefallen. Sie enthält über 2.000 Handschriften, darunter besonders viele, die aus dem Frühmittelalter erhalten sind. Sebastian hat mir erzählt, dass Sie auch Historikerin sind. Wir haben rund um das Jahr Forschende aus der ganzen Welt zu Besuch. Sie sind jederzeit herzlich willkommen.«

Den Büchersaal durfte man nur in Filzpantoffeln betreten, die man sich über die Straßenschuhe stülpte. Zum Schutz des wertvollen Tannenholzbodens und seiner Einlegearbeiten, wie Fäh Lisa zuflüsterte. Zu dritt schlurften sie durch den Saal mit seinen Schätzen. In einer wunderbaren Harmonie wechselten sich vergitterte Bücherregale mit Fensternischen ab. Wie in einer sanften Wellenbewegung reihten sich auf diese Weise Bücher an Fenster, Wissen an Licht, Kultur an Natur. Zusammen mit den Säulen, dem Stuck und den Deckengemälden entstand ein überwältigender Eindruck. Im hellen Raum verteilt luden verglaste Schautische dazu ein, verschiedene wertvolle Handschriften aus der Nähe zu begutachten.

Nach einer Stunde, die Lisa wie ein paar Minuten vorgekommen war, führte sie Fäh in sein Büro, einen klösterlichen Raum mit Gewölbedecke und meterdicken Wänden.

Der Stiftsbibliothekar setzte sich hinter seinen barocken

Schreibtisch und bot Grünwald und Lisa Platz gegenüber an. Zwischen Stapeln von Papier und Büchern lag auf dem Schreibtisch ein altes, in Leder gebundenes Buch. Fäh reichte es Grünwald. »Das ist das Buch, das du wolltest. Aufzeichnungen eines Konrad von Reichenau. Was ist so interessant daran?«

Grünwald wechselte einen schnellen Blick mit Lisa. »Wir machen eine Recherche, Beat. Das Schriftstück ist wichtig. Warum kommst du nicht mal wieder über den See zu uns zu einem gemütlichen Essen?«

»Das werde ich sehr gern einmal wieder machen. Was der gute Gallus einst tat, kann ich ja auch mal wieder tun.« Er wandte sich an Lisa. »Wussten Sie, Frau Dr. Engels, dass der heilige Gallus in ihrem neuen Zuhause bei einem Fürsten Gunzo zu Gast war und seine Tochter von einer schweren Krankheit geheilt hat?«

»Nein, das wusste ich nicht«, sagte Lisa.

Grünwald räusperte sich. »Können wir die relevanten Seiten fotografieren?«, fragte er.

»Ihr könnt das Buch mitnehmen«, sagte Fäh. »Ich kenne dich, Sebastian. Es ist bei dir in guten Händen. Du müsstest es allerdings vor November zurückbringen, denn dann findet die große Inventur statt.«

»Vielen Dank, Beat! Ich weiß das sehr zu schätzen. Du kannst dich auf mich verlassen.«

»Ich habe gehört, was mit deiner Sekretärin passiert ist«, sagte Fäh leise. »Es tut mir sehr leid. Es … es ist wirklich unfassbar. Ich erinnere mich an so schöne Stunden mit Magdalena und dir.«

Grünwald sah auf einmal gealtert aus. Lisa wusste, wie sehr ihn der Tod seiner Sekretärin schmerzte.

»Ja, es ist furchtbar«, sagte er. »Danke für dein Mitgefühl.«

»Ich weiß, dass es Magdalena nicht zurückbringt, aber ich hoffe, dass man das Ungeheuer findet, das ihr das angetan hat. Gibt es schon Hinweise auf den Täter?«

Grünwald blickte ernst auf das Buch in seinen Händen. »Man ist ihm bereits auf der Spur«, sagte er grimmig.

*

Am Morgen dieses Tages wurde ganz in der Nähe des westlichen Campingplatzes am See von Touristen die nächste Leiche gefunden.

Weinberg nahm Hauptkommissar Cornelius im Streifenwagen mit. Der Kommissar kaute auf einer kalten Brissago. »Der Mörder lässt uns nicht zur Ruhe kommen«, sagte er. Weinberg war sich nicht sicher, ob er mit ihm oder mit sich selbst sprach.

Cornelius fuhr fort: »Immer vorausgesetzt, die Morde gehen auf *ein* Konto. Aber in Anbetracht der Tatsache, dass wir hier nicht in Berlin-Neukölln sind und die Mordrate bei uns normalerweise bei null Prozent liegt, ist davon auszugehen.« Er zeigte nach vorne. »Da! Der, der da winkt, wird uns gerufen haben.«

Weinberg hatte den Mann bereits entdeckt. Er lenkte den Wagen neben ihn und hielt an. Die Beamten stiegen aus.

»Hauptkommissar Cornelius, das ist Polizeiobermeister Weinberg«, stellte Cornelius sie vor. »Sie haben uns angerufen?«

Der Mann schien verstört. »Ja«, sagte er. »Ich habe angerufen. Ich habe ihn gefunden und da habe ich angerufen. Ich wollte mir nur kurz … Und da sah ich einen Mann liegen. Eine Leiche. Ich wollte mir nur kurz die Beine vertreten …«

»Sagen Sie uns zunächst einmal, wer Sie sind«, unterbrach ihn Cornelius sanft.

»Franz Reiners. Aus Mönchengladbach. Ich habe mit der Leiche nichts zu tun, ich wollte mir nur kurz …«

»Herr Reiners«, schaltete sich Cornelius wieder ein, »machen Sie Urlaub in der Gegend?«

Reiners nickte eifrig. »Ja, Herr Hauptkommissar. Wir kommen jedes Jahr hierher. Also meine Frau, meine Kinder und ich.«

»Herr Weinberg wird Ihnen noch einige Fragen stellen. Benötigen Sie einen Arzt, geht es Ihnen gut?«

»Ja, danke, nein, ich meine, ich brauche keinen Arzt.«

Cornelius gab Weinberg einen Wink und ging dann weiter in die Richtung, in der er die Leiche vermutete.

Der tote Mann war so grauenhaft zugerichtet, dass Cornelius befürchtete, es werde bestimmt große Schwierigkeiten bereiten, ihn zu identifizieren. Außerdem schien sich der Tourist über die Leiche übergeben zu haben. Der Hauptkommissar konnte es ihm nicht verdenken.

Bei den nachfolgenden kriminaltechnischen Untersuchungen stellte sich heraus, dass der Tote aus einem benachbarten Dorf im Hinterland stammte. Was ihn an den Ort seines tragischen Todes geführt hatte, vermochte niemand zu sagen.

Denn niemand wusste, dass es sich bei diesem biederen Bauern und Familienvater um den Vergewaltiger von Mädchen und Frauen gehandelt hatte.

Niemand ahnte, dass er sich fünf Monate nach seinem letzten Verbrechen an jenem tragischen Abend heimlich auf den Weg gemacht hatte, in der Hoffnung, ein Mädchen alleine und schutzlos zu überraschen und in die Büsche zu zerren. So wie es ihm in den vergangenen vier Jahren schon drei Mal gelungen war. Alle drei Mädchen hatten aus Scham geschwiegen.

Niemand hatte je erfahren, dass eines dieser Mädchen sich deshalb im letzten Sommer vom Dach seiner Schule gestürzt hatte, weil es seine Periode nicht mehr bekommen hatte.

Und wer hätte ahnen können, dass es Lüsternheit war, die den harmlos erscheinenden Familienvater geradewegs in die Arme eines grauenvollen und schmerzlichen Todes geführt hatte?

An jenem Abend hatte er sich von Begierde zerfressen von hinten einer Frau genähert, die allein in einem sommerlichen Kleid auf einer Parkbank gesessen hatte. Er war unbemerkt und geräuschlos an sie herangeschlichen, das hatte er zumindest geglaubt. Er hatte nicht wissen können, dass die Frau seinen Schweißgeruch bereits von Weitem gewittert und versonnen lächelnd mit geschlossenen Augen auf ihn gewartet hatte.

*

Erfüllt von den Eindrücken des Tages ließ sich Lisa im Wohnzimmer in einen Sessel fallen. So ein Tagesausflug war schön, aber auch ganz schön anstrengend. Eine Weile saß sie mit geschlossenen Augen da. Als sie einzuschlafen drohte, zwang sie sich aufzustehen. Sie legte die Jacke ab und hängte sie auf einen Bügel in der Garderobe. Die Schuhe stellte sie darunter. Dann ging sie in das Schlafzimmer und zog Hose und Bluse aus. Im Bad stellte sie die Dusche an.

Nach der Dusche fühlte sie sich müde, aber auch angenehm erfrischt. Zu essen brauchte sie heute nichts mehr. Nach dem Besuch bei Fäh hatte sie – wie hieß das noch? – Schüblig, eine geräucherte Brühwurst, gegessen. Dazu ein Bürli. Zum »Bürli« sagten sie auf dieser Seite des Sees »Weckle«. Das war ein Brötchen. Und das Geschnetzelte mit Rösti zum Abendessen lag ihr immer noch schwer im Magen. Vielleicht hätte sie doch den Himbeerschnaps trinken sollen, den ihr Grünwald empfohlen hatte. Aber dann, das wusste sie, wäre sie am Tisch eingeschlafen.

Während sie ihre Zähne putzte, dachte sie, dass es also außer Schokolade noch andere Dinge in der Schweiz gab, die durchaus wohlschmeckend waren.

Lisa zog sich ein T-Shirt und eine Shorts an. Sie wollte ins Bett gehen und noch ein wenig lesen, doch da klingelte das Telefon. Lisa sah auf die Uhr. 21.17 Uhr.

Wer konnte das sein?

»Hallo?«

»Hallo. Lisa, bist du das?«

»Markus! Ja, ich bin's. Schön, dich zu hören.«

»Rufe ich nicht zu spät an? Ich hätte mich früher gemeldet, aber ich wusste, dass ihr heute auf dem Trip nach St. Gallen wart, da wollte ich nicht stören. War's schön? Wie lang bist du schon zurück?«

»Es war sehr interessant. Die Bibliothek ist sehr beeindruckend. Ich bin nur etwas k. o. Wir sind erst vor einer knappen Stunde zurückgekommen.« Sie legte sich ins Bett. »Wie war dein Tag?«, fragte sie.

»Was soll ich sagen …? Interessant. Gewissermaßen. Von allem was dabei.«

Lisa spürte, dass er noch etwas sagen oder fragen wollte, und wartete.

»Was machst du am Wochenende? Ich hab da ausnahmsweise frei, und wenn du willst, können wir was unternehmen. Also nur, wenn du willst und noch nichts vorhast.«

Lisa lächelte. »Nein, ich habe noch nichts vor. An was hast du denn gedacht?«

»Wir könnten entweder einen Ausflug machen, vielleicht in den Schwarzwald oder nach Freiburg. Oder wir lassen es ruhig angehen und besuchen das Museum. Das wolltest du doch, oder?« Bevor Lisa antworten konnte, fügte er hinzu: »Oder wir machen, was du sonst möchtest. Es sind nur Vorschläge, ich will dir nichts aufdrängen …«

»Schon gut«, sagte Lisa lachend. »Das hört sich gut an.«

»Was von all dem?«, fragte Weinberg.

»Alles«, antwortete sie. »Lass uns also am Wochenende was unternehmen. Wir können ja spontan entscheiden, was es sein soll, okay?«

»Natürlich! Also dann bis übermorgen. Spätestens. Hab noch einen schönen Abend und dann eine gute Nacht.«

»Das wünsche ich dir auch. Gute Nacht.«

Als sie auflegen wollte, hörte sie Weinbergs Stimme: »Ah, noch etwas.«

Sie hielt sich den Hörer noch einmal ans Ohr. »Ja?«

»Lisa, bitte geh in der nächsten Zeit im Dunkeln nicht allein raus, ja?«

Lisa richtete sich im Bett auf. »Wieso sagst du das?«

Weinberg schien kurz zu überlegen. Dann erklärte er: »Es ist wegen dieses Mörders. Ich will dir weder Angst machen noch dich bevormunden, aber das ist eine ganz schön kranke Sache. Wir kriegen den Kerl ganz bestimmt, aber sicher ist sicher. Ich weiß ja nicht, ob du Mondscheinspaziergänge magst oder ob du schlafwandelst.«

»Und deshalb ruft die Polizei alle Leute an, um sie zu warnen?«, fragte Lisa.

»Nur manche«, sagte Weinberg.

»Warum zum Beispiel mich?«, hakte Lisa nach.

Weinberg blieb ein paar Sekunden still. Dann sagte er: »Du weißt doch, warum. Oder?«

»Vielleicht. Und vielleicht findest du es ja auch noch heraus.«

»Was denn?«

»Ob ich Mondscheinspaziergänge mag oder ob ich schlafwandle.«

»Das hoffe ich. Gute Nacht, Lisa.«

»Pass auf dich auf. Gute Nacht, Markus.«

10

Am nächsten Morgen holte Lisa Grünwald ab. Ohne dass sie darüber gesprochen hatten, war ihnen beiden klar, dass keiner von ihnen heute im Archiv zu seiner regulären Arbeit kommen würde. Grünwald hielt ein sorgfältig eingewickeltes Paket in den Händen. Lisa wusste, dass es das Buch enthielt, das der Stiftsbibliothekar von St. Gallen ihnen mitgegeben hatte. Die Aufzeichnungen des Konrad von Reichenau. Sie war überaus neugierig auf ihren Inhalt.

Unterwegs sprachen Grünwald und Lisa kaum ein Wort. Als sie angekommen waren, legte der Archivar das Paket auf den alten Tisch in der Stube. Er begann es auszupacken. Lisa setzte sich zu ihm. Als das in Leder gebundene Buch vor ihnen lag, fragte Lisa: »Haben Sie gestern Abend schon ein wenig darin gelesen?«

Grünwald schüttelte den Kopf. »Nein«, sagte er. »Ich gestehe, die Versuchung war groß. Ich habe die ganze Nacht fast kein Auge zugemacht. Aber ich wollte es mit Ihnen zusammen anschauen.«

Lisa nickte. Sie verstand.

Grünwald öffnete den Buchdeckel und rückte seine Lesebrille zurecht. Auch Lisa rückte an das offene Buch heran. Es handelte sich unzweifelhaft um die Handschrift Konrads.

Wenn du, geschätzter Leser, diese Aufzeichnungen in deinen Händen hältst, dann glaube mir, dass ich dir nichts als die Wahrheit hinterlassen habe, und gedenke meiner im Gebet, denn ich werde diese Welt bereits verlassen haben, diese Welt, die sowieso nur ein Schemen ist, und das Leben auf ihr nicht mehr als ein kurzer Traum. Ich schreibe dies, ohne zu wissen, wer du bist und weshalb du diese Schrift liest. Aber wenn du in der Stadt lebst, in der sich das zugetragen hat, von dem ich hier Zeugnis ablegen will, dann beschwöre ich dich bei allen Heiligen, nicht den Versprechen der Löwenzunft Glauben zu schenken und nicht aus Neugier einen der Stollen unter der Stadt zu betreten! Auch wenn sie sagen, der Fluch sei gebrochen, das Ungeheuer in der Tiefe des Sees versenkt, so weiß ich doch, dass dieses Wesen nicht zu töten und der Fluch nicht aufzuheben ist.

Die Weiße Frau ist keine Legende, doch ebenso unsterblich ist sie, wie Legenden es sind. Wenn der Dämon gesucht wird, wird er sich finden lassen. Wenn er wieder Blut riecht, wird er sich von Neuem erheben.

Der alte Archivar hielt inne und schloss die Augen. Langsam nahm er die Brille ab.

»Das ist alles sehr rätselhaft«, sagte Lisa. »So unscharf er das Phänomen der Weißen Frau beschreibt, so realistisch beschreibt er die Löwenzunft und die Stollen unter der Stadt.«

»Ja«, sagte Grünwald, den Kopf immer noch über das Buch geneigt, die Augen immer noch geschlossen. »Es ist nicht leicht auseinanderzuhalten, was er wie meint.«

»Der Text ist wie ein kubistisches Gemälde«, sagte Lisa. »Lauter verschiedene Perspektiven im selben Bild.«

»Sie haben recht.« Grünwald richtete sich auf. »Was sollen wir tun?«, fragte er.

»Lesen Sie weiter«, antwortete sie ernst.

Ich will berichten, was ich erlebt habe, zur Mahnung und zur Warnung. Der Himmel ist mein Zeuge, dass ich die Wahrheit schreibe und nichts auslasse, was wichtig ist, und nichts hinzufüge zu dem, was sich tatsächlich zugetragen hat.

Alle wussten, dass die Weiße Frau da war, auch wenn keiner davon sprach. Alle beteten inständig, dass sie ihnen nie begegnen möge. Nur einer allein betete nicht, er wünschte, den Dämon zu sehen, ein Narr, der in seiner Vermessenheit nicht wusste, worauf er hoffte. Ich war der Narr, Konrad von Reichenau, und die Parzen spielten mir mit kaltem Lächeln das ersehnte Verhängnis zu.

Doch ich will von vorne beginnen. An einem Morgen nach der Frühmesse kam ein Mann zu mir, der sich mir anvertraute. Er wollte seine Seele erleichtern. Der Mann war ein Mitglied der Löwenzunft. Unter Tränen der Reue erzählte er, dass die Zunft unter ihrem Versammlungsort ein Ungeheuer gefangen gehalten hatte. Unterirdische Gewölbe breiten sich nämlich unter dem Haus der Löwenzunft aus. Dort hatten sie die Ausgeburt der Hölle in Ketten geschlagen. Mein Innerstes erbebte, als ich erfuhr, dass es sich um die Weiße Frau handelte, und seit diesem Tag trug ich den Wunsch, sie mit eigenen Augen zu sehen, wie ein Fieber mit mir.

Als die Schweden auf die Stadt anrückten, beschlossen die ruchlosen Mitglieder der Löwenzunft, das Ungeheuer auf die Feinde loszulassen. Sie meinten, so die Geschicke der Stadt und den Verlauf des Krieges zu beeinflussen. Diese Blinden! Bildeten sie sich wirklich ein, Macht zu besitzen? Diese Toren! Nur für kurze Zeit kann der Mächtige walten, und schon vor dem Augenblick, an dem er die Macht ergreift, hat die Macht von ihm Besitz ergriffen. Er meint wohl, er spiele mit der Macht, doch in Wahrheit spielt die Macht mit ihm. Und er vergisst, dass auch dem, der für eine kurze Frist über andere bestimmen kann, eine Frist gesetzt ist.

Die Herren der Löwenzunft ließen also die Bestie los. Von dem unterirdischen Gewölbe aus ziehen sich Gänge in verschiedenen Windungen durch den Untergrund der Stadt. An mehreren Orten kommen diese Gänge in geheimen Öffnungen zutage, die nur der Zunft bekannt waren. Eine Öffnung mündete im Hauptquartier der Feinde, dort, wo die Zelte ihrer Hauptleute standen und das Feldherrenzelt des Generals Horn.

Die Weiße Frau kam über die Schweden wie eine ägyptische Plage, wie eine Krankheit aus uralten Zeiten. Doch sie war kein Hund, den man loslassen und dann zurückpfeifen konnte. Sie kehrte nicht in den Kerker zurück, aus dem man sie entlassen hatte. Welcher Gefangene wird sich auch selbst einschließen, und wo ist der Angeklagte, der sich freiwillig seinem Folterer ausliefert?

Die Schweden zogen von Grauen ergriffen ab, doch der Hunger der Bestie war nicht gestillt, unstillbar nämlich ist ihr Verlangen nach Blut und Fleisch. So kam sie in die Stadt zurück, in der kein Mangel herrschte an Menschen, lebenden und toten.

*

In ihrem Loft auf einer Anhöhe über der Stadt ließ Heide Lombardo sich mit einem Glas Barolo in einen Sessel ihres Wohnzimmers fallen. Vor der großen Glasfront des Zimmers leuchteten unten die Lichter der Stadt und der Ortschaften auf der anderen Seeseite. Sie nahm einen großen Schluck, stellte das Glas ab und griff nach dem Telefon. Aus dem Kopf gab sie eine Nummer ein. Die Oberbürgermeisterin wechselte den Telefonhörer in die andere Hand, nahm noch einen Schluck und wartete.

Eine sonore Männerstimme meldete sich: »Hallo?«

»Hallo«, sagte Heide Lombardo, »wie ist das Wetter in der Landeshauptstadt?«

»Heide! Welch angenehme Überraschung! Was machen deine Pfahlbaubewohner denn so?«

»Die sind immer noch etwas verängstigt, Ludwig. Aber ich konnte ihnen ja heute zu ihrer Beruhigung ankündigen, dass die Kavallerie kommt.«

Sie hörte den Mann am anderen Ende der Leitung leise lachen.

»Meine Männer kommen am Montag und liefern euch Wasserratten den Täter bis Freitag. Abgemacht ist abgemacht.«

Die Oberbürgermeisterin nippte genussvoll an ihrem Rotwein. »Ich will so bald wie möglich nach Stuttgart, Ludwig! Ich möchte, dass man mich dann kennt als eine Frau, die auch kritische Situationen meistern kann. Die eine Stadt von einem verrückten Mörder befreien kann zum Beispiel.«

»Meine Stimme hast du«, sagte die Männerstimme gönnerhaft. »Aber du wirst mich und mein kleines Projekt nicht vergessen, was?«

»Kleines Projekt? Allein das Grundstück zu bekommen ist schon kompliziert. Aber es für eine riesige Rüstungsfabrik zu gewinnen, wird meine gesamte Überzeugungskraft erfordern!«

»Aber, aber, Heide! Rüstungsfabrik klingt ja schauderhaft. Wir produzieren Technik zur Verteidigung der Demokratie und der Freiheit.«

»Und da zurzeit einiges verteidigt werden muss in den verschiedensten Weltgegenden, werden sich deine Anteile an der Firma sicher lohnen …«

»Man tut, was man kann. Deutsche Wertarbeit ist gerade im Waffensektor sehr geschätzt. Und das bei rundum allen, auf welcher Seite sie auch stehen. Also, du bringst mir die Genehmigung und die Steuervorteile, und ich bring dir deinen Mörder.«

»Auf dem Silbertablett serviert. Habe ich dem Stadtrat versprochen«, erklärte die Lombardo.

»Wie in der Bibel, wenn ich mich nicht irre. Da wurde doch der Kopf von jemandem auf einer Silberplatte präsentiert, wie?«

»Johannes der Täufer«, fiel Heide Lombardo ein. Ihre Ehe mit dem streng katholischen Italiener kam ihr gelegentlich zugute.

»Richtig! So ähnlich wird das ablaufen. Auch unser Täter wird tot sein. Bedauerlicherweise bei einem Schusswechsel getötet. Oder aufgrund eines selbst gewählten Todes.«

»Und die Gerichtsmedizin, lieber Herr Rebzweig?« warf Lombardo ein.

»Aber liebe Heide! Wozu bin ich schließlich Oberstaatsanwalt?«

*

Die Turmuhr des Münsters schlug 6 Uhr. Es waren tiefe, sonore Schläge, die über die erwachende Stadt hallten. Auf dem Marktplatz, zu Füßen des Rathauses, hörte man die Glocken allerdings kaum, denn hier herrschte bereits eifriges Treiben. Es wurden Stände errichtet, Kisten aus Lieferwagen entladen, Marktfrauen und Bauern unterhielten sich angeregt, während sie ihr Warenangebot sortierten. Nur lokale Bauernhöfe und Betriebe waren zum städtischen Markt zugelassen. Jeder kannte hier jeden. Und auch die Gestalt, die sich unauffällig ihren Weg durch das Wirrwarr bahnte, war allen hier seit vielen Jahren bestens vertraut. Es war ein untersetzt wirkender Mann, eher schmal gebaut, doch mit breiten Schultern. Auch heute trug er wieder den unverwechselbaren alten Mantel, ohne den man ihn noch nie gesehen hatte. Sein Alter war schwer zu schätzen, irgendwo zwischen Mitte 30 und Mitte 40. Das dichte dunkle Haar wucherte wirr um seinen Kopf und fiel ihm in langen, fettigen Strähnen ins Gesicht. Von diesem Gesicht war vor allem der Schatten eines dichten Bartwuchses zu erkennen. Mit gesenktem Blick schlich der Mann zwischen den Ständen, Kisten, Fahrzeugen und Menschen umher. Die meisten nahmen keine Notiz von Amadeus Kerrer. Kaum einer hatte je mehr als einen Gruß mit ihm gewechselt. Er war ein Sonderling. Darum machte sich auch niemand Gedanken darüber, woher der Mann um diese Zeit kam oder wohin er ging. Er war für die Marktleute ein so gewohnter Anblick am frühen Morgen, dass die Unsichtbarkeit des Selbstverständlichen auf ihm lag.

Amadeus Karrer hatte üblicherweise in der Tat kein bestimmtes Ziel. Er genoss einfach die frühen Morgenstunden. Oft verließ er noch in der Dunkelheit sein Haus, um durch die Stadt und am See entlangzuschlendern. Zu dieser Zeit wirkte alles so ruhig und friedlich. Man konnte sich beinahe einbilden, die Stadt sei ausgestorben, eine Ruine inmitten einer großartigen Natur, so wie er es einmal auf einem Kalenderbild gesehen hatte, das Angkor Wat in Kambodscha zeigte. Alte Bauten gewaltigen Ausmaßes, die sich die Natur zurückerobert hatte. Kaum Geräusche, kaum Bewegung, kaum Menschen um diese Zeit. Doch nein, die Stadt war natürlich nicht ausgestorben. Auch des Nachts und am frühen Morgen gab es Leute, die schon unterwegs waren, zur Arbeit gingen oder von der Nachtschicht nach Hause fuhren. Zulieferer, Zeitungsausträger, Bäcker, Jogger, Einsatzfahrzeuge und auch die Marktleute straften die schöne Illusion Lügen.

Sonst hatte Amadeus Kerrer in der Regel keinen besonderen Grund, unterwegs zu sein, doch heute hatte er ein Ziel. Auf seinem Rücken schleppte er einen übel riechenden Jutesack, aus dem eine trübe Flüssigkeit tropfte. Schon zum dritten Mal an diesem frühen Morgen ging er diesen Weg. Jedes Mal brachte er eine neue Sackfüllung mit nach Hause.

Sein Zuhause war ein halb verfallenes Haus auf einem brachliegenden Grundstück am See. Die Häuser rechts und links davon waren bereits verlassen worden, da die Stadtverwaltung sich seit Jahren weigerte, Renovierungen durchzuführen. Von irgendwelchem modernem Schnickschnack wie Internetzugang ganz zu schweigen. Doch Amadeus Kerrer wollte nicht fort. Er wollte sich nicht vertreiben lassen. Ihm genügte das alte Haus. Sommers wie winters badete er im See. Und hier, am Rand der mit Unkraut bestandenen Wiese, hatte man noch seine Ruhe.

Natürlich hatte er von den Gerüchten gehört, dass die Stadtverwaltung Pläne mit dem attraktiven Grundstück hatte. Das hieß, die Oberbürgermeisterin hatte Pläne. Dieses von Ehrgeiz zerfressene Weibsstück! Für ihn war sie nie zu sprechen. Demokratisch und bürgernah stellte sie sich dar, aber wenn man keine Lobby hinter sich hatte, sah sie einen nicht einmal an!

Mit Genugtuung spürte Kerrer die Last auf seinen Schultern. Nun, sie würde sehen, dass es Leute gab, die mit ihren Plänen nicht einverstanden waren. Dafür würde Kerrer sorgen.

11

Vor dem Eingang zum Stadtarchiv sah Günther Freitag auf die Rolex an seinem Arm. Er zog an seiner Zigarette und sagte zu seinem Stadtrat-Kollegen Länglein: »Hoffentlich kann uns der alte Grünwald helfen. Es wäre zu schön, wenn wir Ihrer Hoheit mithilfe der Stadtgeschichte eins reinwürgen könnten.« Er schnippte die Asche seiner Zigarette auf den Boden und sah an der Renaissance-Fassade des Stadtarchivs hinauf.

Länglein sagte: »Noch besser wäre es, wenn wir sicher wüssten, wofür die Lombardo den Gewerbeplatz überhaupt vorgesehen hat. Wenn sie dort eine Kinderklinik plant, stehen wir nämlich ganz schön dumm da, wenn wir uns dagegenstellen.«

»Das ist wahr«, stimmte Freitag zu. »Aber mal im Ernst: Glaubst du, die Lombardo plant eine Kinderklinik?«

Länglein lachte trocken. »Eher bauen die Grünen ein Atomkraftwerk«, sagte er. »Die Lombardo plant nur dann was Humanes, wenn richtig Profit dabei rausspringt.«

»Eben«, meinte Freitag. »Und das ist bei was Humanem selten der Fall. Geld macht man mit Pharma- oder Computerzeug und …«

»Und Waffentechnik«, vervollständigte Länglein den Satz.

»Das wäre ein Hammer!«, sagte Freitag. »Traust du der Lombardo das zu?«

»Der traue ich sogar zu, dass sie die Waffen selber benutzt«, sagte Länglein.

Freitag warf die Zigarette weg. »Wenn Grünwald rausfände, dass sich auf dem Platz mal ein bronzezeitliches Dorf befunden hat oder vielleicht ein Kinderfriedhof, dann könnten wir das Projekt der OB stoppen. Oder wenigstens stark verzögern.«

»Zumindest hätten wir das Werkzeug dazu in der Hand. Je nachdem, was dann opportun erscheint, könnten wir sie dumm dastehen lassen oder uns unser Stillschweigen mit anderen Zugeständnissen vergüten lassen. So oder so, wir wären in der Lage, sie zu schwächen und unsere Seite zu stärken.«

Freitag sah auf die Uhr. »Also, dann lassen wir die Hunde mal Witterung aufnehmen.«

Länglein betätigte die Türglocke. »Wenn einer was findet, dann Grünwald.«

*

Lisa schloss die Tür hinter den beiden Stadträten und stieg die Treppen hinauf in das Büro.

»Das war ja ein eigenartiger Auftritt«, sagte sie zu Grünwald.

»Ja, beinahe ein bisschen peinlich, nicht wahr?«, antwortete er. »Die beiden wollen unbedingt das Projekt der Oberbürgermeisterin torpedieren.«

»Und haben von Ihnen die Torpedos dafür erwartet. Wenn Sie ihnen nicht gesagt hätten, dass Sie zumindest noch einmal in Ruhe nachsehen, wären wir sie nie losgeworden.«

Grünwald nickte zustimmend. »Wissen Sie, eigentlich hätte es mich selbst gefreut, den beiden etwas bieten zu können. Nicht, weil ich Freitag und Länglein nahestehe. Aber ich bin auch nicht begeistert, dass der betreffende Platz für einen Fabrikneubau herhalten soll. Und ich traue der Oberbürgermeisterin nicht, wenn sie sagt, es sei alles harmlos und bringe der Stadt nur ordentlich viel Geld ein.«

»Auch eigenartig, dass man gar nichts Konkretes darüber erfährt. Wieso macht die Oberbürgermeisterin so ein Geheimnis daraus?«

»Na ja«, wechselte Grünwald das Thema. »Wir haben noch eine Chronik zu lesen. Die ist zwar ganz und gar nicht konkret, aber dafür auch sehr geheimnisvoll.«

Lisa setzte sich an den alten Tisch mit dem Buch. Ein Sonnenstrahl fiel durch die Butzenscheiben darauf. Im Licht tanzten Staubpartikel. Die Archivarin schlug das Buch auf. Der typische Geruch von Pergament und alter Tinte stieg ihr in die Nase.

»Hoffentlich berichtet Konrad jetzt einmal, was er unter der Stadt erlebt hat«, murmelte sie.

Nur Bruder Columban weihte ich ein in die Unruhe meines Herzens und in die Geheimnisse, die mir anvertraut worden waren. Sonst ahnte wohl keine lebende Seele, dass inmitten der Aufbauarbeiten an der Stadtmauer und den Häusern und Kirchen, inmitten des Wimmerns der Verwundeten und des Klagens der Trauernden die Löwenzunft noch weiterhin Krieg führte. Einen Krieg führte sie gegen einen Feind, den sie selber ins Feld geführt hatte und der sie nun mehr ängstigte, als es die Schweden je vermocht hätten. Denn die Schweden waren nur Menschen aus Fleisch und Blut wie wir auch. Und auch wenn sie aus Hass auf unsere Religion und aus Begierde nach unserem Land Krieg und Zerstörung aus Mitternacht zu uns in den Süden des Reiches trugen, so konnte man sich ihnen doch mit Schwert und Muskete stellen, und jeder Schwede musste uns ebenso fürchten wie wir ihn. Denn der Schwede hatte wie wir eine Heimat, und er wollte den Krieg überstehen und seine Familie wiedersehen. Der Feind jedoch, den die Löwenzunft in ihrer Vermessenheit auf uns losgelassen hatte, kannte keine Furcht, keine Gefühle und keine Heimat. Er kannte nur den Tod.

Die Mitglieder der Löwenzunft schickten ihre Schergen los, um die Weiße Frau zu fangen, denn zuerst wollten sie sie wieder in ihre Gewalt bekommen. Sie wollten sie wieder in den Käfig sperren, in den Kerker, der unter ihrem Zunfthaus im Untergrund verborgen lag. Doch dann begann sie zu morden, nicht wahllos, wie es schien, sondern sie kam über ihre Peiniger und tötete sie, einen nach dem anderen. Zuerst wurde der Zunftmeister der Winzer in seinem Garten aufgefunden. Oder sollte ich, um der Wahrheit die Ehre zu geben, sagen, seine Überreste wurden gefunden? Die Stadt geriet in große Aufregung, und als nur zwei Tage später der mächtige Komtur der Deutschritter in den Trümmern des Südturmes, den die Schweden zuschanden geschossen hatten, ebenso zerrissen entdeckt wurde, ergriff namenloser Schrecken alle Bürger.

Niemand sprach mit mir, dem kleinen, unbedeutenden Mönch, aber in meiner Eitelkeit dachte ich, dass ich einen Weg gefunden hätte, das Ungeheuer zu besiegen. Freilich redete ich mir ein, ich handelte aus Frömmigkeit, mit der Kraft der Religion wollte ich der Weißen Frau entgegentreten. Wenn die Kraft des Mannes und die Macht der blanken Waffen sie nicht bezwangen, so konnten es doch das Kreuz und das geweihte Wasser. Ich kannte einen Einstieg in die unterirdischen Gewölbe. In meiner Verblendung überredete ich Bruder Columban, und er folgte mir in die Stollen unter der Stadt. Ich muss erneut bekennen, dass die Eitelkeit mich trieb und dass es die Neugier war, die nicht nur einem Mönch nicht ziemt, sondern auch die Feindin aller inneren Einkehr und Sammlung ist. Die sündhafte Neugier war es, die mich bewegte, in den Untergrund der Stadt hinabzusteigen. Und ich war es, der Bruder Columban verführte, diesen Weg ebenfalls zu gehen. Er war ein treuer und verschwiegener Begleiter. Nie hat jemand von ihm ein Wort über unsere Abenteuer gehört. Bruder Columban nahm das Geheimnis mit in sein Grab. Den Schlüssel zu diesem Geheimnis sollte wahrhaftig kein Lebender besitzen.

Auf unseren Wegen unter der Stadt sahen wir auch das Verlies der Weißen Frau. Es ist ein gemauertes Loch, ungefähr vier Ellen breit und gut acht Ellen tief. Der Boden ist aus Stein und Erde und über seiner Öffnung wölbt sich ein eiserner Käfig mit einer Tür.

*

Lisa ging vom Archiv zu Gwen in das Tattoostudio. Sie war vorher noch nie in einem Tattoostudio gewesen und jetzt in einer Woche zum zweiten Mal. Doch Lisa wusste, sie könnte noch hundert Mal einen solchen Laden besuchen, es würde immer eine fremde Welt für sie bleiben.

Gwendoline saß auf einem Hocker und hielt ein summendes Gerät in der Hand, mit dem sie ein Blumenmotiv in eine weibliche Schulter stach. Von Zeit zu Zeit sprühte sie eine Flüssigkeit auf und wischte mit einem Lappen über das Bild. So entfernte sie überschüssige Farbe und Blut.

»Hey«, sagte Lisa.

Gwen sah auf und lächelte. »Hey«, sagte sie. »Warte, ich bin gleich so weit.«

»Hoffentlich!« murmelte die Frau mit den Blumen auf der Schulter weinerlich.

Lisa setzte sich auf einen roten Plüschsessel und sah sich um. Dutzende Bilder frisch tätowierter Arme, Beine, Schultern und mancher anderer Körperteile hingen an den schwarzen Wänden. In gläsernen Vitrinen lagen verschiedene Metallstifte und Ringe, die man sich durch die unterschiedlichsten Körperteile stechen lassen konnte. Manche waren in Lisas Augen ziemlich groß. Sie mochte sich nicht vorstellen, wie sich das anfühlen musste.

Inzwischen hatte Gwen ihre Session beendet. Ihr Opfer erhob sich mit verbissenem Gesicht, murmelte ein »Bis bald« und schlich aus der Tür.

Die Tätowiererin zog sich die Latexhandschuhe aus und wusch sich die Hände. »Hey, du Streberin«, sagte sie zu Lisa. »Was gibt's Neues bei den alten Büchern?«

Lisa lächelte. »Sie machen zumindest keine Löcher in die Haut«, sagte sie.

»Touché«, entgegnete Gwen.

Sie trocknete sich die Hände ab. Als sie Lisas neugierige Blicke bemerkte, sagte sie: »Möchtest du dir auch mal ein Tattoo stechen lassen?«

Lisa schüttelte den Kopf. »Seit wann machst du das?«, fragte sie Gwen.

»Ein paar Jahre. Bringt allerdings nicht gerade die große Kohle, da die Ladenmieten hier ganz schön obszön sind. Da hätte ich auch auf dem Ku'damm eröffnen können.«

Die Tätowiererin ging hinter einen Vorhang, um sich umzuziehen.

Lisa sah sich weiter im Studio um. Auf einem Tischchen lagen Kataloge mit Motivvorschlägen für Tätowierungen. Die Archivarin blätterte in einem davon und rief dann in Richtung Vorhang: »Da sind ja ziemlich viele gruselige Motive drin. Suchen sich viele so was aus?«

»Ja«, kam es zurück, »neben Ankern und Blumen gehören die zu den beliebtesten Motiven.«

»Und ein Tribal so über dem Gesäß, ist das nicht auch ein Renner?«, fragte Lisa.

»Das allgegenwärtige A-Geweih«, sagte Gwen lachend. »Nein, das ist schon lange out.«

Lisa sagte: »Ich weiß ja nicht, ob ich mir gerne ein bluttriefendes Monster oder einen hämisch grinsenden Totenschädel unter die Haut stechen lassen würde.«

Gwendoline kam hinter dem Vorhang hervor und lehnte sich an das kleine Waschbecken mit der Ablage, auf der die Kaffeemaschine stand. »Du glaubst nicht, wie viele abartige Sachen ich steche. Da sind Totenköpfe noch harmlos. Ich habe solche Motive selbst gern.«

Sie sah, dass der Kaffee durchgelaufen war, und nahm die Kanne heraus. Auf der Ablage standen einige Tassen. Gwendoline nahm eine, goss Kaffee ein und reichte ihn Lisa. »Immer noch ganz schwarz?«

Lisa nickte. »Das weißt du noch? Danke.«

Gwen schenkte sich selbst ein, nahm Zucker und goss dann aus einer Flasche Milch dazu. Während sie mit einem Löffelchen umrührte, sagte sie: »Manchmal frage ich mich schon, wieso so viele Leute so fasziniert sind von dem, was ihnen Angst macht.«

Lisa nippte an ihrem Kaffee und sagte nachdenklich: »Das ist eine interessante Frage.«

»Irgendwie passt so was doch eher zum Mittelalter, als die Menschen noch nicht so aufgeklärt waren, oder?«

»Ich glaube eher, dass das die dunkle Seite der Aufklärung ist«, sagte Lisa. »Gerade wenn alles so nüchtern und erklärbar ist, suchen Menschen nach etwas anderem, das etwas Geheimnisvolles hat. Je durchschaubarer alles ist, desto langweiliger ist es auch.«

Gwendoline setzte sich in einen schwarzen Plüschsessel. »Da mag was dran sein«, sagte sie. »Ich dachte nur, dass die Leute früher ja an alles Mögliche geglaubt haben. Und zwischen Religion und Aberglauben, also, die Grenze ist doch fließend.«

»Das seh ich anders«, widersprach Lisa. »Wo Menschen Glauben haben, da gibt es keinen Aberglauben. Aberglaube ist nicht die Schmuddelschwester des Glaubens, sondern der Bildung.«

Gwen sah sie fragend an.

Lisa erklärte: »Noch nie hatten so viele Menschen Zugang zu so viel Bildung und Informationen wie heute. Und wahrscheinlich gab es noch nie so viel irrationalen Humbug. Horoskope, Hellsehen, Heilkräfte von Steinen, Reiki, Tarot, alle möglichen Sekten. Außerdem darfst du nicht vergessen, dass in unserer aufgeklärten Welt das Leben nicht einfacher und die Zukunft nicht sicherer geworden ist. Da suchen viele, die nicht mehr verwurzelt sind in traditioneller Religion, nach anderen Wegweisern und Hilfen.«

»Da ist was dran«, sagte Gwendoline. »Aber warum die Freude am Okkulten und Gruseligen?«

»Du tust ja so, als wäre ich der Stein der Weisen«, sagte Lisa.

»Das nicht«, sagte Gwendoline lachend. »Aber dass du dir schon immer viele Gedanken über so ziemlich alles gemacht hast, das weiß ich. Meine Stärke ist es eher, erst zu handeln und danach zu denken.«

»Das stimmt so auch nicht«, sagte Lisa. »Du hast schon immer einen ganz schön klugen Kopf gehabt. Und mehr Herz, als du zugibst.«

Gwen lächelte. »Das darfst nur du mir sagen. Noch Kaffee?«

»Ja, bitte.« Lisa ließ sich von Gwen nachgießen. Dann sagte sie: »Vielleicht hat es mit der Beschäftigung mit dem Tod und der Vergänglichkeit zu tun. Und mit dem Bösen. So kann man sich mit etwas auseinandersetzen, vor dem man Angst hat. Indem man sich Angsteinflößendes tätowieren lässt, hat man es ganz nah bei sich, quasi als Verbündeten und muss keine Angst mehr haben.« Sie machte eine Pause. »Vielleicht ist es auch einfach nur unsere unterdrückte dunkle Seite«, sagte sie dann.

Gwen trank ihre Tasse aus. »Wenn das jemand wissen muss, dann bist du es«, sagte sie lächelnd.

*

Der Abend senkte sich herab über den See und die Stadt. An der Promenade brannten Laternen und Fackeln vor den Restaurants und Cafés. Grünwald saß bei einem Glas Rotwein an einem Tisch auf einer dieser Terrassen. Ihm gegenüber saß Werner Cornelius vor einem Weizenbier, im Mund die unverzichtbare Brissago. Eine Weile sahen die beiden Männer auf den Bodensee hinaus. Auch wenn man sein Leben lang hier gewohnt hatte, verzauberte einen der Anblick der Farben, die ein Sonnenuntergang auf die Wellen legte, noch immer.

»Er scheint immer so weit weg zu sein, und dann ist der Ruhestand auf einmal da« stellte Grünwald fest. »So viele Jahre, und jetzt frag ich mich, wo sie geblieben sind.«

»Wie ich dich kenne, wird es dir nicht langweilig werden, oder?«, meinte Cornelius.

»Nein, davor hab ich keine Angst. Wann ist es bei dir so weit?«

»Wieso? Seh ich so alt aus? Na, wahrscheinlich bin ich es tatsächlich. Noch eineinhalb Jahre, dann ist Schluss mit der Dienstmarke.« Vor ihnen auf der Promenade schlenderten zahlreiche Leute auf ihrem Abendspaziergang vorbei. »Weißt du«, fuhr Cornelius fort, »ich freu mich auf den Ruhestand. Das ist nicht mehr die gleiche Arbeit, die ich die letzten Jahrzehnte gemacht habe, nicht mehr die gleiche Welt, verstehst du?«

Grünwald nickte.

»Jetzt müssen die Jungen ran. Ich verstehe vieles gar nicht mehr.«

»Manche deiner jüngeren Kollegen sehen genauso aus, wie man sich früher eure Kundschaft vorgestellt hat«, sagte Grünwald.

Cornelius lachte und bestellte bei der Bedienung eine weitere Runde. »Ja, daran gewöhnt man sich. Ohrringe, Piercings, Tätowierungen … Aber die Art, verstehst du? Ach, ich weiß nicht, es ist eben vieles ganz anders. Ich merke, dass mich die Jungen ansehen wie einen Dinosaurier. Einen Dinosaurier, der den Meteoriteneinschlag verpasst hat.«

»Wollen wir noch was essen?«, fragte Grünwald.

»Die Flammkuchen hier sind gut, nicht?«

»Ausgezeichnet.«

Während sie auf das Essen warteten, fragte Grünwald: »Was ist mit dem Boot und der verschwundenen Besatzung, von der man in der Zeitung gelesen hat?«

»Wie kommst du jetzt auf die?«, wollte Cornelius wissen.

Doch anstatt zu antworten, setzte Grünwald eine weitere Frage nach: »Und dieser Mann, den man am Campingplatz gefunden hat? Über den wurde fast nicht berichtet.«

Der Kommissar sah ihn lächelnd an, doch sein Lächeln wirkte traurig, als er fragte: »Denkst du, da gibt es einen Zusammenhang? Du wirst doch nicht noch unter die Hobbydetektive gehen auf deine alten Tage?« Als Grünwald nicht antwortete, fuhr er fort: »Die Besatzung des Bootes ist verschwunden. Es wurde Blut an Bord gefunden. Viel Blut. Es stammt von vier Personen, zwei Männern, zwei Frauen. Der Besitzer der Jacht war ein reicher Schwabe. Die Leichen bleiben wahrscheinlich so lange verschwunden, bis der See sie wieder hergibt.«

»Da können wir unter Umständen lange warten«, sagte Grünwald mit Blick über die Promenade auf die Wasserfläche vor ihnen.

»Ja«, sagte Cornelius.

»Und der Mann am Campingplatz?«

Die Bedienung stellte zwei Brettchen mit Flammkuchen vor sie hin. »Einen guten Appetit wünsche ich den Herren«, sagte sie.

»Danke«, antworteten beide gleichzeitig.

»Und, was ist mit dem Toten vom Campingplatz?«, hakte Grünwald nach.

Der Kommissar steckte sich die Stoffserviette oben in den offenen Kragen, nahm Messer und Gabel in die Hände und sagte: »Sebastian, lass uns darüber *nach* dem Essen reden. Es ist besser, glaub mir.«

Nachdem sie gegessen und sich einen Kaffee bestellt hatten, zündete sich Cornelius seine angerauchte Brissago wieder an, die er im Aschenbecher abgelegt hatte. Er sah Grünwald an und sagte: »Der Mann vom Campingplatz sieht schlimm aus. Noch viel schlimmer als …« Er warf einen schnellen prüfenden Blick auf Grünwald.

»Noch viel schlimmer als Magdalena, wolltest du sagen«, vollendete der Archivar den Satz.

»Ja«, gab der Kommissar zu, »das wollte ich sagen.« Er paffte ein paar Züge und sagte schließlich: »Du willst doch eigentlich wissen, was wir über Magdalena haben.«

Grünwald wiegte den Kopf. Er zögerte, die nächste Frage auszusprechen. Er nahm einen Schluck aus seinem Glas, dann sagte er: »Ihr Hals war zerrissen. Wie ist das passiert, ich meine, wer … hat das getan?«

Der Kommissar zog an seiner Brissago und starrte auf den immer dunkler werdenden See. »Das waren Biss- und

Reißspuren. Wir haben DNS-Untersuchungen machen lassen, aber die Proben waren unbrauchbar. Nur eins ist sicher: Sie stammen nicht von einem Tier.«

Grünwald wandte sich ihm mit einem Ruck zu und starrte Cornelius mit offenem Mund an. Dann fragte er heiser: »Willst du damit sagen …?« Er konnte den ungeheuerlichen Gedanken nicht aussprechen.

Cornelius nickte. »Sie sind menschlich.«

12

Hauptkommissar Cornelius wurde nach beinahe einer halben Stunde Wartezeit endlich zu Oberbürgermeisterin Lombardo vorgelassen. Heide Lombardo saß hinter ihrem Schreibtisch und winkte ihn mit einer lässigen Handbewegung heran.

»Bitte, nehmen Sie Platz, Herr Cornelius«, sagte sie. »Danke, dass Sie sich die Zeit nehmen.«

»Schon seit einer halben Stunde«, entgegnete Cornelius.

»Wie meinen Sie?«

»Nichts. Was kann ich für Sie tun, Frau Lombardo?«

Heide Lombardo reichte ihm stumm den Ausdruck einer Fotografie über den Schreibtisch. Im ersten Moment sah Cornelius nur einen Haufen Mist. Dann fiel ihm darunter ein Auto auf. Irritiert richtete er den Blick auf die Oberbürgermeisterin.

»Na?«, fragte sie. »Was sagen Sie dazu?«

»Wozu?«, fragte er.

»Dazu! Jemand hat heute Nacht eine Fuhre Mist auf meinem Porsche abgeladen! Das ist kriminell! Ich möchte Anzeige erstatten. Und ich weiß auch, wer es war!«

»Nämlich?«

»Dieser verfluchte Öko, Amadeus Kerrer. Seit Wochen lauert er mir auf und schwadroniert etwas von unberührter Natur und dass man nichts Neues bauen dürfe und solchen

Blödsinn. Ich bin ein sehr geduldiger Mensch, Herr Cornelius, aber damit hat er eine Grenze überschritten.«

Der Kommissar war keineswegs von der Geduld Heide Lombardos überzeugt, aber er antwortete: »Frau Oberbürgermeisterin, es ist nicht üblich, wegen eines solchen Vorfalls die Kriminalpolizei einzuschalten. Sie hätten sich einfach mit einem Anruf an die Kollegen auf dem Revier wenden können.«

»Natürlich weiß ich, dass Sie ganz andere Aufgaben haben, lieber Herr Cornelius. Es ist ja nur, weil ich zu Ihnen so großes Vertrauen habe.«

Oder weil Sie alles, was mit Ihnen zu tun hat, als Chefsache behandelt sehen möchten, dachte Cornelius. Die anbiedernde Art der Politikerin war ihm zuwider. Dennoch sagte er: »Ich werde mich darum kümmern.«

Heide Lombardo lehnte sich in ihrem Schreibtischstuhl zurück. »Danke«, sagte sie. »Ich weiß das sehr zu schätzen.«

»Sind Sie sicher, dass es Kerrer war?«, fragte Cornelius weiter.

»Aber klar doch! Wer sollte es sonst gewesen sein?«

»Sie wissen es also nicht sicher.« Und bevor die Oberbürgermeisterin etwas erwidern konnte, fuhr er fort: »Ich werde mit Kerrer sprechen. Ich bitte Sie aber, vorerst von einer Anzeige abzusehen.«

»Absehen? Das fällt mir gar nicht ein, ich …«

»Kerrer ist ein armer Tropf«, unterbrach sie Cornelius. »Wenn er es wirklich getan hat und die Polizei bei sich sieht, wird er sowieso den Schwanz einziehen. Sie haben es doch gar nicht nötig, ihn fertigzumachen. Außerdem spricht sich so etwas herum. Das wirft kein gutes Licht auf Sie. Wenn ich Sie wäre, würde ich den Wagen so unauffällig und schnell wie möglich waschen lassen und die Sache vergessen. Es könnte Leute geben, die sich sonst hämisch ins Fäustchen lachen.«

Heide Lombardo dachte nach. Dieser Polizist war gar nicht schlecht. Er wollte ihr die Anzeige gegen Kerrer ausreden, das merkte sie sehr wohl. Aber seine Argumente waren gut. Sie entschied sich, die Vernünftige zu spielen. »In Ordnung, Herr Cornelius«, sagte sie mit einem bittersüßen Lächeln. »Wenn dieser Clown verspricht, dass er mich in Zukunft in Ruhe lässt, werde ich auf eine Anzeige verzichten. Man soll ja jedem eine zweite Chance geben. Und besonders denen, die es nicht so gut haben.«

»So sehe ich das auch«, antwortete der Kommissar. »Und seien Sie versichert, ich werde Ihren Fall mit höchster Priorität behandeln.«

»Danke.« Die Oberbürgermeisterin drückte auf einen Knopf ihres Telefons.

Eine weibliche Stimme erklang: »Ja, Frau Lombardo?«

»Bitte geleiten Sie Herrn Hauptkommissar Cornelius hinaus.«

*

Eine Bedienung brachte die nächste Runde Weizenbier. Lisa hatte sich schnell an den Geschmack gewöhnt. Sie verband ihn mit Überlingen, mit Sommer und auch mit Markus Weinberg. Gut gelaunt prostete sie Weinberg zu, und der prostete zurück. Sie saßen vor einer Bar am See. Von drinnen klang Musik zu ihnen heraus. Jemand spielte Klavier und sang Lieder von Frank Sinatra. Er war nicht schlecht. Vor der Bar flanierten noch ziemlich viele Leute.

»Wieso wird man eigentlich Archivarin?«, fragte Weinberg.

»Das hat mich vor Kurzem auch eine Schülerin gefragt, die mit ihrer Klasse zu Besuch im Archiv war«, sagte Lisa.

»Und was hast du ihr geantwortet?«, wollte der Polizist wissen.

»Ich liebe den Geruch alter Bücher«, sagte Lisa.

Die Antwort schien Weinberg zu gefallen. »Es ist schön, dass ich dich kennengelernt habe.«

Lisa nahm einen Schluck aus ihrem Bierglas und dachte nach. »Wenn man einen Menschen kennenlernt, ist es so, als würde man ein neues Land entdecken. Man kann jeden Menschen mit einem Land vergleichen. Da gibt es eine Regierung, den Verstand, es gibt Regeln und Gesetze, nach denen man in diesem Land lebt, und immer gibt es auch eine interne Opposition. Wenn man also jemanden neu kennenlernt, bekommt man erst mal so was wie ein Touristenvisum. Man darf ihn kennenlernen, aber nur die schönen und für Besucher hergerichteten ausgewählten Orte. Die Sonnenseiten. Wenn man dem anderen mehr vertraut, dann darf er sich freier im Land bewegen, dann darf er mehr sehen.«

»Und dann?«, fragte Weinberg.

»Wenn man sich richtig vertraut, kann der Gast sich überall oder fast überall aufhalten. Er ist kein Gast mehr, sondern kriegt so was wie Heimatrecht. Er ist dann in dem Land, das ihm zu Beginn fremd war, zu Hause.«

Weinberg hörte Lisa fasziniert zu. So hatte er eine menschliche Begegnung noch nie betrachtet. Es war ein schöner Gedanke.

Lisa sprach weiter: »Von manchen Menschen, ich meine Ländern, bekommt man vielleicht auch nur eine Arbeitserlaubnis, das heißt, man darf alles tun, was ihnen dient und was ihnen gefällt, aber heimisch soll man nie werden. Der Gast jedoch, der sich zu Hause fühlt, entdeckt auch Ecken des Landes, die der andere selbst nicht kennt oder die er schon sehr lange nicht mehr betreten hat. Trümmerstätten schlechter Erfahrungen, Brachland, Wüsten. Orte, deren Existenz der jeweilige Mensch sich vielleicht gar nicht eingesteht. Die dunklen Seiten.« Lisa nahm einen Schluck Bier.

»Und manche Ecken in einem Menschen werden vielleicht auch erst fruchtbar, wenn ein anderer sie sieht und bearbeitet.«

Sie stellte das Glas ab und sah Weinberg an. Dann fragte sie: »Warum bist du Polizist geworden?«

»Findest du das seltsam?«, fragte Markus.

»Findest du es seltsam, dass ich Archivarin bin?«, fragte Lisa zurück.

»Vielleicht wirst du mich auslachen, wenn ich dir sage, warum ich zur Polizei gegangen bin«, sagte Markus, ohne auf ihre Gegenfrage einzugehen.

»Bestimmt nicht.«

»Ich helfe gern Menschen.«

Lisa glaubte zu bemerken, dass er ein wenig rot wurde. Sie sah auf den inzwischen dunklen See hinaus. »Freund und Helfer«, sagte sie ohne Ironie. »Vielleicht kannst du mir tatsächlich bei einer Sache helfen.«

*

Der schwarze Mercedes Sprinter fuhr langsam auf den Parkplatz des Landgasthofs. Der Kies knirschte unter den Reifen, dann stand der Wagen still. Aus dem Führerhaus stieg ein bulliger, hochgewachsener Mann. Ein feiner dunkelblauer Anzug mit geschmackvoll darauf abgestimmter Krawatte spannte über seinem breiten Brustkorb. Der Mann sah sich um und schritt dann auf den Biergarten vor dem Fachwerkhaus zu. Eine gut aussehende Frau, schätzungsweise Ende 40, Anfang 50, winkte ihm mit einer unauffälligen Geste zu. Er ging auf sie zu und stellte sich vor: »Ich bin Oswald Kranz. Frau Lombardo?«

Die Oberbürgermeisterin reichte ihm die Hand und wies Kranz einen Stuhl an ihrer Seite zu.

»Danke, dass Sie hergekommen sind«, sagte sie. »Hier im Hinterland ist es etwas unauffälliger als in einem Café in der Stadt. Sind Ihre Männer gut untergebracht?«

Kranz nickte. »Danke. So luxuriös sind wir es normalerweise nicht gewohnt.«

»Es wundert mich, dass die Sonderkommission nur aus sechs Leuten besteht. Sind Sonderkommissionen normalerweise nicht größer? Zumindest, wenn es um Mehrfachmorde geht? Sechs Leute, entschuldigen Sie, Herr Kranz, ich bin keine Expertin, aber das kommt mir ein wenig mickrig vor.«

Kranz lächelte. Er winkte der Bedienung und bestellte einen Kaffee und ein Glas Leitungswasser. In aller Ruhe goss er Milch in seine Tasse und rührte ein paarmal um. Lombardo hatte sich inzwischen nervös eine Zigarette angezündet. Kranz nahm einen schlürfenden Schluck aus seiner Tasse. »Keine Sorge, Frau Oberbürgermeisterin. Die Soko Hochwasser hat zwar mit mir nur sechs Mitglieder, aber wir sind ein eingespieltes Team. Lauter Profis, die es gewohnt sind, zusammenzuarbeiten.«

Er ließ seinen Blick über die Felder, Wiesen und Wälder schweifen. »Lieber fünf Bullen als fünfzig Ochsen, verstehen Sie?«

Lombardo nickte. Sie musterte den Hünen aufmerksam. Der Mann schien ein Prolet zu sein, aber Heide Lombardo sah ein, dass es für die Aufgabe, die er zu lösen hatte, keiner verfeinerten Umgangsformen bedurfte. Eher im Gegenteil. Außerdem flößte ihr seine selbstbewusste Art Vertrauen ein. Sie betrachtete Kranz mit steigender Sympathie. »Sie haben alle nötigen Vollmachten erhalten, denke ich. Von meiner Seite haben Sie völlig freie Hand. Nur liefern Sie mir einen Täter. Oder mehrere, von mir aus.«

»Wir finden den oder die Täter, verlassen Sie sich drauf«,

sagte Kranz. »Erzählen Sie mir noch etwas über die örtliche Polizei. Wie weit sind die?«

Lombardo dachte nach. »Bis jetzt tappen sie im Dunkeln, glaube ich. Es gibt noch keine Verdächtigen.«

»Dorfbullen, das kenne ich«, sagte Kranz. »So ein Fall ist natürlich eine Nummer zu groß für die. Aber jeder hat seine Stärken und Schwächen. Wenn eine Kuh entlaufen ist, regeln die das sicher besser, als meine Leute es jemals könnten.«

»Nicht alle unsere Beamten sind Kuhfänger, Herr Kranz«, entgegnete die Oberbürgermeisterin ein wenig gereizt. Sie hielt nicht viel von der örtlichen Polizei, aber die abfälligen Bemerkungen von Kranz kränkten sie dennoch in ihrem Stolz. Anscheinend entging niemand einem gewissen Grad von Wir-Gefühl und Lokalpatriotismus.

»Abgesehen davon, dass wir nicht einfach ein Kuhkaff sind«, fuhr sie fort, »sondern sehr viel Tourismus und Verkehr und die damit verbundenen Delikte haben, gibt es da auch noch Cornelius, den Leiter des Reviers.«

Der stiernackige Polizist sah sie wohlwollend an. »Ich wollte Ihre schöne Stadt nicht beleidigen, Frau Oberbürgermeisterin«, sagte er. »Wer ist also dieser Cornelius?«

»Werner Cornelius ist ein erfahrener Kriminalist, ein kluger und gebildeter Mann. Sie müssen ihn freundlich behandeln und ihn ebenso freundlich umgehen. Sie müssen an ihm vorbei ermitteln, der Mann macht sonst Schwierigkeiten.«

»Schwierigkeiten?«, fragte Kranz nach. »Inwiefern?«

»Cornelius stellt zu viele Fragen. Er versteht nicht, dass wir eine schnelle Lösung brauchen.«

»Ich verstehe. Ich habe sowieso Anweisung, die lokale Behörde nicht miteinzubeziehen. Das wird also kein Problem werden.«

»Wie werden Sie vorgehen?«

Der Polizist trank sein Glas Wasser aus. »Glauben Sie mir, Frau Oberbürgermeisterin, *wie* wir das anstellen, wollen Sie gar nicht wissen. Sie werden zufrieden sein. Lehnen Sie sich zurück und genießen Sie die Show.« Kranz zog seinen Geldbeutel aus der Gesäßtasche und winkte einer Bedienung. »Zahlen!«, rief er.

13

»Haben Sie mal ein eigenes Boot besessen?«, fragte Lisa Grünwald.

Sie war heute ein paar Minuten später dran gewesen. Nach den Weizenbieren am Abend hatte sie wie ein Stein geschlafen und war kaum aus dem Bett gekommen. Zu spät zu kommen war sehr untypisch für Lisa, und sie hatte sich mehrfach für die Verspätung entschuldigt. Doch Grünwald hatte sie beruhigt, das sei nicht schlimm, er habe ja nicht im Freien im Regen auf sie warten müssen, sondern in der Gemütlichkeit seiner Wohnung.

Jetzt antwortete er auf Lisas Frage: »Nein, ich hatte nie ein eigenes Boot. Abgesehen vom Preis eines schönen Segelbootes zum Beispiel und der Prüfung muss man ja dann auch noch einen Liegeplatz mieten. Das kann sich ein einfacher Archivar nicht leisten.« Er zwinkerte Lisa schalkhaft zu. »Nur damit Sie gleich von Anfang an wissen, welche Träume Sie sich vielleicht nie verwirklichen können.«

»Wenn ich das gewusst hätte ...«, sagte Lisa lachend. »Aber im Ernst: Es ist bestimmt schön, ein Boot zu haben und einfach rausfahren zu können, wenn einem danach ist.«

»Das ist sicher so«, stimmte Grünwald zu. »Manche ermöglichen es sich dadurch, dass sie sich zu mehreren zusammentun. Man teilt sich die Kosten, und jeder kann das Boot nutzen.«

»Hm, das wäre eine Möglichkeit.« Lisa wechselte das Thema. »Haben Sie sich schon Gedanken gemacht, was wir mit den Informationen aus den Aufzeichnungen Konrads anfangen sollen? Ich meine, was machen wir mit unserem Wissen?«

Grünwald überlegte eine Weile. Er schien keine passende Antwort zu finden. Dann sagte er: »Was hat die Löwenzunft damals getan? Vielleicht erfahren wir da etwas.«

Lisa nickte. Sie betraten das Stadtarchiv und setzten sich gleich an den Tisch mit der Chronik.

Lisa las vor:

Am Fest des heiligen Kirchenvaters Augustinus konnte ich nicht mehr an mich halten. Nach der Frühmesse schlich ich zu dem Einstieg, der mir bekannt gemacht worden war, und stieg ungesehen hinab. Der treue Columban begleitete mich, er wollte mich nicht allein lassen, der Himmel vergelte ihm seine Treue! Er überwand seine Furcht aus Liebe zu mir, der ich nur aus Liebe zum Abenteuer meine Furcht überwunden hatte. Er suchte mir beizustehen, während ich meine Neugier zu befriedigen suchte.

Columban hatte in seiner Kutte zwei Lampen und ein Krüglein Öl mitgebracht. Das war auch notwendig, denn in den Stollen herrschte so tiefe Finsternis wie im Schlund der Charybdis.

»Jetzt wird es spannend«, sagte Lisa.

Grünwald wirkte ebenfalls aufgeregt. Zum ersten Mal kam es ihnen so vor, als könnten sie hineinblicken in die dunkle Welt unter der Stadt, in die Welt der Weißen Frau.

»Ja«, sagte Grünwald, »jetzt wird es spannend. Vielleicht erfahren wir endlich mehr von dem, was sich damals ereignet hat.«

»Und von dem, was es mit der Weißen Frau auf sich hat«, ergänzte Lisa.

In den Stollen war es zunächst trocken und staubig, doch bald wurde es feucht und schwül. Jedes Wort wäre von den Wänden geschluckt worden, wenn wir denn gesprochen hätten, aber die Angst schnürte uns die Kehle zu. Dennoch schritten wir voran, von der gleichen Tollkühnheit getrieben wie Odysseus, als er sich bei seiner Fahrt vorbei an der Insel der Sirenen an den Mast seines Schiffes binden ließ.

Entgegen unserer Erwartung handelte es sich nicht um einen oder zwei Stollen, sondern die Gänge verzweigten sich mehrmals und immer wieder, und wir wussten nicht mehr, wohin wir wanderten. Die Stollen winden sich, dem Labyrinthe des Minos gleich, in alle Richtungen, und nachdem wir zum ersten Male Öl nachfüllen mussten, machte ich mir mehr Sorgen, ob wir wieder an das Tageslicht finden würden, als ob wir die Begegnung mit dem Dämon bestehen könnten. Doch da bewies Bruder Columban seinen Genius. Er teilte meine Sorge nicht, denn er hatte das Ende eines Wollknäuels am Einstieg angeknotet und es hinter sich hergezogen, die Klugheit der Ariadne nachahmend. Als es am Ende angelangt war, knotete er ein neues daran. Auf diese Weise war uns der Rückweg gewiesen.

Inmitten der Eingeweide der Stadt, so schien es uns zumindest, drangen nun Geräusche an unsere entsetzten Ohren, leise Stimmen, Schritte, dann sahen wir flackernde Schatten aus anderen Stollen in den unseren hineinfallen. Ich gestehe, dass uns die Herzen beinahe stillstanden. Bruder Columban waren heiße Tränen in die Augen getreten, und lautlos die Lippen bewegend haderte er mit seinem Schicksal. Gewiss haderte er nicht weniger mit seiner Bereitschaft zu helfen, die ihn an meiner Seite an diesen dunklen und gefahrvollen Ort geführt hatte.

Mir zitterten die Beine und die Hände, sodass ich beinahe die Lampe hätte fallen lassen. Dann jedoch ließen sich die Stimmen unterscheiden. Es waren keine dämonischen Stimmen, die wir da hörten, sondern menschliche. Es waren die Schergen der Löwenzunft, die auf der Suche nach der Weißen Frau die Stollen durchstreiften, ganz bestimmt wohlbewaffnet. Diesen rauen Gesellen wollten wir weder in die Arme laufen noch in die Hände fallen. Unsere Lampen unter den Kutten verhüllend drückten wir uns an die feuchte Wand unseres Ganges. Die Meute schritt an unserem Stollen vorüber.

Nun war unser Mut jedoch endgültig geschwunden, und nur ein Gedanke erfüllte unsere Herzen, nämlich das Labyrinth zu verlassen und das liebe Licht des Tages wieder zu erblicken. Dank des Wollknäuels von Columban folgten wir dem Wege, den wir gekommen waren. Mit jedem Schritt wurde unser Gemüt leichter und unsere Seele froher. Doch dann begegnete uns die Bestie, und wir erkannten, wie leichtsinnig und töricht unsere Unternehmung gewesen war.

40 Schritte vor uns, dort, wo unser Stollen auf einen anderen traf, stand die Weiße Frau. Sie stand ganz still, wie eine Statue, und auch wir erstarrten wie das Weib des Lot, als es den Blick zurück nach Sodom wandte. Lautlos kam sie näher, wie von der Luft getragen, den Blick ihrer teuflischen Augen unbeirrbar auf uns gerichtet. Wenn ich sage, dass es teuflische Augen waren, so meine ich nicht, dass sie hässlich oder widerlich anzusehen waren, denn das waren sie ganz und gar nicht. Sie waren vielmehr wie der Gesang der Sirenen, sie lockten uns zu sich, und obgleich wir nur allzu gut wussten, wie sehr wir uns vor der Weißen Frau zu hüten hatten, so wollte uns doch eine Macht wie mit unsichtbaren Händen zu ihr hinziehen. Indes, wir widerstanden, und das mag unser Glück gewesen sein, denn als sie sich uns auf wohl gut zehn Schritte genähert hatte, verwandelte sich ihr schönes

Gesicht in eine teuflische Fratze, und wir erwarteten den verdienten Tod. Noch heute, da ich dies niederschreibe, wundere ich mich, dass wir nicht aus Angst gestorben sind. Erstaunen erfüllt mich, dass unsere geprüften Herzen nicht aus schierer Verzweiflung zu schlagen aufhörten.

Doch da kamen uns jene zu Hilfe, die wir zuvor gefürchtet hatten, sie kamen zu unserer Rettung, ohne es zu bemerken, einfach nur, so denke ich, den Willen Gottes ausführend, der uns unverdient sein Erbarmen schenkte. Hinter uns im Stollen erklangen wieder die Stimmen der Schergen, und ihre Schritte waren zu hören. Halb froh und halb in Sorge wandten wir uns um, sie waren jedoch noch nicht zu sehen. Als wir unseren Blick wieder angsterfüllt auf die Weiße Frau richten wollten, war sie verschwunden. Dieses unerklärliche Verschwinden in dem Bruchteil eines Augenblicks versetzte uns in noch größeres Entsetzen, als es vorhin ihr Anblick vermocht hatte. Bevor die Männer uns bemerken konnten, eilten wir dem Ausgang zu und retteten uns vor der Nacht, vor dem Ungeheuer und vor den Schergen der Löwenzunft hinaus in das Licht der Sonne.

»Kommen Sie«, sagte Grünwald, »wir essen erst einmal etwas.«

»Ich weiß nicht, ob ich jetzt was runterkriege«, sagte Lisa matt. Die aktuellen Ereignisse hatten sich mit den unheimlichen Geschichten Konrads in Lisas Kopf zu einer dichten dunklen Wolke zusammengeballt.

»Ach«, sagte Grünwald, »der Appetit kommt mit dem Essen. Und außerdem, das wissen Sie, kann man dem Essen hier nur schlecht widerstehen.«

»Da haben Sie recht«, stimmte Lisa zu. »Gehen wir.«

*

Zurück im Archiv stellte Lisa zwei dampfende Tassen auf den Tisch und setzte sich zu Grünwald, der sich bereits über die Aufzeichnungen gebeugt hatte.

»Danke«, sagte der alte Archivar.

»Gern«, antwortete Lisa. »Bitte, lesen Sie weiter, Dr. Grünwald.«

Als wir das Tageslicht erblickten, sanken wir auf die Knie und dankten Gott, und wir gelobten unserer Lieben Frau feierlich, den Himmel niemals wieder auf so frevlerische Weise zu versuchen. Allein, wir hatten auch nicht mehr die Gelegenheit, es zu tun. Denn am Abend des folgenden Tages geschah etwas, das alles veränderte, und ich, Konrad von Reichenau, war durch eine eigenartige Fügung Zeuge dieses Ereignisses.

In den vom schwedischen Beschuss und Brand verwüsteten Gärten zu Füßen des Turmes der Ritter des heiligen Johannes vom Spital zu Jerusalem entstand ein großer Tumult. Eine Magd hub an zu schreien, sodass alles Volk zusammenlief, darunter auch ein unwerter Dominikanermönch. Was die alarmierte Menge zu sehen bekam, war so schrecklich, dass nicht wenige ihr karges Essen nicht bei sich behalten konnten, sondern es auf der Stelle von sich gaben. Hinten im Garten, im Schatten der Mauertrümmer, hockte eine Frau über einem Leichnam. Ihr Mund war ebenso blutverschmiert wie ihr Gewand. Sie war dabei, den Toten aufzufressen, wie große rote Wunden zeigten. Sein Hals war zerrissen, seine Brust klaffte offen und die Rippen standen hervor.

Die Menschenfresserin blickte scheu umher, wie ein Tier, das überrascht wird. Durch die Menschenmenge drängten sich da die Ritter des St.-Johann-Ordens mit blanken Waffen und Fackeln. Sie warfen Ketten über die Missetäterin und zerrten sie in ihren Turm, in dessen tiefen Kellern sie ein Verlies besaßen, wie man sich erzählt. Die Menschen blieben stumm zurück. Alle aber, so glaube ich, waren sich einig, dass die Hexe bei den Rittern des St.-Johann-Ordens gut aufgehoben war, hatten doch die Ritter und insbesondere ihre Komturen in der Vergangenheit hinlänglich unter Beweis gestellt, dass sie bei Hexen keine Gnade kannten. Außerdem muss es doch als ein Zeichen des Himmels erscheinen, dass sich diese fürchterlichen Begebenheiten am Fest der Enthauptung des Johannes zutrugen. Nur die Mitglieder der Löwenzunft waren wohl nicht zufrieden. Am nächsten Tag, der den heiligen Märtyrern Felix und Adauctus geweiht ist, wurde die Weiße Frau von den städtischen Autoritäten verurteilt und am Morgen des folgenden Tages in Ketten geschlagen im See versenkt.

»Das muss dann der 31. August gewesen sein«, sagte Lisa.

Grünwald sah sie erstaunt an. »Wie kommen Sie darauf?«, fragte er.

»Na ja«, sagte Lisa, »der Tag des heiligen Augustinus ist der 28. August, da stiegen Konrad und Columban in die Stollen. Am Tag danach, dem 29. August, am Fest der Enthauptung Johannes des Täufers, fand man die Weiße Frau und nahm sie gefangen. Am 30. wurde sie verurteilt und am Tag darauf im See versenkt. Das muss dann der 31. August gewesen sein.«

»Ich stimme Ihnen vollständig bei. Ich bin nur überrascht, dass Sie den Heiligenkalender so genau im Kopf haben.«

Lisa schmunzelte. »Man ist auch in Münster katholisch, nicht nur am Bodensee.«

»Es scheint so«, sagte er lächelnd. »Wir könnten uns noch einen Abschnitt vornehmen. Was meinen Sie, schaffen wir den noch?«

»Ich glaube, einen schaffen wir noch«, antwortete Lisa.

Ich habe die Weiße Frau danach niemals wieder gesehen. Doch viele Jahre später, der gute Columban war bereits in die Ewigkeit vorausgegangen und meine Haare waren weiß geworden und meine Augen schwach, da erzählte mir ein Freiherr, sein Name sei hier verschwiegen, er habe die Weiße Frau gesehen, wie sie aus dem Wald in den See hineinstieg. Sie schwamm hinaus und tauchte dann im Wasser unter, ohne wieder zum Vorschein zu kommen.

Ich weiß nicht, ob der adelige Herr tatsächlich die Weiße Frau gesehen hat. Doch ich gestehe, ich halte es für möglich.

Wie, fragst du, werter Leser? Ich meine, es ist nicht möglich, die Weiße Frau zu töten, denn offensichtlich ist sie kein menschliches Wesen. Aber das ist nur die Überzeugung eines greisen Mönches, und niemand wird diese Überzeugungen beachten oder gar zurate ziehen. Und doch, ich, Konrad von Reichenau, habe die Weiße Frau gesehen. Ich habe in ihre Augen geschaut, unter der Stadt und auch, als die Ritter des St.-Johann-Ordens sie wegführten. Ihre Augen waren gänzlich ohne Furcht. Welches Wesen hat keine Angst vor dem drohenden Kerker, vor dem drohenden Tod? Wie ein starker Mann sich von Kindern bei ihrem arglosen Spiel gefangen nehmen lässt, ohne sich zu fürchten, folgte sie den Bewaffneten.

Die Weiße Frau, so glaube ich mit tiefer Überzeugung, hat keine Angst vor dem Tod, weil sie nicht stirbt. Weil sie schon tot ist. Sie ist untot. Wie Zwietracht, Neid und Habsucht stirbt sie nicht. Oder wie der Krieg, der manchmal bezwungen wird, aber doch immer wieder sein Haupt erhebt, wenn jemand an seinem Gefängnis rüttelt, und dann ausbricht.

*

»Hier ist es. Sie können an der Straße parken.«

Weinberg stellte den Motor ab. Gemeinsam mit Hauptkommissar Cornelius stieg er aus dem Einsatzwagen. Neben der Straße lag ein Brachfeld. Weinberg war schon oft daran vorbeigefahren, aber bewusst hatte er die von Unkraut überwucherte Wiese nie wahrgenommen. Er setzte sich die Uniformmütze auf und folgte Cornelius, der zielstrebig auf einige Bauruinen am Rand der Wiese zustapfte. Die verfallenen Gemäuer wirkten unbewohnt. Der Putz war abgebröckelt, die Fenster waren zerbrochen, bei manchen Gebäuden war das Dach eingefallen. Bei einem fehlte es ganz. Vermutlich hatte einer der vergangenen Orkane es abgedeckt.

Als er Cornelius eingeholt hatte, erklärte der Kommissar: »Das ganze Gelände hier ist ein Politikum. Alle sind sich einig, dass man etwas machen muss, aber was das sein soll, da gehen die Ansichten auseinander.«

»Wem gehört der Grund denn?«, fragte Weinberg.

»Er gehört der Stadt. Die Häuser waren den Bewohnern auf Lebenszeit vermietet worden. Als man die Mieter loswerden wollte, hat man einfach nichts mehr an ihnen gemacht. Irgendwann waren sie so heruntergekommen, dass alle Bewohner nach und nach freiwillig weggezogen sind.« Cornelius blieb vor einem Haus stehen. »Alle bis auf einen«, sagte er und klopfte an die Tür.

Sie hörten Geräusche aus dem Innern, dann wurde geöffnet. Schmächtig, doch breitschultrig, stand Amadeus Kerrer vor ihnen. Cornelius fiel auf, dass er auch zu Hause seinen Mantel trug. Der Kommissar konnte sich nicht erinnern, ihn überhaupt einmal ohne diesen verschlissenen Mantel gesehen zu haben. Er war schon ein komischer Kauz.

Kerrer sah ihnen nicht in die Augen. Seine Haltung drückte aus, dass es ihm unangenehm war, gestört zu werden.

Cornelius sagte: »Grüß Gott, Herr Kerrer. Können Sie sich denken, weshalb wir Sie besuchen?«

Kerrer schüttelte den Kopf. Dann schien er es sich anders überlegt zu haben, denn er antwortete mit seiner heiseren Stimme: »Ja. Vermutlich ist es wegen der Lombardo.«

»Richtig geraten, Herr Kerrer. Jemand hat auf ihrem Auto einen Haufen Mist abgeladen. Waren Sie das?«

Weinberg hatte erwartet, dass Kerrer fragen würde, wieso man denn auf ihn gekommen sei. Diese Frage kam bei einer Beschuldigung so gut wie immer. Aber Kerrer starrte nur vor sich auf den Boden und schwieg.

Cornelius fuhr fort: »Herr Kerrer, wenn Sie die Sache zugeben und versprechen, dass Sie von solchen Aktionen in Zukunft Abstand nehmen, ist die Oberbürgermeisterin geneigt, das Ganze auf sich beruhen zu lassen.«

Ein misstrauischer Blick blitzte unter dem dichten Haarschopf hervor. Doch Kerrer schwieg. Nach einer Weile fragte Cornelius freundlich: »Haben Sie das verstanden, Herr Kerrer?«

Weinberg war immer wieder von der Geduld und der Höflichkeit beeindruckt, mit der der Hauptkommissar allen begegnete. Auch bei Kerrer schien seine natürliche Freundlichkeit zu wirken.

Der zierliche Mann nickte. »In Ordnung. Versprochen.«

»Gut.« Cornelius lächelte zufrieden. »Dann können wir das also abhaken und vergessen. Einen schönen Tag noch, Herr Kerrer. Ach, und es gibt auch andere Möglichkeiten, seine politische Meinung zu äußern. Nutzen Sie die.«

Cornelius und Weinberg schritten über die Wiese zurück zu ihrem Fahrzeug.

»Das ist schon ein besonderer Vogel«, sagte Weinberg.

Cornelius lächelte. Dann sagte er: »Er ist vor allem ein

armer Kerl. Es ist nicht viel über ihn rauszukriegen. Er scheint ein verlassenes Kind gewesen zu sein.«

»Lag nie was gegen ihn vor?«

»Es heißt, dass manchmal Hunde und Katzen, die sich in die Nähe seines Hauses verlaufen hatten, nicht mehr aufgetaucht sind. Deshalb gab es mal Anzeigen, man hat aber nie Überreste der Tiere gefunden. Sie können also auch einfach weggelaufen sein.«

Weinberg schwieg. Im Auto erzählte Cornelius: »Das Haus hat übrigens eine Geschichte. Dort wohnte bis Ende der 80er-Jahre Amalie Kretzer.«

»Amalie Kretzer? Wer ist das?«

»Sie können sich nicht daran erinnern, Sie waren damals noch nicht bei der Truppe.«

»Nicht bei der Truppe?«, amüsierte sich Weinberg. »Da kam ich gerade in die Schule!«

Der Kommissar seufzte. »Manchmal vergesse ich, wie alt ich bin.«

»Und wer war nun Amalie Kretzer?«, hakte Weinberg nach.

Cornelius zuckte mit den Schultern. »Ich weiß nicht«, sagte er. »Manche hielten sie für eine Hexe.«

»Eine Hexe?«

»Das ist natürlich Unsinn. Aber Amalie Kretzer war eine böse Frau. Sie hatte keinen Buckel und keinen schwarzen Kater, sie war sogar gut aussehend. Sie hatte einfach kein Herz, kein Mitgefühl. Die Frau machte einem Angst. Ich habe so etwas in der Form danach nie mehr erlebt. Man wollte lieber nichts mit ihr zu tun haben. Sie hatte eine Ausstrahlung, als würde es überall, wohin sie kam, um etliche Grade kälter. Eines Tages ging sie ins Wasser.«

Auf Weinbergs fragenden Seitenblick erklärte Cornelius: »Sie hat sich ertränkt. Im See. Und sie hat ihre kleine Tochter mitgenommen.«

Weinberg hielt den Wagen an einer roten Ampel. Er drehte sich zu dem Kommissar und sagte ernst: »Das ist tragisch. Weiß man, wieso sie das getan hat?«

Cornelius sah aus dem Fenster. »Nein«, antwortete er. »Man wusste nie, wieso Amalie Kretzer irgendwas tat.«

Grün. Das Fahrzeug setzte sich wieder in Bewegung.

»Die Leichen wurden nie gefunden«, sagte Cornelius. »Der See hat sie behalten.«

Weinberg schüttelte nachdenklich den Kopf. Er wusste: Was der Bodensee einmal hatte, das behielt er meistens auch.

14

Grünwald schloss den Folianten. »Ich glaube, das reicht für heute. Kommen Sie, wir gehen ein paar Schritte.«

Erleichtert stand Lisa auf und reckte sich. Fast erstaunt sah sie das helle Sonnenlicht durch die Butzenscheiben in die Stube scheinen.

Der alte Archivar trat vor ihr die ausgetretenen steinernen Stufen ins Freie. Hinter ihnen schloss Lisa die schwere Türe ab. Schweigend überquerten sie den sonnenüberfluteten Münsterplatz, gingen vorbei an historischen Häusern, schlenderten durch belebte Straßen und standen auf einmal vor einem großen steinernen Tor. Dahinter lag ein Weg, der in dunkles, schattiges Grün führte. Es sah aus wie das Tor zu einer anderen Welt.

»Wo sind wir hier?«, fragte Lisa.

Grünwald antwortete: »Die Stadt wird im Süden vom See begrenzt. Auf der Landseite hat man wie in einem Halbkreis tiefe, breite Gräben ausgehoben und hohe Mauern gebaut. Später, als die Stadt über die Mauern hinausgewachsen war, wurde noch einmal ein weiterer Graben mit Mauern drum herum gezogen. Heute ist die Stadt natürlich viel größer, und die Gräben, die immer noch ziemlich tief sind, durchziehen jetzt die Stadt wie grüne Adern. Sie sind naturbelassen. Sie sind wie stille Parks, die sich durch die laute Stadt mit ihrem Gewimmel ziehen.«

Er ging voran und Lisa folgte ihm staunend. Es war wirklich auf einmal still und angenehm kühl. Der Graben war vielleicht 15 Meter breit und bestimmt 8 Meter tief. An den Sandsteinwänden hingen Kletterpflanzen. Einzelne Bäume standen auf dem mit Gras bewachsenen Boden.

»Manche Gräben sind noch weitaus tiefer und breiter«, sagte Grünwald. »Dieser heißt Blatterngraben. Er hatte von Anfang an keine strategische Bedeutung. Er wurde innerhalb der Stadt angelegt und diente den unheilbar Kranken als Freigang sozusagen. Dort, wo wir ihn betreten haben, lag ein Leprosenspital. Diese Einrichtung für Menschen, die an Lepra erkrankt waren, bestand etwa seit dem Jahr 1250.«

Ein unheimliches Gefühl beschlich Lisa. Wie musste es hier vor ein paar hundert Jahren ausgesehen haben …? Von Lepra entstellte Menschen, von der Gesellschaft verstoßen und nur von einigen frommen Seelen mit den notwendigsten Lebensmitteln versorgt.

Die Sonne stand schon tief. Lisa sah sich um. Sie entdeckte keinerlei Beleuchtung. Nachts musste es in diesem Graben stockfinster sein. Und doch war sie von dieser grünen Ader in der Stadt fasziniert.

»Es gibt noch mehr von diesen Gräben, sagten Sie?«

»Ja, noch einige. Dort vorne gelangen wir in den nächsten.«

Sie gingen auf eine hohe Mauer zu, die sich quer über den Weg zog. Durch einen Torbogen traten sie in einen weiteren Graben, der tatsächlich wesentlich breiter und auch tiefer war als der erste.

»Das ist einer der Gräben, die für die Verteidigung von Überlingen angelegt wurden«, sagte Grünwald. »Da oben auf der anderen Seite stand man vor der Stadt. Der Graben führt bis zum See hinunter.«

»Und hier«, sagte Lisa leise, »hier klagten und wimmerten die Verwundeten.«

»Ja«, sagte der Archivar, »das war unter anderem hier.«

Stumm blickte sie um sich. Vor ihrem inneren Auge wurden die Bilder aus der Chronik lebendig. Was war an diesem Ort schon alles geschehen? Auf wie viel Elend hatten diese Mauern schon herabgeblickt, die heute eine exotische und wildromantische Touristenattraktion bildeten?

Grünwald riss sie aus ihren Gedanken: »Kommen Sie, Lisa. Gönnen wir uns noch etwas Gutes.«

Als sie nahe dem See in einem Café saßen, das in einem gepflegten und mit riesigen, ausladenden Bäumen bestandenen Hotelpark lag, bestellte Grünwald einen Obstler. Entschuldigend sagte er zu Lisa: »Den brauch ich jetzt.«

»Ich brauch auch einen.«

Als die Schnäpse vor ihnen auf dem Tisch standen, sahen sie sich an, hoben die Gläser und kippten den Inhalt hinunter.

»Ah, das hat gutgetan«, sagte Grünwald. »Ich hab gestern übrigens mit einem Freund von der Polizei gesprochen.«

»Sie haben auch einen Freund bei der Polizei?«, fragte Lisa.

»Wie, Sie auch?«, fragte Grünwald zurück.

»Na ja, es ist eigentlich eher eine kurze Bekanntschaft«, antwortete Lisa verlegen. »Was hat Ihr Freund Ihnen erzählt?«

»Sie tappen praktisch völlig im Dunkeln, was die Morde angeht. Nur so viel ist klar: So bestialisch diese auch waren, sie wurden von Menschen verübt.«

»Was für ein Mensch tut so etwas?«, unterbrach ihn Lisa. »Solche Taten passen besser zu einem Wesen, wie es Konrad von Reichenau beschreibt, als zu einem Menschen. Natürlich gibt es keine Monster, aber dass ein Mensch zu solchen Taten fähig ist, finde ich nicht weniger erschreckend.«

»Sie haben recht, Lisa«, bestätigte Grünwald. »Die Biss- und Reißspuren an den Opfern sind aber menschlichen Ursprungs, das steht fest. Sie stammen von keinem Fabelwesen und auch von keinem Tier.«

»Wenn Ihre Theorie richtig ist, folgen die Morde dem Muster der Weißen Frau aus der Chronik. Vor ein paar Tagen glaubte ich noch fast, Sie hätten den Verstand verloren, und jetzt …«

»Jetzt haben Sie Sorge, dass Sie *Ihren* verlieren. Das ist natürlich ein Fortschritt!«

Lisa musste lachen. »Nein, also ja, was ich sagen wollte, ist, dass ich die Geschichte inzwischen schon für irgendwo im Bereich des Möglichen ansiedle.«

Auf dem Heimweg durch den Stadtgarten sprachen sie kein Wort. Es war keine unangenehme Stille zwischen ihnen. Obwohl sie sich noch nicht lange kannten, wussten sie beide, dass sie keinen ständigen Small Talk nötig hatten. Sie gingen vorbei an Bananenstauden, Rosensträuchern und riesigen Kakteen, an kleinen Teichen und prachtvollen Brunnen. Die Sonne war untergegangen und nur ein goldener Streifen am Himmel erhellte noch die Wege.

Der Pfad führte nach oben, zum Teil über steile, in den Felsen gehauene Treppen und gab schließlich den Blick auf einen Jugendstil-Pavillon frei.

Grünwald blieb stehen und blickte auf den Aussichtspunkt, von dem aus er wohl nie wieder den Ausblick über den See würde unbeschwert genießen können.

»Hier ist es, nicht wahr?«, fragte ihn Lisa. »Hier hat man sie gefunden.«

Grünwald nickte.

Sie nahm ihn sanft am Arm. »Kommen Sie. Ich gehe mit.«

Gemeinsam stiegen sie die wenigen Stufen zu der Plattform hinauf. Unter ihnen lag der Park, der inzwischen ins

Dunkel getaucht war, und dahinter leuchteten die Lichter Überlingens zu ihnen empor. Weit, weit hinten spiegelten sich die Lichter der gegenüberliegenden Ortschaften im Schwarz des Bodensees. Lisa und der Archivar standen nur da. Eine Viertelstunde verging. Dann ergriff Grünwald ihre Hand, mit der sie ihn am Arm hielt, und drückte sie.

»Danke«, sagte er leise.

*

Irgendwas war faul. Das hatte Simon Ritter im Urin. Er hatte so etwas immer im Urin. Seit über 26 Jahren arbeitete er in der Redaktion der lokalen und regionalen Zeitung namens Ufer-Bote, seit 14 Jahren war er der Chef. Nicht ohne Stolz war er sich dessen bewusst, dass er in dieser Position die politischen Geschicke der Stadt zu einem nicht unerheblichen Teil mitgestaltete. Kein Lokalpolitiker kam an ihm vorbei. Waren auch für ihn und die Zeitung schlechte Nachrichten gute Nachrichten, so war das für jemanden, der sich in der Politik profilieren wollte, noch lange nicht der Fall. Man musste sich mit der Presse gut stellen. Man musste sich mit *ihm* gut stellen. Der letzte Oberbürgermeister, der geglaubt hatte, ihn ignorieren zu können, hatte nach einer gezielten Kampagne seines Blattes nach nur drei Jahren vorzeitig den Hut nehmen müssen.

Einen Oberbürgermeister wie die Lombardo hatte er allerdings noch nie erlebt. Diese Frau war mit der Presse verheiratet! Oder besser gesagt: Sie war mit der Macht verheiratet, und die Presse war ihre leidenschaftliche Affäre. Keine Gelegenheit, sich ins Rampenlicht zu stellen, ließ sie sich entgehen. Und bei jeder möglichen Gelegenheit rühmte sie die Arbeit der Zeitung und auch seine eigene. Sie wusste genau, wer das Sagen hatte. Gezielt hatte sie ihm schon Informationen zugespielt, mit denen er sich als investigativer Journalist mit obskuren Beziehungen »nach ganz oben« profilieren konnte. Denn es waren nicht nur Informationen aus dem Rathaussaal gewesen, die vorerst nicht für die Öffentlichkeit bestimmt gewesen waren, sondern auch Informationen aus Ministerien und hohen Dienststellen in Stuttgart.

Ritter wusste, dass sie danach im Stadtrat eines ihrer berüchtigten Donnerwetter losließ und wissen wollte, welcher senile Vollidiot wieder nicht hatte dichthalten können. Natürlich waren alle diese Informationen zu ihrem Vorteil. Aber eben auch zu seinem. Sie benutzte ihn für ihre Ziele, aber es fiel immer mehr als genug für ihn ab. »Wir verstehen uns, Herr Ritter«, sagte sie regelmäßig mit verschwörerischem Lächeln zu ihm.

Ja, sie verstanden sich. Und inzwischen steckte er tief drin in den Netzen, die sie miteinander gelegt hatten. Aber jetzt sagte ihm sein Urin, dass etwas ganz und gar nicht stimmte. Weshalb sollte er stillhalten bei der Berichterstattung über die Morde, die in den letzten Monaten geschehen waren? Klar, die Lombardo wollte keinen Skandal, schon der Touristen wegen. Aber da war noch etwas anderes. Sie hatte ihm als Lohn für seine »verlässliche Geduld« einen exklusiven Knüller versprochen.

Ritter fuhr sich mit der Hand über seine Glatze. Dann rieb er sich die müden Augen. Hinter ihm, unten vor dem Fenster, drängelten sich die Leute zwischen den Ständen des Wochenmarkts hindurch.

Irgendwas anderes steckte noch dahinter, hinter ihrer Sorge um die lokale Tourismuswirtschaft. Er würde auf eigene Faust recherchieren, unter der Hand, schließlich war er zuallererst einmal Reporter. Die Lombardo brauchte davon nichts zu wissen. Wenn er nichts fand, konnte er immer noch getrost auf den versprochenen Knüller warten. Den würde die Lombardo liefern, in dieser Beziehung konnte er sich auf sie verlassen. Sie waren zu sehr aufeinander angewiesen, als dass sie ihn hängen lassen würde. Eine Symbiose im besten Sinn. Aber wenn er auf etwas stieße, was der Oberbürgermeisterin das Genick brechen konnte, dann würde er das wohl um der Wahrheit willen an die Öffentlichkeit bringen müssen.

Die Wahrheit. Ritter lachte vor sich hin. Die Wahrheit war relativ, das wusste man nicht nur in der Politik und in den Redaktionen. Außerdem war ihm die Wahrheit scheißegal. Nach einigen Jahren des Miteinanders in der Rolle des Juniorpartners kam jetzt vielleicht seine Chance, oben zu stehen. Eine Oberbürgermeisterin zur Guillotine zu führen, das war für einen Lokalredakteur die Champions League. Nein, verdammt, das war der Weltmeister-Titel!

Er musste mit der genauen Untersuchung der Todesfälle anfangen. Bei der Polizei schwieg man sich aus. Keine Chance, bei so einem wie Cornelius an brauchbare Informationen zu kommen. Aber es gab ja auch noch Sekretärinnen und ehrgeizige junge Polizisten. Und für solche Fälle stand ihm auch ein schwarzes Konto mit Schmiergeld zur Verfügung.

Es klopfte an seiner Glastür.

»Herein!«, rief Ritter.

Eine junge Praktikantin trat ein.

»Was gibt's, Frau Herbst?« Ritter konnte die Frau nicht leiden. Sie hatte keinerlei Sinn für Humor. Die blöde Zicke hatte sich beschwert, weil er sie »Schätzchen« genannt hatte. Bildete sie sich ein, dass er sie damit anmachen wollte? Das hätte sie wohl gern! Seitdem war »Schätzchen« eben »Frau Herbst«.

Selber schuld.

»Herr Ritter, ein Herr Kerrer möchte Sie sprechen.« Ritter suchte in seinem Kopf nach diesem Namen. Dann sagte er lauter, als er es beabsichtigt hatte: »Sagen Sie diesem Blödmann, dass ich für ihn keine Zeit habe! Dieser verdammte Verschwörungstheoretiker hat mir gerade noch gefehlt! Der hat nichts als Mist im Kopf und will ihn ständig bei uns abladen! Sagen Sie ihm, er soll sich zum Teufel scheren!«

Als Frau Herbst keine Anstalten machte zu gehen, fragte er gereizt: »Sonst noch was?«

Die Praktikantin sagte: »Außerdem soll ich Ihnen von Herrn Müller ausrichten, dass heute eine Gruppe von drei Männern und einer Frau im Hotel Seekoralle abgestiegen ist.«

Ritter sah die junge Frau verständnislos an. Dann sagte er mit reichlich Sarkasmus in der Stimme: »Falls Herr Müller oder Sie, *Frau Herbst,* das noch nicht bemerkt haben: Wir leben in einem Touristenort. Das ist hier ein Stück vom verdammten Paradies. Hier steigen täglich Hunderte von Gästen ab.«

Die Praktikantin wurde rot, schluckte aber ihren Zorn hinunter und antwortete: »Herr Müller meinte, es würde Sie interessieren. Die Leute benehmen sich verdächtig. Sie luden metallene Kisten ab und trugen so Dinger mit Kabel im Ohr. Sie wirkten irgendwie wie eine Spezialtruppe. Vielleicht von der Polizei.«

»So ist das …«, sagte Ritter und pfiff durch die Zähne.

*

Es war kurz vor Feierabend. Grünwald und Lisa hatten den ganzen Tag verschiedene Aufgaben im Archiv bearbeitet und die Aufzeichnungen Konrads mit kaum einem Wort erwähnt. Jeder von ihnen brauchte Zeit, um das Gelesene zu verarbeiten. Oder vielleicht eher die Bilder und Gefühle, die das Gelesene in ihnen heraufbeschworen hatte.

Das Telefon läutete. Lisa nahm ab. »Stadtarchiv, Engels. Ja. Nein. Ich bin die Nachfolgerin von Herrn Dr. Grünwald.« Ihr Gesicht nahm einen erstaunten Ausdruck an. Den Hörer am Ohr sah sie zu Grünwald hinüber. »Gut. Natürlich. Morgen um 13.45 Uhr. Das passt. Dr. Grünwald wird auch dabei sein.« Lisa legte auf.

Grünwald sah sie neugierig an.

»Das war das Büro von Oberbürgermeisterin Lombardo. Anscheinend weiß man im Rathaus nicht, dass ich hier arbeite.«

»Das ist nur noch nicht bis zu jeder Sekretärin durchgedrungen«, beschwichtigte Grünwald. »Was will denn die Oberbürgermeisterin?«

»Das weiß ich nicht«, antwortete Lisa. »Wir werden es morgen um Viertel vor zwei erfahren.«

»Um drei viertel zwei, wollten Sie sagen«, verbesserte Grünwald lachend.

Lisa schüttelte den Kopf. »Das lern ich nie«, stellte sie resigniert fest.

Eine Stunde später betrat Lisa Gwens Tattoostudio. Ihre Freundin saß in dem roten Plüschsessel und rauchte. Sie winkte Lisa mit der Hand, in deren Fingern sie die Zigarette hielt. Lisa holte sich den Hocker, auf dem die Tätowiererin bei der Arbeit saß, und setzte sich zu ihr.

Gwendoline hob Lisa eine Flasche Jack Daniel's entgegen. »Auch 'nen Schluck?«, fragte sie.

Lisa nahm ihr die Flasche aus der Hand.

»Bist du betrunken?«, fragte sie.

Gwen stand auf. Sie schwankte leicht. »Wie kommsdu darauf?«, fragte sie grinsend.

Doch Lisa konnte sehen, dass ihre Freundin nicht fröhlich war. Sie stellte die Flasche neben sich auf den Boden und sah die Tätowiererin ernst an. »Gwen, wir haben uns zwar ein paar Jahre nicht gesehen und du magst ein paarmal verheiratet gewesen sein. Aber deshalb kennt dich trotzdem niemand so gut wie ich.«

Da fing Gwendoline an zu schluchzen. Als wäre alle Kraft aus ihr gewichen, sackte sie zusammen und rutschte an der Wand hinunter. Lisa setzte sich neben sie auf den Boden und legte einen Arm um sie. Gwendoline legte ihren Kopf an Lisas Schulter und weinte leise. Lisa hielt sie fest.

»Lis, mein Leben ist ein einziges Chaos! Ich wollte frei sein, ich wollte mich nie binden, und jetzt fühle ich mich nicht ungebunden und frei, sondern einfach nur verloren.«

Lisa streichelte ihr sanft über die Haare.

Gwen fragte leise: »Hast du einen Mann? Oder einen Freund?«

»Nein«, sagte sie.

»Fühlst du dich nicht allein?«

»Nein. Na ja, vielleicht manchmal.«

»Ich hatte tausend Männer und ich fühl mich verdammt allein!« Sie schwieg eine Weile, dann sprach sie weiter: »Dabei sollte ich doch glücklich sein. Ich wollte ja schließlich nie jemanden an mich ranlassen. Ich wollte nie jemand anderen nötig haben.«

»Das klingt sehr selbstbewusst, aber ich weiß, dass mehr Unsicherheit dahintersteckt als Stärke«, sagte Lisa.

»Ach, Lis, ich glaube, du hast recht«, sagte Gwendoline und schien auf einmal müde geworden zu sein. »Ich wollte immer unabhängig sein und konnte doch nie allein sein. Ich wollte nie von mir reden und wollte doch, dass mich jeder versteht. Und nur du verstehst mich wirklich.«

Sie hob ihren Kopf und sah Lisa an. »Ich hab dich vermisst, Lis.« Dann legte sie ihren Kopf in Lisas Schoß und war auf der Stelle eingeschlafen.

Lisa betrachtete ihre schlafende Freundin traurig. »Ach, Gwen«, sagte sie leise.

Dann lehnte sie sich an die Wand und schloss die Augen.

*

Als Lisa aufwachte, konnte sie sich zuerst nicht bewegen. Ihre Beine waren eingeschlafen und ihr Rücken fühlte sich an, als wäre er aus brüchigem Beton. Verwundert blickte sie sich um. Langsam kehrte die Erinnerung wieder. Auf ihrem Schoß lag immer noch Gwendoline.

Lisa sah auf ihre Uhr. Kurz nach halb sieben. Draußen wurde es hell. Die Zeit reichte noch, um nach Hause zu gehen, zu duschen und danach Dr. Grünwald abzuholen.

Behutsam hob sie Gwens Kopf. Die Tätowiererin räkelte sich und schlug die Augen auf. Sie lächelte schwach. »Ich habe verteufelte Kopfschmerzen. Eine Ahnung, woher die kommen könnten?«

»Zu anspruchsvolle Gespräche vor dem Schlafengehen«, antwortete Lisa. Sie stand ächzend auf. »Ich muss los, Gwen. Wir sehen uns die Tage, okay?«

Gwendoline blieb auf dem Boden sitzen. »Denkst du, deine alten Bücher laufen weg? Willst du nicht erst mal einen Kaffee?«

»Nein danke. Haust du dich noch mal hin? Dein Laden, der übrigens die ganze Nacht offen stand, macht doch offiziell erst am Nachmittag auf, oder?«

»Ich weiß es noch nicht«, sagte Gwen, »aber ich habe Kohldampf. Und wer Hunger hat, muss jagen. Ich geh dann mal auf die Jagd nach was Essbarem.«

»Auf die Jagd?«, fragte Lisa irritiert.

»Das hat vor ein paar Tagen eine Frau zu mir gesagt, die ich am See getroffen habe: Wer Hunger hat, muss jagen.«

Lisa war auf einmal hellwach. Sie fragte: »Was für eine Frau?«

»So eine Frau eben«, sagte Gwen. »Sie sah gut aus, ein wenig blass.«

»Wo hast du sie getroffen? Was hat sie gesagt? Ist dir irgendetwas an ihr aufgefallen?«

»Was meinst du?«, fragte Gwendoline mit gerunzelter Stirn. »Warum ist die Frau so interessant?«

Lisa wusste nicht, was sie antworten sollte. Sie überlegte kurz. »Ich geh jetzt nach Hause. In circa einer Stunde hole ich dich ab. Ich bringe Frühstück mit.«

Eine starke Stunde später war Lisa zurück. Sie hatte Grünwald mitgebracht.

»Sie kennen ja Leute«, sagte der Archivar kopfschüttelnd, als er zum ersten Mal in seinem Leben in ein Tattoostudio trat. Ebenso wie Lisa, als sie den Laden zum ersten Mal betreten hatte, sah er sich erst neugierig um.

»Gwen, das ist Dr. Grünwald. Dr. Grünwald, das ist meine Freundin Gwen aus Münster«, stellte Lisa vor.

»Grüß Gott«, sagte Grünwald. »Schön, Sie kennenzulernen.«

»Hallo«, sagte Gwen und gab ihm die Hand.

»Na, dann mal los«, sagte Lisa. »Ich habe Croissants in dieser Tüte und im Archiv mache ich uns Kaffee. Und dann erzählst du uns alles über die Frau am Seeufer.«

15

Simon Ritter lenkte seinen roten BMW 316 in ein Parkhaus im Westen der Altstadt. Den halben Kilometer bis zum Hotel Seekoralle ging er zu Fuß und trat durch die gläserne Tür an die Rezeption. Die Besitzerin stand selbst hinter dem Kirschbaum-Tresen und unterhielt sich mit ihrem Portier und Barmann.

»Frau Novak, was für eine Freude, Sie einmal wieder zu sehen!«, rief Ritter und streckte ihr mit einem breiten Lächeln, das Verbindlichkeit, vielleicht sogar Vertraulichkeit signalisieren sollte, die Hand entgegen.

Krystyna Novak ergriff über den Tresen hinweg seine Hand und sagte mit einem kaum erkennbaren polnischen Akzent: »Grüß Gott, Herr Ritter. Was gibt es Neues? Es gibt wohl kaum jemand Passenderen, dem man diese Frage stellen könnte.«

Ritter lachte selbstgefällig. »Da haben Sie allerdings recht, Frau Novak. Was Neuigkeiten angeht, bin ich an vorderster Front. Heute verläuft diese Front vielleicht sogar hier bei Ihnen.«

Die Hotelbesitzerin runzelte fast unmerklich die Stirn, die Metapher mit der Front schien ihr unpassend, aber sie kannte den Chefredakteur des Ufer-Boten seit Jahren. Unpassende Bemerkungen gehörten zu dem Mann wie seine Glatze und sein roter Wagen. Höflich fragte sie: »Mit welchen Neuigkeiten kann ich Ihnen dienen?«

»Nun«, sagte Ritter und beugte sich über den Tresen, sodass Krystyna Novak seinen Atem riechen konnte, »mir ist zu Ohren gekommen, dass interessante Gäste bei Ihnen abgestiegen sind.«

Frau Novak hob abwehrend die Hände. »Sie wissen, Herr Ritter, dass ich über unsere Gäste keine Informationen herausgeben darf. Bei allem Respekt.«

»Natürlich, liebe Frau Novak, natürlich. Sie haben aber doch nichts dagegen, wenn ich an Ihrer Bar einen Whisky trinke?«

»Nein«, antwortete die Hotelbesitzerin ergeben, »selbstverständlich nicht. Sie müssen mich aber entschuldigen, ich habe viel Büroarbeit zu erledigen. Unser Barmann wird Sie bedienen. Sie kennen Ingo ja.«

»Ingo, ja, ich wünsche Ihnen noch einen schönen Tag, gnädige Frau.«

»Auf Wiedersehen, Herr Ritter.«

Während Krystyna Novak durch eine rückwärtige Tür verschwand, folgte Ritter Ingo zur Bar, wo der Barkeeper ihm einen Johnnie Walker eingoss. Der Redakteur trank mit seinem ersten Schluck die Hälfte aus, setzte das Glas ab und schob dem Barmann einen 20-Euro-Schein über den Tresen.

»Stimmt so«, sagte er.

»Danke!«, sagte Ingo erstaunt.

»Sag mal«, sagte Ritter mit gedämpfter Stimme, da er nicht wusste, wie gut man in Krystyna Novaks Büro ihr Gespräch mithören konnte, »haben eigentlich alle Autos eurer Gäste hier auf eurem Hof Platz? Das kann ich mir gar nicht vorstellen.«

Ingo hatte den Schein in seiner Tasche verschwinden lassen. »Nein«, sagte er, »die meisten Gäste parken im Parkhaus West. Wir haben da im Untergeschoss gleich vorne ein paar Plätze reserviert.«

»Und da stehen auch die Autos der Gäste, die gestern bei euch abgestiegen sind? Drei Männer und eine Frau? Ich will nur wissen, ob das im Bereich des Möglichen liegt.«

»Das liegt durchaus im Bereich des Möglichen«, antwortete Ingo.

Ritter nickte zufrieden, als er seinen Whisky austrank. Er würde sich die Wagen der Besucher später ansehen.

»Mach noch mal voll«, sagte er zu dem Barmann.

Dann nahm er das Glas und setzte sich in einen Sessel im Empfangsbereich, von dem aus er die Rezeption und den Eingang im Auge behalten konnte. Das Glück meinte es gut mit ihm, er musste nicht lange warten. Nach wenigen Minuten schwang die Glastür auf und eine Gruppe Fremder trat ein. Drei Männer und eine Frau. Als sie an Ritter vorbeikamen, sah ihn der größte von ihnen an. Ein kurzer, aber intensiver Blick, einschätzend und analysierend. Ritter hätte hundert zu eins gewettet, dass der muskulöse Hüne ein Bulle war. Und vermutlich kein gewöhnlicher. Müller und diese arrogante Kuh Herbst hatten recht gehabt. Das hier *war* eine Story! Er würde sich mal um das Zimmermädchen kümmern, bestimmt von den Philippinen oder aus Osteuropa, auf jeden Fall unterbezahlt. Zimmermädchen wussten immer eine Menge zu erzählen.

Ritter trank seinen Whisky aus, winkte Ingo beim Hinausgehen freundlich zu und ging pfeifend zum Parkhaus zurück. Im Untergeschoss erkannte er die betreffenden Wagen sofort. Schwarze Mercedes Sprinter mit Stuttgarter Kennzeichen. Der Redakteur umkreiste die Lieferwagen. Keine Aufkleber, nichts Individuelles. Das waren Dienstfahrzeuge! Ritter dachte an den Schwarzenegger-Typ in der Lobby. Spezial-Bullen aus Stuttgart, undercover in der Stadt. Da hatte die Lombardo ihre Hände im Spiel, wer sonst? Cornelius? Es war fraglich, ob der Alte überhaupt davon wusste, dass die Gruppe gestern in seiner Stadt abgestiegen war. Ganz sicher hatte er diese Art von Verstärkung nicht gerufen. Denn eins war klar: Diese Beamten waren wegen der Morde hier!

*

Im barocken Saal des Städtischen Museums brachte ein Streichquartett Stücke von Haydn, Telemann und Mendelssohn Bartholdy zu Gehör. Etwa drei Dutzend Freunde der klassischen Musik hatten sich an diesem spätsommerlichen Abend zu dem Konzert versammelt.

In der zweitletzten Reihe saß Dr. Sebastian Grünwald. Neben ihm saß Hauptkommissar Werner Cornelius. Beide genossen mit geschlossenen Augen Haydns Lerchenquartett.

Auf einmal knurrte Cornelius' Bauch vernehmlich.

Grünwald bedachte ihn zwischen halb geschlossenen Lidern mit einem tadelnden Blick.

Nach dem Schlussapplaus verließen die Männer gemeinsam das Museum.

»Kommst du noch auf ein Gläschen Wein mit?«, fragte Cornelius.

»Es hörte sich vorhin so an, als solltest du auch noch einen Happen essen«, entgegnete Grünwald. »Wohin willst du?«

»Wir waren schon lange nicht mehr im Spitalkeller, was meinst du?«

»Da bin ich dabei.«

Nach einem kurzen Spaziergang erreichten sie das alte Spitalgebäude mit seinem Gewölbekeller, in dem sich ein gutbürgerliches Wein- und Speiselokal befand. Sie stiegen die Stufen hinab und wurden von der Bedienung an einen

Tisch geführt. Sie bestellten eine Flasche der Hausmarke und Cornelius noch Kretzerfilet in Rieslingsoße. Als der Kommissar seine Bestellung aufgab, konnte Grünwald doch nicht widerstehen. Mit schicksalsergebener Miene orderte er Badische Schälripple.

Dann sagte er zu Cornelius: »Habe ich schon mal erzählt, dass dieser Keller der Weinkeller des Spitals war? Und dass in diesem Anwesen schon mindestens zwei Kaiser bei ihren Besuchen in der Stadt residiert haben, Maximilian I. und Ferdinand I.?«

»Schon etwa 100-mal«, sagte Cornelius lächelnd. »Aber danke für die Auffrischung. An die Namen der Kaiser hätte ich mich nicht mehr erinnert.«

Grünwald schmunzelte. »Zum Wohl, Werner«, sagte er und hob sein Glas.

»Zum Wohl, mein Freund«, sagte Cornelius.

Der Kommissar sah müde vor sich hin. Als er bemerkte, dass Grünwald ihn fragend anblickte, sagte er: »Heute habe ich erfahren, dass wir seit gestern besondere Gäste in der Stadt haben. Die Oberbürgermeisterin hat eine Soko angefordert, die sich um die Morde kümmern soll. Aus der Landeshauptstadt. Die sollen uns unter die Arme greifen. Aber ich denke eher, dass sie uns rausdrängen werden.«

»Ob diese Soko etwas nützen wird, ist zu bezweifeln.«

»Wieso? Wie meinst du das?«

Nach einer Weile sagte Grünwald: »Weißt du, die Geschichte bietet öfter Lösungsansätze für aktuelle Probleme, als man denkt.«

»Meinst du, die Kaiser könnten was mit den Morden zu tun haben? Dann müsste ich mal ihre Alibis überprüfen.«

Grünwald sah ihn über seine Brille an und sagte: »Du Spaßvogel. Allerdings ...«

»Allerdings was?«

Grünwald zögerte. Konnte er Cornelius von seinen Recherchen erzählen? »Vielleicht haben die Morde ja Wurzeln, die tiefer reichen. Viel tiefer.«

»Tiefer?«

»Nun, einerseits tiefer in die Geschichte und andererseits tiefer …« Grünwald dachte nach, wie er es ausdrücken sollte. »Tiefer unter die Stadt.«

Cornelius warf ihm einen verständnislosen Blick zu. »Was meinst du? Die städtische U-Bahn? Ich wusste gar nicht, dass wir inzwischen eine haben.«

Nicht zum ersten Mal an diesem Abend sah ihn Grünwald stirnrunzelnd an. Dann sagte er: »Es gibt hier natürlich keine U-Bahn, aber es gibt zahlreiche unterirdische Gänge und Räume unter der Stadt. Amadeus Kerrer hat mich einmal auf die Idee gebracht.«

»Dieser Kauz? Du weißt doch selbst, dass er nicht so ganz zurechnungsfähig ist.«

»Ja«, sagte Grünwald, »ich weiß, trotzdem unterhalte ich mich manchmal mit ihm. Er kennt sich wirklich gut aus in der Geschichte der Stadt. Von ihm habe ich zum ersten Mal von den unterirdischen Stollen gehört. Inzwischen habe ich aber auch woanders darüber gelesen.«

Eine Weile schwiegen die beiden Männer. Dann fixierte Cornelius Grünwald mit einem durchdringenden Blick. »Sag mal, hast du irgendwelche Hinweise auf den Täter?« Der Kommissar war sich sicher, dass Grünwald etwas wusste. Oder zumindest einen Verdacht hatte. Und Grünwald, so gut kannte er ihn, verdächtigte nicht ins Blaue hinein.

Grünwald biss sich auf die Unterlippe. Er hatte zu viel gesagt. Cornelius, das wusste er, würde nun nicht mehr lockerlassen. Der Mann kannte zwar nicht die Namen der deutschen Kaiser. Aber er kannte seine Pappenheimer. Und er war ein verdammt guter Polizist.

Da kam ihm die Bedienung zu Hilfe. Mit einem freundlichen Lächeln servierte sie das Essen.

*

Zum Rathaus waren es nur ein paar Schritte über den Münsterplatz. Grünwald und Lisa meldeten sich am Empfang und mussten in einem Wartezimmer Platz nehmen. An den Wänden befanden sich Ständer mit Broschüren über die Ferien- und Kurstadt. Glanzfolienausgaben mit Bildern vom See. Segelboote. Palmen. Eine malerische Altstadt inmitten von Wäldern und Wiesen.

Eine Sekretärin in Bluse und engem Rock trat ein und bat sie, ihr zu folgen. Am Ende eines Ganges klopfte sie an eine altehrwürdige Renaissancetür mit Einlegearbeiten. Von drinnen ertönte ein kurzes »Herein«. Die Sekretärin öffnete die Tür, ließ die Besucher eintreten und zog sich zurück.

Heide Lombardo kam um einen modernen Schreibtisch herum auf sie zu und streckte ihnen die Hand entgegen. »Herr Dr. Grünwald! Wie schön, Sie einmal wieder zu treffen! Wir sehen uns viel zu selten.« Ohne eine Antwort abzuwarten, wandte sie sich an Lisa: »Und Sie sind Frau Dr. Engels. Sie übernehmen das Reich von Dr. Grünwald. Sie treten da in große Fußstapfen, aber ich bin überzeugt, dass Sie dem mehr als gewachsen sind! Ich bin sehr glücklich, dass wir Sie für unsere Stadt gewinnen konnten!«

Lisa schüttelte ihr die Hand. Die Herzlichkeit der Oberbürgermeisterin war rein professionell, das spürte sie. Aber Lisa musste neidlos zugeben, dass sie wirklich ein Profi war. Ihre Show war richtig gut.

Inzwischen hatte die Lombardo wieder hinter ihrem Schreibtisch Platz genommen und wies mit der Hand auf zwei moderne Lederstühle.

Grünwald und Lisa setzten sich.

»Was können wir für Sie tun, Frau Oberbürgermeisterin?«, fragte Grünwald.

»Dr. Grünwald, immer gleich zur Sache. Das ist einer der Gründe, warum wir Sie so schätzen. Und vermissen werden.«

Sie legte die Arme auf dem Schreibtisch ab und sagte: »Es handelt sich um eine noch vertrauliche Angelegenheit. Sehen Sie sich bitte einmal diese Grundstückspläne an.«

Lisa nahm ein Papier entgegen und hielt es so, dass Grünwald es ebenfalls sehen konnte.

Lombardo sprach weiter: »Das Grundstück soll eventuell gewerblich erschlossen werden. Es geht da um ein sehr großes Projekt. Ich möchte Sie bitten, festzustellen, ob unter stadthistorischen Aspekten besondere Rücksicht genommen werden müsste. Mit anderen Worten: Ich will nicht einem möglichen Investor den Mund wässrig machen und dann graben irgendwelche Hobbyhistoriker aus, dass genau an dieser Stelle Karl der Große mit Kaiser Tiberius einen weltverändernden Friedensvertrag ausgehandelt hat. Und solche Hobbyhistoriker gibt es bei uns genug, die sehen nicht die größeren Zusammenhänge wie Sie, die haben nicht Ihr Fachwissen, Herr Dr. Grünwald, Frau Dr. Engels.«

»Karl den Großen im Verbund mit Kaiser Tiberius können wir ausschließen«, entgegnete Grünwald.

Lisa unterdrückte ein Lächeln.

Ohne eine Miene zu verziehen, fuhr Grünwald fort: »Historisch spricht nichts gegen eine Bebauung. Oder alles: Hier ist jeder Quadratmeter historischer Boden, kein Fleck, an dem nichts passiert wäre, kein Ort, der nicht mit Blut getränkt wäre.«

Lombardo überging den zweiten Teil dessen, was Grünwald gesagt hatte. Mit einem Lächeln sagte sie: »Es spricht nichts dagegen. Danke. Das genügt.«

Dann verschwand das Lächeln plötzlich von ihrem Gesicht. »Ich weiß, dass Sie eine Koryphäe auf Ihrem Gebiet sind, Herr Dr. Grünwald. Aber wie können Sie so schnell wissen, was es mit diesem Grundstück auf sich hat?«

Grünwald sah keine Veranlassung zu verschweigen, wer bereits bei ihm gewesen war. Er sagte: »Sie sind nicht die Erste, die Auskunft über dieses Grundstück haben will.«

Jetzt schob die Oberbürgermeisterin den Oberkörper nach vorne über den Schreibtisch. Ihre Augen verengten sich zu Schlitzen. »Wer wollte das noch wissen?«

»Die Herren Stadträte Freitag und Länglein waren aus diesem Grund bei uns im Archiv.«

Für einen kurzen Moment blieb der Lombardo der Mund offen stehen. Dann lehnte sie sich wieder zurück. Sie war nicht betroffen, dass die beiden bei dem alten Grünwald im Archiv gewesen waren, sondern dass sie schneller gewesen waren als sie selbst. Verdammt noch mal, sie wurde nachlässig! Niemals durfte man den Gegner unterschätzen, auch nicht, wenn es sich um kleine Provinzpolitiker wie Freitag und Länglein handelte.

Im nächsten Augenblick hatte sie ihr gewohntes Lächeln wieder einsatzbereit.

»Schön, wenn sich auch Herren vom Gemeinderat engagieren. Ich begrüße das. Bitte bewahren Sie aber dennoch Diskretion, bis alles spruchreif ist.«

»Natürlich«, sagte Grünwald.

*

»Vielleicht ist es Zeit, einmal das Haus zur Löwenzunft unter die Lupe zu nehmen«, sagte Grünwald.

Lisa nickte zustimmend.

Vom Rathaus gingen Grünwald und Lisa über den Marktplatz zur Redaktion des Ufer-Boten, die sich in dem Haus befand, das sich auf den Fundamenten der berüchtigten Löwenzunft erhob.

Kurz davor begegnete ihnen ein Mann, der Lisa etwas verwahrlost erschien. Der Archivar erwiderte den Gruß des Mannes sehr freundlich. »Wer war das?«, fragte sie.

»Das war Amadeus Kerrer. Er hat vor etlichen Jahren ein paar Sommer im Archiv ausgeholfen. Von der Gemeinde vermittelte Sommerjobs. Geld war bei ihm schon immer knapp. Aber auch danach war er noch öfter im Archiv, um in irgendwelchen Angelegenheiten zu recherchieren. Ein kluger Kopf. Kaum jemand kennt die Stadtgeschichte so wie er.«

Lisa sah dem Mann nach, der sich mit gesenktem Kopf von ihnen entfernte. »Er sieht mitgenommen aus«, sagte sie.

Grünwald nickte. »Das ist er in der Tat. Er hatte kein leichtes Leben. Übrigens war er es, der mich auf die Aufzeichnungen Konrads aufmerksam gemacht hat. Er hat sie beim Auf- oder Umräumen zufällig entdeckt.«

Als sie vor der Glastür des Chefredakteurs angekommen waren, blieben sie stehen und Grünwald klopfte an. Dahinter stand ein glatzköpfiger Mann von seinem Computer auf und winkte sie herein.

»Grüß Gott, Herr Ritter. Darf ich vorstellen? Das ist Frau Dr. Engels. Meine Nachfolgerin.«

»Tag, Herr Dr. Grünwald. Willkommen, Frau Dr. Engels!« Ritter griff nach Lisas Hand und deutete einen Handkuss an. »Nehmen Sie es nicht persönlich, Herr Dr. Grünwald, aber das sieht nach einem Gewinn für unsere Stadt aus.« Er machte eine einladende Geste, die bedeuten sollte, Platz zu nehmen. »Ihr Anruf, Dr. Grünwald, hat mich neugierig gemacht. Was kann ich für Sie beide tun?«

Er hätte seinen Gästen gerne einen Kaffee angeboten, besonders der adretten jungen Archivarin, aber er hatte keinen zur Hand, und diese Zicke Herbst hatte ihm ja klargemacht, dass eine Praktikantin nicht zum Kaffeekochen da sei. Die musste noch eine Menge lernen.

Grünwald räusperte sich. »Wir würden gerne etwas im Archiv des Ufer-Boten recherchieren, wenn das möglich ist.«

Der Chefredakteur sah Grünwald für einen Augenblick stumm an. »Natürlich ist das möglich«, sagte er dann. »Der Stadtarchivar kann sich immer in unserem Archiv umsehen. Und seine reizende Nachfolgerin selbstverständlich auch. Darf ich wissen, worum es geht?«

Grünwald räusperte sich noch einmal. »Um ... die Seegfrörne. Ich möchte Frau Dr. Engels gerne zeigen, wie das war, verstehen Sie? In Ihrem Archiv finden sich da doch bestimmt Artikel und Fotodokumente.«

Ritter dachte nach. Er war lange genug Redakteur, um zu spüren, dass das eine Ausrede war. Was wollte der alte Grünwald in seinem Archiv? »Verstehe«, sagte er. »Kein Problem. Die Seegfrörne ist in der Tat faszinierend. Das letzte Mal, dass der gesamte Bodensee zugefroren war, das war, wenn ich mich recht erinnere, Anfang der 60er-Jahre.«

»1963«, präzisierte Grünwald.

»1963, richtig.« Ritter stand auf. »Bitte, ich führe Sie.«

Grünwald und Lisa folgten dem glatzköpfigen Redakteur durch verschiedene Flure und dann die Treppen hinab bis in das Kellergeschoss. Dort zog Ritter einen großen Schlüsselbund aus seiner Hosentasche und schloss eine schwere Stahltür auf. Lisa fühlte sich an Gefängnisfilme erinnert. Ritter ließ Grünwald und sie an sich vorbeigehen und betrat nach ihnen den Raum. Er legte einen Schalter neben der Tür um. Neonlichter flackerten und erhellten ein großes Gewölbe. Zum Teil war die Decke alt, an manchen Stellen aber mit

Beton verschalt. Der Raum hatte verschiedene Ebenen und war mit Regalen vollgestellt.

»Die Zeit von 60 bis 70 finden Sie hinten, in der fünften oder sechsten Reihe«, sagte Ritter. »Ich lasse Sie beide mal allein. Oder kann ich Ihnen noch helfen?«

»Vielen Dank, wir kommen zurecht«, sagte Grünwald. »Bis später.«

Ritter verließ den Raum, lehnte die Tür an und blieb dahinter stehen. Er lauschte. Eine Weile blieb es still. Dann hörte er Interessantes.

»Prüfen Sie die Wände, Lisa«, sagte Grünwald. »Ich werde mir den Boden ansehen.

Was hatten die beiden am Boden und an den Wänden zu suchen?

Nach einer Weile rief Lisa: »Hier! Ich glaube, das könnte es sein!«

Grünwald trat zu ihr. In einer Ecke des Kellers, hinter einem der letzten Regale, war eine gusseiserne runde Platte in den Boden eingelassen. Das Gusseisen war schwarz und mit einem Metallring versehen. Es sah alt aus und zeigte deutliche Gebrauchsspuren. In der Mitte war ein Emblem zu erkennen: ein gekrönter Löwe mit einem Schwert in den Pranken.

»Das ist das gleiche Wappen, das außen an unserem Archiv angebracht ist«, sagte Lisa.

»Das ist es«, sagte Grünwald. »Hier muss der Einstieg sein.« Er bückte sich und versuchte, die Platte mithilfe des Metallrings anzuheben. Vergeblich. Der gusseiserne Deckel knirschte, aber zu bewegen vermochte Grünwald ihn nicht. Für zwei Hände war in dem Ring kein Platz. »Mein Kreuz macht das nicht mit«, sagte er. »Wollen Sie es mal probieren?«

Lisa bückte sich und zog an dem Metallring. Sie spürte sofort, dass der Deckel zu schwer für sie war. Sie richtete sich auf und zuckte hilflos die Schultern.

»Wir müssen wiederkommen«, sagte Grünwald.

Schnell zog sich Ritter von der Tür zurück und sprang möglichst lautlos die Treppen hinauf. In seinem Büro angekommen setzte er sich in seinen Sessel und versuchte, seinen Atem zu beruhigen. Er war nicht der Sportlichste. Dann wartete er, gespannt, was für eine Story ihm der alte Archivar und die hübsche Neue auftischen würden.

Eine Minute später klopfte es an seiner Tür.

»Herein«, sagte Ritter und lehnte sich zurück.

»Vielen Dank«, sagte Grünwald. »Wenn es Ihnen nichts ausmacht, würden wir gerne noch einmal wiederkommen. Ich habe es ein wenig mit dem Kreislauf.«

»Mit dem Kreislauf«, sagte Ritter. »Verstehe. Wann wäre es Ihnen denn recht?«

»In den nächsten Tagen. Wir melden uns noch mal. Meinen Sie, dass wir dann für ein paar Stunden ungestört arbeiten könnten?«

»Natürlich«, sagte Ritter und konnte es sich nicht verkneifen, in boshafter Weise hinzuzufügen: »Sie können aber auch eins unserer Büros benutzen, um das Material durchzusehen. Ich werde einen Mitarbeiter beauftragen, es für sie aus dem Archiv hochzuschaffen.«

»Nein, nein«, sagte Grünwald etwas zu hastig, wie er selbst fand. »Wir möchten gern im Archiv vor Ort arbeiten. Und uns umsehen.«

»Kein Problem«, sagte Ritter grinsend.

Nachdem die beiden gegangen waren, warf er einen Blick auf seine Uhr. Noch dreieinhalb Stunden, bis die meisten Kollegen in den Feierabend gehen würden. Auch diese feministische Zicke würde dann verschwunden sein und ihm keine Fragen mehr stellen. Vorher konnte er nichts unternehmen. Zeit genug, um einen Artikel auszuformulieren, den er seit Tagen vor sich herschob. Die Wasserqualität des

Bodensees. Dieses verdammte Sommerloch! Wenn nicht irgendein Promi sich vor den Zug warf oder wenigstens seine Frau krankenhausreif prügelte, gab es nichts zu berichten. Und über die Morde in der Stadt *durfte* er nicht berichten!

Na, dachte Ritter, mal abwarten!

Anstatt nach Informationen über die Wasserqualität zu suchen, rief er in seinem Rechner den Ordner auf, in dem er alles gesammelt hatte, was er über die mysteriösen Vorfälle bisher hatte herausfinden können. Das Zimmermädchen der Seekoralle, das er in einer Zigarettenpause abgefangen und mit einem 50-Euro-Schein geködert hatte, war sehr offenherzig gewesen. In gebrochenem Deutsch hatte die junge Slowakin erzählt, dass die mysteriösen Gäste jede Menge elektronisches Equipment in den Zimmern ausgepackt hatten. Außerdem gab es wohl mehrere Hartschalenkoffer, die immer verschlossen waren, wenn sie zum Saubermachen kam. Und jetzt dieses auffällige Verhalten von Grünwald!

Er müsste sich schon sehr täuschen, wenn es da keinen Zusammenhang gäbe.

16

Das Stadtarchiv hatte einen Innenhof mit einem Garten. Von allen Seiten war der kleine Hof von alten Mauern umgeben. An zwei Seiten wuchsen Rosenbüsche wild empor. In der Mitte des Gartens stand ein verwittertes Brunnenbecken.

Lisa und Grünwald saßen auf Gartenstühlen beim Brunnen und tranken Kaffee. »Was versprechen Sie sich eigentlich davon, in die Gänge hinabzusteigen? Schließlich suchen wir nicht die echte Weiße Frau.«

»Da haben Sie recht«, stimmte Grünwald zu. »Aber wer so verrückt ist, bestialische Morde nach dem Vorbild der Weißen Frau zu begehen, eifert ihr vielleicht noch in anderen Dingen nach und kopiert diese.«

»Wie wollen wir in den Gang kommen?«, dachte Lisa laut nach. »Wir bräuchten noch jemanden. Aber wen könnten wir fragen?«

Grünwald sagte: »Was wir brauchen, ist Werkzeug. Wenn wir eine eiserne Stange als Hebel benutzen, müsste es gehen. Die Frage ist: Ist der Gang noch frei oder ist er verschüttet? Und wenn er begehbar ist, wie finden wir uns dort unten zurecht? Es müssen ausgedehnte Gänge sein, wenn man den Aufzeichnungen glauben will.«

»Wie war es überhaupt möglich, unterirdische Gänge solchen Ausmaßes zu graben?«, fragte Lisa.

»Überlingen steht auf Molassefels«, erklärte Grünwald. »Das ist ein weiches Sedimentgestein. Wir können uns wohl kaum vorstellen, wie viel Arbeit es den Menschen damals gemacht hat, mit ihren vergleichsweise primitiven Möglichkeiten die Stollen zu graben. Aber im Grunde brauchte es nur Zeit und Muskelkraft. Sehr viele Häuser in der Altstadt besitzen bis heute große und tiefe Keller, die in den Fels gehauen sind.«

»Es hat also viele solcher Gänge gegeben. Unter der ganzen Stadt. Die meisten sind heute verschüttet. Aber wir haben gelesen, dass die Löwenzunft die Weiße Frau auf die Schweden losgelassen hat. Es gab also Ausgänge außerhalb der spätneuzeitlichen Stadtgrenzen.«

Grünwald sagte: »Es gab mindestens drei Ein- beziehungsweise Ausgänge außerhalb der Stadtmauern. Ich habe recherchiert. Wenn man in den letzten Jahrzehnten eine Stelle in der Stadt modernisiert hat oder dort Bauarbeiten vorgenommen wurden, entstanden Protokolle über die Baustelle. Ein Gang wurde entdeckt, als die Uferpromenade und der Ufersammler gebaut wurden.«

»Was ist ein Ufersammler?«, fragte Lisa dazwischen.

»Unter der Promenade liegen Tanks, hausgroße Kammern, eine Art ›Cloaca Maxima‹. In dieser Kloake wird alles Abwasser der Altstadt und verschiedener seenaher Stadtviertel gesammelt und zur nächstgelegenen Kläranlage geleitet.«

»Ich verstehe«, sagte Lisa.

»Der Gang wurde ignoriert. Sein Ende liegt jetzt an einer der der Stadt zugewandten Wände des Ufersammlers, begraben hinter einem Meter Beton. Ein weiterer Gang wurde nicht weit von unserem Haus beim Bau des Eisenbahntunnels in den 1890er-Jahren gefunden. Irgendwo im Tunnel muss ein Eingang sein, es gibt aber keine genauen Angaben. Vielleicht steht er offen, vielleicht ist er verschüttet. Auf jeden Fall wäre es mehr als tollkühn, in einem kilometerlangen stockdunklen Eisenbahntunnel, der in Betrieb ist, nach einem Loch in der Wand zu suchen.«

Lisa nickte. Sie mochte sich das gar nicht vorstellen. Mit Taschenlampen in einem dunklen Tunnel und dann das Geräusch eines mit großer Geschwindigkeit nahenden Zuges.

Der Archivar fuhr fort: »Und schließlich mündete ein Gang auf das Gelände, wo heute der Werkhof steht. Im späten Mittelalter bis zum 30-jährigen Krieg befand sich dort das Sondersiechenhaus.«

»Sondersiechenhaus? Ein Haus für unheilbar Kranke?«

Grünwald nickte. »Ein Haus, in dem Kranke, die als ansteckend galten, gewissermaßen interniert wurden. Geführt wurde die Institution von Ordensleuten, nur sie waren bereit, diesen Kranken zu dienen. Als die Schweden kamen, wurde das Spital zerstört. So steht es in der Stadtchronik. Das wird allgemein als militärische Maßnahme gedeutet. Man wollte dem Feind keine Gebäude überlassen, die er dann als Schanze benutzen konnte. Auf dieser Höhe befand sich das schwedische Hauptquartier. Es muss also dieser Gang gewesen sein, durch den die Weiße Frau damals die Stadt verlassen hat. Beim Bau des Werkhofs in den 70er-Jahren des 20. Jahrhunderts wurde auch tatsächlich ein Schacht entdeckt. Aber er war verschüttet, und dann hat man das Fundament des Werkhofs drüberbetoniert.«

»Also geht es da nicht mehr rein«, sagte Lisa.

»Nein«, fuhr Grünwald fort. »Interessant ist, dass sich auch der Deckel des Schachtes nicht mehr fand. Der Schacht hatte ja wohl ursprünglich so einen Deckel, wie wir ihn im Haus der Löwenzunft gesehen haben. Dieser war nach dem Krieg nicht mehr da. Wahrscheinlich haben ihn die Schweden mitgenommen, um ihn einzuschmelzen. Metall war und ist begehrter Rohstoff in jedem Krieg.«

»Die Gänge, von denen wir wissen, bieten also alle keine Einstiegsmöglichkeit«, fasste Lisa zusammen.

»So ist es«, stimmte Grünwald bei. »Uns bleibt nur der Einstieg im Haus zur Löwenzunft. Lassen Sie uns morgen noch mal hingehen. Einverstanden?«

»Einverstanden.«

Lisa stand auf. »Gehen wir zusammen nach Hause?«

»Ich würde noch ein wenig hierbleiben«, sagte Grünwald.

»Ich weiß schon«, sagte Lisa. »Sie wollen noch etwas ›recherchieren‹.«

»Ja, und ich kümmere mich um die Eisenstange.«

»Kümmern Sie sich auch gleich um einen Plan, wie wir eine Eisenstange in das Zeitungsgebäude schmuggeln, ohne dass es auffällt.«

Grünwald runzelte besorgt die Stirn. »Sie haben recht. Das müssen wir bedenken.«

»Und da fällt mir ein, Sie haben mit Ritter darüber gesprochen, dass die Oberfläche des Bodensees im Winter ganz zufriert Gibt es das wirklich?«

»Die Seegfrörne, ja, die gibt es«, erklärte Grünwald. »Wenn auch nicht oft. Vielleicht dreimal in 200 Jahren.«

»Beeindruckend. Und das geschah zuletzt 1963?«

»Ja. Ich habe es leider auch noch nie erlebt. 1963 war ich noch nicht in der Stadt.«

»Wann soll ich Sie morgen abholen?«

»Ich würde sagen, morgen können wir etwas später los. Kommen Sie um viertel neun, in Ordnung?«

»In Ordnung, wann immer das ist«, sagte Lisa. »Bitte erklären Sie mir noch mal, was ›viertel neun‹ bedeutet.«

Grünwald lachte. »Entschuldigung«, sagte er. »Viertel neun heißt Viertel nach acht. 8.15 Uhr.«

»Danke. Ich bin morgen um viertel neun bei Ihnen.«

*

»Bis morgen!«

»Ja, bis morgen dann!« Ritter sah dem letzten Kollegen durch seine Glastür hinterher. Er fuhr den Rechner herunter und schloss das Fenster. Dann zog er eine Schublade an seinem Schreibtisch auf und entnahm ihr eine Taschenlampe. Wenn er herausfinden wollte, was der alte Grünwald und seine junge Nachfolgerin in seinem Archiv suchten, musste er es jetzt tun.

Er ging die Treppen zum Archiv hinunter und trat durch die Tür. Mit der linken Hand tastete er nach dem Lichtschalter. Im Schein der Neonleuchten blickte er über die Regale. Den Stimmen nach mussten Grünwald und die Engels weiter hinten gestanden haben. Langsam und aufmerksam schritt er durch den Gewölbekeller mit den vollgestopften Regalen. Hier stapelte sich so einiges an Stadt- und Regionalgeschichte. Zu manchem hatte er selbst beigetragen. Wie viele Artikel für diese Zeitung mochte er wohl in all den Jahren recherchiert haben! Als er damals als junger Volontär beim ehemaligen Chefredakteur, dem legendären Fritz Becherer, angefangen hatte, da hatte er sehr wohl dem Chef einen Kaffee gemacht, wenn der es gewünscht hatte. Bei Becherer hätte er sich mal trauen sollen zu widersprechen! Hochkantig rausgeflogen wäre er. Und heute stellte sich diese Zicke Herbst so an! Lehrjahre waren eben keine Herrenjahre, verdammt noch mal! Aber die würde sich noch umschauen. Solange er hier das Sagen hatte, würde diese Emanze beim Ufer-Boten sicher nicht übernommen.

Ritter blieb stehen. Er wusste auf einmal, was für Grünwald und die Hübsche so interessant gewesen war. Im Boden vor sich sah er eine gusseiserne runde Platte, die er vorher nie bewusst wahrgenommen hatte. Jetzt aber stand der eiserne Ring in ihrer Mitte aufrecht. Ritter blickte sich um. Dann griff er in den Ring. Die Platte war verdammt schwer. Kein

Wunder, dass der Alte und die Engels es nicht geschafft hatten. Der Redakteur zog sein Jackett aus und hängte es an das am nächsten stehende Regal, in dem die Ausgaben des Ufer-Boten von 1932 bis 1937 untergebracht waren. Ritter krempelte die Ärmel seines Hemdes hoch, spuckte in die Hände und zog mit äußerster Kraftanstrengung an dem Ring. Mit einem kreischenden Geräusch scheuerte die Platte langsam über den Boden zur Seite. Schweißüberströmt zerrte er sie so weit, dass die Öffnung frei lag und genügend Platz für einen Erwachsenen bot. Im Dunkel unter ihm erblickte er einen Boden, etwa zwei Meter unter sich. Ritter fingerte die Taschenlampe aus seinem Jackett am Regal und leuchtete hinab. Unten war anscheinend so etwas wie ein Gang. Er richtete sich auf und setzte sich an den Rand des Lochs, die Füße ließ er hineinbaumeln.

Dann sprang er hinab.

*

»Sag mal, hast du mal wieder was von deinem Freund Silvio Baumann gehört?«

Lisa sah Weinberg überrascht an. Nachdem sie sich von Grünwald verabschiedet hatte, war sie, einem Impuls folgend, zum Polizeirevier spaziert. Auf ihre Anfrage am Empfang kam Weinberg sie abholen. Er führte sie über den Gang mit dem kaiserzeitlichen Fußboden in das Gesprächszimmer, in dem sie auch bei ihrer ersten Begegnung gesessen hatten. Nach seinem Lächeln im Gesicht zu schließen, schien er sich zu freuen, sie zu sehen. Lisa spürte, dass sie das froh machte. Seine Frage nach Silvio hingegen überraschte sie. »Nein, wie kommst du auf ihn?«

Weinberg stellte eine Tasse mit Kaffee vor sie hin, setzte sich ihr gegenüber und sagte: »Gestern ging eine Anfrage der Münsteraner Polizei bei unserer Dienststelle rein. Er ist wohl nicht nach Hause gekommen. Seine Eltern haben eine Vermisstenanzeige aufgegeben. Da er zuletzt hier gesehen worden ist, hat man uns gefragt, ob wir etwas über seinen Verbleib wissen.«

Lisa war verwirrt. »Und was …? Ich meine, wusstet ihr was?«, fragte sie.

»Nein. Zuletzt wurde er im Krankenhaus gesehen. Seitdem fehlt jede Spur.«

»Fehlt jede Spur?«, wiederholte Lisa mit großen Augen. »Was heißt denn, es fehlt jede Spur?«

»Das heißt, er ist verschwunden«, sagte Weinberg schlicht. »Wir wissen nicht, wo er ist. Niemand weiß es. Auch sein Auto ist weg.«

Lisa hielt mit beiden Händen ihre Kaffeetasse umklammert. Sie musste die Information erst einmal verdauen. Die Information, dass es keine Informationen gab. Natürlich wusste Lisa auf der Verstandesebene, dass die Polizei nicht über alles Kenntnis hatte, dass es Menschen gab, die untertauchten oder entführt wurden, und dennoch versetzte es ihrem Gefühl einen Schlag, dass *sogar die Polizei* nicht wusste, wo Silvio war.

Silvio war verschwunden.

Er war ein lustiger Kerl, vielleicht ein wenig selbstverliebt, aber Lisa vermutete, dass sich hinter der coolen Fassade ein eher unsicherer Mensch verbarg.

Hatte sie ihn ausgenutzt, als sie sein Angebot angenommen hatte, ihre Sachen herzubringen? Sie bekam ein schlechtes Gewissen. Angeblich hatte er sowieso am Bodensee tauchen gehen wollen. Es war Unsinn, aber irgendwie fühlte sich Lisa mitverantwortlich, dass er im Krankenhaus gelandet war. Und nun wie vom Erdboden verschluckt war.

Sie nahm einen Schluck aus ihrer Tasse. Der Kaffee war

besser, als sie vermutet hatte. Wahrscheinlich wurde bei der Polizei mehr von dem schwarzen Zeug getrunken als irgendwo anders. Die wussten, was gut war.

»Ist mit dir alles klar?« Weinberg riss sie aus ihren Gedanken. Seine Stimme klang besorgt.

»Nein, ich meine, ja, es ist alles klar. Ich kann es nur nicht fassen. Ich habe ihn noch in der Klinik besucht und er hat mir erzählt, dass er bald rauskäme. Ich habe gedacht, er sei danach heimgefahren.«

»Wer weiß, was passiert ist«, sagte der Polizist. »Vielleicht ist er einfach weiter nach Frankreich oder Italien in Urlaub gefahren.«

»Hatte er denn Urlaub?«, fragte Lisa.

»Der Urlaub bei der Bank endete vor vier Tagen«, antwortete Weinberg. »Dadurch ist seine Abwesenheit aufgefallen. Die haben bei ihm zu Hause angerufen: nichts. Dann bei seinen Eltern: auch nichts. Danach bei der Polizei. Und die haben dann hier bei uns angerufen, aber wir konnten eben auch nicht helfen. Du hast also nichts mehr von ihm gehört, seit er hier im Krankenhaus lag?«

»Nein. Nichts.« Lisa spürte neben der Sorge und einer unbestimmten Angst wieder die leise, aber schmerzhafte Regung ihres Gewissens. War sie nicht der Grund gewesen, dass Silvio überhaupt hierhergekommen war?

»Er wird schon wieder auftauchen«, versuchte Weinberg sie zu beruhigen.

Lisa schenkte ihm einen dankbaren Blick. Überzeugt war sie allerdings keineswegs. Sie hoffte, dass Silvio tatsächlich einfach blaugemacht hatte und irgendwohin gefahren war. Doch eine innere Stimme flüsterte ihr zu, dass sein Verschwinden mit der Frau aus dem See zusammenhing. Sie raunte, dass die Weiße Frau ihm noch einmal begegnet war und ihn geholt hatte.

Unmöglich konnte sie Weinberg davon erzählen, einem Polizisten! Nach dem Motto: Der vermisste Silvio Baumann hat bei seinem Tauchgang am Teufelstisch unter Wasser eine Frau gesehen und die könnte ihn geholt haben. Hast du noch nie von der Weißen Frau gehört? Gib eine Fahndung raus. Gesucht wird eine alte Legende. Wie sie aussieht, ist unbekannt, des Weiteren liegen auch keine Erkenntnisse darüber vor, wo und wie die Gesuchte lebt. Und ob sie lebt, denn Silvio hat berichtet, die Frau sei tot gewesen.

»Danke für den Kaffee«, sagte Lisa.

»Schön, dass du vorbeigekommen bist«, antwortete Weinberg, »auch wenn du heute nicht so gesprächig warst wie sonst. Wir sehen uns bald wieder, oder?«

»Ganz bestimmt«, sagte sie.

Beim Hinausgehen fragte sich Lisa, ob sie wohl auch Silvio bald wiedersehen würde. Ihre innere Stimme sagte ihr, dass sie sich nicht allzu große Hoffnungen machen sollte.

Wie sie diese Stimme hasste!

*

Als ihm auffiel, dass er sich immer öfter die müden Augen rieb, beschloss Grünwald, den Heimweg anzutreten. Draußen wurde es dunkel. Er löschte die Lichter und schloss sorgfältig hinter sich die Archivtür ab. Schon bald würde das Lisa Engels tun. Und er wäre pensioniert. Ein seltsames Gefühl beschlich ihn. Wie viele vor ihm hatten schon diesen Schlüssel abgegeben? Und dann den Löffel? Grünwald schmunzelte. So weit war es noch nicht. Lernen, arbeiten, zur Ruhe kommen, das war der Lauf des Lebens. Unaufhaltsam drehte sich das Rad der Zeit.

Grünwald ging hinunter zum Ufer und über die Promenade zum Stadtpark. Unter den Bäumen war es schon fast ganz dunkel. Normalerweise genoss er diese Tageszeit. Die Dämmerung hatte er bisher noch nie als bedrohlich empfunden. Die Sonne ging unter, es wurde kühler, das war alles.

Doch heute kam ihm die Dämmerung zum ersten Mal vor wie … wie ein Machtwechsel. Oder wie die Grenze zwischen zwei verschiedenen Welten.

Die Welt des Tages gehört den Menschen.

Den Opfern.

Die Welt der Nacht gehört den Jägern.

Denen, die im Dunkeln sehen können.

Es gelang ihm, sich zu beherrschen und nicht schneller zu gehen. Festen, zügigen Schrittes setzte er seinen Weg fort. Gleich würde er aus dem Park herauskommen. Grünwald schlug den kürzesten Weg ein. Er hatte nicht bewusst darüber nachgedacht. Etwas in ihm hatte das wohl so entschieden, ohne ihn zu fragen. Grünwald wusste, dass es nicht viel in ihm gab, worüber er keine Kontrolle hatte. In diesem Fall hatte eine unkontrollierbare unterschwellige Angst für ihn entschieden.

Der Archivar atmete auf. Er hatte das dichte Grün des Parks hinter sich gelassen und dort vorne stand sein Haus. Er konnte bereits die hohe Hecke sehen, die es umgab.

Plötzlich schauderte er. Etwas Fremdes hatte sich in den sanften Abendwind gemischt. Grünwalds Muskeln versteiften sich, und er zog seine Wollweste enger zusammen. Angestrengt blickte er zurück. Da war es ihm, als ob sich hinter der Biegung des Weges unter den dunklen Bäumen etwas bewegte. Ein Mensch.

Oder ein großes Tier.

Die Umrisse der Bäume und Sträucher schienen ihm unheimlich und fremd, dabei gehörten sie zu seiner vertrautesten Umgebung.

Ob Magdalena in jener Nacht, als sie starb, dasselbe verspürt hatte?

Jetzt war es aber genug! Er wandte sich wieder nach vorne und ging weiter. So ein Unsinn! Seine Fantasie spielte ihm einen Streich. Seine Angst versuchte ihn zu beherrschen.

Bleib vernünftig, sagte er sich. Doch er wusste, dass es nicht das Geringste mit Unvernunft zu tun hatte, dass er sich nicht mehr traute, sich zu dem Park mit den dunklen Bäumen umzudrehen. Er wusste in seinem tiefsten Innern, dass er nicht zurückblickte aus Furcht vor dem, was er sehen könnte. Jemand war da, ging hinter ihm. Jemand oder … *etwas*.

Ich gehöre zu den Opfern, schoss es ihm durch den Kopf. Ich gehöre zur Welt des Tages und jetzt bin ich an die Grenze zur Nacht geraten.

Er hörte das Pochen seines Herzens und das immer lautere Poltern der Angst an den Toren seines Verstandes. Dieser Angst, das wusste er instinktiv, durfte er seinen Verstand nicht aussetzen. Er wusste, dass er sie nicht verkraften konnte. Sie würde ihm unheilbare Verletzungen zufügen. Sie würde seinen Verstand zeichnen, ihn als kraftlos zitternden Greis mit glasigen Augen zurücklassen.

Jetzt war er am Gartentor. Das Gesicht einer Frau, links von ihm, wahrgenommen aus dem Augenwinkel heraus, nur für den Bruchteil einer Sekunde.

Fort.

Hatte er sich von der Angst täuschen lassen? Vielleicht hatte er sich das Gesicht eingebildet? Doch er wusste es besser. Er kannte dieses Gesicht. Auch wenn er noch nie darüber gesprochen hatte. Seine Knie zitterten. Er war schweißnass. Als er die Tür aufschloss, vibrierte in ihm die Panik, die dieses Gesicht in ihm hatte explodieren lassen.

Die Frau war ihm gefolgt!

Grünwald hastete in die Küche und goss sich ein Glas Rotwein aus einer offenen Flasche ein. Mit geschlossenen Augen leerte er es in einem Zug. Eine wohltuende Wärme breitete sich in seiner Brust aus und drängte die Furcht ein Stück zurück. Langsam öffnete er die Lider wieder.

Die Frau war in der Nähe gewesen und er hatte eine bisher unbekannte Angst verspürt. Erst jetzt wurde ihm bewusst, was er da draußen gefühlt hatte. Es war die Panik, die man spürt, wenn man schutzlos einem wilden Tier begegnet.

17

Weinberg hatte leider Nachtdienst. Lisa war nach ihrem Gespräch auf dem Revier nach Hause gegangen. Da sie spürte, dass sie noch nicht würde schlafen können, hatte sie sich ein wenig in ihr Wohnzimmer gesetzt und gelesen. Jetzt legte sie das Buch weg. Es war der Bildband über den Bodensee, den sie kurz nach ihrer Ankunft in Überlingen gekauft hatte.

Warum fasziniert Wasser die Menschen nur so, fragte sie sich.

Sie fand keine befriedigende Antwort, aber sie wusste, dass auch sie von Wasser angezogen wurde, besonders wenn es ein großes Gewässer war, das Meer, ein See oder ein breiter Fluss. Wasser hatte etwas Beruhigendes und gleichzeitig war es herausfordernd. Es war wunderschön und manchmal auch bedrohlich. Es konnte einen tragen oder einfach verschlingen. Vielleicht, dachte Lisa, bestand die Faszination des Wassers darin, dass es wie das Leben selbst war.

Lisa rieb sich die Augen und streckte sich. Sie beschloss, ein wenig zu lüften, während sie sich die Zähne putzte, und ging ins Badezimmer. Beim Verlassen des Wohnzimmers löschte sie das Licht. Wenn sie dabei zu dem Fenster gesehen hätte, das zum Garten hinausging, dann hätte sie ein schmales Frauengesicht bemerkt. Aber Lisa drehte sich nicht um.

Sie zog sich im Bad die Bluse aus, schlüpfte in ein altes T-Shirt und nahm die Zahnbürste zur Hand.

Im dunklen Wohnzimmer blies frische, waldige Luft durch die offene Tür. Die Weiße Frau war eingetreten. Mit unhörbaren Schritten bewegte sie sich durch das dunkle Wohnzimmer. Fast zärtlich strich sie mit ihren Fingerspitzen über die Lehne des Sofas und blieb dann vor einem gerahmten Foto stehen. Es zeigte Lisa mit einer anderen Frau. Die Familienähnlichkeit war unverkennbar. Ihre Mutter. Die beiden lachten in die Kamera. Ihrer Kleidung nach zu urteilen musste es ein heißer Tag gewesen sein.

Der Luftzug aber, den die Frau mit sich brachte, war kalt. Er war so kalt, dass Lisa ihn im Bad durch die offene Tür spürte. Sie spülte ihren Mund aus und ging in das Wohnzimmer zurück. Sie bemerkte nicht, dass jemand in der Ecke stand und ihr mit Blicken folgte. Lisa schloss die Tür zum Garten und ging in das Schlafzimmer. Mit Behagen kuschelte sie sich in ihr Bett und deckte sich zu. Sie sprach ein kurzes Nachtgebet und löschte dann das Licht. Nach wenigen Minuten war sie eingeschlafen.

Fahles Licht fiel durch das Fenster auf ihr Gesicht, ihre Haare und ihren linken Arm, der auf der Decke lag. Die Decke hob sich regelmäßig im Rhythmus ihres Atems.

Die Weiße Frau stand an ihrem Bett und betrachtete sie ruhig. Wenn Lisa ihre Augen aufgeschlagen hätte, hätte sie in die kalten Augen der Frau gesehen. Der Blick der Frau streifte Lisas Gesicht, ihren Hals. Eine Ader pulsierte mit Leben. Die Frau hob die bleiche Hand über Lisa, als wollte sie den schlafenden Körper streicheln, doch sie berührte ihn nicht. Im Schlaf spürte Lisa unbewusst einen kalten Luftzug, der sie streifte. Sie zog ihren Arm unter die Decke. Die Weiße Frau neigte sich über die Schlafende und sog ihren Geruch ein. Dann hielt sie auf einmal inne, als ob ein Gedanke oder eine Erinnerung ihr Einhalt böte. Sie richtete sich auf und warf einen letzten Blick auf den warmen Körper, ehe sie sich abwandte und die Wohnung verließ.

Als Lisa am Morgen aufwachte, war es ungewöhnlich kalt in ihrem Schlafzimmer. Fröstelnd stand sie auf. Mit um den Körper geschlagenen Armen ging sie ins Wohnzimmer. Die Glastür zum Garten stand offen. Lisa war sich sicher, dass sie die Tür gestern Abend geschlossen hatte. Es schien ihr, als läge ein ungewöhnlicher Geruch in der Luft, der nicht von draußen kam. Er war in der Wohnung. Lisa sog prüfend die Luft ein. Und da erinnerte sie sich plötzlich an den Albtraum, den sie in der Nacht gehabt hatte. Sie hatte geträumt, das kalte grüne Tiefenwasser des Bodensees hätte sich in ihre Wohnung ergossen. Die Flut hatte Fische, Pflanzen und Sedimente in die Wohnung gespült und sie vollkommen ausgefüllt. Erschüttert dachte Lisa, dass es der Geruch von Wasser in ihrer Nase war, der immer noch in der Wohnung lag.

Wurde sie langsam verrückt? Die Beschäftigung mit den Aufzeichnungen Konrads von Reichenau verwirrte offensichtlich ihren Verstand!

Energisch schloss sie die Tür.

*

Pünktlich um viertel neun stand Lisa an Grünwalds Tür. Durch den Park gingen sie hinunter in die Innenstadt. Lisa fiel auf, dass Grünwald blass aussah, als hätte er nicht viel geschlafen. Grünwald dachte dasselbe von Lisa, aber sie sprachen nicht darüber.

Stattdessen fragte Lisa: »Haben Sie tatsächlich eine Eisenstange besorgt?«

Grünwald nickte lächelnd. »Ja«, sagte er. »Alles, was der Freizeiteinbrecher braucht.«

»Haben Sie sie dabei?«

»Allerdings.«

»Ich frage lieber nicht, wo Sie die Stange versteckt haben«, sagte Lisa.

Eine Viertelstunde später erreichten sie das Haus der Löwenzunft. Sofort nachdem sie eingetreten waren, spürten sie, dass in den Redaktionsräumen des Ufer-Boten eine eigenartige Stimmung herrschte. Weder Grünwald noch Lisa hätten explizit sagen können, woran sie das festmachten, aber es war deutlich. Keiner der Anwesenden sah ihnen in die Augen. Alle waren schweigsam und schienen betreten. Es war ganz anders als die hektische, laute Betriebsamkeit, die normalerweise in einer Zeitungsredaktion herrschte.

Grünwald klopfte am Büro von Chefredakteur Ritter an. Keine Reaktion. Er blickte durch die Glastür. Es war niemand zu sehen. Dennoch klopfte er noch einmal und drückte dann die Türklinke herunter. Verschlossen.

Lisa wandte sich um und fragte eine vorbeihuschende Mitarbeiterin, wo der Chefredakteur zu finden sei. Die Dame sah Lisa unsicher an und blickte sich dann nach allen Seiten um. »Ich weiß es nicht.« Als sie eilig weiterging, drehte sie sich noch einmal um und murmelte: »Tut mir leid.«

»Was ist hier los?«, fragte Lisa den Archivar.

»Ich habe keine Ahnung«, antwortete er. »Lassen Sie uns ins Archiv gehen. Ritter hat uns ja die Erlaubnis gegeben.«

»Glauben Sie, es ist offen?«, fragte Lisa.

»Wir werden sehen«, entgegnete Grünwald.

Sie stiegen die Treppen hinab. Niemand begegnete ihnen. Auch hier herrschte eine seltsame Stille. Lisa fühlte sich an ein Haus erinnert, das in Trauer um einen Toten erstarrt war. Als ihr Großvater verstorben war, hatte man ihn zu Hause aufgebahrt. Sie war damals noch ein Kind gewesen. Einige Frauen hatten den Rosenkranz gebetet. In der Küche hatten andere Kaffee getrunken. Alle hatten sich nur flüsternd unterhalten und auch die Gebete waren mit gedämpfter Stimme gesprochen worden. So ähnlich fühlte es sich jetzt in diesem Zeitungshaus an. Unwillkürlich achteten auch Lisa und Grünwald auf ihre Schritte und traten nur leise auf.

Unten angekommen sahen sie sofort, dass aus ihrer geplanten Exkursion in den Untergrund nichts werden würde. Die Tür zum Archiv war von der Polizei versiegelt worden. Ratlos blickten sich Grünwald und Lisa an. Ohne ein Wort zu verlieren, machten sie kehrt und verließen das Gebäude.

*

Heide Lombardo schoss mit knapp 220 Kilometern pro Stunde über die Autobahn von Stuttgart nach Süden. Gerade zog keine 300 Meter vor ihr so ein Sonntagsfahrer in einem VW Lupo auf die linke Spur, um einen Lkw zu überholen. Lombardos Porsche Cayman näherte sich mit voller Geschwindigkeit und bremste erst zwei Meter vor dem Heck des Lupo ab. Fluchend schlug sie auf ihr Lenkrad und blendete zweimal mit den Scheinwerfern kurz auf, um den Fahrer in dem Wagen vor ihr zu bewegen, die Bahn freizugeben. In diesem Moment erklang ein Gong und eine sanfte Frauenstimme sprach aus ihrem Armaturenbrett: »Sie haben einen eingehenden Anruf.«

Heide Lombardo drückte eine Taste am Lenkrad. Es knisterte und Lombardo sagte: »Hallo, wer ist da?«

Eine energiegeladene Männerstimme erklang: »Hier ist Oswald Kranz, der Leiter der Sonderkommission. Ich wollte Ihnen über eine Festnahme in unserem Mordfall berichten.«

Die Oberbürgermeisterin war sofort elektrisiert. »Das ist großartig! Schießen Sie los!«

»In einem Objekt in der Innenstadt, dem …, warten Sie …, Haus der Löwenzunft, wurde ein Mann aus dem Keller gezogen. Er heißt Simon Ritter.«

»Verdammt noch mal, mach, dass du zur Seite kommst, du Penner!«

»Wie bitte?« Kranz' Stimme klang irritiert.

»Nicht Sie«, sagte Lombardo in die Sprechanlage. »Ich bin gerade auf der Autobahn und heute sind mal wieder alle unterwegs, die sonst nur auf dem Traktor über ihre Felder rattern.« Endlich kehrte der Lupo auf die rechte Fahrbahn zurück. Lombardo gab Gas und zog an ihm vorbei. »Sie sagten ›Ritter‹, ist das richtig? Das ist doch der Chefredakteur des Ufer-Boten?«

»Bestätigt. Der Mann war nicht zur Arbeit erschienen. Ein Mitarbeiter fand zufällig seine Jacke im Untergeschoss des Gebäudes, wo sich das Zeitungsarchiv befindet. Neben der Jacke bemerkte er einen Einstieg zu einer Art unterirdischem Tunnel. Die örtliche Polizei wurde informiert, zwei Beamte stiegen runter und entdeckten den Kerl. In dem Loch, in dem man ihn fand, fanden sich auch Blutspuren, Knochenreste und Kleiderfetzen. Als ich davon Wind bekam, habe ich mir den Typen natürlich sofort gekrallt.«

Die Oberbürgermeisterin starrte wortlos auf die Straße, über die sie wieder mit über 200 Kilometern pro Stunde raste. Sie musste das Bild von Ritter inmitten von Blutflecken, Knochen und Kleiderfetzen erst einmal verarbeiten.

Kranz fragte: »Sind Sie noch da?«

»Ja.« Lombardo räusperte sich. »Sprechen Sie weiter.«

»Nach dem Bericht der uniformierten Kollegen saß Ritter völlig apathisch am Boden, als er entdeckt wurde. Er hat noch kein Wort gesprochen.«

Lombardo schüttelte langsam den Kopf. »Junge, Junge«, sagte sie leise.

»Mit seinen Händen hielt er drei Bücher umklammert«, fuhr Kranz fort. »Als man sie ihm wegnehmen wollte, schrie er anscheinend wie am Spieß.«

»Was für Bücher sind das?«

»Das kann ich noch nicht sagen. Irgendein handgeschriebenes altes Zeug.«

»Finden Sie es raus«, sagte sie. Sie dachte kurz nach und fragte dann: »Ist er der Täter oder nur ein Mitwisser?«

Die Stimme aus dem Telefon zögerte. Dann sagte Kranz: »Er könnte der Täter sein.«

Die Oberbürgermeisterin schwenkte mit 190 Sachen in die Ausfahrt. »Er könnte es sein«, sagte sie leise vor sich hin. »Gut. Gut …« In ihrem Kopf begann sich ein Bild abzuzeichnen. Wenn man es richtig aufzöge, wäre Ritter sogar der perfekte Kandidat …

*

»Du hattest recht«, sagte Lisa und sah sich interessiert um, »das ist echt beeindruckend. Dass gerade du mir das zeigst …«

Gwendoline lächelte. Lisa dachte unvermittelt, wie schön Gwen aussah, wenn sie lächelte. Und wie selten sie sie lächeln sah.

Gwendoline sagte: »Da bist du baff, was? Ja, irgendwie mag ich diesen Ort, er hat was Surreales.«

Die Frauen ließen ihren Blick über die Holzhütten schweifen, die vor ihnen auf Pfählen im Wasser des Seeufers standen. Hier in Uhldingen waren Funde von prähistorischen Siedlungen gemacht worden. Seit den 20er-Jahren des 20. Jahrhunderts hatte man an dieser Stelle beinahe zwei Dutzend

Häuser aus der Bronzezeit, etwa 3.000 vor Christi Geburt, rekonstruiert. Es waren Pfahlbauten, die im seichten Uferwasser gebaut worden waren. Die Häuser und Hütten waren durch Stege verbunden, das gesamte Pfahlbaudorf umgab ein Palisadenzaun. Tatsächlich fühlte man sich inmitten dieses Freilichtmuseums in eine andere, ferne, fremde Zeit versetzt, eine Zeit, in der Jäger in Einbäumen Wasservögel auf dem See jagten und Mammuts die kargen Steppen abgrasten.

Die beiden Frauen standen auf einem hölzernen Steg, durch dessen Bohlen das grüne Wasser glitzerte.

»Ich habe die Pfahlbauten mehr durch Zufall entdeckt«, sagte Gwendoline. »Dabei ist die Location ein echter Touristenmagnet. In der Hauptsaison kann man schon mal zwei Stunden anstehen, bis man überhaupt reinkommt. Wir haben Glück, dass heute so wenig los ist. Am besten ist es, wenn man im Spätherbst herkommt.«

Lisa nickte beeindruckt. »Das ist wirklich ein interessanter Ort. Ich habe gelesen, dass das hier auch UNESCO-Weltkulturerbe ist.«

»Stimmt. Es ist einfach ein besonderer Ort.«

Sie schwiegen eine Weile und sahen auf den See hinaus. Als Teenager hatten sie alles geteilt, die Welt miteinander entdeckt und doch jede auf ihre Weise. In den Jahren, in denen sie sich nicht gesehen hatten, hatten sie nicht allzu viel aneinander gedacht, aber nun merkten sie, dass die alte Vertrautheit nach all der Zeit immer noch da war. Das Vertrauen war wie ein sanftes Licht, das sie innerlich wärmte und ihnen guttat.

Und dennoch, ihre Wege waren in sehr verschiedene Richtungen gegangen. Lisa spürte, dass ihre Freundin nicht glücklich war. Sie machte einen ausgebrannten Eindruck, wenn auch die Glut in ihrem Innern noch nicht erloschen zu sein schien. Sicherlich war es ein Geschenk für sie beide, von

Neuem zusammen in einer Stadt zu sein, die Möglichkeit zu haben, wieder viel miteinander zu unternehmen. Das Leben zu teilen.

Leben teilen. Lisa sah durch die Holzbohlen ins Wasser. Ob sie Gwen einweihen sollte? Wie würde sie auf die Geschichte mit der Weißen Frau reagieren? Würde sie ihr glauben? Glauben können? Lisa erinnerte sich, dass sie sich das früher nie gefragt hatte. Was sie beschäftigt hatte, hatte sie mit Gwen geteilt, ohne Netz und doppelten Boden.

»Was liegt dir auf dem Herzen?«, fragte Gwendoline und rief Lisa damit ins Hier und Jetzt zurück. »Ich merke doch, dass dich was beschäftigt.«

Lisa sah die Freundin ernst an. »Vielleicht erzähl ich dir's ein anderes Mal«, sagte sie.

*

Hinter dem westlichen Ufer ging die Sonne unter. Die Nachtschicht hatte bereits ihren Dienst angetreten.

Cornelius saß in der Bierstube des Polizeireviers, die er mit Kollegen vor über 40 Jahren eingerichtet hatte. Sie befand sich im Keller. Etwas weiter hinten lagen die Haft- und Ausnüchterungszellen. Es war ein Gewölberaum, der bis zur halben Höhe mit Holz verkleidet war. Rustikale Tische und Stühle standen vor einer Theke mit Zapfhähnen und Spülbecken. An den Wänden hingen Wimpel befreundeter Polizeieinheiten um eine große Fahne von Baden-Württemberg. An einer Seite hing die obligatorische Vitrine, hinter deren Glastüren Pokale sportlicher Wettbewerbe aus mehreren Jahrzehnten vor sich hin staubten.

Es hatte damals kein Geld »von oben« für die Bierstube gegeben. Jeder Beamte hatte mitgebracht, was er gehabt hatte. Manche Holz, andere Werkzeug, wieder andere ihre handwerkliche Begabung. Ein paar Monate lang hatten sie jeweils nach Dienstschluss gehämmert, gespachtelt und gefliest. Mal am Abend nach Schichtende um neun, mal am Morgen um halb sechs nach dem Nachtdienst. Seitdem hatten sie und viele Kollegen, die nach und nach im Revier ihren Dienst angetreten hatten, unzählige gesellige Stunden hier verbracht.

Jetzt saß Cornelius alleine an einem Tisch vor einem Glas Weißweinschorle.

Weinberg trat ein. »Ist hier noch frei, Chef?«, fragte er.

Cornelius machte eine einladende Geste. »Na klar, bitte.«

Weinberg stellte sein Weizenglas ab und setzte sich Cornelius gegenüber. »Ist es wahr, dass da hinten in einem unserer ›Gästezimmer‹ der Chef der Zeitung sitzt, den wir aus dem Keller geholt haben, und dass eine Soko aus Stuttgart mit ihm reden soll?«

Der Kommissar nickte. »Ja, und das ist praktisch alles, was ich weiß. Unsere Kollegen von der Soko lassen uns nicht mitspielen. Sie lassen uns nicht mal wissen, nach welchen Regeln gespielt wird.«

»Sie dürfen also auch nicht mitspielen? Ich dachte, dass zumindest Sie eingeweiht werden müssen.«

»Wenn man so lange bei der Truppe ist wie ich, dann denkt man wahrscheinlich irgendwann automatisch, dass früher alles besser war. Wir waren einfach für uns, wir machten alles selbst. Da gab es keine Verkehrspolizei, kein Raubdezernat, keine Drogenfahndung, keine Einsatzgruppen und keine Sachbearbeiter. Jeder Polizist erledigte, was gerade anfiel. Es war alles unkomplizierter. Aber ich glaube, damals wären wir lieber moderner gewesen.«

Cornelius schwieg und Weinberg verhielt sich ebenfalls still. Er schätzte die seltenen Gelegenheiten, in denen sein Chef von früher erzählte.

Der Kommissar fuhr fort: »Es war im Sommer 1970,

denke ich, vielleicht auch 1969. Ich war ein junger Polizist und verdammt stolz auf meinen ersten Stern auf der Schulter. An einem gewöhnlichen Wochentag kam ich um sechs zum Frühdienst. Kaum hatte ich die Dienststelle betreten, mussten wir ausrücken. Auf der Bundesstraße, auf Höhe der Wallfahrtskirche, war ein Auto ins Schleudern geraten und in die Weinberge geflogen. Es hatte geregnet, und Dampf bildete sich über dem Asphalt. Als wir hinkamen, sahen wir eine schwarze Spur, die von der Straße in die Weinberge führte. Etwa 50 Meter weiter unten stand der Wagen. Er qualmte noch ein wenig, er war völlig ausgebrannt. Wir stiegen runter. In dem Wrack saßen zwei Personen, eine vorne am Steuer und eine kleine hinten. Nicht mehr erkennbar.«

Weinberg nahm einen großen Schluck aus seinem Bier. Er hatte in den Jahren, in denen er bei der Polizei war, schon selbst etliche solcher Szenen gesehen. Es wunderte ihn nicht, dass Cornelius nach so langer Zeit noch die Details dieses Unfalls wusste. Das waren Bilder, die man nie vergaß.

»Wir waren zwei Beamte«, erzählte Cornelius weiter. »Wir kümmerten uns um alles, was zu erledigen war. Natürlich überbrachten wir auch die Todesnachricht. Ich machte mich auf eine fürchterliche Szene gefasst. Wie es aussah, war der Fahrer ein Mann gewesen und der Mensch hinten ein Kind. Wir erwarteten also, einer Mutter mitzuteilen, dass sie ihren Mann und ihr Kind verloren hatte. Sie kennen das.«

Weinberg nickte. Er kannte das.

Cornelius fuhr fort: »Wir atmeten durch, als niemand zu Hause war. Aber auch am nächsten Tag war niemand da und auch nicht die Tage darauf. Was wir nicht wissen konnten: Es hatte jemand auf dem Beifahrersitz gesessen. Die Mutter. Sie war durch die Windschutzscheibe geflogen. Sicherheitsgurte waren damals noch selten. Es war furchtbar, man fand die Leiche erst anderthalb Wochen später.«

Er stellte einen Aschenbecher in die Mitte. Rauchen war eigentlich seit einiger Zeit in allen öffentlichen Räumen, also auch in der Bierstube des Polizeireviers, verboten. Aber heute machten sie eine Ausnahme.

Cornelius zündete sich eine Brissago an, blies den Rauch mit Genuss aus und sagte dann: »Weinberg, Sie sind selbst einiges gewohnt. Ertragen Sie noch eine Geschichte?«

»Natürlich, gern sogar.«

»Wir mussten nämlich auch noch eine ertragen an jenem Tag. Der Unfall war nicht das Schlimmste gewesen.«

*

Über die Stadt senkte sich die Dunkelheit. Die Nächte wurden zunehmend kühler. Bald würde es Herbst werden.

In den felsigen Gängen unter der Stadt waren die Temperaturen immer gleich.

Wie in den Tiefen des Sees.

Und wie im tiefen Wasser war es auch in den Gängen stockdunkel. Kein Mensch konnte sich hier ohne technische Hilfsmittel bewegen. So wie kein Mensch sich ohne technische Ausrüstung unter Wasser bewegen konnte.

Menschlichem Leben waren enge Grenzen gesetzt, innerhalb derer es gedeihen konnte. Die Temperatur durfte nicht zu hoch und nicht zu tief sein. Schon wenige Grade zu heiß oder zu kalt und ein Mensch musste sterben. Das Luftgemisch musste atembar sein. Wenn der Sauerstoffgehalt nicht ausreichte, erstickte das Leben.

Im stillen Dunkel der Gänge bewegte sich die Weiße Frau beinahe unhörbar. Mit den Instinkten eines Tieres, das an die Dunkelheit angepasst ist, schritt sie unbeirrt voran. Sie war die Dunkelheit gewohnt. Sie bewegte sich am liebsten im Dunkeln.

Die meisten Gänge waren schmal und so niedrig, dass ein Mensch gerade aufrecht in ihnen gehen konnte. Manche waren noch niedriger, andere breit und hoch.

In allen herrschte ewige Nacht.

Die Wände der Stollen, durch die die Weiße Frau ging, waren feucht, gelegentlich fielen Tropfen von der Decke. Nur wenige Tiere, Ratten und Ungeziefer verirrten sich in die lichtlosen Tunnel. Es roch nach Wasser und Fäule.

Die Weiße Frau bewegte sich völlig sicher. Sie kannte die unterirdischen Wege genau. Ihr Weg führte durch mehrere Gänge und Windungen, in denen das Wasser immer höher stand. Schließlich war der Gang beinahe bis ganz unter die Decke mit Wasser gefüllt, und die Frau begann zu schwimmen. Sie schwamm mit leichten Bewegungen durch das schwarze Wasser durch den Gang, der in etwa fünf Metern Tiefe in den Bodensee mündete.

*

»Ich hatte Dienstschluss«, erzählte Cornelius von den weiteren Ereignissen des schicksalhaften Tages, »und wollte mich gerade für den Feierabend umziehen, als der Chef rief. Kriminalrat Dr. Aschenbrenner. Wir nannten ihn hinter seinem Rücken den General. Es gebe noch eine größere Sache, sagte er, und er könne alle Männer gebrauchen. Wenn ich also Zeit hätte, sollte ich noch dableiben. Ich war jung und hungrig. Also blieb ich und nahm an der Lagebesprechung teil. Nachdem ich den Ausführungen des Generals zugehört hatte, war ich froh über meinen Entschluss. Seit einem halben Jahr trieb eine Verbrecherbande ihr Unwesen am See. Verschiedene Einbrüche und Überfälle gingen auf ihr Konto. Dabei gingen die Gangster äußerst brutal vor. Zwei Wochen zuvor hatten sie in einer Dorfsparkasse im Hinterland einen Kassierer angeschossen. Heute gäbe es natürlich eine Soko dafür. Und für das, was nun kam, ein Sondereinsatzkommando. Ein Bauer hatte gemeldet, dass sich die Bande in einem leer stehenden Bauernhaus versteckt halte. Er habe dort abends Licht gesehen und den zur Fahndung ausgeschriebenen Fluchtwagen. Der General wollte die Strolche nicht entkommen lassen und sie noch am selben Abend hochnehmen. Wir waren sechs Männer. Vier aus der Schicht, die sowieso im Dienst waren, Aschenbrenner und ich. Eine Handfeuerwaffe trug jeder, dazu nahmen wir noch Gewehre aus dem Magazin mit. Wir fuhren mit drei Wagen, zwei Streifenwagen mit je zwei Männern und ich mit dem General in einem Zivilfahrzeug. Wir waren vielleicht 20 Minuten unterwegs. Etwa einen Kilometer vor dem Bauernhaus ließen wir die Fahrzeuge stehen und gingen zu Fuß weiter. Als wir den Bauernhof vor uns sahen, war klar, dass wir den Jackpot geknackt hatten. Die Burschen waren da. Einer stand gerade draußen und trat aus. Der Kerl hatte eine Pistole im Gürtel stecken. Wir hatten am Waldrand, 20 Meter entfernt, liegend Position bezogen. Aschenbrenner beorderte drei Männer, darunter auch mich, den Neuling, dort zu bleiben und eine eventuelle Flucht in diese Richtung zu verhindern. Die anderen beiden sollten mit ihm von hinten in das Gebäude einsteigen und die Verbrecher stellen.«

Cornelius trank aus seinem Weinglas. Weinberg dachte, wie unglaublich diese Geschichte klang. Wie aus einer anderen Welt. Heute wäre so ein Vorgehen für jeden Polizisten vollkommen undenkbar. Und doch lag das, was Cornelius da erzählte, erst wenige Jahrzehnte zurück.

Der Kommissar fuhr fort: »Wir hatten die Gewehre im Anschlag und warteten. Wahrscheinlich waren es nur ein paar Minuten, aber sie kamen uns wie eine Ewigkeit vor. Dann hörten wir Schüsse aus dem Haus. Pistolenschüsse, dann ein, zwei Gewehrschüsse. In den Fenstern sahen wir Blitze. Wir waren aufs Äußerste angespannt. Obwohl ich meine Ellenbogen auf den Boden aufstützen konnte, zitterte der Gewehrlauf. Ich weiß noch, dass mir das furchtbar peinlich war, aber ich konnte es einfach nicht unterdrücken. Plötzlich flog die Tür auf und zwei der Bandenmitglieder stürmten nach draußen. Später erfuhr ich, dass sie Ernst Walser und Achim Kehlmann hießen. Sie rannten auf uns zu, drehten sich dabei immer wieder um und feuerten zurück. Im Türrahmen erschien Kollege Kramer und wurde getroffen. Er ging zu Boden, aber die beiden hörten nicht auf zu schießen, bis es nur noch leer klickte. Dann rannten sie weiter. Auf einmal fiel einer von ihnen im Lauf nach vorne, als wäre er von hinten von einem Bus angefahren worden. Aschenbrenner stand im Fenster und hatte Walser mit seinem Gewehr in den Rücken getroffen. Der andere fiel nach hinten. Erst jetzt sah ich meinen Kollegen Meierhofer neben mir stehen. Er hatte Kehlmann in die Brust getroffen. Aschenbrenner rief uns zu, dass wir auf unserem Posten bleiben sollten, und ging zurück ins Haus. Ich wechselte nur einen Blick mit Meierhofer, mehr war nicht nötig. Kramer musste in Sicherheit gebracht werden. Wir rannten beide über den Hof. Natürlich wäre es besser gewesen, wenn einer dem anderen Feuerschutz gegeben hätte, aber so weit dachten wir in diesem Augenblick nicht. Kurz bevor wir die Tür erreichten, wo wir die Beine von Kramer liegen sahen, wurden wir von hinten beschossen. Walser war nicht tot, er hatte eine zweite Waffe aus seiner Jacke gezogen und feuerte auf uns. Meierhofer wurde von einem Streifschuss an der Wade getroffen und fiel hin, ich warf mich zu Boden und wir krochen gemeinsam hinein. Wir hätten das Feuer erwidern müssen, aber ich denke, keiner von uns beiden hatte den Mut, den Kopf oder auch nur die Hand herauszustrecken. Stattdessen packten wir Kramer und zogen ihn in die nächste Stube.« Die Brissago war ausgegangen. Cornelius zündete sie von Neuem an. »Ich hätte schwören können, dass in dem Moment eine Frau den Raum durch die gegenüberliegende Tür verließ. Ich dachte, verdammt, eine Zivilistin ist im Haus! Doch später fand sich keine Spur von einer Frau, ich hatte wohl zu viel Adrenalin im Blut. Irgendwie fiel jedenfalls die Petroleumlampe zu Boden, und es begann in dem alten, trockenen Haus zu brennen. Nun gab es nur zwei Möglichkeiten: entweder zu verbrennen oder doch wieder raus in den Hof. Ich trug Kramer, vor uns hinkte Meierhofer und schoss sein Magazin leer, als wir aus der Tür kamen. Doch da war niemand mehr. Walser und Kehlmann waren verschwunden. Wir konnten uns das im Augenblick nicht anders erklären, als dass sie trotz ihrer Verletzungen abgehauen waren. Wir verschanzten uns hinter einem Holzstapel, verbanden notdürftig Kramers Wunde und warteten ab. Schließlich kam der General um das Gebäude herum und hinter ihm die beiden anderen Kollegen. Aschenbrenner nahm mit der Linken seinen Hut ab und wischte sich über die Stirn. In der Rechten hielten alle drei ihr Gewehr. Hinter ihnen brannte das Haus ab. Wir hatten den bewusstlosen blutenden Kramer im Arm. Es sah aus wie im Krieg. Der General entdeckte uns und fragte zuerst, wo die beiden Verbrecher seien, die im Hof gelegen hatten. Darauf konnten wir ihm keine Antwort geben. Wir gingen zurück zu den Wagen, und ich musste mit Kramer ins Krankenhaus fahren. Die anderen durchsuchten noch den angrenzenden Wald. Inzwischen war es stockfinster geworden, allerdings beleuchtete das brennende Haus wie eine große Fackel die gesamte Gegend. Später habe ich erfahren, dass Aschenbrenner und die beiden anderen im Haus drei Gangster erschossen hatten, aus Notwehr natürlich. Von unseren Leuten kamen alle heim. Kramer wurde auch wieder. Sie waren ja vor ein paar Jahren mit dabei bei seiner Abschiedsfeier, Weinberg. Eine Woche später haben wir mit dem Bau dieser Bierstube begonnen.«

»Und die beiden anderen, Walser und Kehlmann?«, wollte Weinberg wissen.

Cornelius fuhr sich mit beiden Händen über das Gesicht. Er wirkte auf einmal sehr alt und sehr müde. »Aschenbrenner hat sie gefunden. Im Wald. Tot. Völlig unerklärlich, wie sie sich mit ihren schweren Verletzungen so weit hatten schleppen können. Es sah eher so aus, als ob sie jemand dorthin geschleift hätte.«

»Also gab es noch mehr Bandenmitglieder?«, fragte Weinberg.

»Nein«, sagte Cornelius, »das ist unwahrscheinlich.«

»Wieso unwahrscheinlich?«, hakte Weinberg nach.

Der Kommissar antwortete: »Weil wohl kein anderes Bandenmitglied den Leichen Bisswunden zugefügt hätte.«

Weinberg starrte ihn an. »Etwa ein Tier ...? Aber was für ein Tier könnte zwei erwachsene Männer wegschleppen?«

Cornelius erwiderte seinen Blick. »Ich weiß es nicht«, sagte er leise.

18

Am westlichen Ende der Stadt vor einer Siedlung neuer Mehrfamilienhäuser stieg eine schlanke bleiche Frauengestalt aus dem Wasser. Zwischen Bäumen und Büschen neigte sie den Kopf und lauschte in die Dunkelheit. Eine längere Zeit stand sie regungslos. Dann hob sie den Kopf.

Schritte.

Sie schloss die Augen, obwohl sie in der Dunkelheit gut sehen konnte, und spitzte die Ohren.

Menschen. Zwei große und … mehrere leichte, kleine.

Kinder.

Sie hob witternd die feingliedrige Nase in den leichten Wind.

Eines war zurückgeblieben.

Allein.

Die Frau hielt ihre Augen geschlossen. Sie konzentrierte ihre übrigen Sinne allein auf dieses eine.

Schutzlose.

Sie glaubte, sein süßes Blut durch die zarte Haut hindurch zu riechen. Das Kind blieb weiter hinter den anderen zurück.

Jetzt hörte sie bereits seinen Atem.

Der Atem versorgte das Blut mit frischem Sauerstoff.

Der Leib der Frau war beinah so kühl wie die Nacht, die ihn umgab. Mit dem Wind im Rücken kam sie näher.

Sie konnte sich den Herzschlag ihres Opfers genau vorstellen. Er ging schnell.

Angst.

Die Frau konnte das nicht verhindern. Nicht bei Kindern. Man sah sie für gewöhnlich nicht kommen, hörte nichts als den Wind, konnte sie kaum riechen. Doch Kinder spürten sie. Die Angst ging vor ihr her und kündigte sie den Kindern an wie ein dunkler Herold.

Jetzt stand die Kleine unmittelbar vor ihr. Die Frau öffnete die Augen.

Das Kind stand starr, starrte sie an, sein Blick wurde gefangen von dem ihren. Nie zuvor hatte das Mädchen etwas gesehen, das so böse war.

Zärtlich fast, mit einem selbstvergessenen Lächeln legte die Frau ihre Finger auf den Hals des Mädchens und seine geröteten Wangen. Sanft und kalt senkten sich ihre hungrigen Augen in die weit aufgerissenen Augen des Kindes.

Da knackte hinter der Frau ein Ast, als jemand mit dem Fuß auf ihn trat. Eine hohe Stimme sagte: »Wer sind Sie? Lassen Sie das Kind los!«

Die Frau fuhr herum.

Vor sich sah sie eine Frau in Pullover, Jeans und groben Schuhen, die sie herausfordernd anblickte und sagte: »Ich bin Naomis Tante. Wer sind Sie?« Sie streckte die Hand nach dem Kind aus. »Komm, Naomi, wir gehen!«

Bevor das Mädchen ihre Hand nehmen konnte, fiel die Weiße Frau die Tante an. Sie packte sie an den Schultern und riss sie an sich. Hinter ihr schrie das Kind. Dann rannte es weinend weg.

Die Weiße Frau legte den Kopf zur Seite und öffnete weit den Mund. Mitleid mit ihrem Opfer kannte sie nicht. Zartes Fleisch, weich zu durchbeißen, süß das Blut, das jetzt in ihre Kehle rann.

In solchen Augenblicken, wenn heißes Blut durch ihren Körper strömte, nur in solchen Augenblicken spürte sie etwas von der nächtlichen Kälte auf ihrer weißen Haut.

Das Blut des Opfers rötete ihre Lippen, ihre Wangen, es erwärmte ihren Leib. In hellen Tropfen fiel es auf ihr Kleid und auf den Pullover des leblosen Körpers. Immer wieder biss sie zu, schluckte voll Hast und Wonne.

Schließlich ließ sie von ihrer Beute ab. Eine kurze Weile verharrte sie so, niedergebeugt, wie in einer mörderischen Umarmung. Dann richtete sie sich auf und streckte ihre schlanke Gestalt. Die zerrissene Hülle ihres Opfers ließ sie achtlos und ohne hinzusehen neben sich in einen Busch fallen. Sie erhob ihr Haupt und breitete die Arme aus.

Für einige Stunden fühlte sie sich nun *lebendig.*

*

»Wir müssen da runter!«, sagte Grünwald. Er ging mit auf den Rücken gelegten Armen im Zimmer auf und ab. »Das Geheimnis liegt unter der Stadt. Wir kommen der Mörderin nur auf die Spur, wenn wir da runtergehen!«

Lisa saß auf einer breiten hölzernen Fensterbank und sagte nichts.

»Vielleicht kann ich doch noch meinen Freund Cornelius erreichen«, sprach Grünwald weiter. »Als Chef der Polizei muss er etwas tun können …« Er blieb kurz vor Lisa stehen. Dann wandte er sich um und setzte seine Wanderung fort. »Aber wahrscheinlich ist selbst er dazu nicht befugt. Außerdem würde er dann sehr viele Fragen stellen. Ich befürchte, dass er das jetzt schon tut.« Wieder blieb er vor Lisa stehen. »Ob eventuell Ihr Bekannter uns helfen könnte? Inoffiziell natürlich?«

Es war nicht zu erkennen, ob Lisa ihm zugehört hatte. Ohne aufzusehen, sagte sie leise: »Sie haben erklärt, die Löwenzunft war praktisch die G7 der Stadt. Nur die einflussreichsten und mächtigsten Personen waren Mitglieder. Konrad von Reichenau gehörte nicht dazu, oder?«

Grünwald sah sie erwartungsvoll an.

Lisa gab sich die Antwort selbst: »Er gehörte nicht dazu. Er ist also nicht durch den Zugang im Löwenzunfthaus in die Gänge eingestiegen.«

Grünwalds Miene hellte sich auf. Er begann zu verstehen, worauf seine Nachfolgerin hinauswollte.

Lisa fuhr fort: »Konrad ist woanders eingestiegen.«

»Sie haben recht«, sagte Grünwald. »Aber wo? Vielleicht an einem der Orte, die uns heute nicht mehr zugänglich sind?«

»Oder vielleicht woanders.« Lisa sprang auf und ging ins Nebenzimmer, in dem die Chronik aufgeschlagen auf dem Tisch lag. Grünwald folgte ihr. Sie blätterte eine Seite zurück und las vor: *»Bruder Columban nahm das Geheimnis mit in sein Grab. Den Schlüssel zu diesem Geheimnis sollte wahrhaftig kein Lebender mehr besitzen.* Wir haben gedacht, das würde bedeuten, Columban sei unten in den Gängen oder an den Folgen dessen, was er dort unten erlebte, gestorben. Was, wenn dieser Satz aber heißen soll, dass sich an oder in seinem Grab der Hinweis auf den Einstieg findet?« Lisa schlug das Buch zu. »Wäre das nicht möglich?«

Grünwald nickte begeistert. »Wir müssen zum Friedhof«, sagte er.

*

In seinem Büro auf dem Revier stand Cornelius am Fenster, das nach Süden zum Bodensee hinausging, und dachte nach. Seit dem Essen mit Grünwald wich ihm der Archivar aus. Cornelius hatte noch mehrmals an jenem Abend auf das Thema der Morde zurückkommen wollen, aber Grünwald hatte eisern abgeblockt. Wusste sein Freund etwas? Und wenn ja, welche Gründe konnte er haben, sich ihm nicht anzuvertrauen?

Grünwald hatte von den Gängen unter der Stadt gesprochen. Cornelius hatte bisher nicht gewusst, dass sie noch begehbar waren. Aber jetzt hatten seine Leute den Chefredakteur des Ufer-Boten aus einem unterirdischen Gang gezogen.

Was hatte Grünwald gesagt?

Vielleicht haben die Morde ja Wurzeln, die tiefer reichen.

Cornelius wusste aus Erfahrung, dass die Gründe für die meisten Morde nicht tief reichten. Ein Mann erschießt einen anderen, weil er an sein Geld kommen will. Eine Frau vergiftet ihren Gatten, weil er sie mit der Sekretärin betrügt. Ein anderer wirft jemanden von einer Brücke, weil derjenige seiner Karriere im Weg steht. Und wieder ein anderer prügelt einen tot, ganz einfach weil er eine andere Hautfarbe hat.

Hier aber, das sagte ihm sein Instinkt, war es anders.

Die Wurzeln dieser Morde reichten tiefer.

Tiefer in die Geschichte.

Tiefer unter die Stadt.

Irgendetwas hatte Grünwald herausgefunden. Und er war sich offenbar nicht sicher, ob er es ihm anvertrauen konnte. Bei der nächsten Gelegenheit musste er Grünwald noch einmal danach fragen. Er konnte jeden Hinweis gebrauchen.

Cornelius stützte sich auf das Fensterbrett. Draußen sah er einen Mann am Uferweg. Auch auf die Entfernung erkannte er ihn sofort an seiner gebeugten Haltung und seinem verschlissenen Mantel. Amadeus Kerrer. Ein armer Kerl. Mit stolperndem Schritt ging er Richtung stadtauswärts. Wahrscheinlich war er auf dem Weg zu seiner Bruchbude. Es schien dem Kommissar, als suchte Kerrer etwas. Was konnte das wohl sein? Vielleicht wusste er es selbst nicht. Wenn die Stadt tatsächlich das Grundstück neu bebaute, und das würde sicher früher oder später geschehen, würde Kerrer sein Dach über dem Kopf verlieren. Was würde dann aus ihm werden? Hartz IV vermutlich. Oder vielleicht würde er sogar eingewiesen. Cornelius verspürte Mitleid mit Kerrer. Er war ein Gescheiterter, ein am Ufer des Sees Gestrandeter. Ohne Vergangenheit, ohne Zukunft.

Mit einem Seufzen wandte sich Cornelius ab und kehrte zu seinen Überlegungen zurück. Er konnte wirklich jeden Hinweis gebrauchen, zumal er lange genug dabei war, um zu spüren, dass man ihn in dieser Sache überging. Die Soko war nicht von ihm angefordert worden und auch nicht von seinen Vorgesetzten in der Polizeidirektion Tübingen.

Jemand anderes hatte offensichtlich seine Verbindungen in die Landeshauptstadt spielen lassen. Und Cornelius glaubte zu wissen, wer das war. Es war ihm nicht entgangen, dass Oberbürgermeisterin Lombardo Ambitionen hatte, in die »große Politik« zu gehen. Sie musste Kontakte haben. Weshalb sie ihn umging, konnte er sich denken. Sie wollte die Lorbeeren allein einheimsen. Nun, auf Lorbeeren konnte Cornelius getrost verzichten. Eitelkeit gehörte nicht zu seinen Schwächen. Übertriebener Ehrgeiz auch nicht. Aber den Fall lösen, das wollte er! Und er fühlte sich dazu mindestens ebenso in der Lage wie diese Revolverhelden aus Stuttgart.

Cornelius nahm seinen Mantel vom Kleiderständer und legte ihn sich über den Arm. Er wollte sich noch einmal den Einstieg im Keller des Redaktionsgebäudes ansehen. Die Oberbürgermeisterin mochte Vitamin B in Stuttgart haben. Aber er war immer noch der Polizeichef dieser Stadt.

*

Der Friedhof lag wie eine Insel der Stille inmitten der lebendigen Stadt. Zusammen mit Grünwald trat Lisa durch das schmiedeeiserne Tor. Sie gingen durch eine Allee, die von Soldatengräbern der Weltkriege gesäumt war. Zwischen Hecken, Büschen und Baumreihen erstreckten sich dahinter die Gräberfelder. Kreuze, Grabsteine und Grabplatten in verschiedenen Größen und Farben standen und lagen im Schatten von Laubbäumen und Zypressen. Rechts vor ihnen kam eine Kapelle in Sicht.

»Der Friedhof erstreckt sich noch viel weiter«, erklärte Grünwald im Gehen. »Weiter hinten durchquert eine Straße die Anlage. Unser Ziel ist der alte Friedhof, und der befindet sich hinter der Kapelle und der daneben liegenden Leichenhalle. Die ursprüngliche Kapelle wurde während der Belagerung von den Schweden niedergebrannt. Diese hier ist nach dem Ende des Krieges um 1660 neu errichtet worden. Ein kleines Schmuckstück, das die wenigsten in der Stadt kennen. Bis sie irgendwann darin aufgebahrt werden.«

Lisa besah sich die unscheinbare Kapelle. Ihre Schönheit musste sich wohl im Inneren verbergen.

Sie bogen vom Weg ab und gingen um die Leichenhalle herum, die im betonverliebten Baustil der 60er-Jahre angebaut worden war. Wenigstens hatte sich inzwischen das sie umgebende üppige Grün wie ein Mantel über die Hässlichkeit ausgebreitet, dachte Lisa.

Hinter der Kapelle und der Leichenhalle änderte sich auf einmal die Atmosphäre. Immer noch schien die Sonne von einem stahlblauen Himmel durch die Baumkronen. Aber hier warf das Licht unwirkliche Schatten über die moosbewachsenen Grabsteine und die schiefen gusseisernen Kruzifixe im hohen Gras. Grünwald und Lisa schritten langsam durch den alten Friedhof. Lisa kam es vor, als hätten sie einen verwunschenen Garten betreten. Gerade noch war sie durch eine pulsierende, lebendige Stadt gegangen, jetzt umgab sie schattige Stille. Die Stille hatte etwas Unwirkliches. Es war ein ähnliches Gefühl wie das, das sie empfunden hatte, als sie zum ersten Mal den tiefen Stadtgraben betreten hatte. Auch dort hatte sich ganz unerwartet und unmittelbar kühle Stille um sie gelegt und sie wie in eine andere Welt gezogen.

Grünwald blieb stehen und beschattete seine Augen. »Da der Friedhof nach dem Ende des 30-jährigen Krieges neu angelegt wurde und da das hier der Teil des Friedhofs ist, der aus dieser Zeit noch erhalten ist, müssen sich die Gräber, die wir suchen, sollten sie denn überhaupt noch vorhanden sein, am hintersten Rand befinden.«

Lisa sah in die Richtung, in die der Archivar deutete. Alte Grabsteine, abbröckelnde Säulen und trauernde Engel standen verstreut im schattigen Grün. Langsam gingen sie weiter in den hintersten Teil des Friedhofs. Die Inschriften waren kaum noch zu lesen. Die beiden ließen sich in die Hocke nieder und entzifferten verschiedene Grabinschriften von Steinen, die sie für alt genug hielten.

Nach einigen Minuten rief Grünwald: »Ich hab was! Das Grab von Konrad von Reichenau. Hier in der Nähe muss auch Columban zu finden sein.«

Lisa trat zu ihm und betrachtete den Stein. Verwaschen vom Regen und verwittert von den Sonnenstrahlen von mehr als 400 Sommern war dennoch die Schrift zu erkennen, die das Grab als das von Konrad von Reichenau auswies. Darunter entzifferte sie eine römische Jahreszahl: MDCLXXXII.

»1682«, flüsterte sie.

Grünwald hatte sich nach links gewandt, Lisas Blick wanderte nach rechts. Dann entdeckte sie es: »Da ist es, Herr Doktor!«

Grünwald kauerte sich neben sie. Er las: »Hic jacet Columbanus frater expectans resurrectionem mortuorum. Obiit AD MDCLI.«

Lisa übersetzte: »Hier ruht Bruder Columban und erwartet die Auferstehung der Toten. Gestorben im Jahr des Herrn 1651.«

Grünwald nickte ihr anerkennend zu. »Columban starb drei Jahre nach dem Ende des Krieges, in dessen Verlauf wir die Begebenheiten, die uns beschäftigen, ansetzen. Konrad starb über 30 Jahre später. Er kann also am Grab seines Mitbruders Columban eine Mitteilung hinterlassen haben, die nicht auffiel.«

Lisa trat näher an den Stein heran. »Dann müsste da noch mehr sein«, sagte sie.

Unter der Inschrift war ein Bildnis in den Stein gehauen. Lisa betrachtete es genauer. Es war die Szene, in der Petrus von Christus die Schlüssel des Himmelreichs empfing. Ursprünglich war der Schlüssel wohl von goldener Farbe gewesen, doch die Regengüsse, die Winter und die Winde der Jahrhunderte hatten ihm die Farbe fast gänzlich genommen.

Der alte Archivar begann das Gras auszureißen, das vor dem Grab hoch stand und das untere Drittel des Steins bedeckte. Weitere Buchstabenreihen wurden sichtbar. Grünwald zog ein Taschentuch aus seinem Jackett und rieb damit über die betreffenden Stellen. Dann blies er kräftig. Sein Gesicht ganz nah am Stein las er vor: *»Tritt ein, wo die apokalyptische Frau den Weg beleuchtet.«*

Grünwald richtete sich auf. Lisa und er sahen sich an.

Die Sonne war tiefer gesunken und tauchte die alten Steine in Gold. Das Schattenspiel der Bäume ließ sie beinahe lebendig erscheinen.

19

Zurück im Archiv dachte Grünwald laut nach: »Die apokalyptische Frau wird in der Geheimen Offenbarung, eben der sogenannten Apokalypse, geschildert. *Eine Frau mit der Sonne bekleidet, der Mond unter ihren Füßen und ein Kranz von zwölf Sternen auf ihrem Haupt.* Die kirchliche Tradition setzt die apokalyptische Frau mit Maria, der Mutter Jesu, gleich.«

»Ja«, sagte Lisa, »ich kenne die Bibelstelle. Aber was heißt das für uns? Ist das ein Hinweis oder schlicht ein religiöses Bekenntnis? *Tritt ein, wo die apokalyptische Frau den Weg beleuchtet.* Das kann auch so was bedeuten wie: *Bitte für uns Sünder, jetzt und in der Stunde unseres Todes.*«

»Sie haben recht. Wir müssen suchen, ob wir in der Stadt die Darstellung einer Madonna finden, auf die diese Beschreibung zutreffen könnte.«

»Mariendarstellungen gibt es in der Stadt viele, als Gemälde auf Hauswänden, in Bildstöcken, als Figuren an Giebeln. Wo sollen wir da anfangen?«

»Der Einstieg, wenn er denn tatsächlich existiert und durch ein betreffendes Marienbild angezeigt wird, kann nicht irgendwo im Freien liegen. Man kann schließlich nicht vor aller Augen in den Untergrund absteigen.«

»Vielleicht bei Nacht?«, warf Lisa ein.

»Sehr wahrscheinlich wurde der Einstieg bei Nacht genutzt. Zumal es ja unter der Erde keine Rolle spielt, ob es darüber hell oder dunkel ist. Aber auch in der Nacht wäre ein Tor in die Unterwelt draußen in den Straßen der Stadt zu gefährlich. Einerseits kann man auch des Nachts leicht überrascht werden, zum anderen ließe sich die Öffnung tagsüber nicht verbergen.«

»Wir suchen also ein Gebäude, in welchem diese Öffnung liegt. Dann aber ist sie fast unmöglich zu finden. Wir können schließlich nicht alle Häuser absuchen, die im 17. Jahrhundert bereits erbaut worden waren. Es sei denn …« Lisa hielt nachdenklich inne.

»Haben Sie denselben Gedanken wie ich?«, fragte Grünwald.

»Es kann kein Privathaus gewesen sein«, sagte sie. »Wie hätte er sonst dort den Einstieg entdecken und nutzen können? Es muss ein Haus sein, das er jederzeit besuchen konnte, ohne dass es auffiel.«

»Am wahrscheinlichsten gehört es also zum Kloster oder …«

»Oder es ist eine Kirche«, ergänzte Lisa.

»Und in einer Kirche ist auch am wahrscheinlichsten ein Bildnis der apokalyptischen Madonna zu finden.«

»Es gab und gibt viele Kirchen in der Stadt. Woher wissen wir, welche es ist? Und ob sie überhaupt noch steht?«, fragte Lisa.

»Wir müssen nicht von Konrad ausgehen«, gab Grünwald zu bedenken, »sondern von der Löwenzunft. Sie sah sich als die bestimmende Kraft der Stadt. Es gibt nur ein Kirchengebäude in Überlingen, das für alle die Mitte bildet. Dort stehen auch die von den Zünften und großen Patrizierfamilien gestifteten Altäre.«

»Das Münster.«

»Wir werden uns das Münster genauer ansehen müssen. Darum werde ich mich kümmern«, sagte Grünwald.

Er nahm seine Jacke vom Ständer und öffnete die Tür. »Zuerst aber müssen wir mal was essen. Worauf haben Sie Appetit?«

»Lassen Sie uns wieder in das Fischrestaurant auf dem Marktplatz gehen«, schlug Lisa vor.

»Sie meinen das, welches direkt neben dem Haus der Löwenzunft liegt?«, fragte Grünwald augenzwinkernd.

»Genau«, sagte Lisa und lächelte. »Oder wollen Sie woanders hin?«

»Nein«, sagte Grünwald, »ich könnte jeden Tag Fisch essen.«

Nachdem Grünwald einen Hecht in Safransoße mit Hausmacher Nudeln und Lisa ein geräuchertes Zanderfilet mit gemischtem Salat der Saison gegessen hatte, vertraten sie sich ein wenig die Beine an der Seepromenade.

An einem Kiosk blieb Lisa abrupt stehen. Aus einem Zeitungsständer zog sie die überregionale Alemannische Allgemeine heraus. Sie bezahlte und las Grünwald vor:

AUSGEMORDET?

In der Mordserie, die seit einigen Monaten die Menschen am Bodensee in Atem hält, ist ein Tatverdächtiger verhaftet worden. Noch hat die Polizei keine Angaben zur Person des Verdächtigen gemacht. Es soll sich um einen Mann aus der Region handeln. Oberbürgermeisterin Lombardo bestätigte auf Anfrage, dass sie in direktem Einvernehmen mit Oberstaatsanwalt Rebzweig in Stuttgart den Einsatz einer verdeckt ermittelnden Sonderkommission veranlasst habe. Diese Maßnahme habe sich nun als richtig erwiesen.

Lisa ließ das Blatt sinken und fügte hinzu: »Hier steht noch, dass für morgen eine Pressekonferenz im Kursaal festgesetzt ist.«

Sie faltete die Zeitung zusammen und sagte: »Was halten Sie davon?«

»Die präsentieren uns einen Täter. Das ist eine Inszenierung. Ich bin gespannt, wer als Sündenbock herhalten soll.«

Lisa blickte skeptisch. »Meinen Sie, dass so etwas wirklich geht? Da müssen doch einige Leute eingeweiht sein. Kann das tatsächlich funktionieren?«

»Da geht es nicht um irgendwelche Verschwörungstheorien«, sagte Grünwald grimmig. »Da geht es um Einnahmen in Millionenhöhe im Tourismus und um einen Wahlkampf. Die Mordgeschichte muss so schnell wie möglich vom Tisch.« Er seufzte. »Wenn man nur wüsste, wer gefasst worden ist. Ich wette, dass die Polizeiabsperrung im Ufer-Boten etwas mit der Festnahme zu tun hat.«

»Ich rufe Markus an«, sagte Lisa. »Vielleicht weiß er etwas.«

Grünwald schien nachdenklich. »Es ist zweifelhaft, ob er in die Vorgänge einbezogen wurde. Auf der anderen Seite sprechen sich solche Neuigkeiten im Revier sicherlich schnell herum. Also, probieren Sie es. Ich hänge mich auch ans Telefon und versuche, etwas über den Einstieg im Münster herauszubekommen. Ich kenne da jemanden, der uns sehr wahrscheinlich helfen kann.«

*

Die Pistole lag gut in der Hand, der Rückstoß war okay. Weinberg ließ das Magazin herausfallen und schob ein neues in die Waffe. Drei Schüsse fielen in rascher Abfolge. Zufrieden nahm der Polizist den Kopfhörer und danach die Schutzbrille ab. Er sah auf das Ziel, wo die Treffer nahe der Mitte eng beieinanderlagen. Doch in seinem Innern hatte er ein anderes Bild vor Augen.

Mitten in einem Archiv, vollgestellt mit Regalwänden, war ein Loch im Boden. Es wirkte tatsächlich so, als hätte sich die Erde geöffnet, ein dunkler Einstieg zur Unterwelt. Weinberg hatte schon einiges gesehen, aber diese Szene war besonders. Mehrere Mitarbeiterinnen und Mitarbeiter der Zeitung hatten in dem Kellerraum um das Loch herumgestanden, jedoch in gebührendem Abstand. So als hätten sie eine unbestimmte Angst verspürt, der Öffnung zu nahe zu kommen. So als wäre etwas Böses von ihr ausgegangen. Oder als hätte das Loch einen hinabziehen können, wenn man zu dicht herantrat. Zumindest war es ihm so gegangen.

Am Schießstand im Untergeschoss des Polizeireviers war es jetzt still. Alle Beamten, die heute ihre regelmäßige Schießübung absolviert hatten, hatten den Raum bereits verlassen. Weinberg prüfte das Magazin und sicherte die Heckler & Koch. Wie jeder Beamte und jede Beamtin, die er kannte, hoffte auch Weinberg, dass er die Waffe nie auf einen Menschen richten musste. Ihre Ausbildung war stark auf Deeskalation ausgerichtet. Der Gebrauch der Schusswaffe stellte die Ultima Ratio dar, ein letztes Mittel, das sie zwar alle trainierten, jedoch auch alle vermeiden wollten. Weinberg hatte noch nie in der Ausübung seiner Pflicht schießen müssen. Als er die Pistole jetzt in sein Holster steckte, dachte er daran, wie er sie gerade gestern erst gezogen hatte. Bei diesem Einsatz im Archiv des Ufer-Boten. Weinberg schloss die Augen und die Ereignisse liefen wie ein Film in seinem Inneren ab.

Alle Augen waren auf die beiden Beamten gerichtet. Weinberg kannte diese Blicke, sie begegneten Polizisten bei vielen Einsätzen. Die Menschen erwarteten von ihnen, dass sie irgendetwas taten, etwas Kompetentes, Richtiges, Hilfreiches. Weinberg wunderte sich manchmal selbst, dass ihnen das meistens sogar gelang. Mit seinem Kollegen trat Weinberg an die Öffnung im Boden und sah hinein. Der Boden lag etwa zwei Meter tief unter ihnen. Es war nichts zu sehen außer Dunkelheit.

Weinbergs Kollege rief in das Loch hinunter: »Hallo? Hallo, ist da jemand? Melden Sie sich, hier ist die Polizei!«

Keine Reaktion. Sie mussten runter. Wie so oft wussten sie auch in diesem Fall nicht, was sie bei einem Einsatz erwarten würde. Sie sollten wenigstens versuchen, noch ein paar brauchbare Informationen zu bekommen.

Weinberg wandte sich an die Umstehenden: »Wer von Ihnen hat uns angerufen?«

Eine junge Frau meldete sich. »Das war ich.«

»Was haben Sie gesehen? Bitte erzählen Sie das kurz.«

»Ich hatte im Archiv zu tun. Diese Öffnung im Boden war mir noch nie aufgefallen. Jetzt aber stand sie offen und daneben lag das Jackett von Herrn Ritter. Als ich hinuntersah, sah ich jemanden, ich glaubte, dass es Herr Ritter war. Ich rief, aber ich bekam keine Antwort. Da habe ich die Polizei angerufen.«

»Das war richtig«, sagte Weinberg. »Ich bitte Sie alle, wieder an Ihre Arbeit zu gehen und uns hier unsere machen zu lassen. Danke.«

Nachdem die Leute den Raum verlassen hatten, legte sich Weinberg auf den Boden und spähte in die Öffnung hinab. Immer noch nichts zu sehen. Er richtete sich auf, setzte sich an den Rand der Öffnung und sprang hinunter. Er würde sich das niemals eingestehen, aber seine Knie zitterten leicht, als er unten stand.

Aus dem Augenwinkel nahm er in der Ecke einen Schatten wahr. Weinberg erschrak, konnte sich aber beherrschen. Es war Ritter. Der Chefredakteur wirkte völlig apathisch.

In seinen Armen hielt er Bücher an die Brust gepresst. Er wirkte völlig mitgenommen, als hätte man ihn über den sandigen Boden geschleift. Er reagierte nicht, als Weinberg ihn ansprach. Erst als Weinberg ihn aufzurichten versuchte, sah Ritter ihn mit glasigen Augen an und zischte wie unter großer Angst: »Vorsicht! Vorsicht, wenn sie kommen, tun sie uns weh!«

Alarmiert zog Weinberg seine Dienstwaffe und leuchtete mit seiner Taschenlampe in das Dunkel des Ganges, der sich hinter ihnen öffnete. Nichts bewegte sich in dem Lichtkegel. Weiter hinten schien der Gang verschüttet zu sein. Dann packte er Ritter am Arm. Der Chefredakteur hielt krampfhaft die drei Bücher fest, ließ sich jedoch zur Luke führen.

Während Weinberg die Treppe zum Revier hinaufstieg, sah er das Gesicht Simon Ritters vor sich. Apathisch, wie eingefroren nach einem unbekannten Schrecken. Wie vom Schlag gerührt. Dabei war Ritter ein Vollblutjournalist, abgebrüht, einer, den so leicht nichts schocken konnte. Die wenigen Male, als er den Redakteur erlebt hatte, war er ihm wie ein Mann vorgekommen, der so ziemlich alles mit einer guten Portion Sarkasmus wegsteckte.

Aber dieser Gesichtsausdruck …

Was hatte den Mann so erschreckt?

*

Lisa legte den Telefonhörer wieder auf. Man hatte ihr mitgeteilt, dass Polizeiobermeister Weinberg gerade nicht erreichbar sei.

Grünwald hatte sein Gespräch ebenfalls beendet. Er wandte sich zu Lisa und sagte: »Ich habe mit dem ehemaligen Mesner des Münsters gesprochen. Er heißt Fuchsberger, Alois Fuchsberger. Keiner kennt die Kirche besser als er.«

»Mesner, was ist das?«, fragte Lisa.

»Das ist der Küster, der Sakristan. Er ist für die Kirche zuständig. Im Süden sagen wir zu diesem Mann Mesner. Eigentlich sagen hier die meisten Mesmer. Natürlich kann es auch eine Mesmerin sein. Fuchsberger ist ein waschechter Sohn dieser Stadt, seine Vorfahren lassen sich hier mindestens 300 Jahre zurückverfolgen. Er ist kein Zugezogener wie ich …«

»Oder ich. Wobei Sie es ja nicht so weit hatten, nicht?«

»Ja«, stimmte Grünwald lachend zu, »Konstanz ist nicht wirklich weit weg. Nur ein Sprung über den See. Jedenfalls sagt unser Mesmer Fuchsberger, dass er die alte Legende kennt, die besagt, dass sich unter dem Münster unterirdische Gänge befinden. Das habe man sich schon immer erzählt. Der Einstieg sei bei einem der vielen Altäre in den Seitenkapellen zu finden. Er meint zu wissen, dass es sich um den Dreikönigsaltar handelt.«

»Von einem Dreikönigsaltar ist in der Chronik nichts zu lesen«, warf Lisa ein.

»Das ist auch nicht möglich«, sagte Grünwald und hielt einen bebilderten Kunstführer in die Höhe. »Ich habe nachgesehen. Der Altar stammt von 1689.«

»Mehr als 40 Jahre nach den Ereignissen, die Konrad beschreibt, und 7 Jahre nach seinem Tod. Sind wir auf der falschen Spur?«, fragte Lisa.

»Das weiß ich nicht«, gab Grünwald zu. »Auf jeden Fall konnte Konrad nichts von diesem Altar wissen. Wir werden uns das Ganze mal ansehen müssen.« Die Türglocke ertönte. »Davor kann uns aber schon einmal der Mesner einen Einblick geben. Ich habe ihn eingeladen. Das wird er sein.«

Grünwald stellte die Kaffeekanne auf den Tisch, um den sie zu dritt saßen, und sagte: »Alois, erzähl uns doch etwas über das Münster. Und über die Gänge, die darunter existieren sollen.«

»Wo soll ich da anfangen?«, sagte Fuchsberger. Der alte Mesner strahlte. Es war deutlich zu sehen, dass es wohl kaum ein Thema gab, über das er lieber sprach. »Schon um die Schwelle des ersten zum zweiten christlichen Millennium stand an dieser Stelle eine Kirche, die dem heiligen Nikolaus geweiht war. Nikolaus ist nämlich nicht nur ein Freund der Kinder, sondern vor allem der Patron der Seefahrer und Fischer. Jedes Jahrhundert wurde an der Kirche weitergebaut, beinahe von jeder Generation. Um 1180 verlieh Kaiser Friedrich Barbarossa der Stadt das Marktrecht.«

»War er mal hier?«, fragte Lisa dazwischen.

»Natürlich«, sagte Fuchsberger in einem Ton, als hätte die junge Frau die Existenz des Staufers selbst hinterfragt. »Das ganze Bodenseegebiet, auch große Teile der heutigen Schweiz gehörten damals zum Herzogtum Schwaben.«

»Zum Glück ging er dann nicht hier schwimmen«, sagte Lisa.

Grünwald lachte.

»Wieso?«, fragte Fuchsberger irritiert.

Der Archivar sagte: »Ein Witz unter Historikern. Der Stauferkaiser konnte nicht besonders gut schwimmen.«

»Er ertrank in einem Fluss namens Saleph auf einem Kreuzzug«, fügte Lisa hinzu.

Fuchsberger sagte: »Bestimmt wäre er lieber im Bodensee ertrunken.«

»Ohne Zweifel«, antwortete Lisa.

Grünwald forderte ihn auf: »Erzähl weiter!«

»Ab der Mitte des 13. Jahrhunderts wurde die Nikolaus-Kirche zur Pfarrkirche. Nun wurde sie immer schneller ausgebaut und vergrößert. Die Glanzzeit der Stadt lag aber im 15. und 16. Jahrhundert. Da war sie zur Freien Reichsstadt erhoben worden und ein bedeutender Handelsplatz auf dem Weg zwischen dem Reich und Italien. Aus dieser Zeit stammt auch der prächtige Rathaussaal.«

»Und die Osanna-Glocke«, warf Grünwald ein.

»Ja, die Osanna-Glocke«, stimmte Fuchsberger begeistert zu. »Sie ist die größte Glocke am Bodensee. Unten hat sie einen Durchmesser von fast zwei Metern und sie wiegt um die sieben Tonnen. Sie hat einen Turm nur für sich allein, den Südturm des Münsters.«

»Und was ist mit den Gängen?«, fragte Grünwald.

Fuchsberger vergaß völlig seinen Kaffee zu trinken. Er war in seinem Element. »Seit ich ein Kind war, gab es über die Gänge Geschichten«, sagte er. »Das war nach dem Zweiten Weltkrieg. Überlingen war nicht zerstört worden, aber natürlich fehlte es auch hier an allem. Wir Kinder mussten früh arbeiten, und wenn wir spielten, dann irgendwo in den Stadtgräben oder in alten Häusern. Unsere Eltern wollten uns aus den alten Kellern raushaben. In halb eingefallenen Gängen oder Stollen durften wir erst recht nicht spielen. Dabei waren die natürlich am faszinierendsten.«

»Natürlich«, sagte Grünwald.

»Natürlich«, sagte Lisa.

»Da haben sie uns Geschichten erzählt, die uns von den Gängen fernhalten sollten«, fuhr Fuchsberger fort. »Vielleicht sind es nur Geschichten, vielleicht ist aber auch was Wahres dran. Denn auch schon die Eltern unserer Eltern haben diese Geschichten erzählt.«

»Welche Geschichten?«, fragte Grünwald.

»Sie sagten, unter dem Münster liege ein Schatz. Vor langer Zeit haben angeblich drei junge Männer versucht, ihn zu finden, und sind in einen Gang eingestiegen. Wo das war, weiß man nicht. Jedenfalls gingen sie mit Kerzenleuchtern durch verschiedene Gänge, ein ganzes Labyrinth, bis sie in ein Gewölbe kamen. Dort sahen sie mehrere alte Kisten stehen.«

»Der Münsterschatz«, warf Grünwald ein.

»Ja, der Münsterschatz«, sagte Fuchsberger und nickte. »Aber es war auch eine unheimliche Gestalt dort unten, die den Schatz bewachte und ihre Kerzen ausblies. Im Dunkeln irrten die Burschen mehrere Tage durch die Gänge, bis sie eine Luke fanden und gegen sie hämmerten. Es heißt, ein erstaunter Kapuziner hätte ihnen in seinem Klostergarten geöffnet.«

»Das ehemalige Kapuzinerkloster liegt im Westen der Stadt«, murmelte Grünwald. »Dort, wo heute der Stadtpark an den See stößt.«

Alois Fuchsberger trank seinen kalten Kaffee aus und lehnte sich dann nach vorne. Er sah von Grünwald zu Lisa und wieder zurück zu Grünwald. »Jetzt erzählt mir mal, wieso ihr das alles wissen wollt.«

20

Kranz trat in die Zelle, in der Chefredakteur Ritter auf einer Pritsche lag. Er sah sich um. Der Raum maß drei auf zwei Meter. Komfortabel. Er hatte schon engere Zellen gesehen. Rechts über der Tür war eine Kamera angebracht. Kranz wusste, dass oben auf der Wache ein halbes Dutzend Leute an den Bildschirmen saß. Er nahm sein Jackett ab und hängte es über die Linse. Dann stellte er einen Stuhl, den er aus einem Nachbarzimmer mitgebracht hatte, vor die Pritsche und setzte sich rücklings darauf. Er legte die Arme auf die Lehne und sah Ritter an. Der Chefredakteur hielt seine Augen krampfhaft geschlossen. Mit einem Ruck drehte er sich von Kranz weg zur Wand.

Kranz schüttelte leicht den bulligen Kopf. Der wollte es allem Anschein nach auf die harte Tour. Trotzdem wollte Kranz es zunächst sanft und freundlich versuchen.

»Hey, Ritter«, sagte er mit einer beinahe schmeichelnden Stimme. »Kommen Sie, reden Sie mit mir. Ich kann Ihnen helfen.«

Er ließ seine Worte eine Weile wirken. Keine Reaktion.

»Ritter«, versuchte er es noch einmal, »Sie haben Schreckliches erlebt da unten, das kann ich mir denken. Sagen Sie mir, was passiert ist. Wenn Sie unschuldig sind, ist es nur von Vorteil für Sie, wenn Sie mir alles erzählen.«

Nichts.

Das hatte Kranz befürchtet. Wenn nicht so, dann eben anders. Der stiernackige Beamte hatte in den letzten Jahren alle möglichen harten Nüsse geknackt, Rechtsradikale, Linksterroristen, Islamisten. Ein kleiner Journalist eines Provinzblattes bereitete ihm keine Kopfschmerzen. Er stand auf und schob den Stuhl zurück, dann packte er Ritter am Hosenbund und am Kragen und riss ihn hoch. Mit einem festen Ruck setzte er ihn auf die Pritsche, mit dem Rücken an die Wand. Ritter riss die Augen auf, sein Blick zeigte mehr Überraschung als Erschrecken.

»Das dürfen Sie nicht«, stammelte er.

Kranz zog ihn mit der Linken am Kragen nach vorne und verpasste ihm mit der Rechten zwei schallende Ohrfeigen.

»Kommen Sie mir nicht mit so einem Juristen-Scheiß!«, zischte er Ritter an. »Sie haben keine Ahnung, was ich darf!«

Ritters Stimme klang weinerlich, als er sagte: »Ich kenne meine Rechte ...«

Er konnte nicht ausreden. Kranz stieß ihn vor die Stirn, wodurch sein Hinterkopf an die Zellenwand knallte. Für einen Augenblick sah Ritter Sterne vor seinen Augen tanzen. Wie aus einem Nebel hörte er die Stimme wieder: »Rede, verdammt noch mal! Was hast du da unten getrieben? Was enthalten die Bücher, die du nicht hergeben wolltest? Satanische Rituale? Hast du die Menschen deshalb umgebracht? Hältst du dich für einen beschissenen Diener der Unterwelt, oder was? Rede, du kranker Mistkerl!«

Ritter rieb sich den schmerzenden Hinterkopf. »Ich habe nichts getan!«, schrie er. »Ich wurde dort unten von einem Mann überwältigt! Der gab mir die Bücher und schärfte mir ein, sie nicht loszulassen. Ich weiß nicht, was das für Bücher sind! Das habe ich Ihren Kollegen doch schon alles gesagt!«

Kranz schob sich vor, sodass Ritter ängstlich zurückzuckte. »Komm mir nicht mit der verlogenen Scheiße vom unbekannten Mann! So was kannst du in deinem Käseblatt für die Bauern und Fischer abdrucken. Glaub nicht, dass du deinen armseligen Kuhschädel noch aus der Schlinge ziehen kannst! Man hat dich da unten gefunden, wie du mit einem Haufen Knochen gespielt hast, verdammt noch mal! Weißt du, wie das aussieht? Das ist, wie wenn du deine Alte überraschst, wie sie gerade mit dem Nachbarn zugange ist, und sie dir dann sagt: ›Wir machen nur gemeinsam Yoga!‹«

Ritter schüttelte verzweifelt den Kopf. »Lassen Sie mich in Ruhe! Ich werde nur noch mit einem Anwalt reden!«

»Nein, du wirst mit mir reden, du Märchenerzähler«, sagte Kranz bestimmt. »Du entscheidest nur darüber, ob du es mit oder ohne Zähne tun willst.«

Ritter rutschte in die Ecke der Zelle und rief: »Hilfe! Hilfe! Ich werde gefoltert!«

Kranz zog den Redakteur am Kragen hoch. Er drückte ihn an die Wand, sodass Ritter keinen Fuß mehr auf dem Boden hatte, und drohte: »Noch so 'ne Nummer und ich geb dir echte Gründe zu schreien!«

In diesem Augenblick flog die Zellentür auf und Cornelius trat ein. »Lassen Sie ihn sofort los!«, sagte er mit fester Stimme.

»Raus!«, brüllte Kranz.

Doch dann hörte er das vertraute Geräusch, das ein Schlagstock verursacht, wenn er aus der Schlaufe am Gürtel gezogen wird. Ohne Ritter loszulassen, drehte er sich um. Neben Cornelius stand ein muskulöser uniformierter Beamter und hielt einen Schlagstock in der Hand.

»Cornelius, verschwinden Sie und nehmen Sie Ihren Gorilla mit, bevor ich ihm wehtun muss«, sagte Kranz gepresst.

Cornelius sprach betont ruhig. »Zwingen Sie mich nicht, Sie festzunehmen.«

Kranz bekam einen roten Kopf. »Sie behindern hier Polizeiarbeit! Wissen Sie überhaupt, was das ist, Sie Dorfwächter?«

»Ich weiß nicht, was hier vorgeht, aber es ist ganz bestimmt keine Polizeiarbeit«, antwortete Cornelius.

Kranz ließ Ritter los, riss sein Jackett von der Kamera und verließ die Zelle. Der Chefredakteur sank zusammen und kauerte sich auf den Boden.

Cornelius folgte Kranz, der ihn vor der Zelle erwartete.

»Sie haben das Verhör in einem entscheidenden Moment unterbrochen!« fuhr ihn der Zwei-Meter-Mann an. »Ritter hat die Tat gerade gestanden. Jetzt hat er Zeit, sich wieder was auszudenken, um sich rauszureden!«

Cornelius schien unbeeindruckt von der massiven physischen Präsenz des Soko-Ermittlers. Er wirkte nur irgendwie traurig. »In meinem Revier werden Verhöre weder in den Zellen noch unter Anwendung von Gewalt durchgeführt«, sagte er. »Bei einem dringenden Tatverdacht wird der Verdächtige dem Haftrichter vorgeführt. Wenn Sie wollen, vereinbare ich einen Termin für Sie.«

»Verschonen Sie mich mit Ihrer klugscheißerischen Rechtsstaat-Nachhilfestunde! Ich sagte Ihnen gerade, dass Ritter mir gegenüber gestanden hat! Der Fall ist abgeschlossen!«

»Hören Sie auf, Kranz! Es fällt mir schwer genug, über Ihr Verhalten in der Zelle hinwegzusehen. Eigentlich müsste ich sofort eine Dienstaufsichtsbeschwerde einreichen. Vielleicht tue ich das noch. Ein Geständnis unter diesen Umständen ist jedenfalls völlig wertlos! Wir sind nicht in den USA, wo ein Schwarzer die Giftspritze bekommt, nur weil ein Sheriff behauptet, er hätte ihm irgendwas unter vier Augen gestanden!«

Der uniformierte Beamte kam aus der Zelle und schloss sie hinter sich ab. Er hatte Ritter aufgeholfen und sich seine schluchzenden Klagen angehört. Nun stellte er sich neben Cornelius.

»Danke, Weinberg.« Der Kommissar nickte ihm zu. »Gehen Sie jetzt«, sagte er zu dem Soko-Leiter, »und betreten Sie Ritters Zelle nicht noch einmal ohne meine ausdrückliche Erlaubnis. Solange er hier in diesem Revier sitzt, ist er mein Gefangener und genießt den Schutz des Rechtsstaats. Und in unserem Rechtsstaat gilt er so lange als unschuldig, bis seine Schuld bewiesen und er rechtskräftig verurteilt ist.«

Kranz sah ihn einige Augenblicke stumm an. Seine Kiefermuskeln zuckten. »Ja, er ist Ihr Gefangener. Solange er hier ist«, sagte er dann, rempelte Weinberg an und stürmte aus dem Keller.

*

Der Archivar dachte nach. Er kannte seinen Freund Alois Fuchsberger seit Ewigkeiten. Obwohl sie sehr verschieden waren, was ihre Persönlichkeiten und die Bildung anbelangte, verband sie eine herzliche Zuneigung und das Interesse an der Stadt- und Münstergeschichte. Sie hatten miteinander schon so manche Stunde zusammengesessen, alte Schriftstücke gelesen und nicht wenige Ausflüge zusammen unternommen, manche in der Region wie in die alte Bischofsstadt Chur, aber auch bis hinunter nach Süditalien waren sie schon gereist, zum Grab des Münsterpatrons, des heiligen Nikolaus, nach Bari in Apulien.

Dennoch war sich Grünwald nun nicht mehr sicher, ob es richtig gewesen war, Fuchsberger einzuweihen. Sein Freund war schweigsam geworden. Grünwald wusste, dass Alois ihm glaubte. Und Fuchsberger konnte darauf vertrauen, dass Grünwald ihm niemals die Unwahrheit erzählen würde. Aber wie würde Alois Fuchsberger mit dieser Information umgehen?

Lisa riss ihn aus seinen Gedanken. Sie kam an seinen Schreibtisch und sagte aufgeregt: »Ich habe Markus erreicht. Sie werden nicht glauben, was passiert ist. Ich weiß gar nicht, wo ich anfangen soll … Also, der Verdächtige aus der Zeitung ist Chefredakteur Ritter.«

»Was?!« Grünwald fuhr von seinem Sitz hoch. Er starrte Lisa mit offenem Mund an. Unter anderen Umständen hätte Lisa vermutlich über seinen entgeisterten Gesichtsausdruck lachen müssen. Sie informierte den alten Archivar darüber, was sie erfahren hatte. »Jedenfalls haben sie Ritter völlig apathisch in den unterirdischen Gängen gefunden, offensichtlich weggetreten oder in einem Schockzustand. Die Polizei hat aber noch mehr entdeckt. Knochen und Blut.«

Der Archivar atmete tief durch. Lisa gab ihm Zeit, das Gehörte erst einmal zu ordnen.

»Woher wusste Ihr Bekannter das alles so detailliert?«, wollte Grünwald schließlich wissen.

»Er war dabei, als sie ihn hochholten«, sagte Lisa. »Allerdings seien nach kurzer Zeit bereits Beamte einer Sondereinheit oder Sonderkommission eingetroffen und hätten die Ermittlungen an sich gerissen, damit auch die Bücher.«

Grünwald schaute ruckartig auf. »Was für Bücher?«, fragte er.

Lisa lächelte ein wenig. »Sie hatten recht«, sagte sie. »Dort unten befand sich ein geheimer Versammlungsraum der Löwenzunft, zumindest liegt der Gedanke nahe. Denn man entdeckte eine Tafel mit circa zehn Stühlen, verschiedene andere Möbel, alles antik, und eine Truhe mit Büchern. Mit Sicherheit enthalten sie Aufzeichnungen der Zunft. Drei davon hielt Ritter umklammert und wollte sie nicht loslassen. Wenn wir nur an diese Bücher kommen könnten!«

Jetzt lächelte Grünwald. »Wir müssen nicht an die Bücher kommen. Die Bücher kommen zu uns.«

In Lisas Blick stand ein Fragezeichen.

»Wenn sie tatsächlich alt sind, braucht man doch sicherlich jemanden, der sie lesen kann. Oder meinen Sie, dass auf der Polizeischule Paläografie gelehrt wird?«

*

Es war Abend geworden, Grünwald war wieder einmal im Archiv geblieben, um noch zu lesen. Lisa hatte sich verabschiedet und auf den Weg zu ihrer alten Schulfreundin gemacht.

Die Kneipe, die Gwen ausgesucht hatte, war eine Spelunke, aber Lisa fand sie irgendwie gemütlich. Die Tischplatten bestanden aus alten Schiffsplanken. Nur dass hier geraucht wurde, war ungewohnt.

Nachdem die Tätowiererin Bier für sie beide bestellt hatte, fragte sie: »Du hast mir immer noch nicht gesagt, weshalb du und dein Chef so auf diese Frau am See abgefahren seid.«

»Dr. Grünwald ist nicht mein Chef«, präzisierte Lisa. »Er arbeitet mich ein und danach beerbe ich ihn im Archiv. Ich bin seine Nachfolgerin.«

»Schon gut«, beschwichtigte Gwendoline, »ich weiß. Er ist übrigens ein wirklich netter älterer Herr.« Sie blinzelte Lisa an und setzte hinzu: »Hast du was mit ihm?«

»Nein!«, fuhr Lisa auf. »Was denkst du denn?«

»Reg dich nicht auf. Ich hatte einmal einen Richter in dem Alter.«

»Gwen, hast du vergessen, dass wir beide krasse Gegensätze sind? Oder willst du mich einfach mal wieder auf den Arm nehmen? Um der alten Zeiten willen?«

Ein Mädchen, das äußerlich wesentlich mehr zu Gwen gepasst hätte als Lisa, stellte die Getränke auf den Tisch.

Gwendoline stieß mit Lisa an. Sie tranken.

Dann sagte Gwen: »Seit ich nach der Schule das Tätowieren entdeckt habe, habe ich mir für alle Menschen, die mir viel bedeuten, ein Tattoo stechen lassen. Das allererste war für dich.«

»Im Ernst?«, fragte Lisa.

Gwen krempelte ihren linken Ärmel hoch. »Im Ernst«, sagte sie.

Auf dem Oberarm sah Lisa zwei Rosen, eine schwarze und eine weiße, ineinander verschlungen.

»Das berührt mich«, sagte Lisa ehrlich.

»Das hoffe ich«, entgegnete Gwen augenzwinkernd. »Das erste Mal tut's nämlich am meisten weh. Möchtest du auch das für meinen ältlichen Richter sehen? Es könnte aber sein, dass es dir peinlich wird, wenn ich die Stelle entblöße, wo ich es habe.«

»Gwen, bitte!«

»Okay, anderes Thema. Was ist also mit der bleichen Tante, die ich getroffen habe? Warum findest du sie so interessant? Woher kennst du sie?«

»Das ist schwer zu erklären«, wich Lisa aus.

Doch Gwen ließ nicht locker: »Falls du irgendeinen Ärger mit ihr hattest, ist es okay, glaube mir. Sie scheint nicht sauer auf dich zu sein.«

Lisa zuckte zusammen. »Hast du sie noch mal getroffen?«, fragte sie atemlos.

»Ja, habe ich. Sie war sehr freundlich. Sie ist auch ein wenig unheimlich, das gebe ich zu. Aber sie hat mich ausdrücklich gebeten, dir und Grünwald Grüße auszurichten.«

Lisa hatte auf einmal das Gefühl, als würde sich unter ihr der Boden öffnen. Schwindel ergriff sie. Alles Blut wich aus ihrem Gesicht.

»Bist du okay?«, fragte Gwen.

Die Archivarin konnte nicht reden. In ihrem Kopf drehte sich alles.

Gwen sagte: »Du siehst auf einmal so blass aus wie diese Frau.«

Das gab Lisa den Rest. Ihr Magen drehte sich um. Sie sprang auf und torkelte zur Treppe, die hinunter zu den Toiletten führte. Sie schaffte es gerade noch in eine Kabine und übergab sich.

Als sie die Kabine wieder verließ, fühlte sie sich miserabel. Sie wankte zu einem Waschbecken und wusch sich das Gesicht. Ihre Hände zitterten. Ihr Blick war müde, ihre Haare hingen wirr um den Kopf. Das Bild, das sie von sich im Spiegel sah, sah genauso aus, wie sie sich fühlte.

An der Tür stand Gwen. Sie zog an einer Zigarette, ließ sie auf den Boden fallen und trat sie aus. »Denkst du nicht, dass du mir endlich etwas erzählen solltest?«, fragte sie.

*

Der nächste Tag hüllte den See und die Stadt in dichten Nebel. Nach den hellen spätsommerlichen Tagen wirkte die Gegend wie in eine düstere Märchenwelt verwandelt.

Lisa holte Grünwald wie üblich an seiner Haustür ab. Sie hatte kaum geschlafen. Ihr war zum Weinen zumute. Als sie im Archiv ankamen, beschloss sie, sich Grünwald anzuvertrauen. Unsicher sagte sie: »Herr Dr. Grünwald, gestern habe ich meine Freundin Gwendoline aus Münster wiedergetroffen.«

»Eine reizende junge Frau. Wie Sie. Und doch auch ganz anders.«

Lisa musste lächeln. Doch sie wurde gleich wieder ernst. »Sie hat mir etwas erzählt. Etwas sehr Beunruhigendes.«

Grünwald spürte, dass Lisa durcheinander war. Sie fuhr fort: »Sie hat diese merkwürdige Frau noch einmal gesehen. Die neue Weiße Frau. Oder die Person, die wir dafür halten. Sie hat wieder mit ihr gesprochen. Und …« Sie schwieg. Es fiel ihr schwer, weiterzusprechen. Schließlich fasste sich Lisa ein Herz: »Gwen erzählte, dass die Weiße Frau Grüße an uns ausgerichtet hat. Namentlich.«

Der Archivar sah sie mit offenem Mund an. »Das heißt, dass sie uns kennt. Aber … woher?«

»Das weiß ich auch nicht«, sagte Lisa. »Aber es macht mir schreckliche Angst.« Sie war kurz davor, in Tränen auszubrechen.

Grünwald legte einen Arm um ihre Schultern. »Es macht mir auch Angst«, sagte er. »Ich hatte bereits das Gefühl, dass sie mich beobachtet.«

Lisa sagte nichts. Es tat ihr gut, in den Arm genommen zu werden. Sie legte ihren Kopf an Grünwalds Schultern. So fühlte sie sich beschützt.

Dann sagte Grünwald: »Verscheuchen Sie diese Gedanken. Machen wir unsere Arbeit. Danach werden wir uns der Weißen Frau widmen. Wenn sie uns kennt, ist es noch wichtiger, so schnell wie möglich an sie heranzukommen. Aber jetzt müssen wir erst den Kopf freibekommen. Das geht am besten mit Arbeit.«

Lisa wusste, dass Grünwald recht hatte. Sie sah ihn dankbar an und setzte sich an ihren Schreibtisch.

Gewohnheitsmäßig erledigten sie die anstehenden Aufgaben: eine Anfrage der Universität von Freiburg zum Bau der Eisenbahn am Bodenseeufer im 19. Jahrhundert und einen Beitrag zu einem Projekt des Landratsamtes. Lisa spürte, dass es ihr guttat, ihrer täglichen Arbeit nachzugehen. Von Stunde zu Stunde fühlte sie sich wieder stärker.

Kurz vor ihrer Mittagspause läutete es an der Tür.

»Ich geh schon«, sagte Lisa und ging nach unten. Grünwald hörte Stimmen, dann trat seine Nachfolgerin mit zwei Männern ein, denen man sofort ansah, dass sie von einer staatlichen Stelle kamen, sosehr sie auch bemüht schienen, sich unauffällig zu kleiden.

»Sie sind Dr. Grünwald?«

Grünwald nickte. »Und mit wem habe ich das Vergnügen?«

»Mit Dr. Engels haben wir uns bereits bekannt gemacht. Wir sind vom Landeskriminalamt, mein Name ist Müller und das ist Herr Meier.«

Wie Laurel und Hardy, dachte Grünwald. »Was kann ich für Sie tun, meine Herren?«

Müller räusperte sich. Es war offensichtlich, dass diese Männer es nicht gewohnt waren, jemanden um Hilfe zu bitten. »Herr Müller, geben Sie ihnen das Material.«

Müller, der eben als Meier vorgestellt worden war, zog zwei in helles Leder gebundene Bücher aus seiner Aktentasche. Danach holte er noch ein kleineres in einem dunklen Einband hervor. »Sie sollen Experten für alte Schriften sein, wie wir hörten. Bei einer kürzlich erfolgten Durchsuchung wurden diese Bücher sichergestellt. Wir möchten wissen, ob Sie beide in der Lage sind, diese Bücher zu entziffern. Und wenn ja, was drinsteht.«

Sein Kollege fügte hinzu: »Darüber hinaus interessiert uns, ob diese Schriften tatsächlich alt sind oder ob es sich um moderne Fälschungen handelt.«

Lisa reagierte zuerst. »Gut, geben Sie her.«

Meier oder Müller schien überrascht. »So schnell geht das nicht. Zunächst muss ich Sie darauf hinweisen, dass diese Sache streng vertraulich ist. Außerdem müssen Sie uns den Empfang noch quittieren.«

»Klar, wo soll ich unterschreiben?«

Die Männer sahen irritiert zu Grünwald. »Müssen nicht Sie …?«

»Nein, meine Herren«, entgegnete Grünwald. »Dr. Engels ist die Chefin hier. Ich sehe nur so jung aus, aber ich bin schon in Pension.«

Müller oder Meier reichte Lisa das Formular. Sie las es aufmerksam durch und unterschrieb dann. Als sie das Papier zurückgab, sagte sie: »Wenn Sie uns noch mitteilen, wie wir Sie erreichen können, melden wir uns, sobald wir etwas herausgefunden haben.«

Meier oder Müller reichte ihr eine Karte. Mit kurzem Gruß verabschiedeten sich die beiden.

Lisa strahlte Grünwald an. »Sie hatten wirklich recht! Die Bücher sind zu uns gekommen!«

Grünwald räumte einen Tisch frei. »Kommen Sie, legen Sie die Bücher hierhin. Kaum zu glauben, dass diese Dilettanten sie einfach in ihre Aktentasche gesteckt hatten!«

*

Zwei der Bücher enthielten die Protokolle der Sitzungen der Löwenzunft. Sie waren in verschiedenen Handschriften geschrieben und viel schwerer zu entziffern als die im Kloster geschulte Handschrift Konrads. Nach kurzen, konzentrierten Bemühungen war Grünwald und Lisa jedoch klar, dass sie diese Bücher vernachlässigen konnten. Diese Aufzeichnungen waren zwar von größtem historischem Interesse, aber sie trugen nichts zu den Nachforschungen bei, die Lisa und Grünwald gerade betrieben. Deshalb fiel es dem Archivar und seiner Nachfolgerin auch schwer, die Schriften aus der Hand zu legen, brachten sie doch Licht in viele unerklärliche Wendungen und Ereignisse der Stadtgeschichte.

Dann öffnete Lisa das dritte Buch. Auch in diesem fanden sich verschiedene Handschriften. Der Inhalt elektrisierte sie. Die Mitglieder der Löwenzunft hatten hier ihre Protokolle über ihre Gefangene, die Weiße Frau, festgehalten. Männer, deren Hand das Schreiben kaum gelernt hatte, berichteten, wie sie das Ungeheuer gefüttert hatten. Atemlos lasen Grünwald und Lisa von Wegelagerern, Räubern und Landstreichern, die nie von einem ordentlichen Gericht verurteilt, sondern von Schergen der Zunft gefangen genommen worden waren. Alle paar Wochen war so ein Unglücklicher der Bestie vorgeworfen worden. Und nicht nur Missetäter und solche, die die Zunft für Missetäter gehalten hatte, waren geopfert worden. Die Aufzeichnungen ließen keinen Zweifel daran, dass die Löwenzunft in Zeiten, während derer kein »passendes Opfer« gefunden werden konnte, nicht davor zurückgeschreckt war, Einwohner der Stadt zu entführen. Nüchtern und emotionslos beschrieben die Protokolle, wie Unfälle und Verbrechen vorgetäuscht worden waren, um vor allem Alte und Gebrechliche zu fangen und der Weißen Frau vorwerfen zu können. Immer wieder waren auch politische Gegner verschwunden, die sich den heimlichen Zielen der Löwenzunft entgegengestellt hatten.

Schließlich musste Lisa ihren Vortrag abbrechen. Tränen erstickten ihre Stimme, als sie las, wie zwei als Strauchdiebe verkleidete Zunftmitglieder, Ferdinand Büsser von den Metzgern und der ehrenwerte Zunftmeister der Winzer, Julian Hauser, einen zwölfjährigen Jungen beim Spielen überfallen und in einen Sack gesteckt hatten. Trotz seines Weinens und Flehens hatten sie ihn zu der Weißen Frau in den Käfig geworfen. »Wie ist so etwas möglich?«, fragte sie mit brüchiger Stimme.

Grünwald sah um Jahre gealtert aus. Er nahm seine Brille ab und rieb sich die Augen. »Das hätte ich nicht für möglich gehalten«, sagte er leise.

Lisa atmete ein paarmal tief durch. »Es scheint ganz so, als wären viele, wenn nicht alle Untaten, die man der Weißen Frau zuschob, in Wirklichkeit von Menschen begangen worden, die für sich in Anspruch nahmen, die Geschicke der Stadt und ihrer Bewohner zu lenken.«

Grünwald stand auf und trat an das Fenster. Ohne sich umzudrehen, sagte er: »Die Weiße Frau war eine Mörderin, vielleicht weil es ihre Natur war, wir wissen es nicht. Aber die wahren Ungeheuer waren Menschen, und sie saßen im einflussreichsten Rat der Stadt.«

»Alles ehrbare und angesehene Bürger«, sagte Lisa bitter. »Und weshalb haben sie die Weiße Frau überhaupt gefangen gehalten und … füttern müssen? Um ihre Macht zu sichern.«

»Ja«, stimmte Grünwald zu und kam zurück an den Tisch, »Sie haben recht. Lassen Sie uns noch den Rest lesen, es sind nur noch ein paar Seiten.«

21

Gwendoline schloss das Tattoostudio ab, sorgte für den richtigen Sitz ihrer Trainingshose und begann zu laufen. Heute Abend sollte es nur eine kleine Runde sein, sie war ganz schön erledigt. Aber wenn sie sich nicht noch ein wenig bewegte, würde sie sich nicht entspannen können. In nur zwei Minuten war sie am Seeufer und lief in westlicher Richtung aus der Stadt hinaus. Die Sonne war bereits untergegangen.

In ihrem Kopf drehten sich Gedanken, Bilder und Erinnerungen, die sie den ganzen Tag schon beschäftigt hatten. Die Frau, die sie manchmal bei ihren Läufen getroffen hatte, sollte eine Mörderin sein? Eine äußerst brutale Serienmörderin, sogar eine Kannibalin? Das war der größte Bullshit, den sie je gehört hatte. Wo lebten sie denn, im Mittelalter?

Doch gab es nicht auch heute noch Berichte von Kannibalen? Nicht von Kannibalen aus der Südsee, sondern mitten aus Deutschland? Und sie hatte die Geschichte immerhin von Lisa gehört. Ihre Freundin war keine Spinnerin, im Gegenteil, sie war die Vernunft selbst. Gwendoline konnte sich an so manche Begebenheit erinnern, in der Lisa geradezu langweilig vernünftig gewesen war. Lisa Engels war der vertrauenswürdigste Mensch, den sie kannte. Wenn Lisa ihr diese Geschichte erzählte, dann hatte sie einen Grund dafür, und der konnte nur darin bestehen, dass sie selbst glaubte, was sie da sagte. Und natürlich wollte Lisa auch, dass Gwen ihr glaubte, dass sie ihr beistand.

Gwendoline beschleunigte ihr Tempo, als könnte sie mit dem Sprint den Druck hinter sich lassen, der auf ihr lastete. Konnte sie diese Story glauben? Auf der anderen Seite: Konnte sie ihrer Freundin Lisa *nicht* glauben?

Das Bild der Frau tauchte vor ihrem inneren Auge auf. Lisa nannte sie die neue Weiße Frau. Es stimmte, irgendwie war die Frau geheimnisvoll, vielleicht auch unheimlich, aber sie war auch freundlich.

Das Gesicht der mysteriösen Frau vor Augen rannte Gwendoline noch 300 Meter weiter und blieb dann stehen. Sie würde Lisa glauben. Sie würde ihr glauben, auch wenn sie sich dazu zwingen musste. Lisa war vernünftig und intelligent und sie log nicht. Sie log sich auch selbst nichts vor. Vielleicht war Lisa ein wenig durcheinander oder ihr Archivar, dieser Grünwald, hatte ihr einen Floh ins Ohr gesetzt. Aber irgendetwas war an der Geschichte dran, das stand fest.

Links vor ihr am Seeufer trat aus dem dichten Schilf eine Gestalt hervor. Gwendolines Herz begann zu rasen, ihre Adern an Hals und Stirn fingen an zu pochen. Sie konnte den Blick nicht von der zierlichen Frau abwenden, die langsam auf sie zukam und ihr mit ihrer schlanken Hand zuwinkte.

»Komm her«, sagte die Weiße Frau.

*

Die Weiße Frau wurde immer hungriger. Seit einer Woche hatten wir es nicht vermocht, ihr einen neuen Menschen zuzuführen. Die Bürger waren misstrauisch geworden. Wenn wir gewusst hätten, wie wir uns ihrer entledigen könnten, hätten wir es getan, allein wir wussten es nicht.

Sie scheint unter Wasser ebenso existieren zu können wie an der Luft. Um ihr mit dem Schwert gegenüberzutreten, dazu fehlte uns allen der Mut. Wie vermessen waren wir gewesen zu glauben, dass wir ein Wesen dieser Art zu beherrschen vermochten. Jetzt mussten wir einen der unseren opfern.

Der hochwürdige Komtur der Deutschritter trat an einem Samstag in den Keller. Was er uns danach berichtete, ließ uns das Herz stocken. Bruder Liebig wollte den Käfig öffnen und die Kreatur freilassen. Nur mit Gewalt konnte der Komtur ihn daran hindern, und dafür schulden wir alle ihm ewigen Dank. Denn hätte unser Bruder Liebig die Frau befreit, wir wären ohne Zweifel alle des Todes gewesen.

Grünwald und Lisa sahen sich an. Warum in aller Welt hatte ein Mitglied der Löwenzunft die Bestie befreien wollen? War er ein Selbstmörder gewesen? Hatten ihn seine Nerven im Stich gelassen? Der Archivar las weiter:

Mit dem Knauf seines Dolches schlug er Bruder Liebig nieder und fesselte ihn mit seinem Gürtel. Er ließ nach uns schicken und berichtete. Die Weiße Frau tobte in ihrem Käfig, sodass wir alle schlotternd dastanden. Doch es kam noch schlimmer. Bruder Liebig kam wieder zu sich, er wand sich in den Fesseln und brüllte, als ob er gepfählt werden sollte. Nichts konnte ihn beruhigen. Er schrie, er müsse die Weiße Frau befreien, sie sei zu wunderbar, um in diesem Verlies eingesperrt zu sein, lieber lasse er sich töten, als sie in diesem Loche zu lassen. Der Lärm war ohrenbetäubend. Keiner von uns war in der Lage, etwas zu sagen, geschweige denn, etwas zu tun. Da ermannte sich der Komtur, der seine Tapferkeit bereits so deutlich unter Beweis gestellt hatte, zerrte den Rasenden an die Öffnung des Käfigs, öffnete die Tür und stieß ihn zu der Weißen Frau hinein. Sogleich verschloss er die Pforte wieder.

Niemand sah hinunter, doch die Geräusche, die an unsere ungeschützten Ohren drangen, malten schlimmere Bilder in unsere Vorstellung, als es das Abbild der Realität, wahrgenommen über die Augen, vermocht hätte. Bruder Liebig wurde zerrissen, und als wir in der plötzlich eintretenden Stille das furchtbare Schmatzen der Bestie hörten, flohen wir alle aus dem Keller. Mehrere weinten laut, schlugen sich an die Brust und beklagten ihr Unglück. Erst Tage später waren wir in der Lage, die Ereignisse zu besprechen. Es schien uns als erwiesen, dass die Frau Bruder Liebig betört hatte. Da ergriff uns eine Angst, die noch erschreckender war als das Entsetzen, das uns bei der Raserei Bruder Liebigs ergriffen hatte. Die Bestie kann Sterbliche beeinflussen und sie zu Werkzeugen ihrer Mordgelüste machen. Seitdem hielten immer zwei zugleich Wache am Käfig. Dann kamen die Schweden, und wir beschlossen, die Gewalt der Mörderin gegen sie zu wenden.

»Das ist in der Tat beängstigend«, resümierte Grünwald.

In diesem Augenblick klingelte ein Wecker und beide zuckten zusammen. Lisa stand auf und stellte ihn aus. »Das ist die Erinnerung, dass wir aufbrechen müssen, wenn wir noch etwas essen wollen, bevor wir zur Pressekonferenz gehen«, sagte sie. »Wir gehen doch zur Pressekonferenz?«

Grünwald stand ebenfalls auf. »Die dürfen wir auf keinen Fall verpassen«, sagte er.

*

Auf dem Weg nach Hause von der Pressekonferenz versuchten Lisa und Grünwald, die Informationen zu verarbeiten, die ihnen und der Öffentlichkeit gerade aufgetischt worden waren.

Die Pressekonferenz war ein riesiger Erfolg gewesen, zumindest aus der Perspektive der Oberbürgermeisterin. Pressevertreter aus verschiedenen Bundesländern, öffentliche und private Fernsehstationen sowie Journalisten aus Österreich und der Schweiz waren anwesend gewesen. Darüber hinaus war der gläserne Saal am See bis zum Bersten mit Neugierigen gefüllt gewesen.

»Also tatsächlich Ritter«, begann Grünwald.

»Das wussten wir schon«, sagte Lisa. »Und auch, dass man da unten bei ihm Knochen und Blut gefunden hat.«

»Gesagt habe er noch nichts. Er sei völlig apathisch. Wenn das stimmt, denke ich, dass er dort unten der Weißen Frau begegnet ist.«

Lisa nickte. »Das denke ich auch. Aber warum hat sie ihn nicht …?«

Grünwald musste zugeben: »Das weiß ich auch nicht. Vielleicht tötet sie nicht so wahllos, wie wir bisher glaubten.«

»Sie meinen, vielleicht verfolgt sie dabei eine Absicht?«, fragte Lisa überrascht.

»Nein«, antwortete Grünwald, »ich meine eher so etwas wie ein Beuteschema.«

Lisa ließ diesen Gedanken sich setzen, dann sagte sie: »Am verrücktesten war die Praktikantin, die gewissermaßen als Zeugin auftrat und sagte, Ritter sei ihr schon von Anfang an unheimlich erschienen.«

»Ja, das sagte natürlich überhaupt nichts aus, machte aber einen großen Eindruck. Man will Ritter offensichtlich als Monster präsentieren. Ebenso unsinnig war der Hinweis, dass seine Zeitung nur höchst zurückhaltend über die Morde berichtet habe. Wahrscheinlich wurde ihm das so auferlegt, aber jetzt dient es als ›Beweis‹.«

Sie waren schon nahe am Haus angelangt, als Lisa fragte: »Kann es nicht doch sein, dass Ritter der Mörder ist?«

Grünwald spürte, dass sie sich wünschte, es wäre so. Und er spürte, dass er in seinem tiefsten Innern ebenfalls diese Hoffnung hegte. Nicht allein, weil dann der Schrecken vorüber wäre. Es wäre alles einfacher. Dann gäbe es keine grauenvolle Kannibalin, die sie verfolgte. Doch das war nicht die Wahrheit. Und das wussten sie beide.

Grünwald schloss seine Haustür auf und bat Lisa, noch auf einen Moment hereinzukommen. Dann erzählte er von seiner Begegnung mit der Weißen Frau.

*

Es war wenige Tage nach der Ermordung Magdalenas gewesen, einige Stunden nach Einbruch der Dunkelheit. Von den Nachbarn waren alle beschäftigt und er musste mit dem Hund raus. Er nahm Hector an die Leine und trat vor die Tür. Grünwald ärgerte sich über sich selbst, dass er zugesagt hatte, den Hund an diesem Abend zu betreuen. Er konnte einfach niemandem etwas abschlagen. Aber dann lächelte er. Ja, er konnte niemandem etwas abschlagen. Ja, er sagte lieber Ja als Nein. Er wollte es nicht anders. Und diese Haltung hatte ihm in seinem Leben mehr Freude als Kummer bereitet. Mit zu vielen Neins lernte man nie so viele interessante Menschen kennen, wie er kennengelernt hatte.

Der Hund riss ihn buchstäblich aus seinen Gedanken. Er zerrte an der ledernen Leine, und Grünwald stolperte einen Schritt vorwärts. Hector war kalbsgroß, eine beeindruckende Mischung aus Energie und Muskeln. Ein wahrer Zerberus. Es gab nur keine Hölle zu bewachen. Und Grünwald war kein Herkules.

Er versuchte, den Hund zum Eingang des Stadtgartens zu lenken. Unter den Bäumen ließ er ihm Zeit zum Schnüffeln und um sein Geschäft zu verrichten. Auf einmal richtete Hector seinen schweren Kopf auf und spitzte die Ohren. Dann drängte er vorwärts. Er hatte eine Witterung aufgenommen. Knurrend und zähnefletschend riss er an der kurzen Leine. Grünwald hatte Mühe, ihn zu halten. Er schimpfte sich selbst dafür, dass er den Weg gewählt hatte, der am Wildgehege vorbeiführte. Doch es schienen nicht die Rehe zu sein, die Hector verrückt machten.

Der Mond war aufgegangen und legte sein fahles Licht wie ein matt glänzendes Tuch über den Park, seine Bäume, Sträucher und Wege. Plötzlich hielt Hector inne, witterte, knurrte und zerrte stärker als zuvor am Leder. Hinter ihm raschelte es wild im Gebüsch, jetzt waren die Rehe aufgescheucht worden.

Als Grünwald sich wieder nach vorne wandte, trat eine zierliche Frau aus dem Schatten der Bäume auf ihn zu.

Hector schlug ein Gebell an, das dem alten Mann in der Stille der Nacht ohrenbetäubend vorkam. Er riss mit aller Kraft den wütenden Hund zurück, vermochte ihn jedoch kaum zu zügeln. Wenn er die Kontrolle über Hector verlöre, würde er die Frau vermutlich umrennen und sie dabei schwer verletzen. Er wollte der Frau zurufen, sich in Sicherheit zu bringen, doch wohin hätte sie sich flüchten können?

Da trat die Frau näher heran. Mit leichtem Schritt ging sie auf das tobende Tier zu. Sie neigte sich anmutig zu ihm hinab, bis ihr zartes Gesicht ganz nah vor der Schnauze des wütenden Hundes war. Kalter Schweiß brach Grünwald aus, als er sich eingestehen musste, dass seine Kräfte nachließen. Er würde das Tier nicht viel länger halten können.

Dann geschah das Unheimliche. Grünwald war sich danach nicht sicher, ob er richtig gesehen hatte. Nie in seinem Leben hatte er seiner Erinnerung mehr misstraut. Es schien ihm im Nachhinein, als hätte die Dame ihr Gesicht der Schnauze des wütenden Hundes ohne jede Furcht, beinah amüsiert und neugierig genähert. Plötzlich veränderte sich ihr Ausdruck drastisch. Der Blick, mit dem sie in die dunklen Augen des rasenden Hundes starrte, war das Beängstigendste, was Grünwald jemals gesehen hatte. In diesem Moment am Wildgehege empfand er mit einem Mal größere Angst vor der Frau als vor der Raserei des Hundes. Panik wallte in ihm auf bei dem Gedanken, sie könnte diesen Blick auf *ihn* richten. Er wusste es zu diesem Zeitpunkt noch nicht, aber nach dieser Begegnung wurde er wochenlang von Albträumen geplagt, in denen er krampfhaft versuchte, dem Blick der jungen Frau auszuweichen. Die Dame öffnete ihren Mund und zischte etwas, ein Wort, einen Laut. Und Hector reagierte sofort. Still duckte er sich mit gesenktem Haupt neben den Archivar nieder. Grünwald glaubte zu träumen: Hector hatte offensichtlich Angst.

Der alte Mann spürte tief in seinem Innern auch, wieso. Er hatte ebenfalls Angst. Doch als er nun die Dame ansah, die sich wieder aufgerichtet hatte, blickten ihre Augen sanft und fast verträumt.

Irgendwie kam ihm dieses Gesicht vertraut vor, so als hätte er es schon einmal gesehen. Oder als wäre es eine verschüttete Erinnerung aus den Ängsten seiner Kindheit.

»Dieser Park …«, sagte sie leise, »ich liebe diesen Park.«

»Sind Sie von hier, junge Frau?«, hörte er sich mit heiserer Stimme fragen.

»Ja«, antwortete sie. »Ich wohne hier schon lange.«

Grünwald wusste nicht, was es war, doch etwas an der Art, wie sie ihre Antwort formulierte, beunruhigte ihn.

Die Dame tat einen Schritt auf ihn zu, und winselnd versteckte sich Hector hinter Grünwalds Beinen. »Auf Wiedersehen.«

Mit einer eleganten Geste hielt sie ihm ihre Hand zum Kuss entgegen. Grünwald ergriff sie willenlos und führte sie an seine Lippen. Die schlanke Hand war eiskalt. Die Dame wandte sich um und verschwand lautlos in der Dunkelheit.

Der Archivar stand noch minutenlang wie betäubt an derselben Stelle, während der große Hund zusammengekauert stumm hinter ihm lag.

*

Lisa starrte Grünwald ungläubig an. »Sie haben die Frau auch getroffen?!«

Grünwald hob beschwichtigend die Hände. Er konnte ihr Entsetzen nachvollziehen. Seine Nachfolgerin hatte sich mit dem Phänomen der Weißen Frau intellektuell auseinandergesetzt, aber in dem Bewusstsein, dass der heutige Mörder nicht viel zu tun hatte mit der Sagengestalt, der Fantasie eines Mönches, der vor 400 Jahren gelebt hatte. Eine gruselige Geschichte, die durch die Jahrhunderte klar von den Ereignissen der Gegenwart getrennt war. Wenn jedoch er, Sebastian Grünwald, dieser mysteriösen Frau auch begegnet war, dann fiel diese Grenze weg und die alten Schauergeschichten Konrads von Reichenau vermengten sich mit den aktuellen Morden zu einer alle Logik zersetzenden Mischung. Wie chemische Stoffe, die jeder für sich allein unschädlich waren, zusammengemischt jedoch eine hoch toxische Säure ergaben. Die Mörderin kopierte nicht nur die Weiße Frau, sie glaubte wohl, tatsächlich die Weiße Frau zu sein!

Lisa setzte sich. Gwen hatte die Mörderin getroffen. Grünwald hatte die Mörderin getroffen. Es kam ihr auf einmal so vor, als zöge die Weiße Frau Kreise um sie. Immer enger. Eine beklemmende Angst befiel sie. Bisher hatte das Abenteuer immer noch etwas Theoretisches gehabt, es war fern von ihr gewesen, doch jetzt war es näher gekommen. Irgendwie zu nah. Ohne dass sie der schrecklichen Frau in die Augen geschaut hatte, fühlte sie sich wie das Kaninchen, das von der Kobra paralysiert wird.

Bevor es aufgefressen wird.

Lisa wurde mit einem Mal übel, mit der Hand vor dem Mund rannte sie aus dem Büro zur Toilette.

Grünwald sah ihr besorgt hinterher, stand dann auf und stellte den Wasserkocher an. Ein Tee würde Lisa guttun, wenn sie zurückkam. Er konnte sich nur zu gut vorstellen, wie es Lisa zumute war. Nach seiner Begegnung mit der unheimlichen Frau hatte er mehrere Tage immer wieder am ganzen Körper gezittert.

Lisa kam zurück. Sie wirkte verlegen auf Grünwald. Er warf einen Beutel Kamillentee in eine Tasse, goss das siedende Wasser darüber und reichte Lisa den Tee. »Hier, nehmen Sie. Sie müssen sich nicht schämen, wenn Sie Angst haben« sagte er, um sie aufzumuntern. »Ich habe schreckliche Angst. Aber es stärkt mich, dass ich nicht allein bin. Es stärkt mich, dass ich Sie habe.«

Lisa kamen die Tränen. »Danke«, sagte sie ergriffen. »Ja, es ist gut, dass wir uns haben.«

Der Archivar sah sie liebevoll an. »Wissen Sie, Lisa, ich denke, Sie sollten noch jemanden einweihen, der Ihnen vielleicht nähersteht, als Sie es sich selbst eingestehen wollen. Sprechen Sie mit Polizeiobermeister Weinberg.«

*

Am nächsten Tag hatte Lisa frei. Das Besondere war, dass auch Weinberg einen freien Tag hatte. Er arbeitete im Schichtdienst. Einmal früh, dann nachmittags, dann nachts. Dann hatte er frei.

Sie waren mit Weinbergs Touareg in die Höhe gefahren, hatten den Wagen abgestellt und waren auf einem Panoramaweg entlangspaziert. Von dort oben hatte Weinberg Lisa die Namen der Städte und Ortschaften rund um den See genannt, die man von ihrer Position aus erkennen konnte. Manche lagen auch so weit entfernt, dass sie im leichten Dunst über dem See nicht sichtbar waren.

Jetzt setzte sich Weinberg auf eine Bank am Weg. »Also lass mich mal sehen, ob ich das richtig verstanden habe.«

Lisa setzte sich neben ihn – viel näher, als sie eigentlich vorgehabt hatte. Ihre Arme berührten sich.

»Es gibt ein *Monster* in der Stadt?«, fragte der Polizist zweifelnd.

Lisa schwieg. Ihr fiel kein Weg ein, ihre Geschichte glaubwürdiger erscheinen zu lassen.

»Lisa«, sagte Weinberg, »wir haben es mit einem wahnsinnigen Mörder zu tun. Aber das hat nichts mit Ungeheuern aus dem Mittelalter zu tun.«

»Das 17. Jahrhundert ist nicht das Mittelalter.«

»Wie auch immer.«

»Komm einfach mit ins Archiv und hör dir die Geschichte noch einmal von Dr. Grünwald an«, sagte sie leise. »Tu's mir zuliebe.«

Weinberg spürte, wie wichtig es Lisa war. »In Ordnung«, sagte er.

Der Polizeibeamte war noch nie im Stadtarchiv gewesen. Mit einer unbestimmten Ehrfurcht trat er durch die alte Tür. Lisa führte ihn eine ausgetretene Steintreppe hinauf, und sie betraten einen Raum, der mit Ausnahme der Butzenfenster an allen Wänden von Bücherregalen eingefasst war. Im Raum stand ein Schreibtisch aus dunklem Holz, bedeckt mit Akten und Büchern, zwischen denen sich ein Becher mit Blümchenmotiv befand. Weinberg vermutete, dass der Becher Lisa gehörte und sie also an diesem Schreibtisch arbeitete. Es war ein besonderer, ein malerischer Arbeitsplatz, dachte er, ganz und gar passend für Lisa.

Aus einem Nebenzimmer trat Grünwald ein und begrüßte ihn. Der Polizeibeamte kannte den Archivar nur vom Sehen. Ab und zu tauchte er auch einmal in der Zeitung auf. Die beiden Männer reichten sich die Hand.

»Schön, dass Sie gekommen sind«, sagte Grünwald. »Bitte, treten Sie näher.«

Mit dem Archivar und Lisa betrat er eine Stube, die ebenfalls mit Büchern gefüllt war. Hier jedoch waren es sichtlich alte Bücher, viele davon in Leder gebunden. In der Mitte stand ein Tisch und auf ihm lag ein handgeschriebenes Buch. Das musste die geheimnisvolle Chronik sein, von der ihm Lisa erzählt hatte.

Nachdem sie sich an den Tisch gesetzt hatten, sagte Grünwald: »Ich erwarte nicht, dass Sie uns einfach glauben. Ich bitte Sie lediglich, unvoreingenommen zuzuhören.«

Weinberg war eigenartig zumute. Er sah zuerst zu Lisa hinüber und dann wieder zu Grünwald. Schließlich nickte er stumm.

Lisa zog die Chronik zu sich und begann vorzulesen.

*

Heide Lombardo stieg gut gelaunt aus der Dusche. Mit jeweils einem Handtuch um den Körper und das Haar kam sie aus dem Badezimmer in ihre moderne Küche und griff nach einem Glas Barolo, das dort auf sie gewartet hatte.

Das Telefon klingelte. Lombardo ging mit dem Glas in der Hand zum Apparat, sah auf die Nummer, die angezeigt wurde, und nahm den Anruf entgegen. »Pronto?«

»Heide, ich bin es, Ludwig Rebzweig.«

»Ludwig! Guten Abend, ich hatte einen wundervollen Tag, und du?«

»Mein Tag war auch nicht schlecht. Und deiner wird gleich noch besser werden.«

»Sag bloß, Ritter hat gestanden! Das war das Einzige, was heute bei der Pressekonferenz noch gefehlt hat: Ich konnte der Presse noch kein Geständnis bieten.«

»Das wirst du auch nicht mehr können.«

Die Oberbürgermeisterin fühlte Enttäuschung. »Wie soll mein Tag dann noch besser werden? Bin ich als Bundespräsidentin nominiert worden?«

»Unser Täter, ich meine natürlich unser Verdächtiger, ist tot.«

Einen Augenblick verschlug es Lombardo die Sprache. Dann hellte sich ihre Miene auf. »Also nimmt er das Geheimnis seiner Motive und der Tathergänge mit ins Grab.«

»So ist es. Wir haben ihn ja wegen der Schwere des Falls nach Stuttgart verlegen lassen. Als er vom Untersuchungsgefängnis zum Verhör ins Polizeipräsidium geführt wurde, sprang er aus einem Fenster im siebten Stock. Oswald Kranz, der ja, wie du weißt, einer unserer fähigsten Männer ist, versuchte noch, ihn zu halten, aber leider …«

Lombardo nahm einen großen Schluck aus ihrem Rotweinglas. »Wenn Kranz nichts machen konnte, dann war wohl wirklich nichts zu machen«, sagte sie. »Wie geht es jetzt weiter, Ludwig?«

»Da die Indizien überwältigend waren, werde ich den Fall wohl ad acta legen können. Der Suizid bekräftigt den Verdacht ja nur noch. Zufrieden?«

»Natürlich bin ich sehr betroffen von Ritters Tod. Aber wir sind auch sehr erleichtert, dass die ›Bestie vom Bodensee‹ nun niemandem mehr gefährlich werden kann.«

»Du probst wohl schon für die nächste Pressekonferenz, wie?«

Heide Lombardo lachte laut auf. »Als ob ich da noch proben müsste …«

22

Ein neuer Tag im Archiv. Grünwald hatte seinen Schreibtisch von allen anstehenden Arbeiten befreit. Es wunderte Lisa immer wieder, wie effektiv der alte Archivar eine Aufgabe erledigte, wenn er sich dahinterklemmte. Dabei umgab ihn eine Aura von vertrauenseinflößender Kompetenz. Sie wusste nicht, dass Grünwald dasselbe von ihr dachte.

Jetzt stand er auf und trat an Lisas Schreibtisch. »Erinnern Sie sich an das Bild auf dem Grab von Bruder Columban?«

»Ja, ich habe es auch fotografiert«, sagte Lisa. Sie zog ihr Mobiltelefon aus der Tasche und suchte. »Hier ist es.« Sie zeigte es Grünwald.

Der Archivar warf einen Blick darauf und sagte dann: »Es ist die Bibelstelle dargestellt, in der Petrus die Schlüssel zum Himmelreich empfängt, nicht wahr?«

Lisa nickte.

Grünwald fuhr fort: »Etwas an dem Bild hat mich verwundert, schon als ich es zum ersten Mal sah. Erst wusste ich nicht, was es war. Doch jetzt bin ich draufgekommen: Es ist nur *ein* Schlüssel.«

»Sie haben recht«, sagte Lisa. »Auf fast allen bekannten Darstellungen sind es zwei Schlüssel.«

»Das ist dem Umstand geschuldet, dass im Evangelium von ›den Schlüsseln des Himmelreichs‹ die Rede ist. Damit ist die Vollmacht symbolisiert, zu öffnen und zu verschließen. Einige Ausleger der Schrift sahen in den beiden Schlüsseln auch die Macht, den Himmel auf- und die Hölle zuzuschließen. Bis heute bilden die zwei gekreuzten Schlüssel das Wappen der Päpste.«

»Auf dem Bild auf dem Grabstein ist tatsächlich nur ein Schlüssel«, bestätigte Lisa. »Jetzt fällt mir auch auf, dass die Inschriften auf dem Stein gar keinen Bezug zu diesem Bild haben. Wenn von der apokalyptischen Frau die Rede ist, würde man doch eher ein Bild der Madonna erwarten. Wieso Petrus?«

»Das ist eine gute Frage«, sagte Grünwald lächelnd. »Die Antwort gibt uns der gute Konrad selbst. Er schrieb, Columban habe das Geheimnis ins Grab genommen. Und: Den Schlüssel zu diesem Geheimnis solle kein Lebender besitzen.«

Lisa sah ihn mit großen Augen an. »Der Schlüssel in dem Bildnis auf dem Grab!« rief sie dann. »Er ist in den Stein eingelassen worden. Sie meinen, dass er …?«

Grünwald nickte. »Genau das meine ich«, sagte er.

Es läutete an der Tür. Als Lisa öffnete, stand Gwendoline vor ihr. »Hi, ich dachte, ich schau mal vorbei. Ist es gerade unpassend?«

Lisa schüttelte den Kopf. »Nein, es ist schön, dass du vorbeikommst.« Sie führte die Freundin nach oben.

»Hallo, Dr. Grünwald.«

»Hallo, Gwendoline.«

Lisa war überrascht, dass Grünwald sie so nennen durfte.

»Haben wir schon weitere Pläne, wie wir das Monster erledigen?«

»Ja, wir haben neue Hinweise«, sagte Lisa. »Wir müssen sie aber erst noch prüfen.«

»Wie wollt ihr das prüfen? An Probemonstern? Oder an Wegwerf-Ungeheuern?«

Lisa schmunzelte. So kannte sie Gwen.

»Lasst mich einfach dabei sein, wenn's losgeht!«, sagte die Tätowiererin.

Grünwald sagte ernst: »Das ist eine sehr gefährliche Sache …«

»Das ist mir schon klar, Dr. van Helsing.«

»Wie bitte …?« Grünwald legte die Stirn in Falten.

Lisa sprang ein: »Dr. Grünwald will damit nur sagen, dass du dir das gut überlegen musst. Du hast eigentlich nichts damit zu tun.«

»Meinen Sie Dr. van Helsing aus Bram Stokers Roman Dracula?«, fragte Grünwald Gwendoline.

»Ich habe nur den Film gesehen«, sagte sie.

»Der Roman ist sehr gut«, sagte Grünwald. »Ich habe noch keine Verfilmung gesehen, aber der Roman ist äußerst lesenswert.«

Die Tätowiererin lächelte. »Ich werde ihn bei Gelegenheit mal lesen«, sagte sie.

Lisa sah die beiden entgeistert an. Als die Türglocke läutete, zuckte sie zusammen. Sie lief die Stufen hinab und öffnete dieses Mal Weinberg. Er trug eine helle Jacke über seinem Uniformhemd.

»Ich hab Feierabend«, sagte er. »Bin auf dem Heimweg hier vorbeigekommen und hab noch Licht gesehen. Störe ich?«

»Nein, überhaupt nicht«, sagte Lisa und meinte es so. »Komm rein.«

Als sie vor ihm die Treppen in das Arbeitszimmer emporstieg, dachte Lisa darüber nach, dass sein Heimweg überhaupt nicht am Archiv vorbeiführte. Weinberg musste sogar einen ganz schönen Umweg machen, um hier vorbeizukommen. Still lächelte sie vor sich hin.

Im Arbeitszimmer begrüßte Weinberg Dr. Grünwald.

Lisa stellte ihm Gwendoline vor. »Markus, das ist Gwen, eine alte Freundin aus Münster. Wir waren mal unzertrennlich. Gwen, das ist Markus, ein Freund von hier.«

Gwen sah Weinberg an und dann wieder Lisa. Sie legte den Kopf schräg und grinste.

Lisa wurde sofort rot. Was würde sie dafür geben, wenn sie das beeinflussen könnte! Sie stellte Weinberg und Gwen jeweils eine Tasse Kaffee auf den Tisch.

»Ist hoffentlich noch warm«, sagte sie.

Weinberg nahm die Tasse und sagte: »Mir stand der Sinn zum Feierabend zwar nach etwas anderem, einem kühlen Bier vielleicht, aber danke.«

»Dito«, sagte Gwendoline.

Weinberg bemerkte die drei Bücher, die auf dem großen alten Tisch lagen. Neugierig beugte er sich vor und warf einen Blick in eines davon, das aufgeschlagen war. »Was habt ihr da?«, fragte er.

Lisa antwortete: »Das sind die Bücher, die bei Ritter sichergestellt wurden.«

Weinberg blieb gegen seinen Willen der Mund offen stehen. »Wie …?«

Lisa lachte. Auch Grünwald lächelte beim Anblick von Weinbergs erstauntem Gesicht.

»Wir sollen rausfinden, was in den Büchern drinsteht«, sagte Lisa. »Die Handschriften, in denen sie geschrieben sind, sind keine modernen Druckbuchstaben.«

Weinberg fasste sich wieder. »Deshalb kamen mir die Bücher so bekannt vor. Ich selbst habe sie Ritter abgenommen. Ritter ist übrigens von der Soko nach Stuttgart verbracht worden. Hauptkommissar Cornelius konnte nichts dagegen tun.«

Grünwald wiegte bedenklich den Kopf. »Das scheint mir kein gutes Zeichen zu sein«, sagte er. Dann wandte er sich den Büchern zu. »Diese beiden Bücher sind eine Sammlung von Sitzungsprotokollen der Löwenzunft. Sie beginnen 1412 und enden 1695.«

»Was ist die Löwenzunft?«, fragte Gwendoline.

»Das war das städtische Machtzentrum. Die mächtigsten Männer der Reichsstadt waren in der Löwenzunft versammelt. Dort, nicht im Stadtrat, sind jahrhundertelang die wirklich wichtigen Entscheidungen getroffen worden.«

»Wie in so einer Art Geheimbund?«

Lisa sprang ein. »In gewisser Weise. Die Existenz der Löwenzunft war bekannt, sie galt als eine Art exklusiver Club, doch ihre Sitzungen waren geheim und ihre Beschlüsse wurden nicht veröffentlicht. Die wahre Bedeutung der Zunft konnten die normalen Leute nur erahnen. Gerade weil niemand etwas Genaues wusste, war die Zunft von Legenden umrankt. Mit diesen Funden ist es jetzt gelungen, die Existenz der geheimen Gesellschaft wissenschaftlich zu belegen und einen Einblick in ihre Zusammensetzung und ihr Wirken zu erhalten.«

»Dann handelt es sich aber um einen rein historischen Fund, oder?«, wollte Weinberg wissen. »Sie sagten, Herr Dr. Grünwald, dass die Protokolle 1695 enden. Oder existiert die Löwenzunft noch heute?«

Grünwald blickte ernst vor sich auf die Tischplatte. Leise sagte er: »Ob sie noch so heißt, weiß ich nicht. Aber ich bin überzeugt, dass es immer noch Kreise hinter der offiziellen Politik gibt, die hier und woanders die Fäden ziehen.«

»Und was ist mit dem kleineren Buch?«, fragte Weinberg.

Grünwald und Lisa tauschten einen Blick. Sie antwortete: »Das sind die Aufzeichnungen über die Weiße Frau.«

*

In seinem halb verfallenen Haus saß Kerrer am Küchentisch. Das Fenster stand offen. Hinter der mit Unkraut bestandenen Wiese und einigen ungepflegten Sträuchern lag der Bodensee.

Kerrer beugte sich über das Papier, das vor ihm auf dem Tisch lag. Er griff nach einem Malstift und zeichnete eine dunkelblaue Linie auf das Blatt. Das Malen beruhigte ihn. Nach und nach entstand ein Gemälde vom See und den Bergen. Auf dem Bild waren keine Städte zu sehen. Und keine Menschen. Kerrer stellte sich vor, wie Mammuts auf den weglosen Wiesen grasten und Vögel ungestört von Lärm und Abgasen im Schilf brüteten. Selbst die Raubtiere, die sich dort ihre Opfer suchten, gehörten zum intakten Leben dieser unberührten Welt. Sie waren keine Feinde, sondern erhielten mit ihrem Hunger und ihrem Jagen das Gleichgewicht der Natur.

Wunderschön.

Eine heile Welt.

Kerrer sah auf den Bodensee, der ruhig in der späten Nachmittagssonne dalag. So hatte der See schon gelegen, lange bevor die ersten Kelten sich an seinen Ufern niedergelassen hatten. Lange bevor die Alamannen hier ihre Siedlung erbauten. Ja, noch lange bevor in der Jungsteinzeit Jäger und Sammler mit primitiven Werkzeugen Holzhäuser auf Pfählen errichteten.

Damals waren die Menschen keine Bedrohung für den See und das grüne Land um ihn herum gewesen. Damals waren sie die Bedrohten, waren sie nur wenige, waren sie primitiv und einfach gewesen. Ein Sturm oder ein Hochwasser hatte sie wegspülen können.

Doch heute senkten sie die Fundamente ihrer Bauten tief in den feuchten Grund. Wie ein Geschwür breiteten sie ihre zerstörerische Gegenwart aus und entrissen der Landschaft nach und nach immer mehr von ihrem Boden. Vergifteten das Blau und das Grün mit ihrem Abfall. Die Siedlungen hatten ihre Ausscheidungen wie jeder einzelne Mensch, und wenn sie groß wurden, wuchs auch die Menge ihres krankmachenden Ausflusses.

*

Gwendoline fragte: »Was ist diese Frau wirklich?«

Der Archivar antwortete: »Sie ist natürlich eine Frau aus Fleisch und Blut. Was es mit den Phänomenen auf sich hat, die in den Aufzeichnungen beschrieben werden, können wir nicht wirklich sagen. Sie liegen zu lange zurück. Aber auf irgendeine mysteriöse Weise hängt die Geschichte der Weißen Frau mit den Morden von heute zusammen.

»Meinen Sie, die Weiße Frau ist zurückgekehrt, wiederauferstanden oder so was?«

Weinbergs Blick ruhte mit Spannung auf dem Archivar. Lisas Blick war nicht weniger gespannt, aber es lag auch eine unbestimmte Furcht in ihren Augen.

»Nein«, sagte Grünwald schließlich. »Ich glaube nicht an Gespenster. Aber ich bin dennoch davon überzeugt, dass die Suche nach der Weißen Frau und die Suche nach der ›Bestie vom Bodensee‹ zu ein und demselben Ziel führt.«

»Sie widersprechen sich ja, Herr Dr. Grünwald!«, warf Gwendoline ein.

»Das scheint nur so«, sagte der Archivar. »Alles, was in den Aufzeichnungen steht, beschreibt unsere Mörderin.«

»Mörderin?«, fragte Weinberg dazwischen.

»Ja, Mörderin. Die Weiße Frau.«

»Ich geb's auf«, sagte die Tätowiererin resigniert. »Ich kapier's nicht.«

Weinberg sprang ein: »Sie glauben, dass wir aus den alten Aufzeichnungen etwas über unseren heutigen Täter, unsere Täterin erfahren können?«

»Ja.«

»Also, was steht in diesen Aufzeichnungen? Und warum hielt Ritter die Bücher in der Hand? Konnte er sie lesen? Ich kann es zum Beispiel nicht.«

Grünwald sagte: »Wir können Herrn Ritter leider zurzeit nicht fragen. Er ist in Stuttgart in sicherem Gewahrsam. Ich persönlich bezweifle allerdings, dass er in der Lage war, sie zu lesen, zumal dort unten in den dunklen Gängen, mit nichts als seiner Taschenlampe. Unsere Lisa ist eine gute Paläografin, aber auch sie muss sich anstrengen. Ich glaube deshalb, dass jemand Ritter die Bücher in die Hand gegeben hat.«

»Sie meinen, als eine Art Botschaft?«, fragte Weinberg.

Grünwald nickte. »Das ist immerhin möglich«, sagte er.

Weinberg sagte: »Das ist zwar geheim, aber Ritter faselte tatsächlich etwas davon, dass ihn jemand überwältigt und ihm die Bücher in die Hand gedrückt habe.«

»Bei der Pressekonferenz hieß es, er habe noch überhaupt nichts gesagt«, warf Grünwald ein.

»Das ist nicht wahr«, sagte Weinberg bestimmt. »Ich habe es selbst gehört.«

»Dann ist er tatsächlich der Weißen Frau begegnet«, bemerkte Lisa.

»Nein«, widersprach der Polizist, »Ritter sprach von einem Mann.«

»Einem Mann?«, riefen Lisa und Grünwald gleichzeitig.

»Ja«, bestätigte Weinberg, »einem unheimlichen Mann. Ich kann nur sagen, was ich gehört habe.«

Eine Weile herrschte nachdenkliches Schweigen. Dann wiederholte Weinberg seine Frage, was die Bücher enthielten.

Lisa erklärte: »Aus den Protokollen geht hervor, dass die Löwenzunft die Weiße Frau gefangen hielt. Ein Eintrag sagt, sie lebte monatelang oder noch länger ohne Nahrung. Wenn aber wieder jemand … ›verfügbar‹ war, ein verurteilter Verbrecher zum Beispiel, wurde er ihr vorgeworfen.«

»Lebendig?«, fragte Gwen.

»So scheint es. Sie nahm nichts Totes an. Wenn es nicht sein musste.«

»Das ist unfassbar«, sagte Weinberg leise.

»Es war nicht leicht, sie im Zaum zu halten. Die Protokolle verraten, dass sie mehrere Zunftmitglieder getötet hat.«

»Die Schweine hatten es nicht besser verdient!«, warf Gwen ein.

»Wie ist ihr das gelungen?«, wollte Weinberg wissen. »Sie war doch eingesperrt.«

Lisa nickte. »Sie hat die Macht, sich Menschen gefügig zu machen.«

»Und wie kam sie frei?«

»1634 griffen die Schweden unter General Horn Überlingen an, nachdem sie vergeblich versucht hatten, Konstanz einzunehmen. Die Einwohner Überlingens wurden zwar vom See aus von einer kaiserlichen Flotte unterstützt, aber es war eine äußerst schwierige Situation. Als die Schweden vor die Stadt rückten, ließ die Löwenzunft das vor den Mauern gelegene Sondersiechenhaus zerstören. Das taten sie nicht, damit die Feinde sich dort nicht verschanzen konnten. Das war nur ein Vorwand. Die Protokolle beschreiben, dass das Spital niedergerissen wurde, damit sie den Gang nutzen konnten, der unter dem Haus ins Freie mündete. Über ihn ließen sie die Weiße Frau heraus und sie wütete unter den Feinden.«

»Und nach dem Abzug der Schweden konnte man sie

nicht mehr unter Kontrolle bringen, stimmt's?«, fragte Weinberg.

»So ist es. Als die Feinde fort waren, lag die Stadt praktisch in Trümmern. Die Leute suchten in der ganzen Umgebung nach Brennholz und Essbarem. Manche kehrten nicht wieder. Die Weiße Frau kam aber auch in die zerstörte Stadt. Dort holte sie sich mindestens drei Zunftmitglieder. Doch dann gelang es, sie wieder zu fangen.«

»Wie?«, fragten Gwen und Weinberg gleichzeitig.

Lisa sagte: »Eine Gruppe von Rittern hat sie überwältigt. Die Protokolle beschreiben nur, dass man ihrer habhaft wurde und sie in Ketten gelegt hat. Sie scheint keinen großen Widerstand geleistet zu haben. Dann wurde sie als Hexe und Menschenfresserin angeklagt.«

»Und verbrannt?«, fragte Gwen.

»Nein. Sie wurde gefesselt im See versenkt. Das war im Sommer 1634. Ihre Hinrichtung ist der letzte Eintrag.«

»Tja«, meinte Weinberg trocken, »jetzt scheint sie in einem ziemlich wörtlichen Sinn wieder aufgetaucht zu sein.«

*

Während die vier im Archiv versammelt waren, gab Oberbürgermeisterin Lombardo einer ambitionierten Journalistin ein Interview, das am kommenden Tag in der Alemannischen Allgemeinen erscheinen sollte. Heide Lombardo nahm sich vor, freundlich zu sein und sich ihre spöttische Herablassung nicht anmerken zu lassen. Dieses junge, von Ehrgeiz zerfressene Ding erinnerte sie an ihr eigenes jüngeres Ich. Aber um tatsächlich nach oben zu kommen, das wusste sie, gehörte mehr dazu als Ehrgeiz und eine gute Figur. Und ob die Kleine dieses Etwas besaß, bezweifelte sie aus gutem Grund.

Mit einer verbindlichen Geste und einem strahlenden Lächeln, als wären sie seit Jahren beste Freundinnen, forderte die Journalistin sie auf, mit dem Interview zu beginnen.

Alemannische Allgemeine: Frau Oberbürgermeisterin, bei der Pressekonferenz haben Sie verkündet, dass die von Ihnen beantragte Sonderkommission einen Verdächtigen verhaftet hat, Chefredakteur Simon Ritter. Nun ist bekannt geworden, dass Herr Ritter sich das Leben genommen hat. Werden wir also nie erfahren, ob er tatsächlich der Täter war?
Lombardo: Zunächst möchte ich Generalstaatsanwalt Dr. Ludwig Rebzweig, der unbürokratisch geholfen hat, und der Sonderkommission im Namen der gesamten Stadt meinen Dank aussprechen. Es ist gelungen, der furchtbaren Verbrechensserie ein Ende zu setzen.

Alemannische Allgemeine: Ist das so sicher?
Lombardo: Für mich wie für jeden unvoreingenommenen Beobachter stellt der Suizid Simon Ritters eindeutig das Eingeständnis einer nicht verarbeiteten Schuld dar. Der Leiter der Sonderkommission, der aus ermittlungstechnischen Gründen anonym bleiben will, sprach sich mir persönlich gegenüber dahingehend aus. Und ich erinnere daran, dass derselbe erfahrene Polizeibeamte bestätigt, Ritter habe ihm die Taten gestanden.

Alemannische Allgemeine: Davon gibt es jedoch kein Protokoll …
Lombardo: Um eben dieses Protokoll aufzunehmen, wurde der geständige Verdächtige nach Stutt-

gart überführt. Dass der Täter die nächste Gelegenheit nutzen würde, um sich selbst zu richten, konnte wohl selbst der erfahrenste Beamte nicht ahnen.

Alemannische Allgemeine: Wirft der Umstand, dass ein Verdächtiger in Gewahrsam der Behörden auf diese Weise zu Tode kam, nicht ein fragwürdiges Licht auf die Polizei beziehungsweise den Vollzugsdienst?
Lombardo: Ich stelle mich persönlich aus voller Überzeugung hinter die Männer und Frauen, die für uns und unsere Sicherheit Tag und Nacht ihren aufopferungsvollen und gefährlichen Dienst tun. Und an Ihrer Stelle würde ich da keine Steine werfen. Immerhin war es ein Vertreter Ihrer Profession, der zahlreiche grausame Verbrechen begangen hat. Wenn beim Suizid Ritters ein menschlicher Fehler vorliegt, dann war ein Mitglied der Polizei oder des Vollzugs in diesem Fall vielleicht einen Augenblick unaufmerksam. Das wirft in meinen Augen noch lange kein ›fragwürdiges Licht‹ auf unsere Exekutive.

Alemannische Allgemeine: Frau Oberbürgermeisterin, vielen Dank für dieses Gespräch.

23

»Was werden wir tun, wenn wir die sogenannte Weiße Frau gefunden haben?«, fragte Weinberg Grünwald.

Alle sahen den Archivar an. Ohne dass sie sich darüber unterhalten hatten, waren sie sich alle einig, dass Grünwald gewissermaßen der Anführer ihres Vorhabens war.

Grünwald sagte: »Zuerst müssen wir wissen, wer tatsächlich entschlossen ist, in die Gänge hinabzusteigen und sich der Weißen Frau zu stellen. Ich bin mir sicher, dass sie meine Sekretärin getötet hat. Ich werde deshalb runtergehen. Aber von Ihnen ist niemand verpflichtet, das auch zu tun.«

Lisa sagte: »Ich gehe mit.«

»Ich bin auch dabei«, sagte Gwendoline.

Weinberg nickte. »Ich komme auch mit«, sagte er.

»Gut«, sagte Grünwald. »Ich danke Ihnen. Wir nehmen den Eingang, der sich im Münster beim Dreikönigsaltar befinden muss. Ich schlage vor, dass wir übermorgen kurz vor dem Morgengrauen einsteigen. Wir müssen es tun, solange es draußen dunkel und die Kirche für die Allgemeinheit noch verschlossen ist, damit man uns nicht sieht. Wenn wir dann unten sind, kann es uns gleichgültig sein, ob es oben hell oder dunkel ist.«

Alle nickten zustimmend.

Grünwald fuhr fort: »Der einzige Hinweis, wie der Weißen Frau beizukommen ist, besteht in einer Andeutung Konrads, dass sie das Feuer scheut. Da sich unsere Mörderin für die Weiße Frau zu halten scheint oder ihr zumindest nacheifert, reagiert sie vielleicht auch auf Feuer. Wir sollten also Fackeln mitbringen. Im Gegensatz zu uns hatten Konrad und Columban keine Waffen zur Verfügung, wie wir sie heute kennen. Ich schlage vor, dass wir alles mitnehmen, was uns irgendwie nützlich erscheint.«

Weinberg sagte: »Es kann nicht schaden, wenn wir zur Eigensicherung etwas dabeihaben, aber es ist ja wohl klar, dass wir erst mal nur feststellen wollen, ob sich die Frau tatsächlich da unten versteckt hält. Wir veranstalten hier keine Jagd! Wenn wir wissen, dass sie da ist, ist das ein Fall für die Polizei. Ich muss für jede einzelne Patrone meiner Dienstwaffe Rechenschaft ablegen. Die fällt also weg. Ich kann aber eine andere Schusswaffe mitbringen, einen Revolver.«

»Gut«, sagte Grünwald. »Noch jemand?«

Gwendoline sagte: »Ich bringe ein Wurfbeil und ein Wurfmesser mit.« Als alle sie erstaunt ansahen, setzte sie hinzu: »Es ist ein Hobby! Ich kann mit den Dingern umgehen!« Sie wandte sich an Weinberg: »Oder hast du ein Problem mit den Dingern?«

Weinberg schüttelte leicht den Kopf.

Grünwald sagte: »Jede Waffe ist uns willkommen. Danke, Gwendoline. Ich muss leider sagen, dass ich selbst keine besitze.«

»Ich auch nicht«, sagte Lisa. »Das heißt, ich habe ein Pfefferspray.«

»Hast du Angst, dir könnte mal jemand an die Wäsche gehen?«, fragte die Tätowiererin grinsend.

»Gwen!«

»Schon gut. Bring es auf jeden Fall mit, würde ich sagen.«

»Das würde ich auch sagen«, schloss sich Grünwald an. »Jeder bringt, was er hat.«

»Es wäre auch gut, Taschenlampen zu haben. Ich kümmere mich darum«, sagte Weinberg.

»Sehr gut, vielen Dank«, sagte Grünwald. »Ich besorge die Fackeln im Baumarkt. Wir gehen rein, suchen und dann … müssen wir improvisieren.«

»Das hört sich nach einem ganz normalen Polizeieinsatz an«, sagte Weinberg lächelnd.

»Oder nach meinem Leben«, sagte Gwendoline.

»Also«, fuhr Grünwald fort, wir treffen uns in der Nacht von morgen auf übermorgen um 4 Uhr hier im Archiv.« Er sah der Reihe nach jeden Einzelnen an. »Ich danke Ihnen.«

Gwendoline stand auf. »Ich breche jetzt auf. Wir sehen uns.«

Lisa sagte: »Ich bring dich zur Tür.« Unten angekommen sagte sie: »Ich bin froh, dass du dabei bist. Auf dich konnte ich mich immer verlassen.«

Gwen nahm sie in den Arm. »Nun werd mal nicht dramatisch, Streberin.« Als sie aus der Tür trat, drehte sie sich noch einmal um und sagte lächelnd: »Übrigens, dein neuer Lover ist toll.« Dann war sie fort.

Lisa ging mit rotem Kopf die Treppe wieder nach oben. Die beiden Männer waren gerade dabei, ihre Jacken anzuziehen.

»Soll ich dich nach Hause bringen?«, fragte Weinberg.

»Das ist lieb«, sagte Lisa und war sich bewusst, dass ihre Wangen noch immer rot leuchteten. »Aber ist es okay, wenn ich mit Dr. Grünwald nach Hause gehe?«

»Natürlich«, sagte Weinberg, »ich hol dich also morgen um zehn ab.«

»Danke.«

Lisa wartete, bis sie das Schließen der Haustür hörte, dann setzte sie sich und vergrub ihr Gesicht in ihren Händen. Grünwald setzte sich zu ihr. Er wusste, dass sie seine Nähe spürte, und wartete geduldig, bis sie etwas sagen würde.

Schließlich hob Lisa den Kopf. »Ich habe Angst«, sagte sie.

Grünwald erwiderte nichts. Er sah sie nur mitfühlend an.

»Ich habe bisher so wenig von der Welt gesehen«, fuhr Lisa fort. »Ich habe Angst, dass es dabei bleiben wird.«

Der Archivar ergriff ihre Hand. »Kommen Sie, Lisa, lassen Sie uns auf dem Heimweg reden. In der Natur unterhält es sich besser.«

Die ersten Schritte gingen sie schweigend. Dann sagte Grünwald: »Was möchten Sie denn gerne sehen?«

»Ich weiß nicht«, sagte Lisa und blieb stehen. Sie fing an zu weinen. »Ich glaube, ich habe einfach nur schreckliche Angst, dass es hier zu Ende gehen könnte. Gerade jetzt, wo ich eine neue Heimat gefunden habe.«

Der alte Archivar legte sanft den Arm um sie. Eine Weile standen sie so am Ufer. Lisa weinte leise.

»Es gibt so viel zu entdecken«, sagte sie schließlich und zog die Nase hoch. »Ich hatte fast immer nur das Studium im Kopf.«

»Dann haben Sie doch auch viel von der Welt erfahren«, sagte Grünwald. »Viel von ihrer Geschichte, viel von dem, wie alles zusammenhängt.«

Lisa sagte: »Das stimmt, aber ich habe selbst so wenig erlebt. Und jetzt fühle ich auf einmal, wie wertvoll das Leben ist. Oder mehr als wertvoll, es ist einmalig und unersetzlich.« Sie zog ein Taschentuch aus einer Packung, die sie in der Tasche hatte, und putzte sich die Nase. »Werde ich morgen …« Sie stockte. »Werde ich morgen wieder aus diesen unterirdischen Gängen herauskommen?«

Grünwald schluckte. Er wusste es nicht. Er wusste überhaupt nicht, was da unten geschehen würde. Stärker als zuvor rührte sich in ihm der quälende Gedanke, dass es unverantwortlich von ihm war, Lisa und ihre Freunde in diese

Geschichte hineinzuziehen. Hilflos lächelnd sagte er: »Das müssen Sie doch! Wir brauchen Sie im Archiv. Oder gönnen Sie mir den Ruhestand nicht?«

Auch Lisa lächelte. Unbeholfen wischte sie sich die Tränen aus den Augen.

Der Archivar hakte sich bei ihr ein, und sie gingen weiter.

»Sie werden noch viel von der Welt sehen«, sagte er. »Im Archiv und auf Reisen. Davon bin ich fest überzeugt.«

*

Die letzten Strahlen der warmen Spätsommersonne schienen in das Büro von Oberbürgermeisterin Lombardo im historischen Rathaus.

Heide Lombardo stand am Fenster und sah hinaus. Sie liebte das mediterrane Flair dieser Stadt. In ihrer linken Hand hielt sie das Telefon. Jetzt nahm jemand ab.

»Rebzweig?«

»Ludwig. Hier ist Heide. Ich wollte dich noch einmal wegen der Firma anrufen. Morgen ist der erste Spatenstich und kurz darauf werden die Bauarbeiten losgehen.«

»Heide, wie ist das Wetter bei euch im Süden?«

»Na, was denkst du denn?«, fragte die Oberbürgermeisterin. »Warm und sonnig.«

»Ach, ich beneide euch wirklich«, schwärmte der Oberstaatsanwalt. »Kannst du mir einen Grund nennen, weshalb du zu uns nach Stuttgart kommen willst?«

Nach einem prüfenden Blick auf ihre Armbanduhr beschloss Heide Lombardo, das Geplänkel abzukürzen und gleich zur Sache zu kommen. »Ludwig, die Firma.«

»Richtig, die Firma. Bald ist Baubeginn. Was möchtest du noch wissen?«

»Also, offiziell stellen die da vor allem Steuerautomatik

und Lenksysteme her, richtig? Und die werden *auch* in der Rüstung eingesetzt. Für intelligente Raketen.«

»Richtig. Das *auch* sind genau genommen an die 80 Prozent, aber das sind Interna, die Außenstehende nichts angehen. Sag immer dazu, dass je intelligenter die Raketen werden, desto weniger Unschuldige werden sterben. Weniger Kinder. Das hört sich besser an, als wenn du sagst, man kann damit gezielter töten.«

Heide Lombardo ging zu ihrem modernen Schreibtisch und setzte sich in den imposanten Ledersessel. »Und die Firma soll wirklich in sechs Monaten den Betrieb aufnehmen?«, fragte sie. »Das scheint mir sogar für Baden-Württemberg ein ziemliches Tempo.«

»In sechs Monaten, Heide. Und Fachkräfte aus Deutschland und der ganzen Welt werden hier arbeiten. Auf höchster Sicherheitsstufe.«

»Was soll das bedeuten?«, fragte Lombardo.

Rebzweig verlieh seiner Stimme einen verschwörerischen Klang. »Die können nicht von jedem beliebigen Polizisten kontrolliert werden. Wenn die Polizei zum Beispiel ein Kennzeichen eines ihrer Privatfahrzeuge eingibt, kommt nur die Mitteilung: ›Zugriff verweigert‹.«

»Das geht?«, fragte die Oberbürgermeisterin begeistert.

»Aber Heide, wir können doch nicht jeden Wachtmeister an unsere hoch qualifizierten Fachkräfte ranlassen, was?«, antwortete Rebzweig. »Wie zufrieden bist du eigentlich mit meiner Soko?«

»Wenn die Fachleute in deiner neuen Firma genauso gut sind wie die Soko, dann gratuliere ich«, sagte Heide Lombardo schmeichelnd.

*

Am nächsten Morgen verließ Weinberg gegen halb zehn seine Wohnung. Die Luft war noch angenehm mild, aber es würde wieder ein warmer Tag werden. Beim Gedanken, Lisa zu treffen, beschleunigte er unbewusst seine Schritte. Er freute sich, auch wenn ihm das, was sie in der kommenden Nacht vorhatten, wie ein böser Traum erschien. Nur wenn er in der Gesellschaft von Grünwald und Lisa war, konnte er sich auf diese Sache einlassen. Wenn er allein war, kam er sich vor wie das Mitglied einer abstrusen Sekte, das aus der Gruppe ausgebrochen und auf einmal wieder der normalen Welt ausgesetzt war.

Die Weiße Frau. So ein Wahnsinn. Er war Polizist, kein Geisterjäger! Markus Weinberg, Vampirkiller. Er lächelte vor sich hin. Aber auf der anderen Seite kam es ihm so vor, als ob auch der Polizist, den er am meisten verehrte, den Verdacht hegte, es gehe bei dieser ganzen Sache nicht mit rechten Dingen zu. Weinberg war jedenfalls überzeugt, dass Cornelius nicht an die Schuld Ritters glaubte. Und daran glaubte auch Weinberg nicht. Er wusste noch nicht, woran er in diesem Fall glauben sollte, aber Ritter als Täter war es nicht.

Kurz vor zehn stand Weinberg vor dem Gartentor bei Grünwald und wartete auf Lisa. Er dachte daran, dass er vor wenigen Tagen noch nicht einmal geahnt hatte, dass es Lisa Engels überhaupt gab. Und jetzt konnte er sich gar nicht mehr vorstellen, sie nicht zu kennen.

»Hallo, du bist pünktlich!«

Lisas Stimme riss ihn aus seinen Gedanken. Eine Hand als Schirm gegen die Sonne über den Augen, lächelte sie ihn an.

»Hast du einen Vorschlag, was wir unternehmen könnten?«, fragte sie ihn.

Weinberg sagte: »Was hältst du davon, schwimmen zu gehen?«

»Schwimmen? Ich glaube, nach den letzten Nächten wird sich das Wasser schon recht abgekühlt haben.«

»Ich meinte nicht im See«, sagte Weinberg. »Ich meinte in der Therme. Da hat es warmes Wasser, verschiedene Becken, Wasserrutschen und einen Außenbereich. Da kann man, auch wenn Schnee liegt, draußen schwimmen.«

»Kann es sein, dass du mich einfach nur im Badeanzug sehen willst?«, fragte Lisa.

Weinberg öffnete den Mund, aber es fiel ihm spontan keine Antwort ein.

»Schon gut«, sagte Lisa lachend, bevor er die Worte wiedergefunden hatte. »Ich bin dabei. Ich muss nur noch schnell zurück, um meine Badesachen zu holen.«

*

Als Gwendoline aufwachte, war es schon beinahe Mittag. Sie lag auf dem Rücken und sah an die Decke. Gwen hatte keine genaue Vorstellung, was sie in dieser Nacht erwarten würde, aber eine Stimme in ihrem Hinterkopf erinnerte sie permanent daran, dass es sehr gefährlich werden konnte.

Sie dachte an sie. Lisa hätte es ihr nicht übel genommen, wenn sie nicht mitgegangen wäre. Doch es kam nicht infrage, die Freundin hängen zu lassen. Nicht bei Lisa. Und nicht jetzt, wo sie seit Jahren das erste Mal das Gefühl hatte, etwas Sinnvolles zu tun.

Gwen duschte, zog sich an, nahm eine braune Ledertasche, in der es metallisch klimperte, aus dem Schrank und verließ das Haus. Draußen stieg sie auf ihr Rennrad.

Es war warm und sonnig, ein herrlicher Spätsommertag. Gwen trat in die Pedale. Es ging aufwärts. Mit möglichst hoher Geschwindigkeit fuhr sie aus der Stadt hinaus. Jetzt konnte sie auf Überlingen und den See hinabsehen. Eine märchenhafte Landschaft. Schon oft hatte Gwen gedacht, so schön ihre Heimatstadt Münster auch war, man konnte sich nur *in* ihr bewegen, sie nie von oben betrachten. Es gab keine nahe gelegenen Berge oder auch nur Hügel.

Nach kurzer Zeit bog sie in einen Waldweg ein und folgte ihm für einige Kilometer. Hier musste sie langsamer und vorsichtiger fahren, denn der Weg war mit Steinen und Ästen übersät. Die Tätowiererin kannte sich aus. Sie kam öfter hierher. An einer bestimmten Stelle kettete sie ihr Rad an einen Baum und stieg zu Fuß durch das Unterholz. Dann blieb sie stehen. Es war kühl und roch nach morschem Holz. Insekten schwirrten durch die Sonnenstrahlen, die durch die Wipfel auf die verwilderte Lichtung fielen. Auf ihr lag ein riesiger umgestürzter Baum, der auf Augenhöhe an einem Felsen hängen geblieben war. An seinem Stamm wuchsen Schwämme und Moose. Dazwischen waren zahlreiche Einkerbungen zu sehen.

Gwen atmete die feuchte Waldluft ein. Hier im Wald war es frischer als draußen in der Sonne. Es war wie eine andere, stillere Dimension. Gwen schloss die Augen und hörte eine Weile dem Singen der Vögel zu. Dann machte sie die Augen wieder auf, sah sich nach allen Seiten um und öffnete die Ledertasche. Sie nahm ein Wurfbeil und mehrere Messer heraus. Mit dem Beil in der Hand machte sie ein paar Dehnübungen. Dann umschloss sie den Griff der Waffe mit ihrer linken Hand und schleuderte sie mit voller Kraft auf den umgestürzten Baum. Die Klinge schnitt mit einem satten Geräusch tief in das Holz.

Danach warf sie die Messer, eines nach dem anderen. Als sie alle nebeneinander im Baumstamm steckten, begutachtete sie das Ergebnis und zog die Waffen heraus. Sie ging zurück, einige Schritte weiter, als sie vorhin gestanden hatte, und begann von vorne.

*

Der alte Archivar frühstückte ausgiebig. Normalerweise frühstückte er nie. Aber heute war kein normaler Tag. Gegen neun ging er zur nächsten Bushaltestelle und nahm einen Bus zum Bahnhof Mitte, wo er in einen anderen Bus umstieg, der ihn in eines der Gewerbegebiete brachte. Nach rund einer halben Stunde Busfahrt erreichte er endlich einen großen Baumarkt.

Grünwald war nicht häufig in Baumärkten und es dauerte eine Weile, bis er sich in der riesigen Anlage zurechtfand. Staunend schob er seinen Einkaufswagen durch die endlosen haushohen Regalschluchten. Mit Befriedigung, weil er niemanden hatte fragen müssen, betrachtete er schließlich eine Regalwand mit verschiedenen Arten von Fackeln. Er ließ sich Zeit, die passenden auszusuchen. Am Ende entschied er sich für Wachsfackeln mit einer Brenndauer von zwei Stunden. Er legte zwei Packungen zu je vier Stück in den Wagen, zwei Fackeln für jeden von ihnen. Nebenan fand er noch einen Korb mit Feuerzeugen. Davon nahm er vier mit.

Bei seinem Weg zur Kasse fiel sein Blick auf Regale mit Beilen, Hämmern, Scheren und Messern. Nachdenklich betrachtete Grünwald die martialischen Werkzeuge. Er dachte an die Freundin von Lisa, Gwendoline. Sie war geübt im Beil- und Messerwerfen. Prüfend wog der Archivar ein Beil in seiner Hand. Es fühlte sich schwer und brutal an. Kopfschüttelnd legte er es zurück und ging mit den Fackeln zur Kasse.

Zurück nahm Grünwald eine andere Route und stieg in der Innenstadt aus. Obwohl es kürzere Wege gab, wählte er den durch den Stadtpark, und dieses Mal war ihm genau bewusst, weshalb er es tat. Langsam, aber zielstrebig stieg er zum Aussichtspunkt hinauf. Oben angekommen betrat er den Pavillon, in dem Magdalenas Leichnam gelegen hatte. Sein Blick glitt hinab auf die Stadt und hinaus auf den See.

Kein Rachegefühl brannte in Grünwalds Herz, nur eine tiefe Traurigkeit erfüllte ihn. Doch es war keine Traurigkeit, die seine Entschlossenheit gemindert hätte. Im Gegenteil. Er war entschlossen, diese Sache heute Nacht zu Ende zu bringen. Jemand musste es tun. Nicht nur für Magdalena. Jemand musste es tun für so viele andere, die der Weißen Frau sonst noch zum Opfer fallen würden.

Mit einem letzten Blick verabschiedete er sich von diesem Ort und ging langsam nach Hause.

*

Lisa kam aus der Dusche und trocknete sich mit einem Handtuch ab. Markus hatte recht, es war eine sehr schöne Therme. Sie waren geschwommen, hatten in warmen und kühleren Becken gebadet, hatten sich ausgeruht und wieder gebadet. Dazwischen hatten sie im Restaurant gegessen. Ihr Salat mit Scampi-Spieß war sehr fein gewesen. Nach dem Essen hatte Lisa in einem Erholungsbereich sogar über eine Stunde tief geschlafen.

Lisa überlegte, ob sie ihre Haare föhnen sollte. Sie beschloss, es zu tun. Inzwischen war es Abend geworden, und es war nicht mehr so warm wie tagsüber. Nachdem sie fertig war und sich angezogen hatte, trat sie in den Eingangsbereich der Therme. Weinberg wartete dort bereits. Er schlug vor, zum Abschluss noch ein Bier oder einen Kaffee zu trinken, und Lisa stimmte zu. In der Nähe gab es eine Bar in einem alten Bahnhofsgebäude aus der Kaiserzeit. Nicht weit davon führten die Gleise in die Tunnel unter der Stadt.

Zusammen saßen sie an einem Tisch und tranken schweigend ihr Bier. Es war kein unangenehmes Schweigen. Es war schön, miteinander schweigen zu können. Lisa dachte, dass sie in kurzer Zeit zwei Menschen kennengelernt und einen wiedergefunden hatte, mit denen sie reden und schweigen konnte. Dankbarkeit erfüllte sie.

Weinberg zahlte und begleitete die Archivarin nach Hause. Es war ungefähr 20 Uhr, noch hell, aber langsam wurde es dunkel.

Als Weinberg neben Lisa herging, dachte er darüber nach, dass bisher bei jeder Frau, die er kennengelernt hatte, alles immer so schnell gegangen war. Ein Treffen, miteinander ausgehen, etwas trinken, der erste Kuss, und dann wachte man neben einem Menschen auf, den man im Grunde gar nicht kannte. Wie ungewohnt und wie schön war es, diese Frau nun so langsam kennenzulernen, sich wirklich auf sie einzulassen …

Lisas Stimme riss ihn aus seinen Gedanken. »Was denkst du?«, fragte sie ihn.

»Ich denke, dass du recht hattest«, sagte Weinberg. »Einen Menschen kennenzulernen ist wie ein neues Land zu entdecken.«

Wie durch Zufall berührten sich ihre Hände. Lisas Hand fand seine und er ergriff sie. Schweigend gingen sie Hand in Hand den Weg hinauf, der zu Lisas Wohnung führte. Vor Grünwalds Haus wandte sich Lisa zu Weinberg um und gab ihm einen Kuss auf die Wange.

»Bis später«, sagte sie.

»Bis später«, sagte Weinberg.

24

Werner Cornelius wusste selbst nicht, wohin ihn sein abendlicher Spaziergang geführt hatte. Er war in Gedanken versunken durch die Straßen geschlendert, die unvermeidliche Brissago im Mund. Das Gespräch mit seinem Freund Sebastian Grünwald ließ ihn nicht los. Der Archivar wusste mehr über die Morde, als er zugab. Cornelius kannte Grünwald zu gut, um ihm zu unterstellen, wichtige Informationen aus nichtigen Gründen zurückzuhalten. Irgendetwas musste seinem Freund noch nicht klar genug sein, um darüber mit ihm zu sprechen. Bestimmt würde er es zu gegebener Zeit tun. Cornelius war sich nur nicht sicher, ob sie diese Zeit noch hatten, bevor wieder etwas Schreckliches geschehen würde.

Jetzt stand er an einer Wiese am Seeufer. An deren Rand erhoben sich einige alte, halb zerfallene einstöckige Häuser. Schon seit langer Zeit waren diese Ruinen dem Stadtrat und vielen Bürgerinnen und Bürgern der Stadt ein Dorn im Auge. Einen Schandfleck nannte man sie, und es gab zahlreiche Vorschläge, was an diesem schön gelegenen Ort entstehen könnte. Jüngsten Gerüchten zufolge hatte die Oberbürgermeisterin die Sache ins Visier genommen. Man munkelte, sie habe eigene Pläne mit dem Platz. Cornelius wunderte sich nicht darüber. Er kannte Heide Lombardo als ehrgeizig und bisweilen skrupellos. Diese Frau hatte ganz sicher ihre eigenen Pläne. Die hatte sie immer schon gehabt.

Nur eines dieser baufälligen Häuser war noch bewohnt. Von Amadeus Kerrer. Und jetzt wusste Cornelius auch, wieso sein Unterbewusstsein ihn hierhergeführt hatte. Grünwald hatte Kerrers Namen im Zusammenhang mit den Morden genannt. Im Zusammenhang mit den Gründen, die vielleicht tiefer lagen. Vielleicht würde er etwas von dem Sonderling Kerrer erfahren. Probieren konnte er es ja.

Der Kommissar überquerte die Wiese und klopfte an die schief in ihren Angeln hängende Haustür. Die Farbe war an den meisten Stellen abgeblättert und das kleine blinde Fenster in der Tür gesprungen.

Niemand antwortete. Cornelius drückte leicht gegen das Holz. Die Tür schwang mit einem schnarrenden Geräusch auf. Er sah sich scheu um und trat, einer inneren Eingebung folgend, ein. Die Luft war staubig und irgendwie säuerlich. Als er den Namen Kerrers rief, klang seine Stimme verloren in dem alten Gemäuer. Cornelius trat in einen Raum, in dem nur ein Tisch mit zwei altersschwachen Stühlen stand. An der Wand erblickte er ein Regal mit einigen zerfledderten Büchern. Dann bemerkte er eine Unregelmäßigkeit im Boden. Eine Diele stand etwas heraus. Neugierig näherte sich Cornelius der Stelle. Da war ein Spalt. Es war eine Falltür. Hastig befühlte Cornelius die fast unsichtbaren Ränder. An der hervorstehenden Diele entdeckte er einen Ansatzpunkt. Mühsam zog er die Luke auf.

Cornelius blickte in das Loch hinab. Eine hölzerne Leiter führte hinab. Vorsichtig stieg er hinunter. Er fand sich in einem Kellergelass wieder. In der Mitte lagen achtlos verstreut Kleidungsstücke. Es waren die eines Mannes, doch sie stammten offensichtlich nicht von Kerrer, denn Cornelius erkannte auf den ersten Blick, dass sie dem zierlichen Mann viel zu groß sein mussten. Wem gehörten sie dann?

In einer Ecke stand eine Truhe und auf ihr lagen Papiere. Der Kommissar nahm sie in die Hand. Und erstarrte. Es waren Zeichnungen, unbeholfene Bilder wie von einem Kind. Manche zeigten die Stadt und den See. Einige waren bis zum Rand völlig schwarz ausgemalt. Andere stellten Menschen und auch Tiere dar. Tote Menschen und Tiere. Sie waren von dunklem Rot umgeben, als lägen sie in großen Blutlachen. Allen fehlten Glieder, so als wären sie abgerissen. Oder abgebissen.

Cornelius bemerkte, dass seine Hände, mit denen er die Zeichnungen hielt, zitterten. Behutsam legte er die Papierstücke neben sich auf den Boden. Dann öffnete er langsam die Truhe.

Was er sah, konnte er zunächst nicht einordnen. Darin lag der Mantel, ohne den man Kerrer noch nie gesehen hatte. Auf ihn war etwas hingeworfen worden, das Cornelius zuerst erschrocken für ein pelziges Tier hielt. Beim zweiten Hinsehen erkannte er, dass es sich um eine Perücke handelte. Die Haare von Amadeus Kerrer! Mit spitzen Fingern hob er die Perücke und den Mantel auf. Der Mantel war ausstaffiert. Er hatte dicke Polster in den Schultern. Unten in der Truhe entdeckte er einen Kamm, eine Bürste, Schminkutensilien und eine Packung Damenbinden.

Wozu um alles in der Welt brauchte Kerrer Damenbinden?

Ganz unten lag ein altes, abgegriffenes Buch. Cornelius beugte sich über die Truhe, um es herauszuholen. Da streifte ihn auf einmal ein kalter Luftzug. Alarmiert wirbelte er herum.

Nichts.

Er hätte schwören können, dass sich ihm jemand von hinten genähert hatte. Doch offensichtlich befand er sich noch immer allein in dem Keller.

Tief durchatmend griff er nach dem Buch. Cornelius kannte sich mit Kunststilen nicht besonders gut aus, aber er wusste, dass die eleganten Schnörkel auf dem Buchdeckel Jugendstilornamente waren. Er las den Titel:

Die Weiße Frau und andere nützliche Geschichten

Cornelius schlug das Werk auf. Es schien eine Art Benimmbuch für Kinder zu sein. Mit der Angst vor schlimmen Konsequenzen versuchte man, den Kindern Anstand und Folgsamkeit beizubringen. Eine Pädagogik aus einer fernen Zeit. Cornelius fiel spontan der Struwwelpeter ein. Den hatte er schon als Kind nicht leiden können. Wie lange hatte er damals wohl wegen seines Daumenlutschens Albträume gehabt, in denen ihm ein Schneider mit einer großen Schere *klipp und klapp* die Daumen abschnitt?

Cornelius blätterte durch die Seiten. Es wurde von einer geheimnisvollen Frau erzählt, die die unartigen Kinder holte. Die Illustrationen zeigten sie als eine schöne Dame in einem weißen Kleid. Sie hatte beinahe das Aussehen einer Braut. Doch der Zeichner hatte sie mit langen spitzen Zähnen und scharfen gekrümmten Klauen gezeichnet. Hatte damals eigentlich irgendein Kind gut schlafen können?

Stirnrunzelnd blätterte Cornelius weiter. Hinten im Buch lag ein zusammengefaltetes Blatt Papier.

Der Kommissar entfaltete es. Es war ein Brief. Geschrieben in einer charaktervollen Handschrift. Die Tinte war ziemlich verblasst, doch man konnte die Worte noch gut lesen.

Anna,
Du verstehst mich jetzt noch nicht.
Ich musste gehen. Nur so konnte ich unser Geheimnis schützen.
Aber Du hast alles von mir geerbt, Anna, und in Dir werde ich weiterleben.

Ich habe Dir alles hinterlassen, Dein Blut ist mein Blut, meine Kraft ist Deine Kraft.
Du bist wie ich, doch Du bist noch viel begabter, als ich es je gewesen bin.
Eines Tages wirst Du das erkennen.
Vergiss nie, was wir sind.
Vergiss nie, was Du bist.
Wir leben immer weiter.
Deine Mutter

Cornelius packte das Grauen. Der Brief entfiel seiner Hand. Eine furchtbare Ahnung brandete in ihm auf und verbrühte seinen Verstand, als er auf einmal zu verstehen glaubte. Wie ein Gejagter hastete er die Leiter nach oben und flüchtete aus dem Haus.

*

Alle waren pünktlich. Als der Archivar die anderen ansah, fragte er sich, ob er einen ebenso übermüdeten Eindruck machte wie sie. Er vermutete es. Dabei war er innerlich hellwach, und dass das den anderen ebenso ging, davon war er überzeugt. Wenn sie in den nächsten Stunden an etwas keinen Mangel haben würden, dann war es Adrenalin.

»Ich danke Ihnen, dass Sie da sind«, begann Grünwald. »Ich weiß, dass wir alle ziemlich angespannt sind, aber ich sage Ihnen ganz ehrlich: Ich glaube, dass unsere Gemeinschaft uns stark genug macht, diese Aufgabe zu bewältigen.«

Seine Worte erzeugten eine beinahe feierliche Stimmung. In sie hinein sagte Gwendoline: »Und falls das nicht zutreffen sollte, haben Sie die Genugtuung, dass Ihnen das im Nachhinein keiner mehr vorhalten kann.« Gwen zwinkerte ihm zu. »Vielleicht ist es angebracht, mich jetzt auch zu bedanken. Dafür, dass ich nach Jahren meine beste Freundin wiedergetroffen habe, die einen verrückten Professor kennengelernt hat und Monster jagt. Und, nicht zu vergessen: Danke, dass ich bei diesem Himmelfahrtskommando dabei sein darf. Ich liebe dich, Lis.«

Alle lachten. Das Lachen tat gut. Es befreite sie ein wenig von der lähmenden Furcht, die bei ihnen allen im Hinterkopf saß und jeden Augenblick auszubrechen drohte.

Weinberg setzte nach: »Es ist ja bekannt, dass unter 110 dein Freund und Helfer für jeden Spaß zu haben ist. Aber so einen Einsatz hatte ich noch nie. Danke, Herr Dr. Grünwald.« An Lisa gewandt fügte er hinzu: »Danke auch dir. Ich bin froh, dich kennengelernt zu haben.«

Gwendoline sagte: »Wenn du mit meiner Freundin anbandeln willst, Großer, dann kannst du dich darauf gefasst machen, noch einigen Spaß mehr zu erleben als unter 110!«

Lisa hustete verlegen. »Wir sind jedenfalls ein gutes Team«, sagte sie »Ich freu mich, dass ihr alle dabei seid.«

Grünwald und Gwendoline entging nicht, dass sie bei diesem letzten Satz Weinberg angesehen hatte.

Wie auf ein unhörbares Kommando erhoben sich alle und Grünwald sagte: »Dann auf in den Kampf!«

*

Hauptkommissar Werner Cornelius hatte kein Auge zugetan. In seinem Kopf sah er immer noch die offene Luke im Fußboden. Die Utensilien, die offensichtlich einer Frau gehörten. Der Brief an Anna von ihrer Mutter. Cornelius hatte sicherheitshalber noch einmal recherchiert: Anna war der Name der kleinen Tochter von Amalie Kretzer, der sogenannten Hexe, gewesen. Dazu der ausgestopfte Mantel, die Schminke, die Perücke.

All das ließ in Cornelius einen Gedanken entstehen, der so ungeheuerlich war, dass sich der Kommissar eine ganze Weile weigerte, ihn überhaupt in Erwägung zu ziehen. Doch sosehr er sich auch dagegen sträubte, der Gedanke verschwand nicht. Im Gegenteil. Er wurde zum einzigen bestimmenden Gedanken in Cornelius' Kopf: Die totgeglaubte Tochter Amalie Kretzers war noch am Leben. Und diese Tochter war niemand anderes als Amadeus Kerrer!

Er sah Kerrer vor sich: Die schmale, fast zierliche Gestalt mit den unpassend breiten Schultern. Das filzige Kopfhaar. Der dichte Bartwuchs, der sich immer nur als Schatten zeigte, nie als Dreitagebart. So gut wie nie hatte er seine Augen sehen lassen, nie seine Hände. Cornelius wusste nun auch, warum: Es waren schlanke Frauenhände. Und seine Stimme war ständig heiser, sodass sie gepresst und unnatürlich klang, wie bei einer chronischen Halskrankheit. Überhaupt sprach Kerrer nur sehr wenig.

Cornelius kamen die Anzeigen wegen der verschwundenen Hunde und Katzen in den Sinn. Ein Gedanke drängte sich ihm auf. Der Magen des Kommissars meldete sich krampfhaft. Vielleicht hatten sie nie etwas gefunden hatten, weil nichts mehr von den Tieren übrig gewesen war!

Den Schatten eines Bartes ins Gesicht geschminkt, unter der wirren Perücke und hinter dem ausgepolsterten Mantel versteckt, hatte Anna Kretzer all die Jahre unter ihnen gelebt.

Der Kommissar versuchte sich daran zu erinnern, wann Amadeus in der Stadt aufgetaucht war. Das musste ungefähr vor zehn Jahren gewesen sein. Wo war er vorher gewesen? Oder richtiger: Wo war *sie* vorher gewesen? Wovon hatte sie gelebt? Und wieso war sie zurückgekehrt?

Cornelius hatte ein ganz schlechtes Gefühl. Je mehr Puzzleteile er zusammensetzte, desto weniger gefiel ihm das Bild, das sie ergaben. Die Zeichnungen Annas im Keller ihres

Hauses warfen ein erschreckendes Bild auf die Frau. War sie eine Mörderin – und nicht nur das, vielleicht auch eine Kannibalin?

Er war überzeugt davon, dass sie die Bestie war, die sie suchten.

Aus der Totgeglaubten war eine Todbringende geworden.

Anna Kretzer. Die Tochter einer Frau, die der Kommissar nun auch in einem neuen Licht zu sehen begann. Er hatte Amalie Kretzer immer für gewissenlos und boshaft gehalten. Aber sie war noch viel mehr gewesen …

Vor seinem inneren Auge tauchten wieder die Bilder auf, die er als junger Polizist im Wald bei dem alten Bauernhaus gesehen hatte.

Die Leichen zweier Bandenmitglieder.

Bisswunden in den noch warmen Körpern.

Du hast alles von mir geerbt, Anna.

Cornelius sichtete in Gedanken die Polizeifotos der Mordserie, die seine Ermittlungsakten füllten: Magdalena. Die blutverschmierte Jacht. Der Bauer. Die Frau im Park, die das Kind beschützt hatte. Alle zerrissen wie von einem wilden Tier.

Vergiss nicht, was wir sind.

Der Kriminalbeamte fuhr sich mit beiden Händen über das verspannte Gesicht.

Nein, dachte er, Anna Kretzer hat nie vergessen, was sie ist.

*

Grünwald, Lisa, Weinberg und Gwendoline näherten sich in der Dunkelheit dem Sakristeieingang des Münsters. Da löste sich aus dem Dunkel eine schwarze Gestalt. Alle schraken zusammen, doch dann erkannten sie, wer es war. Es war Fuchsberger, der Mesner.

»Alois, gut, dich zu sehen«, sagte Grünwald. »Danke, dass du gekommen bist.«

Der alte Mesner reichte ihm stumm die Hand. Der Archivar erwartete, dass er ihm nun den Schlüssel übergeben würde. Doch Fuchsberger sagte: »Ich gehe mit, Sebastian.«

Grünwald sah ihn entgeistert an. »Alois, das war nicht ausgemacht. Es kann gefährlich werden und …«

»Seit ich als kleiner Messdiener meinen Dienst hier in diesem Münster begonnen habe, haben mich die geheimnisvollen Stollen fasziniert. Wenn ich jetzt, Jahrzehnte später, die Gelegenheit habe, einmal einen dieser Gänge zu betreten, dann hält mich nichts auf.«

»Alois, wie gesagt …«, versuchte Grünwald noch einmal, ihn aufzuhalten.

Der Mesner unterbrach ihn sofort. »Sebastian, gib dir keine Mühe. Ich komme mit!«, erklärte er bestimmt. »Außerdem …«, er zog hinter seinem Rücken ein Gewehr hervor, »… mag es auch von Nutzen sein, dass ich ein passionierter Jäger bin.«

Grünwald senkte ergeben den Kopf und legte seinem Freund eine Hand auf die Schulter.

»Nun denn«, sagte er.

Der alte Mesner schloss die Tür zur Sakristei auf. Schweigend traten sie ein. Durch die hohen gotischen Butzenfenster fiel genügend Licht von den Straßenbeleuchtungen in den Raum. Fuchsberger öffnete die gegenüberliegende, schwer mit Eisen beschlagene Holztür und sie traten in den Chor des Münsters. Auch hier herrschte ein Zwielicht, in dem sie sich ohne Taschenlampe zurechtfanden. Der lange, säulenreiche Kirchenraum wirkte im Halbdunkel noch gewaltiger. Die hohen Gewölbedecken waren nicht zu erkennen. Fuchsberger ging voraus, Grünwald folgte ihm und hinter dem Archivar gingen Lisa und Weinberg. Gwen bildete den Schluss. Vor dem barocken Dreikönigsaltar blieb der Mesner stehen.

»Hier ist es«, sagte er fast flüsternd.

»Aber auf dem Altarbild ist keine apokalyptische Frau zu sehen«, warf Lisa ebenso leise ein.

»Das ist auch nicht möglich, da der Altar erst 1689 geschaffen wurde«, sagte Grünwald. »Aber schauen Sie mal hier.« Mit einem triumphierenden Lächeln schaltete er seine Taschenlampe ein und richtete den Lichtkegel auf die steinerne Wand hoch über dem Altarbild.

Alle blickten staunend nach oben. An der Wand war das blasse Fresko einer Madonna im Strahlenkranz zu sehen. Lisa erkannte sofort, dass dieses Bild um Jahrhunderte älter war als der 1689 errichtete Altar darunter.

»Sie haben recht, hier muss es sein«, ließ sich Weinberg vernehmen. »Immer vorausgesetzt, dass es den Einstieg wirklich gibt.«

»Es gibt ihn«, sagte Grünwald ganz ruhig. Er schaltete die Taschenlampe wieder aus und trat näher, um den Altar zu untersuchen. Schließlich bückte er sich, um den Boden einer genaueren Prüfung zu unterziehen. Inzwischen hatte sich Weinberg die Wand an den Seiten des steinernen Altars vorgenommen. Mit unterdrückter Stimme rief er schließlich: »Hier! Ich glaube, das könnte es sein.«

Alle traten zu ihm an die dem Kirchenschiff abgewandte Seite des Altars. Unten an einem Stein in der Wand gab es ein kleines schmales Loch. Weinberg trat zur Seite und machte Platz für Grünwald. Der ließ sich auf die Knie nieder und leuchtete mit der Taschenlampe in die vielleicht eineinhalb Zentimeter große Öffnung.

»Innen ist es mit Metall ausgelegt«, sagte er. »Es ist ein Schlüsselloch.«

Er schaltete die Lampe aus, legte sie neben sich auf den Boden und suchte mit beiden Händen in seinen Taschen. Schließlich brachte er einen kleinen Schlüssel zum Vorschein. Kurz zögerte er, als wäre er sich nicht mehr sicher, ob er ihn wirklich benutzen wollte.

Lisa sagte: »Sie haben den Schlüssel vom Grab Columbans geholt.«

»Ja«, antwortete der Archivar, »es war ein gutes Stück Arbeit, ihn von dem Stein abzukriegen.«

»Was für ein Grab, und wer ist Columban?«, fragte Gwendoline.

»Nicht so wichtig«, sagte Lisa.

Grünwald drehte den kleinen Schlüssel in seinen Fingern. »Es war nur *ein* Schlüssel, den Petrus auf dem Relief empfing«, sagte er leise. »Jetzt werden wir herausfinden, ob es tatsächlich der Höllenschlüssel ist.«

Lisa nickte. »Ja, nur im Gegensatz zum heiligen Petrus wollen wir damit die Hölle nicht zu-, sondern aufschließen«, stellte sie fest.

25

Nach mehreren vergeblichen Versuchen Grünwald zu Hause telefonisch zu erreichen, hatte sich Werner Cornelius auf den Weg zum Archiv gemacht. Natürlich war es noch sehr früh und das Archiv hatte um diese Zeit geschlossen, aber versuchen konnte er es. Jetzt stand er vor dem Stadtarchiv und sah an der hinauf. Kein Licht. Dennoch betätigte er die Klingel. Wartete. Und läutete noch mal. Dann drückte er die Klinke. Die Tür war verschlossen.

Cornelius holte sein Mobiltelefon hervor. Auch im Archiv war Grünwald telefonisch nicht zu erreichen, seine Nachfolgerin auch nicht. Jetzt versuchte er es bei seinem Kollegen Weinberg. Der steckte da mit drin, das sagte Cornelius sein geschulter Instinkt. Außerdem war der Kommissar überzeugt, dass sich Weinberg in die junge Archivarin verliebt hatte.

Der gewünschte Teilnehmer war nicht erreichbar. Mailbox. Mist!

Cornelius steckte das Telefon in die Manteltasche. Dann kam ihm eine Idee. Er ging die wenigen Schritte hinüber zum Rathaus. Mit der Faust hämmerte er an die niedrige Tür der Hausmeisterwohnung. Nach wiederholtem Klopfen öffnete ein unrasierter Mann, dem man ansah, dass er gerade aus dem Bett gestiegen war. »Verdammt noch mal, wer klopft denn mitten in der Nacht wie ein Irrer an die Tür! Geht's noch?«

Cornelius tat es leid, den Hausmeister so früh aus dem Bett zu holen, und nichts war ihm widerwärtiger als Polizeiwillkür. Doch heute konnte er nicht anders. Er trat nah an den Hausmeister heran und sagte: »Henkel, reißen Sie sich zusammen! Kennen Sie mich noch?«

Da erkannte Karl-Heinz Henkel Cornelius. Und auf einen Schlag war er wach. Cornelius hatte ihn wegen bewaffneten Überfalls vor neun Jahren verhaftet. Fünf Jahre hatte er in Bruchsal abgebrummt. Doch nach seiner Entlassung hatte sich Cornelius, den er so oft verflucht hatte, dafür eingesetzt, dass er die Hausmeisterstelle im Rathaus und in den städtischen Einrichtungen in der Innenstadt erhielt. Henkel wusste nur zu gut, dass er ohne den Einfluss des geachteten Kommissars keine Aussicht auf eine so vertrauensvolle Stelle gehabt hätte. Wer hätte einem Knacki die Schlüssel des Rathauses in die Hand gegeben? Cornelius hatte sich für ihn verbürgt. Seitdem war der ehemalige Räuber dem Kommissar in Dankbarkeit verbunden.

»Was kann ich für Sie tun, Herr Kommissar?«, fragte er.

»Ich muss in das Archiv. Es ist dringend. Sie haben doch einen Schlüssel?«

»Ja, hab ich«, sagte Henkel. »Warten Sie einen Augenblick.« Der Hausmeister verschwand in seiner kleinen ebenerdigen Wohnung. Als er zurückkam, hatte er sich eine Hose und ein Hemd angezogen und schlüpfte in seine Schuhe. In der rechten Hand hielt er einen Schlüsselbund.

Cornelius folgte Henkel zum Archiv, und Henkel schloss auf. Er trat zurück, um den Kommissar vorangehen zu lassen, und sagte: »Sind Sie sicher, dass wir das dürfen? Ich meine, dass das legal ist?«

Cornelius bedachte ihn mit einem strengen Blick.

Henkel sagte: »Schon gut. Für die Polizei mach ich ja alles. Kann ich jetzt gehen?«

»Lassen Sie mir den Schlüssel da, damit ich später abschließen kann. Ich werfe ihn nachher in Ihren Briefkasten«, sagte Cornelius.

»In Ordnung, Boss.«

Als er den Schlüssel in der Hand hielt, nahm Cornelius den Hausmeister beim Arm und fügte hinzu: »Das bleibt ein Dienstgeheimnis, Henkel.«

Der Kommissar schloss die Tür hinter sich. Mit einem mulmigen Gefühl stieg er die ausgetretenen steinernen Stufen hinauf. Oben angekommen, klopfte er an die schwere Eichentür und wusste sofort, dass wirklich niemand außer ihm im Haus war. Es war eigenartig, aber er fand, dass das Klopfen an einer Tür in einem menschenleeren Haus irgendwie anders klang. Fehl am Platz. Verloren. Falsch.

Im Büro sah sich Cornelius ratlos um. Was glaubte er hier zu finden?

Als er zu Grünwalds Schreibtisch ging, kam er sich vor wie ein Einbrecher. Der Hausmeister hatte recht gehabt mit seiner Frage, ob das überhaupt legal war. Eigentlich hatte er hier nichts zu suchen.

Der Kommissar betrachtete die Papiere auf dem Schreibtisch, ohne sie anzufassen. In den Jahrzehnten, die er als Ermittler arbeitete, hatte er so etwas wie einen siebten Sinn entwickelt, um schnell zu erkennen, ob etwas relevant sein könnte oder nicht. Hier war nichts dabei.

Ob vielleicht auf dem Tisch seiner Nachfolgerin – wie hieß die noch gleich, Dr. Engels …?

Als er sich diesem Tisch näherte, fühlte er sich schlechter als ein Einbrecher. Er fühlte sich wie ein Spanner. Doch er erkannte auf den ersten Blick, dass er etwas Wichtiges gefunden hatte. Auf dem Schreibtisch der jungen Archivarin war alles peinlich genau geordnet. Alles lag und stand in Reih und Glied. Alle Notizen waren in derselben ruhigen und flüssigen Handschrift geschrieben. Ein Zettel aber zeigte größere Buchstaben und war mitten auf den Schreibtisch geworfen worden. Auf diesem Zettel waren zwei Wörter zweifach unterstrichen.

Cornelius nahm ihn in die Hand. Er las: *Ist der Eingang nach unten am Dreikönigsaltar?!*

Als regelmäßiger Gottesdienstbesucher wusste Cornelius, wo sich im Münster der Dreikönigsaltar befand. Er las die unterstrichenen Wörter auf dem Zettel noch einmal.

Eingang. Dreikönigsaltar.

»Die werden doch nicht …?« Cornelius schüttelte langsam den Kopf. Dann legte er den Zettel zurück und stieg die Steintreppe wieder hinunter. Es gab ein Geheimnis, und es lag unter der Stadt. Irgendwo da unten gab es Gänge und Räume, die in einem Bezug standen zu den bestialischen Morden der letzten Monate. Hatte nicht Grünwald solche Andeutungen gemacht? Und war nicht auch Ritter hinabgestiegen in die Gänge unter der Stadt? Chefredakteur Ritter, den Lombardo der Öffentlichkeit als Mörder präsentiert hatte. Und noch mehr, als blutrünstige Bestie! Doch der Kommissar ahnte, dass die Bestie nicht gefasst worden war, wie publikumswirksam behauptet wurde.

Cornelius schloss die Archivtür. Tief atmete er die frische Morgenluft ein. Vor ihm auf dem Platz lag im Dämmerlicht das Münster. Wenn er richtig kombinierte, hatte man die Bestie nicht gefasst. Ganz im Gegenteil.

Die Bestie war los!

*

»Ich werde jetzt diese Tür öffnen«, sagte Grünwald. »Letzte Chance, auszusteigen. Sind Sie sich sicher, dass Sie dabei sein wollen?«

Alle nickten stumm und feierlich.

Grünwald ließ sich wieder auf die Knie nieder und steckte den Schlüssel in das kleine Schloss. Tief im Stein hörte man ein leises Klicken. Dann sprang an der Seite des Altars ein einige Millimeter breiter Spalt auf. Dort bestand die Wand nicht aus gemauerten Sandsteinblöcken wie der Rest der Mauer. Es handelte sich um eine Steinplatte. Jetzt wurde sichtbar, dass die Fugen nur eingeritzt und hell ausgemalt worden waren. Die Platte ließ sich an einer Metallstange, die sie von oben nach unten durchlief, wie eine Tür drehen. Da der Altar vor die Öffnung gesetzt worden war, war der Einstieg gerade so groß, dass ein Mann sich mit Mühe hindurchquetschen konnte.

Grünwald spähte hinein. Es war stockfinster. Ein kühler, modriger Geruch drang aus der Dunkelheit. Der Archivar machte seine Taschenlampe an. Er erkannte steinerne Stufen, die in die Tiefe führten. Er wandte sich noch einmal zu seinen Gefährten um und zwängte sich dann durch die Öffnung. Ihm folgte Fuchsberger, dann Weinberg, Gwendoline und zum Schluss Lisa.

Mit ihren Lampen leuchteten sie vor sich. Die Stufen führten hinab zu einem schmalen Gang, der in den Stein gehauen schien. Einer musste hinter dem anderen gehen. Lisa konnte gerade noch aufrecht gehen, ohne an die niedrige Decke zu stoßen. Ein eigenartiges Gefühl beschlich sie, als sie daran dachte, dass vor über dreieinhalb Jahrhunderten schon Konrad von Reichenau durch genau diese Gänge geschritten war.

Weinberg musste sich bücken. Der Polizist versuchte, sich nach der Himmelsrichtung zu orientieren. Der Gang schien leicht gekrümmt zu verlaufen, sodass er sich bereits nach einer kurzen Strecke nicht mehr sicher war.

Dann gabelte sich der Weg. Man konnte sich nach links wenden oder über eine Treppe weiter hinabgehen.

»Was sollen wir tun?«, fragte Fuchsberger.

»Ich sage es nicht gern, aber ich denke, dass sie ganz da unten ist«, antwortete Grünwald und sie begannen, tiefer hinabzusteigen. »Bleibt immer eng beisammen.« Seine Stimme klang dumpf zwischen den engen Steinwänden.

»Keine Angst«, antwortete Lisa, »ich geh nirgendwo allein hin.«

*

Als Cornelius hinüber zum Münster lief, irrten Grünwald, Lisa, Gwendoline, Weinberg und Fuchsberger bereits über eine Stunde durch die Gänge unter der Stadt. Immer wieder schien es ihnen, als ob sie an verschiedenen Stellen schon einmal vorübergekommen wären.

Grünwald sagte: »Wir sind wie Verurteilte im Labyrinth des Minotaurus, verirrt und einem Ungeheuer ausgesetzt …«

»Vielleicht ist einer von euch Theseus, aber leider bin ich keine Ariadne«, griff Lisa den Faden auf.

»Von was redet ihr da?«, fragte Weinberg.

»Nicht so wichtig«, antwortete Lisa.

Cornelius ging zum Eingang der Sakristei. Er fand ihn unverschlossen vor. Leise und vorsichtig trat er ein und zog die Tür wieder hinter sich zu. Durch die Sakristei ging er in den Kirchenraum und geraden Wegs zum Dreikönigsaltar. Links an der Seite erkannte er dort sofort den dunklen Einstieg.

»Das darf doch nicht wahr sein«, sagte er halblaut.

Sehen konnte er in der Öffnung nichts. Pure Schwärze gähnte ihm entgegen. Cornelius tastete seinen Mantel ab, obwohl er genau wusste, dass er keine Taschenlampe bei sich trug. Nur das für ihn als Raucher obligatorische Feuerzeug hatte er dabei. Damit würde er nicht weit kommen. Hilflos sah er sich im Halbdunkel des riesigen Kirchenschiffs um. Und da entdeckte er eine mögliche Lösung.

Eilig durchschritt er die Säulenreihen bis zu einem prachtvoll geschnitzten Marienaltar. Vor dem Altar stand ein Opferlichtständer. Einige heruntergebrannte Wachsstummel steckten darin. In einem Fach des gusseisernen Ständers lagen Dutzende kleine Kerzen für fromme Besucher bereit. Eine kostete 50 Cent. Cornelius schätzte, wie viele Kerzen wohl dort lagen, und zog seinen Geldbeutel. Er nahm einen 20-Euro-Schein heraus und schob ihn durch den Schlitz der Opferkasse. Dann packte er alle Kerzen und stopfte sie in seine Manteltasche. Als er schon zurück zum Einstieg am Dreikönigsaltar gehen wollte, kehrte er noch einmal um. Er zog eine der kleinen Kerzen aus der Tasche, steckte sie in den Ständer und zündete sie mit seinem Feuerzeug an.

»Ora pro nobis«, murmelte er. »Bitte für uns.«

*

Lisa musste über Grünwalds Vergleich mit dem Labyrinth des Minotaurus nachdenken. Der Minotaurus war ein Mischwesen, halb Stier, halb Mensch. In der griechischen Mythologie mussten dem Ungeheuer alle neun Jahre sieben Jungfrauen und sieben Jünglinge geopfert werden. Damit der Minotaurus nicht die Einwohner von Kreta abschlachtete, hatte der geniale Architekt Dädalus ein Labyrinth gebaut, aus dem es kein Entkommen gab. Der Königssohn Theseus stellte sich der Herausforderung, den Stiermenschen zu töten. Ariadne gab ihm dafür aus Liebe ein heiliges Schwert. Und als er die Aufgabe gelöst hatte, half Ariadne dem Helden, wieder aus dem Labyrinth herauszufinden, weil sie das eine Ende eines Wollknäuels an ihm und das andere Ende am Eingang befestigt hatte.

Kluges Mädchen.

So weit, so gut. Allerdings hatte die Geschichte eine noch dunklere Seite. Minotaurus war nicht einfach ein mordender Mutant, nicht nur ein menschenfressendes Ungeheuer. Er war auch Ariadnes Halbbruder.

In Gedanken versunken ging Lisa weiter und weiter. Jeder Gang sah gleich aus. Dass sie die anderen verloren hatte, bemerkte Lisa erst, als ihr bewusst wurde, dass sie keine Schritte mehr hörte. Sie blieb stehen und schwenkte die Taschenlampe einmal um sich herum. Es war erschreckend, wie klein der Lichtkegel war, den eine einzelne Taschenlampe warf.

»Wie …?«

Es war ihr völlig unerklärlich, wie sie die Gruppe verloren haben konnte, und weil sie darüber nachdachte, kam die Panik erst mit einigen Sekunden Verzögerung in ihrem Verstand an. Doch dann traf sie sie mit voller Wucht, und Lisa musste ihre ganze innere Beherrschung aufbieten, um sich nicht von ihr lähmen zu lassen.

»Denk nach«, sagte sie halblaut zu sich. »Denk nach!«

Die Männer und Gwen konnten nicht weit sein. Wie lange waren sie hier unten schon unterwegs? Eine Stunde? Eine halbe? Sie verwünschte sich, dass sie nie eine Uhr trug. Es schien Lisa, dass es das Vernünftigste wäre, auf demselben Weg zurückzugehen. Vielleicht hatten Grünwald, Gwen, Weinberg und Fuchsberger bereits bemerkt, dass sie fehlte, und suchten nach ihr.

Plötzlich war ihr kalt. Es war, als hätte ein eisiger Luftzug sie gestreift. Sie schwenkte ihre Lampe um sich herum und sah nach hinten.

Nichts.

Schaudernd richtete sie ihren Blick wieder nach vorne und ging so lautlos wie möglich einige Schritte weiter. Vor ihr führten wieder Stufen nach unten und ein Gang ging nach rechts ab. Sie blieb stehen und lauschte. Von fern meinte sie zu hören, wie die Männer sich unterhielten, doch sie hatte zu viel Angst, um zu rufen. Stattdessen folgte sie der Richtung, aus der die Stimmen ihrer Meinung nach kamen, und stieg die Stufen hinab. Sie ging ein paar Schritte, bog um eine Ecke und erstarrte. Im Schatten ihres Lichtkegels stand eine Gestalt. Lisa bemerkte sie erst, als sie sich bewegte. Vor Schreck ließ sie beinahe die Taschenlampe fallen.

»Wer ist da?«, fragte sie unsicher.

»Kennst du mich denn nicht mehr, Lisa?«, fragte die Gestalt.

Die Stimme kam Lisa irgendwie bekannt vor.

Dann trat Silvio in das Licht der Lampe.

*

Weinberg blickte sich um und blieb so abrupt stehen, dass Grünwald und Fuchsberger aufeinanderrumpelten.

»Wo ist Lisa?«, fragte er, und die Panik in seiner Stimme war nicht zu überhören.

Alle schwenkten ihre Taschenlampen im Kreis herum, sodass der Gang für einen Augenblick wirkte wie eine 80er-Jahre-Diskothek. Entsetzt sahen sie sich an. Keiner sagte ein Wort.

Gwen fand zuerst die Sprache wieder. »Verdammt!«, sagte sie.

»Wir müssen zurück!«, sagte Weinberg gepresst.

Mit eiligen Schritten stolperten sie zurück in die Richtung, aus der sie gekommen waren. Der Gang schien kein Ende zu nehmen. Als sie an eine Gabelung kamen, wollte Weinberg nach links weitergehen, aber Fuchsberger hielt ihn am Ärmel fest.

»Wir sind doch von da gekommen!«, sagte er und deutete auf den rechten Gang.

»Nein«, beharrte Weinberg, »ich weiß es genau: Wir sind von hier gekommen!«

Beide wandten sich Grünwald zu und warteten auf dessen Einschätzung. Der Archivar fühlte sich elend. Er konnte beim besten Willen nicht entscheiden, aus welcher Richtung sie gekommen waren. Er hatte sich ihre Mission viel zu leicht vorgestellt, das musste er sich nun eingestehen. Er hatte geglaubt, sie müssten einfach in die Gänge hinabsteigen, um die Weiße Frau zu finden, und dann die Polizei einschalten. Der gefährliche Teil, so hatte er gedacht, würde erst beginnen, sollte die Mörderin die Gruppe als Erste bemerken und sie angreifen. Jetzt spürte er eine beklemmende Angst und fragte sich, ob sie überhaupt wieder aus diesen verdammten Gängen herausfinden würden. Er schämte sich dafür, aber er hätte jetzt weinen können. Hilflos zuckte er mit den Schultern.

Weinberg blickte zu Gwendoline. Doch sie schüttelte nur unschlüssig den Kopf.

Ohne weiter zu diskutieren, ging Weinberg in den linken Gang hinein. Die anderen folgten ihm.

Mit einem Mal wurde der Weg abschüssig und der Gang weiter und höher.

»Sind Sie immer noch der Meinung, wir sind von hier gekommen?«, fragte Fuchsberger.

Weinberg blieb stehen.

»Nein«, sagte Grünwald mit matter Stimme.

»Dann lassen Sie uns zurückgehen«, sagte der alte Mesner und wollte sich umwenden.

»Warte mal«, sagte Grünwald und fasste ihn am Ärmel. »Wir haben keine Ahnung, wo Lisa ist. Sie kann zurückgefunden haben und sich bereits oben im Münster befinden.

Sie kann auf dem Weg sein, den wir vorhin nicht genommen haben. Und sie kann genauso wie wir die Orientierung verloren haben und irgendwo hier herumirren. Wir wissen es nicht.«

»Was wollen Sie damit sagen?«, fragte Gwen.

Grünwald antwortete: »Es ist gleichgültig, wo wir nach ihr suchen. Sie kann überall sein. Wir sollten die Weiße Frau suchen, denn …« Der Archivar hielt inne, als wagte er nicht, weiterzusprechen.

»Denn was?«, fragte Weinberg heiser.

»Denn wenn die Weiße Frau Lisa findet«, fuhr Grünwald fort, »wäre es sicher am besten, wenn Lisa nicht alleine wäre.«

*

Silvio schien verändert. Auf den ersten Blick konnte Lisa nicht sagen, was es genau war, aber es war nicht gut. Sie beherrschte ihre Angst, so gut sie konnte. »Silvio«, sagte sie leise. Unwillkürlich trat sie einen Schritt zurück. Silvio folgte ihr. Auf seinen farblosen Lippen erschien etwas, das vielleicht ein Lächeln sein sollte, das aber mehr einem seelenlosen Grinsen glich.

»Silvio«, sagte Lisa und versuchte dabei, die Angst in ihrer Stimme zu verbergen, »ich habe mich verlaufen. Kannst du mir helfen?«

Sie traute sich nicht, die naheliegendste Frage zu stellen: wie er hierherkam unter die Stadt. Denn sie war sich sicher, die Antwort würde sie erschrecken.

Er sagte: »Komm, Lisa. Komm mit, ich führe dich.«

Unsicher folgte Lisa ihrem veränderten Freund. Sogar seine Art zu gehen kam ihr fremd vor, und doch schien ihr alles besser zu sein, als allein durch dieses Labyrinth zu irren. Sie leuchtete mit ihrer Taschenlampe an dem vor ihr gehenden Silvio vorbei, voraus in den Gang, aber sie hatte den Eindruck, als benötigte Silvio das Licht nicht. Er schien mit einem ihr unbekannten zusätzlichen Sinn ausgestattet, der ihn sicher durch die Dunkelheit führte.

Einem unmenschlichen Sinn.

Lisa verdrängte mit aller Gewalt die Panik, die sie heiß überschwemmen wollte. Ein Gedanke drängte sich ihr auf. Sie könnte Silvio einfach weiterlaufen lassen, kehrtmachen und in die andere Richtung davonrennen. Dieser Gedanke wurde so stark, dass sie sich beherrschen musste, ihn nicht umzusetzen. Aber sie sagte sich, dass sie keine Ahnung hatte, wohin sie rennen sollte, keine Ahnung, wo sie sich verstecken könnte, keine Ahnung, wem sie dann in die Arme laufen würde.

Dann öffnete sich vor ihnen der Stollen in einen großen Raum mit einer Gewölbedecke. Lisa ließ das Licht ihrer Taschenlampe über die Felswände gleiten. Die Wände waren mit Wandteppichen behängt, denen man die niederdeutsche Herkunft und das Alter ansah.

Silvio trat in den Raum und wandte sich zu Lisa um.

Lisa fragte: »Wo sind wir hier, Silvio?«

Sie war sich allerdings überhaupt nicht sicher, ob sie es tatsächlich wissen wollte. Sie wollte nur hinaus aus dieser Unterwelt!

Anstelle einer Antwort öffnete Silvio den Mund. Im Schein der Taschenlampe sah Lisa hellbraun-gelbliche Zähne. Mit einer Stimme, die Lisa einen Schauer über den Rücken jagte, sagte er: »Willkommen, Lisa. Endlich bist du hier. Jetzt haben wir dich da, wo wir dich haben wollten.«

Lisa musste diese Worte einen Augenblick auf sich wirken lassen, bevor aus ihr die panische Frage hervorbrach: »Wir?«

26

Grünwald, Weinberg, Gwendoline und Fuchsberger spürten, dass die Luft feuchter wurde. Es roch modrig. Der Stollen, in dem sie gingen, war nun mindestens drei Meter hoch und vier Meter breit. Und er führte definitiv weiter nach unten. Er glich einem Tunnel mit gewölbter Decke. Hier hätten Autos Platz genug, um aneinander vorbeizufahren, dachte Weinberg. Kurioserweise kam ihm die Frage in den Sinn, wer dann hier unten den Verkehr regeln würde. Trotz seiner Anspannung musste er über sich selbst lächeln. Du bist einfach ein Bulle, sagte er sich. Doch wie waren diese Gänge entstanden? Sie waren eindeutig von Menschen gegraben worden. Aber von wem? Und wann? Wer hier unten unterwegs war, konnte leicht an einen verborgenen Münsterschatz glauben.

Doch dann stießen sie auf etwas anderes. Der Gang weitete sich, denn in seiner Mitte gähnte ein Loch. Wie tief es war, konnten sie von ihrer Position aus nicht erkennen. Über das Loch wölbte sich ein gusseiserner Käfig, der fest im felsigen Boden verankert war. Ein schweres Tor in dem Käfig stand offen.

Grünwald trat aufgeregt näher.

»Das ist der Käfig, in dem die Löwenzunft die Weiße Frau gefangen hielt!«, rief er. »Wir müssen uns irgendwo unter der Löwenzunft am Marktplatz befinden.«

Er leuchtete mit seiner Taschenlampe hinter den Käfig. Dort, wo der Stollen sich zur normalen Breite verjüngte, war die Decke heruntergebrochen und hatte den Gang völlig verschüttet.

»Vom Haus der Löwenzunft kann man nicht mehr hierhergelangen, zumindest nicht von dieser Seite«, erklärte Grünwald sich und den anderen die Gegebenheiten.

Von einer seltsamen Scheu ergriffen, traten alle näher. Das Verlies existierte also tatsächlich. Es bestand aus einem Loch im Felsen. Gemeinsam sahen sie durch die Gitterstäbe hinab. Weinberg schätzte die Breite auf zweieinhalb Meter und die Tiefe auf etwa drei Meter. Dann allerdings erkannte er, dass in dem Loch Wasser stand, im starken Licht seiner Polizeitaschenlampe sah es so aus, als stünde das Wasser circa eineinhalb Meter hoch.

»Ich muss ehrlich sagen, dass ich bis jetzt noch nicht ganz an die Geschichte in der Chronik geglaubt habe«, flüsterte Weinberg. »Aber nun, wo ich das hier sehe …«

Fuchsberger sagte: »Nimm es mir nicht übel, Sebastian, aber der junge Mann spricht aus, was ich fühle.«

Grünwald legte seine linke Hand auf die Schulter des Polizisten und die rechte auf die Schulter Fuchsbergers. Er nickte, ohne den Blick von dem Verlies abzuwenden. »Irgendwie ging es mir auch so«, sagte er. »Dieses Verlies zu sehen erschüttert mich, obwohl ich davon gelesen hatte und natürlich daran glaubte.«

Gwendoline trat hinter die Männer. »Ich unterbreche euch nur ungern«, sagte sie, »aber wir sind nicht auf Sightseeing-Tour. Das Verlies ist echt krass, okay, aber wir suchen immer noch eine verrückte Serienmörderin, schon vergessen? Und Lisa ist irgendwo da draußen allein unterwegs.«

Die drei Männer drehten sich zu ihr um.

Weinberg sagte: »Du hast recht. Wir müssen Lisa suchen!«

»Und die Weiße Frau«, ergänzte Grünwald.

Zügigen Schrittes gingen sie den Gang zurück, aus dem sie gekommen waren.

*

Da war wieder der eisige Luftzug. Und jetzt verdichtete sich die Kälte zu einer Stimme, die hinter Lisas Rücken anhob, ganz nah an ihrem Nacken.

»Wen haben wir denn da?«

Mit einem Ruck wandte sich Lisa um und ihr stockte der Atem. Der Anblick der Weißen Frau ließ sie zurückprallen, sie stolperte, wollte schreien, doch kein Laut drang aus ihrer Kehle. Sie hielt die Taschenlampe so fest, dass ihre Hand schmerzte. Das Licht zitterte auf der Erscheinung, die mit einem kalten Lächeln vor ihr stand.

Lisa stand der Bestie gegenüber. Das war die Frau, die all die Menschen zerrissen hatte …, das Ungeheuer!

In dieser Frau, in ihrer Haltung, in ihren Augen erblickte sie das Böse. Es war, als ginge von ihren zum Mittelscheitel gekämmten langen Haaren, ihrem schmalen, blassen Gesicht, ihrer schlanken, fast mädchenhaften Figur, den langen Fingern ein stechender Geruch aus, wie von einem wilden Tier, und doch nahm Lisa rein gar nichts wahr außer dem leichten Geschmack von Seewasser.

Sie starrte in ihre Augen. Die Erkenntnis durchbrannte sie: Es waren *tote* Augen. Es war nicht, wie Konrad von Reichenau seine Erlebnisse beschrieben hatte, dass ein unbändiger Hass das Wesen erfüllte. In den Augen der Frau vor ihr lag nichts Hasserfülltes, in diesen Augen lag überhaupt nichts Menschliches. In diesen Augen lag … nichts.

Und mit einem Mal drang eine Angst so gewaltsam und schmerzhaft in Lisas Verstand ein, dass selbst die Panik von ihr abfiel. Die Angst versengte sie, die Angst, in diese Augen zu stürzen, vornüberzufallen in diese gähnende Leere.

In das Nichts.

Die Frau wandte sich von Lisa ab und schritt federleicht, fast so, als würde sie von einem nicht spürbaren Windhauch getragen, an ihr vorbei. Ihre weiße Hand streifte an den Wänden des Raumes entlang.

»Geh, kümmere dich um die anderen!«, sagte sie in einem befehlenden Ton zu Silvio, und Silvio verschwand sofort wortlos in dem Gang, aus dem Lisa gekommen war.

Lisas Verstand und Körper waren wie gelähmt. Sie konnte keinen Gedanken fassen und keinen Finger rühren.

Dann blieb die Weiße Frau vor einem Wandteppich stehen. Sie begann zu sprechen, ohne Lisa anzusehen. »Ihr habt mich also gefunden. Was wollt ihr jetzt tun? Ich habe kein Leben, das ihr mir nehmen könnt. In mir wohnt keine Seele, die auf Erlösung wartet.«

Dann wandte sie sich um. Ihr Blick war sanft. Langsam kam sie auf Lisa zu, Schritt für Schritt, bis sie ganz nah vor der zitternden jungen Frau stand.

»Das glaubst du nicht?«, fragte sie leise.

Ein wissendes Lächeln umspielte ihre blassen und doch vollen Lippen. Lisa spürte tief in sich etwas, das sie völlig verwirrte.

Die Weiße Frau neigte sich nach vorne. Ganz nah an Lisas Ohr flüsterte sie: »Mein Leib ist ewig jung. Er ist ein leeres Grab. Möchtest du dich hineinlegen?«

Lisas Gedanken überschlugen sich.

Das ist die Mörderin.

Die Frau nahm ihren Kopf zurück und flüsterte in Lisas anderes Ohr: »Du begehrst mich.«

Die Menschenfresserin.

»Du begehrst den Tod.«

Die Bestie!

Schlanke Finger legten sich kühl auf Lisas glühende Wangen.

»Ahnst du, was es heißt, von unstillbarem Hunger gequält zu sein?«

Lisa nickte unmerklich und schloss angstvoll die Augen. Ihr ganzer Körper schien auf einmal in Flammen zu stehen. Das Gesicht der Weißen Frau war unmittelbar vor ihrem eigenen.

Als ihre Lippen sich berührten, war es wie eine Explosion aus Feuer und Eis.

*

Entschlossen schritten sie vorwärts. Immer wieder zweigten Gänge ab, manche führten nach oben, doch die Gruppe versuchte, unten zu bleiben und geradeaus zu gehen. Dann aber teilte sich der Weg vor ihnen. Schon wieder, dachte Weinberg. Es war zum Verzweifeln! Ratlos blieben sie stehen. Aus jeder Richtung, in die sie den Schein ihrer Lampen richteten, gähnte ihnen dieselbe Dunkelheit entgegen. Ein leises Geräusch wie von Wellen drang an ihr Ohr. Weinberg hatte den Eindruck, das Geräusch sei im rechten Gang stärker.

Grünwald sagte: »Ich glaube, diese Gänge, oder zumindest einer von ihnen, münden ins Wasser, hinaus in den See.«

»Das würde bedeuten, dass sie sich immer weiter mit Wasser füllen, bis sie schließlich ganz unter Wasser stehen«, sagte Weinberg.

»Das denke ich auch«, sagte Grünwald.

»Was sollen wir tun?«, fragte Weinberg drängend.

Wie ein körperlicher Schmerz durchglühte Weinberg der Gedanke, dass Lisa allein hier unten herumirrte.

Zumindest hoffte er inständig, dass sie allein war.

»Wir müssen uns entscheiden«, sagte er.

Fuchsberger hatte einige Schritte weiter in den linken Stollen hinein unternommen. Auf einmal zerriss ein grässlicher Schrei die Stille und der Mesner brach zusammen. Grünwald, Weinberg und Gwen waren einige Sekunden wie gelähmt. Dann löste sich die Erstarrung und sie richteten ihre Lichtkegel auf Fuchsberger.

Der Mesner lag am Boden, seine Taschenlampe war ihm aus der Hand gefallen und kullerte über den staubigen Grund. Hinter ihm sprang eine männliche Gestalt auf.

»Halt! Polizei!«, brüllte Weinberg und rannte in den Gang hinein. Grünwald und Gwen hinterher.

Gwen verfolgte mit Weinberg den Flüchtenden, während Grünwald sich neben seinem Freund niederkniete. Er betastete den am Boden Liegenden. Seine Hände fassten in eine klebrige warme Flüssigkeit, und Grünwald wusste, dass es Blut war. Im Licht seiner Taschenlampe, die er sich zwischen die Wange und die Schulter geklemmt hatte, erkannte er jetzt den Griff eines großen Messers.

»Oh nein«, flüsterte er, »oh nein …«

Fuchsberger sah ihn mit gebrochenem Blick an. Grünwald spürte, dass er noch etwas sagen wollte, aber es ging nicht mehr. Der alte Mesner starb in seinen Armen.

Jetzt schämte sich Grünwald nicht mehr zu weinen.

Inzwischen hatten Weinberg und Gwen den Mann verfolgt, der in dem Gang verschwunden war. Weinberg wunderte sich, wie schnell Gwen laufen konnte. Nach etwa hundert Metern war er schon deutlich zurückgefallen. Er merkte, dass er den Mann nicht einholen würde und rief: »Stehen bleiben oder ich schieße!«

Etwa 20 Meter vor ihm wollte der Flüchtende in einen engen Seitengang schlüpfen. Für Weinberg sah es so aus, als wollte er in der Wand verschwinden. Er zielte mit seinem Revolver, aber da hatte die Tätowiererin den Mann erreicht.

Mit einer Energie, die er ihr nicht zugetraut hätte, riss sie den Mann am Kragen zurück. Einen Augenblick schien es, als wäre das Bild eingefroren, denn keiner bewegte sich.

Dann hörte er Gwendoline etwas sagen, es klang wie ein Name.

Silvio?

Weinberg setzte sich wieder in Bewegung und sah, dass Gwen den Mann niederschlug. Als er ankam, lag der Kerl am Boden.

»Das ist Silvio Baumann!«, sagte Gwen fassungslos.

Der Polizist kniete sich neben Silvio und riss ihn herum. »Keine Dummheiten!«, zischte er ihn an.

Er zog ihn hoch und gemeinsam gingen sie zurück zu Grünwald und Fuchsberger. Aus Silvio schien alle Kraft gewichen zu sein. Er ließ sich widerstandslos führen.

Innerlich hatten Weinberg und Gwendoline gefürchtet, dass sie die beiden Männer nun auch nicht mehr finden würden in diesem verwünschten Labyrinth, aber sie waren zu ihrer Erleichterung noch da.

Sie erkannten beide auf den ersten Blick an Grünwalds Haltung, dass Fuchsberger tot sein musste. Betroffen blieben sie stehen.

Weinberg hätte dem Archivar gerne eine Zeit der Trauer gegönnt, aber Lisa war immer noch allein da draußen. Er sagte zu Gwendoline: »Du kannst bei Dr. Grünwald bleiben, ich muss weiter, Lisa suchen.«

Gwen sah ihn herausfordernd an. »Nein«, sagte sie. »Ich komme mit. Fuchsberger ist tot. Lisa nicht.«

»Ich komme auch mit«, sagte Grünwald. Er richtete sich auf, nahm die Brille ab und wischte sich mit der Hand über die Augen.

»Helfen Sie mir nur, Alois anständig hinzulegen. Er liebte dieses Münster sein ganzes Leben lang. Er soll hier vorerst seine Ruhe finden.«

Während Weinberg Silvio mit eisernem Griff festhielt, betteten Gwen und Grünwald den Mesner an der Seite des Gangs. Grünwald faltete seinem Freund die Hände.

Langsam standen sie auf. Grünwald nahm mit einem letzten Blick Abschied von Fuchsberger. Dann wandte er sich um. Er versuchte, Silvio zu ignorieren, der teilnahmslos dabeistand.

»Wo sollen wir hin?«, fragte er Weinberg.

Weinberg sagte: »Gwen hat den Mörder erwischt, als er gerade in einem Gang dort hinten verschwinden wollte. Lasst es uns da versuchen.«

Der Polizist stieß Silvio vorwärts. Er spürte unter seinem Griff, dass der Mörder Fuchsbergers ein kräftiger Mann war. Weinberg hatte keine Sorge, dass er mit ihm fertig werden würde, zumal er bewaffnet war. Aber es war gar keine besondere Kraftanstrengung nötig, denn Silvio ließ sich wie eine Gliederpuppe von ihm führen. Natürlich blieb Weinberg auf der Hut. Er wusste aus Erfahrung, dass das eine List sein konnte, um ihn nachlässig werden zu lassen.

Am Eingang zu dem engen Gang blieben sie kurz stehen.

Weinberg sagte: »Ich würde vorschlagen, dass du, Gwen, vorangehst, dann folge ich mit dem Gefangenen und den Schluss macht Dr. Grünwald. Ich würde ja vorangehen, aber so ist der Gefangene zwischen uns und wir haben ihn sicherer.«

»Das geht klar«, sagte Gwendoline knapp und betrat den Gang.

Er wurde immer enger und schien anzusteigen. Beinahe stießen Weinberg und Silvio mit den Schultern an den Wänden an. Zugleich wurde der Gang niedriger. Nach etwa

50 Metern mussten die Männer die Köpfe einziehen. Dann öffnete sich der Schlauch in einen großen Raum, der mit Wandteppichen behängt war.

Gwen blieb stehen. »O Mann«, sagte sie und zog ihr Beil aus dem Gürtel.

*

Cornelius trug in der linken Hand eine der kleinen Kerzen, in der rechten hielt er seine Dienstpistole. Er kam sich lächerlich vor mit der Kerze, deren Wachs ihm über die Finger lief, aber er hatte zum Glück keine Zeit, darüber nachzudenken. Der Weg, den er in dem geringen Lichtschein fast im Dunkeln zurücklegen musste, beanspruchte seine ganze Aufmerksamkeit. Er hätte niemals geglaubt, dass die Gänge unter der Stadt so ausgedehnt waren. Und so gut erhalten.

Seine Kerze war beinahe heruntergebrannt. Cornelius sah nach vorne, dann hinter sich, wenigstens die wenigen Meter, die von der Kerze ausgeleuchtet wurden, dann steckte er die Pistole für einen Moment in die Manteltasche. Aus einer anderen Tasche zog er eine neue Kerze, zündete sie an der alten an und ließ dann den abgebrannten Stummel auf den Boden fallen. Vorsichtig setzte er einen Fuß vor den anderen. Schritt für Schritt ging er weiter.

Wie sollte er hier unten Grünwald finden? Er hatte keine Ahnung von der Anzahl und der Länge der Stollen, durch die er ging. Es gab keinen Hinweis darauf, in welcher Richtung er überhaupt suchen sollte. Und mit der mickrigen Kerze sah er keine fünf Meter weit.

Am einfachsten wäre es, zu rufen, dachte er. Immer wieder, alle paar Schritte, an jeder Weggabelung, doch eine innere Regung hielt ihn davon ab. Was, wenn sich in diesen Gängen nicht nur Grünwald aufhielt? Was, wenn sich hier unten tatsächlich der gesuchte Mörder befand? Cornelius verbesserte sich: die gesuchte Mörderin.

Anna Kretzer.

Die Weiße Frau.

Wenn diese Verrückten aus dem Stadtarchiv recht hatten, irrte er jetzt in Gängen herum, in denen sich eine gewissenlose Psychopathin herumtrieb. Dann konnte er jeden Moment auf eine waschechte Kannibalin stoßen.

Dieser Gedanke erinnerte Cornelius daran, dass seine Pistole noch in der Manteltasche steckte. Entschlossen zog er sie heraus. Was hätte er für eine Taschenlampe gegeben! Mit den kleinen Kerzen war er beinahe blind. Zu seinem Trost sagte er sich, dass auch jeder andere hier unten genauso blind sein musste wie er und dass er jemanden, der auf ihn zukam, mindestens ebenso früh sehen musste wie der ihn.

Cornelius ahnte nicht, wie falsch er damit lag.

27

Gwendoline trat in den Raum. In der einen Hand hielt sie das Beil, mit der anderen zog sie ein Messer aus dem Gürtel. Hinter ihr erschien Weinberg. Er zerrte Silvio mit sich. Nun kam auch Grünwald aus dem Gang herein. Er richtete sich auf und sah eine bleiche Frau.

»Da ist sie! Die Mörderin! Die Verfluchte!«

Wie durch eine Wand hindurch hörte Lisa Grünwalds Stimme. Sie öffnete die Augen und sah zu der Seite, aus der die Stimme gekommen war. Der Archivar, Weinberg und Gwendoline standen im Raum. Lisa fühlte etwas wie Scham, als ihr Blick auf Weinberg fiel.

Die Weiße Frau ließ von Lisa ab und wandte sich den Eindringlingen zu. »Eine Mörderin bin ich? Eine Verfluchte?«, zischte sie. »Was wisst ihr vom Tod? Was weißt du vom Fluch ewigen Hungers?«

Wie ein Raubtier näherte sie sich Grünwald. Weinberg warf einen Blick auf Gwen. Sie war leichter in der Lage, mit einer ihrer Waffen einzugreifen als er, solange er den Gefangenen hielt. Doch die Tätowiererin stand wie erstarrt. Der Polizist riss den Revolver nach oben. Dazu musste er den Griff um Silvio etwas lockern. Auf einmal spürte er einen wilden Schmerz. Silvio hatte sich umgedreht und mit aller Kraft in seine Schulter gebissen. Weinberg schrie auf und schlug Silvio auf den Kopf. Silvio ließ nicht ab. Erst als

Weinberg ihm den Griff des Revolvers ins Gesicht rammte, konnte er ihn abschütteln. Mit Schmerz und Ekel starrte Weinberg auf die blutende Wunde, dann packte er Silvio am Genick, trat ihm in die Kniekehle und drückte ihn zu Boden. Mit blutverschmiertem Mund sah Silvio vom Boden zu seiner Herrin auf, die inzwischen beinahe Grünwald erreicht hatte. Rote Speichelfäden flossen aus seinem Mund.

Weinberg hielt mit einer Hand Silvio unten, mit der anderen hob er den Revolver. Als er ihn auf die Weiße Frau richtete, hörte er Lisas Stimme, die rief: »Nicht!«

Die Sekunde, die er zögerte, genügte der Frau, um ihn zu erreichen und ihm einen Schlag mit ihrem Handrücken zu verpassen. Der Schlag war viel härter, als er erwartet hatte. Er traf mit dem Hinterkopf an der Felswand auf und sank benommen zu Boden.

Die Weiße Frau wandte sich Grünwald zu. Doch der hatte eine Fackel entzündet und hielt sie ihr entgegen. Mit einem Fauchen wich sie zurück. Plötzlich stieß Grünwald einen erstickten Schrei aus und krümmte sich nach hinten. Von Schmerz überwältigt sah er sich um. Gwen hatte ein Messer geworfen und ihn getroffen. Grünwald sank in die Knie.

»O Gott«, stöhnte sie. »Ich wollte das nicht, meine Hände zittern, ich wollte nicht Sie treffen, Dr. Grünwald!«

Im selben Moment fiel sie wie von einer riesigen Faust getroffen nach hinten um. Der Knall aus Weinbergs Revolver tönte wie eine Explosion in dem geschlossenen Raum.

»Gwen!«, schrie Lisa. Sie wollte ihrer Freundin zu Hilfe kommen, doch Weinberg schwenkte, immer noch auf dem Rücken liegend, die Waffe herum und zielte nun auf die Weiße Frau.

Auch seine Hand zitterte. Er versuchte auszublenden, dass er gerade Gwendoline angeschossen hatte. Der Schuss hatte sich unwillentlich gelöst. Er wollte auf die Weiße Frau zielen, da packte Silvio seinen Arm, mit dem er den Revolver hielt, und biss ihm ins Handgelenk. Weinberg ließ mit einem unterdrückten Kraftausdruck die Waffe fallen und versuchte, den tollwütigen Angreifer abzuschütteln. Doch unerwartet ließ Silvio selbst von ihm ab und kroch zur Mitte des Raumes hin.

Denn die Weiße Frau war herumgewirbelt und bewegte sich auf Lisa zu.

Die Archivarin war erstarrt. Eine innere Stimme sagte ihr, dass sie jetzt sterben musste. Aber es kam anders. Silvio warf sich zwischen sie und die Frau. Er richtete sich auf und schrie: »Du hast versprochen, dass *ich* sie haben darf!«

Die Frau sah Silvio an wie einen kleinen kläffenden Hund. Dann hob sie die Hand. In ihrer Faust blitzte ein langes Messer auf. Mit einer raschen Bewegung stieß sie ihm die Klinge in die Kehle und danach in den Bauch. Mit weit aufgerissenen Augen brach Silvio zusammen.

Da peitschten neue Schüsse. Weinberg hatte sich erhoben und feuerte auf die Weiße Frau. Als sie sich wütend umwandte, hielt ihr Grünwald die Fackel vor das Gesicht. Mit einem Wutschrei flüchtete sie in einen Gang.

*

Der Kommissar blieb wie angewurzelt stehen. Er hatte einen Schuss gehört. Beinahe hätte er die Kerze fallen lassen. Woher war der Schuss gekommen? Es gab keine Möglichkeit, das herauszufinden. Nicht zum ersten Mal seit er in die Unterwelt hinabgestiegen war, fragte er sich, ob er das Richtige getan hatte. Aber es war nicht zu ändern. Er hätte es sich nie verziehen, wenn er zurückgegangen wäre und seinem Freund Grünwald etwas zustoßen würde. Und auch dessen Nachfolgerin war aller Wahrscheinlichkeit nach hier unten in Gefahr. Und wenn ihn sein Instinkt nicht trog, auch Weinberg, der verdammte verliebte Narr.

Wieder Schüsse!

Cornelius stellte die Kerze in den sandigen Boden und lud seine Pistole durch. Nachdem er die Kerze wieder aufgehoben hatte, beschleunigte er seine Schritte. Wenn er schneller ging, drohte allerdings die Flamme zu verlöschen. Mit ausgestrecktem Arm hielt er die Pistole schussbereit und spähte in das Dunkel vor ihm. Trotzdem sah er nicht, was aus dem Dunkel auf ihn zukam.

Für eine Sekunde spürte er einen eisigen Luftzug, dann erlosch die Kerze.

Nacht.

Jemand schlug ihm mit großer Gewalt vor die Brust, und der Kommissar stürzte zu Boden. Für ein paar Sekunden rang er nach Atem. Die Pistole fiel ihm aus der Hand. Cornelius war zu perplex, um zu reagieren. Um ihn war es stockfinster, weshalb er nicht sah, dass sich jemand über ihn beugte. Doch Cornelius spürte die fremde Gegenwart. Eine Angst, die er bisher nicht gekannt hatte, verbrannte seine Haut. In diesem Augenblick löste sich ein Schuss. Cornelius war sich selbst nicht bewusst, wie er die Pistole am Boden ertastet und auf den Angreifer über sich gerichtet hatte. Beim Aufblitzen des Schusses sah er für den Bruchteil einer Sekunde ein langes Messer. Und das Gesicht einer Frau, das ihm auf eine unheimliche Weise fremd und bekannt zugleich vorkam.

*

Lisa stieg mit geschlossenen Augen über den blutenden Körper Silvios hinweg und kauerte sich neben Gwen nieder. Tränen liefen ihr über die Wangen.

»Gwen, um Gottes willen, sag was!«

Gwendoline sah blass aus, aber sie lächelte. »Mach mal kein Drama um mich, Streberin«, sagte sie leise.

Weinberg war aufgestanden und zu ihnen getreten. »Es tut mir so leid, dass ich dich getroffen habe, Gwen. So etwas ist mir noch nie passiert!«

»Das nennt man wohl Friendly Fire«, sagte Gwen matt.

»Aber erst nachdem du beinahe Dr. Grünwald mit deinem Messer umgebracht hast«, sagte Lisa.

Schrecken und Erinnerung flackerten in den Augen ihrer Freundin auf. »O mein Gott«, sagte Gwen und wollte sich aufrichten. Mit schmerzverzerrtem Gesicht sank sie gleich wieder zurück. Sie sah Lisa eindringlich an. »Das wollte ich nicht!«, sagte sie. »Bitte, das musst du mir glauben!«

»Ich glaube dir, Gwen«, sagte Lisa. »Bleib ruhig liegen.«

Weinberg kümmerte sich um Grünwald. Der Archivar saß am Boden. Das blutige Messer lag neben ihm. Es war wohl nicht besonders tief eingedrungen, aber auf seiner Jacke hatte sich ein großer dunkler Fleck gebildet.

»Geht es, Dr. Grünwald?«, fragte Weinberg.

»Es muss«, antwortete der Archivar.

Weinberg griff ihm unter die Schultern und half ihm auf die Beine. Gemeinsam gingen sie zu den Frauen.

Gwendoline sagte: »Bitte, Dr. Grünwald, ich wollte Sie nicht verletzen, es tut mir so leid!«

»Das weiß ich«, sagte der Archivar. »Ich bin Ihnen nicht böse. Wenn Sie Herrn Weinberg nicht böse sind.«

Gwen lächelte wieder unter Schmerzen. »Aber nein, wieso auch? Ist meine erste Schussverletzung, da bin ich stolz drauf.«

Lisa schüttelte ratlos den Kopf über Gwens Galgenhumor. »Und jetzt?«, fragte sie.

»Wir müssen ihr nach«, stellte Grünwald fest. An ihren Plan, die Polizei einzuschalten, sobald sie die Täterin gefunden hatten, dachte in diesem Moment niemand mehr. Sie mussten verhindern, dass die Mörderin entkam.

Weinberg sagte: »Sie und Gwen sind verletzt, und das nicht nur leicht. Sie können an keine Verfolgung denken.«

»Es muss sein«, widersprach Grünwald. »Lisa kann bei Gwendoline bleiben, wir setzen dem Ungeheuer nach.«

»Das geht nicht, Dr. Grünwald«, insistierte der Polizeibeamte. »Wir machen es anders. Lisa und ich verfolgen die Frau, Sie und Gwen warten hier.«

»Aber …«

»Kein Aber«, unterbrach ihn Weinberg. »Lisa, komm!«

Lisa blickte auf Gwen, die noch auf dem Boden lag. Sie griff sich zwei Fackeln, nickte Grünwald zu und lief mit Weinberg in den Stollen.

Der Archivar sah ihnen nach, dann richtete er seine Taschenlampe wieder auf Gwen. Er hob eines der Wurfmesser auf, die ihr heruntergefallen waren.

»Sie hatten recht: Sie können mit den Dingern umgehen«, sagte er.

*

Der Kommissar hielt seine Heckler & Koch in den Gang hinein, in den die Frau geflohen war, die ihn angegriffen hatte, und schoss sein ganzes Magazin leer. Erst nachdem es in seiner Hand nur noch mechanisch klickte, ließ er die Waffe sinken. Seine Ohren waren wie betäubt. Jetzt erst bemerkte er, dass sein Hemd an seinem Körper klebte. Zuerst dachte er, dass er blutete, und erschrak von Neuem. Hektisch tastete er sich ab und fand keine Wunde. Er erkannte, dass die Flüssigkeit Schweiß war. Er vollkommen durchgeschwitzt.

Lisa und Weinberg blieben stehen. Sie hörten schnell aufeinanderfolgende Schüsse.

»Wer schießt da?«, fragte Lisa atemlos.

»Ich weiß nicht«, sagte Weinberg. »Komm weiter. Aber vorsichtig!«

Nach etwa 100 Metern ging ein Gang nach links ab, davor sahen sie im Licht ihrer Lampen eine an die Wand gelehnte Gestalt.

»Das ist Cornelius!«, rief Weinberg und rannte auf den Mann zu. Lisa folgte ihm.

»Herr Hauptkommissar! Was machen Sie hier?«

»Weinberg, was zum Teufel ist hier los?«

»Das ist eine lange Geschichte.«

Cornelius richtete sich auf. Er blinzelte im Licht der Taschenlampe. »Frau Dr. Engels, sind Sie das?«, fragte er. Und an Weinberg gewandt sagte er: »Glauben Sie mir, ich kenne die lange Geschichte besser, als Sie denken.«

»Chef«, drängelte Weinberg, »wo ist die Frau hin?«

Cornelius deutete in die Richtung, in die er noch vor wenigen Augenblicken gefeuert hatte. »Sie ist da lang, glaube ich.«

Weinberg sagte: »Also ist sie in dem Gang verschwunden, der dort abgeht. Sind Sie verletzt?«

»Nein«, sagte er. »Ich glaube nicht.«

»Dann kommen Sie«, sagte Weinberg. »Wir müssen ihr nach.«

Der Kommissar folgte den beiden. Die Pistole hatte er wieder in seinen Mantel gesteckt. Sie war nutzlos, denn er hatte kein zweites Magazin dabei. Vor ihm tanzten die Lichtkegel der Lampen von Weinberg und der jungen Archivarin. Die Luft wurde feuchter. Die schweißnassen Kleider klebten unangenehm kalt auf seiner Haut.

Nach einigen Minuten erfassten die Lichter eine Gestalt, die sich über einen Körper am Boden beugte.

»Lass die Finger von Fuchsberger!«, schrie Weinberg.

Die Gestalt richtete sich auf und drehte ihnen das Gesicht zu. Die drei Verfolger blieben so abrupt stehen, als wären sie gegen eine Wand gelaufen. Die Augen der Frau blitzten auf wie Dolche. Dann wandte sie sich von ihnen ab und rannte in die entgegengesetzte Richtung davon. Ohne dass jemand etwas gesagt hätte, eilten die Verfolger ihr nach.

Weinberg wusste, wohin der Gang führte. »Gleich haben wir sie«, keuchte er.

Nach einem kurzen Sprint sahen sie die Frau wieder vor sich. Sie stand still. Mit dem Rücken zu ihnen. Ganz langsam drehte sie sich zu ihnen um. Weinberg, Lisa und Cornelius näherten sich ihr vorsichtig. Die Archivarin reichte Weinberg eine Fackel und zündete sie an.

Hinter der Weißen Frau öffnete sich der Kerker mit mehreren Metern Tiefe. Sie richtete ihren Blick an ihren Verfolgern vorbei in den Gang in ihrem Rücken. »Gwendoline, hilf mir!«, rief sie.

Lisa, Weinberg und dem Kommissar drehten sich um. Sich gegenseitig stützend waren der Archivar und die Tätowiererin ihnen nachgehumpelt.

»Das wird sie nicht«, sagte Grünwald bestimmt. »Niemand kann dir noch helfen.«

»Gwendoline …«, sagte die Weiße Frau erneut.

»Niemand kann dir noch helfen«, wiederholte der Archivar.

Die Weiße Frau fixierte Grünwald. »Ihr könnt mir nichts tun«, sagte sie. *»Wir leben immer weiter.«*

»Das werden wir sehen«, sagte Grünwald grimmig. Mit einer brennenden Fackel in der Hand begann er, auf die Frau zuzugehen. Stumm traten auch Cornelius, Weinberg, Lisa und Gwendoline nach vorn.

»Anna Kretzer«, rief Cornelius, »Ihr böses Spiel ist aus. Geben Sie auf!«

»Anna Kretzer?«, fragte Grünwald entgeistert.

Anna starrte Cornelius an. »Das, was ihr Böse nennt, endet nicht«, sagte sie leise und machte ein paar Schritte.

In diesem Augenblick stolperte Anna. Sie riss ihre schlanken Hände nach oben und stürzte rückwärts durch das offene Tor in das Verlies.

Mit einem lauten Platschen tauchte sie in das Wasser ein. Sie traten an das Tor des Käfigs und blickten hinunter. Der Feuerschein ihrer Fackeln spiegelte sich flackernd im Wasser, als wäre das Licht selbst zerbrochen. Anna tauchte auf und richtete ihren Blick nach oben. Ihre langen Haare und ihr Kleid klebten auf ihrer nassen Haut. Weinberg dachte unwillkürlich, dass sie wunderschön war. Eine Erinnerung zuckte wie ein Blitz durch seinen Verstand: die Weiße Frau und Lisa. Vorhin in dem Raum. Umschlungen, als wollten sie sich küssen ...

Mit einer energischen Bewegung schüttelte er das Bild ab.

Erst jetzt bemerkten sie die roten Flecken, die sich auf dem weißen Kleid der Frau ausbreiteten wie Rotwein auf einer Tischdecke.

Cornelius spürte das Gewicht seiner Pistole in der Manteltasche. Er hatte vorhin also doch getroffen. Er hatte sie schwer getroffen. Vielleicht mehrfach. Mit matter Stimme sagte er: »Das ist Anna Kretzer. Die Tochter der verrückten Amalie. Wir kannten sie als Amadeus. Amadeus Kerrer.«

»Amadeus Kerrer«, stammelte der Archivar. »Mein Gott, jetzt beginne ich zu verstehen ...«

Cornelius fuhr fort: »Ich habe in seinem oder vielmehr in ihrem Haus die Verkleidung gefunden. Und auch so manches andere. Es ist klar, dass sie die Mörderin von Magdalena und der anderen Opfer ist.«

»Aber wieso ...?«, fragte Lisa.

»Anna war für tot erklärt worden. Es hieß, ihre Mutter habe sie mit in den Tod genommen. Aber das war ein Irrtum, Anna lebte. Ich weiß nicht, wo sie sich all die Jahre versteckt hielt, und wahrscheinlich werden wir das nie erfahren. Aber irgendwann kehrte sie als Amadeus Kerrer in die Stadt zurück. Immer wieder verschwanden auf dem Grundstück Tiere, die nie wieder auftauchten.«

Lisa schluckte. »Anna hat sie …?«

Cornelius nickte. »Ja, so war es wohl. Und irgendwann wurde das Erbe ihrer Mutter in ihr immer stärker. Amalie Kretzer war nicht einfach nur verrückt. Sie besaß darüber hinaus kein Mitgefühl. Kein Gewissen. Sie war innerlich völlig kalt.«

»Und sie war eine Kannibalin?«, warf Weinberg ein.

»Ja«, sagte der Kommissar. »Und Anna ist das offensichtlich auch.«

Schaudernd blickten die anderen hinab in den Kerker. Anna Kretzer lehnte mit geschlossenen Augen an der steinernen Wand. Ihr Kopf war ihr auf die Brust gesunken, ihre langen wirren Haare klebten an ihrer Gestalt.

»Sie ist tot«, flüsterte Cornelius.

Da sackte Grünwald neben ihm zusammen. Weinberg reagierte schnell, er konnte ihn gerade noch halten.

»Mindestens zwei von euch müssen dringend ins Krankenhaus«, stellte Cornelius besorgt fest. »Außerdem werden eure Taschenlampen schwächer, und wenn ihr nicht noch irgendwo ein paar Fackeln versteckt habt, gehen uns bald die Lichter aus.«

*

Im strahlenden Sonnenschein waren die Honoratioren der Stadt auf dem Grundstück am See versammelt. Mit Genugtuung registrierte Heide Lombardo, dass einige Prominenz aus der Landeshauptstadt angereist war. Und ein Übertragungswagen des SWR. In der Landesschau würde der erste Spatenstich für die Firma ausgestrahlt werden, das hatte ihr eine der Redakteurinnen des SWR versprochen. Die Oberbürgermeisterin hatte das schon Tage zuvor bei einem freundschaftlichen Besuch in Stuttgart vereinbart. Man durfte so eine Sache nicht dem Zufall überlassen. Oder der Willkür der Medienleute. Immerhin würde die Firma einer der größten Arbeitgeber am Bodensee und der kräftigste Steuerzahler der Stadt werden. Natürlich würden dort auch zivile Antriebssysteme produziert werden, aber das große Geld, dessen war sich Lombardo sicher, würde die Firma mit Raketensteuerungen und anderem Hightech-Waffenzeug machen. Vielleicht lohnte es sich, selbst mit ein paar Anteilen einzusteigen. Sie würde das mit Rebzweig besprechen. Neben einem politischen brauchte es immer auch ein finanzielles Standbein, das wusste sie aus Erfahrung.

Nachdem die Sonderkommission, die auf persönliches Betreiben der Oberbürgermeisterin in die Stadt gekommen war, das Monster vom Bodensee verhaftet hatte und man sich jetzt wieder sicher fühlen konnte, stand Heide Lombardo unangefochten auf ihrem Posten. Und war bereit für den nächsten.

Was war das da hinten am Rand des Geländes? Eine Gegendemonstration?

Heide Lombardo wandte sich an ihre Sekretärin, die hinter ihr stand, und sagte, immer für eine mögliche Kamera lächelnd: »Gehen Sie zu einem der Polizisten dort drüben! Da hinten gibt es ein Problem.«

Diese verdammten Aktivisten! Die hätten erst gar nicht auftauchen dürfen. Wo zum Teufel war die Polizei, wenn man sie brauchte!

»Frau Oberbürgermeisterin, sind Sie so weit?«

Sie war so weit. Heide Lombardo rückte die silberne Amtskette der Oberbürgermeister um ihre Schultern zurecht, die mit den Wappen der Zünfte und der eingemeindeten Ortschaften geschmückt war. In der Mitte auf ihrer Brust hing das Wappen der Stadt. Ein gekrönter Löwe mit einem Schwert in den Pranken.

Festen Schrittes trat sie an das Mikrofon. Höflicher Applaus ertönte von dem handverlesenen Publikum. Heide Lombardo begrüßte die anwesenden Politiker, die Vorstandsräte der Firma und die Presse. Dann begann sie ihre Rede.

»Wir in Überlingen wissen, wie sich Bedrohung anfühlt. Wir mussten in der langen Geschichte dieser stolzen und schönen Stadt schon vieles erleben. Und gerade in den vergangenen Wochen mussten die Bewohnerinnen und Bewohner hier in unserem Paradies am Bodensee wieder eine große Bedrohung erfahren. Ein Verrückter bedrohte unsere Sicherheit und unser Leben. Durch mutige Entscheidungen, beherztes Vorgehen und professionelle Durchführung ist es gelungen, der Bedrohung Herr zu werden. Jetzt können wir wieder Frieden und Sicherheit genießen. Und vor allem können unsere Kinder wieder sicher spielen, zur Schule gehen und froh und zuversichtlich in die Zukunft schauen. Ich persönlich bin sehr dankbar, dass ich dazu meinen bescheidenen Beitrag leisten durfte.«

*

»Die Frage ist doch, wie wir rausfinden«, sagte Weinberg.

Lisa hielt den matter werdenden Schein ihrer Taschenlampe auf Cornelius' Körpermitte gerichtet. Sein Mantel war vorne offen und entblößte ein Hemd, aber nur dessen untere Hälfte. Von dem Pullover, den Cornelius darüber trug, war mehr als die Hälfte verschwunden.

»Wie sieht denn Ihr Pullover aus?«, fragte sie ahnungsvoll lächelnd.

Cornelius lächelte zurück. »Da ich nicht wusste, was mich hier unten erwarten würde, dachte ich, es sei eine gute Idee, am Eingang einen Faden zu befestigen. Da ich keinen hatte, habe ich den Pullover aufgelöst.«

»Unsere Ariadne«, sagte Lisa glücklich.

»Unsere was?«, fragten Cornelius und Weinberg gleichzeitig.

Lisa sagte: »Nicht so wichtig. Nur raus hier!«

Cornelius ging voran, hinter ihm Lisa, die Grünwald stützte. Den Schluss bildete Weinberg. Er trug Gwendoline. Jeder Schritt, der sie näher zum Ausgang brachte, kam ihnen wie eine Erlösung vor.

Grünwald unterdrückte ein Stöhnen. Seine Wunde verursachte ihm mehr Schmerzen, als er zugeben wollte. Er sah Lisa an, die sich mit bleichem Gesicht mühte, ihn zu stützen.

»Jetzt können Sie sich die Welt ansehen«, sagte er zu ihr.

»Ja«, antwortete sie, »ich glaube, ich werde sie jetzt mit ganz neuen Augen sehen.«

»Das werde ich wohl auch«, sagte Grünwald.

Lisa hatte auf einmal das dringende Bedürfnis zu reden, sich zu unterhalten. Es kam ihr selbst unpassend vor, aber sie fragte Grünwald: »Sind Sie viel gereist?«

Der Archivar antwortete: »Sehr viel. Ich bin schon früh mit Kara Ben Nemsi durch die Wüste geritten, später mit Ismael auf Walfang gegangen. Mit dem abenteuerlichen Simplicissimus habe ich den 30-jährigen Krieg in Deutschland erlebt und mit Sinuhe dem Ägypter die Welt der Pharaonen.«

»Aber das sind doch alles Bücher«, unterbrach ihn Lisa. »Ich rede von echten Reisen.«

Es tat Grünwald gut, sich zu unterhalten. Auch wenn es etwas Skurriles hatte, hier unten ein solches Gespräch zu führen. Er hielt dagegen: »Wenn Sie sich an die Orte, die Sie bereist haben, erinnern, zeigt Ihnen Ihre Erinnerung Bilder davon. Meine Erinnerungen sind so real wie die eines echten Reisenden, da gibt es keinen Unterschied. Außerdem sind die Orte, die Sie mal besucht haben, heute nicht mehr dieselben. Die gibt es so nicht mehr.«

Trotz des schweren Gewichts, mit dem Grünwald an ihr hing, widersprach Lisa: »Ich war zum Beispiel in Rom. Das gibt es ja wohl noch.«

»Rom hat sich seit Ihrem Besuch vielleicht nicht so merklich verändert«, sagte Grünwald, »aber um zu verstehen, was ich meine, stellen Sie sich vor, Sie wären vor ein paar Jahren auf Kuba gewesen, dann wäre das Kuba Ihrer Erinnerung nicht mehr das Kuba, das heute nach der Öffnung und dem Ausverkauf existiert. Oder Syrien. Wenn Sie einmal die Altstadt von Aleppo besucht hätten, würde diese nur noch in Ihrer Erinnerung existieren.«

»Und ebenso ist es mit diesen Stollen unter der Stadt«, fügte Lisa nachdenklich hinzu.

Dann tauchte vor ihnen eine Treppe auf. Lisas Herz machte einen Sprung. Es war unverkennbar die Treppe, die sie hinabgestiegen waren.

Cornelius sammelte den letzten Rest des Wollfadens auf und drehte sich um. »Ich schätze, dass niemand von Ihnen in der Lage ist, meinen Pullover wieder hinzukriegen?«

Alle schüttelten lächelnd den Kopf.

»Dann will ich mal sehen, ob die Luft rein ist. Weinberg, wenn wir draußen sind, kommen Sie mit mir zum Revier, um einen Wagen zu holen. Dr. Grünwald und die junge Dame, die Sie da tragen, müssen ins Krankenhaus. Wir fahren sie nach Friedrichshafen, in der Überlinger Klinik sorgt es für zu viel Aufsehen. Wir können von Glück reden, dass es bei uns keine Meldepflicht für Schussverletzungen gibt. Und während der Fahrt können wir besprechen, wie wir mit all dem umgehen wollen, das heute passiert ist. In Ordnung?«

»In Ordnung, Chef«, sagte Weinberg.

Der Kommissar zwängte sich durch die Öffnung ins Freie. Hinter ihm warteten Grünwald und Lisa, Weinberg und Gwendoline.

Grünwald betrachtete den Fels neben dem Einstieg. Es kam ihm so vor, als wäre dort etwas eingeritzt, Buchstaben. Er sagte zu Lisa: »Bitte leuchten Sie einmal dorthin.«

Die Archivarin folgte mit der Taschenlampe der Richtung, die Grünwalds Finger ihr wies. An der Wand wurde eine Schrift sichtbar, die jemand in den weichen Felsen graviert hatte. Sie war eckig und unbeholfen, ihr Urheber war offensichtlich kein Steinmetz gewesen. Die Art der Buchstaben kam Grünwald und Lisa bekannt vor.

»Können Sie lesen, was da steht?«, fragte Grünwald.

Lisa trat näher an die Schrift heran und begann sie still zu entziffern. Dann sagte sie: »Hier steht: *Non est ergo malum nisi privatio boni.*«

»Was heißt das?«, fragte Weinberg von hinten.

Grünwald überlegte. Wenn ihn nicht alles täuschte, stammte der Satz von Augustinus, einem Kirchenlehrer aus dem 5. Jahrhundert. »Das bedeutet so viel wie: Das Böse besteht allein in der Nichtexistenz des Guten.«

»Wie bitte?«, stöhnte Gwendoline.

»Das Böse ist nichts anderes als die Abwesenheit des Guten«, erklärte Grünwald. Und zu Lisa sagte er: »Was glauben Sie, wer hat das eingraviert?«

Lisa zögerte keinen Augenblick mit ihrer Antwort. »Das war Konrad von Reichenau«, sagte sie. »Und hier steckt etwas in einer Ritze! Ein zusammengefaltetes Pergament.«

»Nehmen Sie es mit«, sagte Grünwald.

*

»Meine sehr verehrten Damen und Herren.« Heide Lombardo ließ ihren Blick über die Menge schweifen und richtete ihn dann mit einem visionären Ausdruck über sie hinweg in die Ferne. »Wenden wir uns nun aus unserer Stadt am malerischen Bodensee der Welt um uns zu, gemäß dem berühmten Ausspruch des Dichters Gorch Fock: *Mit der Heimat im Herzen die Welt umfassen.* Wir sehen da ebenfalls zahlreiche Bedrohungen. Bedrohungen unserer Sicherheit, Bedrohungen unserer Freiheit, Bedrohungen unserer demokratisch-freiheitlichen Errungenschaften. Doch nennen Sie mich eine unverbesserliche Optimistin, ich bekenne öffentlich, dass es uns gelingen wird, auch diese Herausforderungen zu meistern! Sie fragen, was mir diese Sicherheit gibt?«

Mit Befriedigung nahm Heide Lombardo wahr, dass sie die ungeteilte Aufmerksamkeit der Anwesenden genoss. Von den Demonstranten war auch nichts mehr zu sehen. Wieder etwas, das sie in den Griff bekommen hatte.

Nach einer kurzen Kunstpause fuhr sie fort: »Ich bin so sicher, weil es wie in dieser Stadt in der gesamten westlichen Welt Männer *und* Frauen gibt, die bereit sind, für unsere Sicherheit, Freiheit und Werte Opfer zu bringen. Die bereit und fähig sind, mutig die nötigen Entscheidungen zu treffen. Und weil für ein effektives und professionelles Vorgehen gesorgt ist. Und dazu …«, sie wies mit einer ausladenden Geste auf die Vorstandsräte, die vor ihr saßen, »… dazu trägt auch die Firma bei, die hier eine Niederlassung errichten wird. Ich bin stolz, dass ich als Oberbürgermeisterin dieser Stadt, die den Löwen mit dem Schwert zur Wehr im Wappen trägt, Ihnen im Namen aller Bürgerinnen und Bürger ein herzliches Willkommen aussprechen darf. Möge diese Fabrik ihren Beitrag leisten zu Freiheit, Sicherheit und Frieden. Vielen Dank.«

Heide Lombardo genoss den Applaus. Mit einem Lächeln, das einmal nicht aufgesetzt war, winkte sie in die Kameras.

28

Unter der Stadt herrschte Stille. In der Kühle der unterirdischen Stollen bewegte sich nichts. In tiefer Dunkelheit lagen die Gänge, die Treppen, die Gewölbe und Räume. Niemand sah die Überreste eines Menschen, die in einer großen Lache getrockneten Blutes lagen.

Tief unten konnte man im Schweigen des Labyrinths das leise Plätschern von Wellen hören, dort, wo der See dunkel und beinahe zärtlich in die Gänge hineinfloss.

Und im Schwarz der Stollen lag das Verlies. Das schmiedeeiserne Gitter wölbte sich über das Loch, das zu mehr als einem Meter mit Wasser gefüllt war. An die steinerne Wand gelehnt lag eine Gestalt. Anna Kretzer hatte noch einmal ihre Augen geöffnet. Mühsam hielt sie ihre Nase nach oben, als nähme sie Witterung auf, als horchte sie hinauf, hinaus in die Welt über ihr. Ihr Kleid legte sich wie eine zweite Haut an ihren schlanken Körper, blutig, starrend vor Dreck. Stöhnend richtete sie sich noch einmal auf. So stand sie einige Augenblicke aufrecht mit erhobenem Haupt, unbeweglich wie eine Statue. Dann breitete sie die Arme aus und ließ sich nach hinten fallen. Langsam versank sie im kalten Wasser. Ihr langes Haar umwehte sie wie von einem leichten Wind bewegt.

Als sie wie schwebend auf den Boden sank, schloss sie die Augen und es schien beinahe, als ob sie lächelte.

*

Zwei Tage später saßen Lisa und Weinberg mit Grünwald und Gwendoline im Café des Klinikums Friedrichshafen. Sie hatten dampfende Tassen vor sich stehen. Der Archivar und die Tätowiererin waren bandagiert.

Lisa sagte: »Jetzt bin ich gerade einmal ein paar Tage hier und besuche schon zum zweiten Mal jemanden im Krankenhaus.«

»Hauptsache, Sie beide sind bald wieder gesund. Es hätte schlimmer ausgehen können«, stellte Weinberg fest.

»Das können Sie laut sagen«, stimmte Grünwald zu. »Weder Gwendoline noch ich sind lebensgefährlich verletzt worden.« Er sah zu Gwendoline hinüber und sagte zu Weinberg: »Sie haben gut gezielt. Ein paar Zentimeter daneben und sie wäre tot gewesen. Gut zu wissen, dass man sich auf die Polizei verlassen kann.«

Alle mussten lachen.

Gwen sagte: »Ja, dein Freund und Helfer. Allerdings, wer weiß, was passiert wäre, wenn du nicht geschossen hättest. Das verzeihe ich mir nie, Herr Dr. Grünwald, dass ich Sie aus Versehen getroffen habe.«

Grünwald legte seine Hand auf ihre und sagte: »Doch, das werden Sie, Gwendoline. Ich verzeihe Ihnen ja auch. Wichtig ist nur, dass wir unser Ziel erreicht haben und dass wir hier alle leben. Von meinem Freund Alois Fuchsberger kann man das nicht sagen. Er wird mir furchtbar fehlen. Ich mache mir Vorwürfe, dass ich ihn da mit hineingezogen habe.«

»Er wurde heute Morgen bei der Polizei als vermisst gemeldet«, berichtete Weinberg. »Das hat mir Hauptkommissar Cornelius vorhin am Telefon erzählt.«

Lisa nickte stumm. Sie wusste, dass auch sie den Tod Silvios erst noch verarbeiten musste. So wie die anderen Erlebnisse auch. Sie würden wohl nie erfahren, was mit Silvio geschehen war, nachdem er das Krankenhaus verlassen hatte.

Er hatte wie im Wahn gewirkt. Hatte er früher schon psychische Probleme gehabt oder war durch den Tauchunfall eine Art Psychose ausgelöst worden? Lisa wusste es nicht, so gut hatte sie ihn nicht gekannt. Das bedauerte sie nun.

Die Ereignisse der letzten Tage lagen gut verschlossen in ihrem Innern, doch bald würde sie sich mit ihnen auseinandersetzen müssen. Sie sah von Grünwald zu Gwen und dann zu Weinberg und dachte, wie gut es sich anfühlte, dass sie dabei wenigstens nicht allein war.

»Wann werden Sie beide denn entlassen?«, wechselte Weinberg das bedrückende Thema.

Gwen sagte: »Vielleicht in ein paar Tagen. Dann bin ich bereit für neue Abenteuer.« Als alle sie ansahen, fügte sie hinzu: »Falls ihr mal wieder ein Monster zu jagen habt.«

»Gott bewahre«, meinte Grünwald verlegen lachend. »Jetzt kommt für mich der Ruhestand und für Sie alle erst einmal wieder das Schönste: der Alltag.«

»Was soll so schön am Alltag sein?«, wollte Gwendoline wissen.

Grünwald sagte: »Nur im Alltag können wir uns zu Hause fühlen.«

Als sie aufstanden, reichte Lisa Grünwald einen DIN-A4-Umschlag.

»Was ist das?«, fragte der Archivar.

»Ein letzter Gruß von einem alten Freund«, antwortete Lisa lächelnd. »Gute Besserung und bis bald, Dr. Grünwald.«

*

In seinem Krankenzimmer setzte sich Dr. Sebastian Grünwald aufrecht auf sein Bett. Er hielt den Umschlag in der Hand, den ihm Lisa gegeben hatte.

Ein letzter Gruß von einem alten Freund.

Was hatte sie damit gemeint?

Er nestelte sich seine Lesebrille auf die Nase und zog das Pergament aus dem Umschlag, das sie neben dem Ausgang des Stollens gefunden hatten. Das hatte er völlig vergessen. Als er es vorsichtig auseinanderfaltete, erkannte er die Schrift sofort. Sie war ihm tatsächlich so vertraut wie die eines alten Freundes. Tagelang hatten sie Texte in dieser Handschrift gelesen. In der Handschrift Konrads von Reichenau.

Zitternd trank Grünwald einen Schluck Wasser.

Dann begann er zu lesen.

Das Böse ist ein Mangel.
Es existiert nicht aus sich selbst heraus.
Es ist wie eine Erscheinungsform des Horror Vacui.
Es besetzt die Nischen, es schließt die Lücken, es füllt die Leere.
Kälte macht sich breit, wo Wärme fehlt, Verzweiflung dort, wo es an Hoffnung mangelt.
Wo keine Liebe ist, breitet Gleichgültigkeit sich aus, wo es an Barmherzigkeit mangelt, die Grausamkeit.
Wo es keine Achtung gibt, schlägt Anmaßung ihre Wurzeln, wächst wie Unkraut die Begierde.
Die Hand, die nicht von einem guten Herzen geführt wird, verkrüppelt zur Klaue.
Das Auge, das nicht milde blickt, versteinert, seine Blicke zermalmen alles Zarte und Edle.
Ein Verstand, in dem nicht das Licht der Güte leuchtet, ist ein Verlies, und mag der Kerker noch so vornehm ausgekleidet sein, er bleibt ein dunkles Loch.
Denn wo kein Licht leuchtet, da herrscht Dunkelheit, und wo keine Sonne scheint, dort ist es Nacht.
Die Gedanken entfalten sich in einem solchen Ver-

stand nicht mehr wie Blumen oder die Flügel von Schmetterlingen. Sie schwirren wie Motten um das erloschene Licht, krabbeln schließlich wie aasfressende Käfer und lichtscheue Asseln durch die dunkeln Gehirngänge.

Da, im Finstern, verlieren alle Farben ihre Kraft. Es wird schwarz, und schwarz öffnet sich die Leere. In die Leere hinein wirbelt das Böse wie ein alles verschlingender Strudel.

Der Mensch, der innerlich tot ist, weil die Liebe in ihm erloschen ist, betrachtet seine Mitmenschen nur noch nach ihrem Nutzen, er saugt sie aus, um sein erbärmliches und blindes Ich zu spüren.

Und so ist auch der Dämon. Ein dunkler Schatten unserer Gleichgültigkeit, zum Verwechseln ähnlich denen, welchen Mitleid und Ehrfurcht fehlt. Ein Kind der Nacht wie alle Lieblosen, von Habsucht getrieben wie alle Undankbaren.

Und doch, trauriger ist der Dämon als jene, denn für ihn gibt es keine Umkehr ins Licht, keine Reue, die ihn heilt, kein Erbarmen, das ihn erwartet.

Von seinem unstillbaren Hunger getrieben macht er Jagd und wird doch niemals satt. Von grausamem Durst gequält saugt er das Leben aus den Lebenden, doch in seiner Kehle wird es zu Tod.

Nie wird er satt, nie füllt er seine Leere und doch: Nie hört er auf.

Mitten unter uns bewegt sich der Jäger, Platz findet er dort, wo wir nicht beisammenstehen.

Das Ungeheuer findet Opfer, weil wir seit Abels Tod nicht Hüter unseres Bruders sind.

*

Nachdem Lisa und Weinberg sich verabschiedet hatten, gingen sie Hand in Hand durch die belebten Gänge des Krankenhauses hinaus auf den Parkplatz. Im Westen färbte sich die Sonne rot. Die Wärme auf ihrer Haut und die frische Luft taten ihnen gut. Seit sie die unterirdischen Stollen verlassen hatten, empfanden sie das Tageslicht wie ein Geschenk.

»Musst du morgen wieder ins Archiv?«, fragte Weinberg.

»Ja, es kommt schlecht an, wenn man noch gar nicht richtig angefangen hat und schon Urlaub einreichen will«, antwortete Lisa. »Und du?«

Weinberg sagte: »Bei mir geht's morgen auch weiter. Der Chef trägt die Sache mit und wird Stillschweigen bewahren, aber frei gibt er mir sicher nicht mehr in den nächsten hundert Jahren. Wer in seiner Freizeit Mörder jagen kann, kann auch Dienst schieben, hat er mir gesagt.«

Lisa lachte. »So schlimm wird es wohl nicht werden«, meinte sie. »Und außerdem geht er doch auch in absehbarer Zeit in Pension, nicht?«

»Dann geht eine Ära zu Ende. Und uns wird ein großartiger Mensch und Chef fehlen.«

»So geht es mir auch mit Grünwald. Aber pensioniert heißt ja nicht tot. Der Mensch bleibt uns erhalten.«

Weinberg nickte. »Das stimmt«, sagte er. Dann blieb er stehen und umarmte Lisa. »Wir könnten heute Abend noch was essen gehen, was meinst du?«

»Ich habe immer Hunger«, sagte Lisa lächelnd. »Leider!«

»Ach, du kannst doch alles essen bei der Figur«, sagte Weinberg.

»Fang nicht mit Komplimenten an«, sagte Lisa. »Was toll an mir ist, weiß ich selbst.«

»Aber Oscar Wilde sagte: *Eine Bekanntschaft, die mit einem Kompliment begonnen wurde, hat gute Aussichten, sich zu einer echten Freundschaft zu entwickeln.*«

»Ich denke, wir werden noch herausfinden, ob der gute Oscar Wilde etwas von der Sache verstanden hat oder nicht«, sagte Lisa.

»Und ob du Mondscheinspaziergänge magst oder schlafwandelst«, sagte Weinberg und zwinkerte ihr zu.

Als sie neben ihm in seinem Wagen saß und sie über die Bundesstraße nach Westen in Richtung Überlingen fuhren, spürte sie, dass Grünwald recht gehabt hatte mit dem, was er über den Alltag gesagt hatte.

Sie war auf dem Weg nach Hause.

Weitere Titel finden Sie auf den folgenden Seiten und im Internet:

DIE NEUEN Lieblings-plätze

ISBN 978-3-8392-0154-1

ISBN 978-3-8392-2730-5

ISBN 978-3-8392-0155-8

ISBN 978-3-8392-0158-9

ISBN 978-3-8392-0160-2

ISBN 978-3-8392-0159-6

ISBN 978-3-8392-0161-9

ISBN 978-3-8392-0163-3

ISBN 978-3-8392-0164-0

ISBN 978-3-8392-2626-1

ISBN 978-3-8392-0156-5

ISBN 978-3-8392-0157-2

ISBN 978-3-8392-0166-4

ISBN 978-3-8392-0166-4

ISBN 978-3-8392-2838-8

ISBN 978-3-8392-0168-8